中國古典文學基本叢書

蘇軾詩集

第六册

〔清〕王文誥輯註
孔凡禮點校

蘇軾詩集卷三十三

古今體詩六十一首

【誥案】起元祐六年辛未正月，在龍圖閣學士充兩浙西路兵馬鈐轄知杭州軍州事任，是月，遷吏部尚書，二月，以翰林學士承旨召還，三月，察視湖、蘇二郡水災，四月，至淮上，五月，自南都到闕，六月，兼侍讀，八月，除龍圖閣學士知潁州軍州事，未出京作。

次韻楊公濟奉議〔一〕梅花十首

〔王註堯卿曰〕楊蟠，字公濟，嘉祐時詩人也。〔施註〕楊公濟，章安人。舉進士。能詩，《題金山》云：天末樓臺橫北固，夜深燈火見揚州。歐陽文忠公《讀公濟章安集》詩云：蘇、梅久作黃泉客，我亦今爲白髮翁。卧讀楊蟠一千首，乞渠秋月與春風。東坡守杭，公濟通判州事。知壽州，提點荆廣鑄錢，卒。〔查註〕考《東都事畧》及《宋史·楊蟠傳》，皆以爲章安人。《大宋登科記實》稱杭人。紹興間，錢塘傅牧作《西湖事實》，稱鄉人楊蟠作《百詠詩》，則《登科記》所載，從其鄉也。〔合註〕《萬曆杭州府志》：蟠，章安人，貫杭州，登慶曆六年第。

其一

梅梢春色弄微和，作意南枝剪刻多。月黑林間逢縞袂，〔施註〕《摭遺》：蜀州有紅梅數本，郡侯構閣環牆以固之。一日，梅已放，有兩婦人凭欄笑語。既啓鑰，闃不見人，唯於東壁有詩云：南枝向暖北枝寒，一種春風有幾般。憑仗高樓莫吹笛，大家留取倚闌干。又按，柳子厚《龍城録》：隋開皇中，趙師雄遷羅浮。見一女人，淡粧素服出迓。時已昏黑，殘雪對月，色微明。扣酒家門，相與飲，懵然。久之，東方已白，起視，乃在大梅花樹下。霸陵醉尉誤誰何。〔施註〕《文選》賈誼《過秦論》：信臣精卒，陳利兵而誰何。〔查註〕《史記索隱》註：何或爲呵。《漢舊儀》：諸衛郎官，分五夜誰呵，呵夜行者誰也。何、呵，字同。

其二

相逢月下是瑶臺，藉草清樽連夜開。〔施註〕《文選．天台山賦》：藉萋萋之纖草。又按白樂天《洛陽春》詩：藉草開一樽。明日酒醒應滿地，空令飢鶴啄莓苔。

其三

緑髮尋春湖畔回，〔合註〕李太白《古風》詩：中有緑髮翁。此則言少年緑鬢也。萬松嶺上一枝開。〔王註次公曰〕言其昔爲倅時。〔查註〕《咸淳臨安志》：萬松嶺在和寧門外西，嶺上舊夾道栽松。白樂天《夜歸》詩：萬株松樹青山上，十里沙隄明月中。而今縱老霜根在，得見劉郎又獨來。【誥案】紀昀曰：劉郎自是桃花，而用來不覺其借。

其　四

月地雲階漫一樽，玉奴〔二〕終不負東昏。〔王註〕《南史·王茂傳》：東昏妃潘氏玉兒，有國色，武帝將留之。王茂曰：「亡齊者此物，恐貽外議。」帝乃出之。軍主田安啓求爲婦，玉兒義不受辱，乃自縊。〔查註〕《容齋續筆》：政和初，蔡京禁蘇氏學，蘄春一士獨杜門註詩。錢仲仲爲黃岡尉，請借閲其書，適得《和楊公濟梅花》。「月地雲階漫一樽」註云：玉奴，齊東昏侯潘妃小字。臨春、結綺者，陳後主三閣之名也。仲仲曰：唐牛僧孺《周秦行記》，夢人薄太后廟，見古后妃輩，所謂月地雲階拜洞仙。東昏以玉兒故，身死國除，不擬負他，乃是此篇所用，何爲没而不書。士人怳然失色，然紙炬悉焚之。【誥案】凡人與物呼以奴者，不可悉數。女子皆通稱奴與兒，玉奴非楊妃名，玉兒非潘妃名，皆加一字稱之，猶男子字純、字穆，則稱純父、穆父，奴、兒之義，蓋從其少與小也。公乃詠梅，並非詠史，呼玉兒以奴，無不可者。如上首《玄都觀》並無霜根，而詩用劉郎，可謂公并此不知乎！此題名作林立，其命意總欲不着迹象。乃查註引洪容齋、葛立方語，紛然引辨，此皆註家陋習，今删。**臨春、結綺荒荆棘，**〔王註〕《南史》：陳後主張貴妃，名麗華。後主於光昭殿前起臨春、結綺、望仙三閣，皆以沉檀香爲之。微風暫至，香聞數里，後主每引賓客，對貴妃等游宴。**誰信幽香是返魂。**〔王註師曰〕漢武帝令方士燒返魂香，以降李夫人之魂。〔施註〕《十洲記》：聚窟洲有返魂樹。【誥案】紀昀曰：全不是梅花典故，而非梅花不足以當之。

其　五

日出冰澌〔三〕散水花，〔王註〕杜子美《夏日李公見訪》詩：水花晚色靜。〔查註〕「冰澌」，施氏原本作「冰湖」，周益公《省齋集》註中引此二句作「冰澌」，當從之。**野梅官柳漸攲斜。西郊欲就詩人飲，黃四娘東〔四〕子美**

家。〔王註次公曰〕詩人指言子美也。〔施註〕杜子美《江上獨步尋花》詩：黄四娘家花滿蹊，千朵萬朵壓枝低。

其　六

君知早落坐先開，莫著〔五〕新詩句句〔六〕催。嶺北霜枝最多思，忍寒留待使君來。〔施註〕李義山詩：忍寒應欲試梅粧。白樂天《新栽梅》詩：今年好待使君來。

其　七

冰盤未薦含酸子，〔施註〕江淹《恨賦》：含酸茹歎。雪嶺先看耐凍枝。〔合註〕庾闡《遊仙》詩：玉堂臨雪嶺。應笑春風木芍藥，〔王註次公曰〕木芍藥，卽牡丹也。豐肌弱骨要人醫。〔施註〕《西京雜記》：趙昭儀弱骨豐肌，尤工笑語。〔合註〕司馬相如《美人賦》：弱骨豐肌。何焯曰：李中詩，暖風醫病草。

其　八

寒雀喧喧凍不飛，遶林空啅〔七〕未開枝。多情好與風流伴，不到雙雙〔八〕燕語〔九〕時。〔合註〕梁簡文帝詩：春燕雙雙舞。杜牧之《村舍燕》詩：茅檐烟裏語雙雙。【誥案】紀昀曰：清思深婉。

其　九

鮫綃〔一〇〕剪碎玉簪輕，〔王註〕林和靖《梅》詩：蘂訝粉綃裁太碎，蔕疑紅蠟綴初乾。〔施註〕《文選·吴都賦》：臣向註云：俗傳鮫人自水中出，於人間賣綃。《北夢瑣言》：張建章大夫，於渤海遇水仙，遺鮫綃，自齎以進。明宗有事郊丘，建章鄉人掌東序之寶，言國璽外有二物，一即鮫綃也。亦云：夏天清暑展開，滿堂凜然。〔合註〕《西京雜記》：武帝過李夫人，就取玉簪搔頭。　檀暈粧成雪月明。〔查註〕《長公外紀》：王十朋集諸家註，皆不解「檀暈」之義。宇文氏《粧臺記》紀婦女畫眉，有倒暈粧，古樂府有暈眉、攏鬢之語。元微之《與白樂天書》，近昵婦人暈淡眉目，綰約頭鬢；《畫譜》有正暈牡丹、倒暈牡丹；《太平廣記》，許老翁有銀泥裙五暈羅，畫工七十二色有檀色，與張萱所畫婦女暈眉所謂紫沙羃者酷似。可以互證也。〔合註〕杜牧之詩：錯將黃暈壓檀花。　肯伴老人春一醉，懸知欲落更多情。〔施註〕梁元帝《徐妃傳》：徐娘雖老，猶尚多情。

其十

縞裙練帨〔二〕玉川家，肝膽清新冷不邪。〔王註〕韓退之《李花》詩：夜領張徹投盧仝，乘雲共至玉皇家。長姬香御四羅列，縞裙練帨無等差。静濯明妝有所奉，顧我未肯置齒牙。清寒瑩骨肝膽醒，一生思慮無由邪。　穠李争春猶辦此〔三〕，更教踏雪看梅花。〔施註〕張曲江《答陸澧》詩：不辭山路遠，踏雪也相過。

謝關景仁送紅梅栽二首

〔查註〕張淏《會稽續志》：關景仁，越州人。嘉祐四年劉煇榜進士。《苕溪叢話》引《夷堅志》云：關景仁子開，錢塘人。【誥案】查註所引《曾子固集·關景仁墓志》，誤，此又一人也。時子固下世久矣。今刪。

其一

年年芳信負紅梅，江畔垂垂又欲開。〔王註〕杜子美《和裴迪登蜀州東亭》詩：江邊一樹垂垂發，朝夕催人自白頭。珍重多情關令尹，直和根撥送春來。〔施註〕白樂天《薔薇》詩：柯條未嘗損，根撥不曾移。

其二

爲君栽向南堂下，〔查註〕先生詩中，「南堂」凡二見：一在黄州，所謂「南堂獨有西南向，卧看千帆落淺溪」者也；一在惠州白鶴峯新居，所謂「南堂初絶斧斤音」者也。此詩作於杭州，卽府治之中和堂也。記取他年著子時。酸釅不堪調衆口，〔施註〕歐陽文忠公《歸田録》：丁晉公南遷潭州，作《齋僧疏》云：補仲山之袞，雖曲盡於一心；和傅説之羹，實難調於衆口。使君風味好攢眉。〔王註〕《廬阜雜記》曰：遠法師結白蓮社，嘗以書召淵明。淵明曰：「弟子性嗜酒，法師若許飲，卽往焉。」遠因許之，遂造焉。遠因勉入社，淵明攢眉而去。

次韻劉景文路分上元

〔查註〕《職官分紀》有路分都監、監押鈐轄之名，皆武職也。

華燈閟艱歲，〔施註〕《文選》劉公幹《贈五官中郎將》詩：華燈散炎輝。冷月挂空府。三吳重時節，九陌自歌舞。云從月幾望，〔施註〕《周易·小畜》：月幾望，馬匹亡，无咎。遂至一百五。嘉辰可屈指，樂事相繼武。〔施註〕《禮記·曲禮上》：堂上接武，堂下布武。〔合註〕《禮記·玉藻》：大夫繼武。今宵掃雲陣，極目淨天字〔一三〕。嬉遊各忘歸，〔施註〕《文選》曹子建《七啓》：逍遥暇豫，忽若忘歸。闐咽頃未睹。〔合註〕《文選·吴都賦》：闐閭填咽。飛毬〔一四〕互明滅，〔施註〕杜子美《北征》詩：旌旆晚明滅。激水相吞吐。〔王註師曰〕謂水燈也。〔合註〕《舊唐書·音樂志》：臨軒設樂，舍利獸從西方來，戲於殿前，激水成比目魚之狀。老去反兒童，歸來尚鐃鼓。新年消暗〔一五〕雪，舊歲添絲縷。〔王註師曰〕自冬至後，日添一線。〔施註〕杜子美《冬至》詩：一日愁隨一線長。〔合註〕仇註杜子美詩引《歲時記》：魏、晉間宮中以紅線量日影，冬至後，日影添長一線。何時九江城，〔王註〕《潯陽記》：其山九疊，江亦九派，故郡號九江。《廬山記》：是郡前世，或號九江，或號潯陽。相對兩漁父。〔公自註〕予舊欲卜居廬山，景文近買宅江州。

遊寶雲寺，得唐彥猷爲杭州日送客舟中手書一絶句云：「山雨霏微不滿空，畫船來往疾輕鴻。誰知獨臥朱簾裏，一榻無塵四面風。」明日，送彥猷之子坰赴鄂州，舟中〔一六〕遇微雨，感歎前事，因和其韻，作兩首送之，且歸其書唐氏

〔王註〕按《圖經》：寶雲寺在錢塘門外，吴越王錢氏建。〔查註〕《咸淳臨安志》：北山寶雲寺，乾德二年錢氏建，舊名千光王寺，雍熙二年改今額。《武林梵志》：寶雲寺，在寶雲山下，即瑪瑙寺東空園也。《事實類苑》：唐彥猷詢，清簡寡欲，不以世務爲意。公退，一室蕭然，惟吟詩臨書，烹茶試墨，以此度日。《咸淳臨安志·秩官考》：唐詢，錢塘人。嘉祐三年六月丙辰，自蘇州移知杭

州，明年九月，除吏部郎中。〔施註〕唐彥猷，名詢，錢塘人。仁宗時爲知制誥。子垌，字林夫，父任爲官。熙寧初，上書：青苗法不行，宜誅大臣異議者。王安石喜其言，薦使對，賜進士出身，爲崇文校書。用鄧綰薦，爲監察御史，同知諫院。既而數論事，不見聽。因百官起居日扣陛，請對，力數安石用人變法非是，至六十餘條，曰：「安石以曾布爲腹心，張琥、李定爲爪牙，張商英爲鷹犬，逆意者雖賢爲不肖，附己者雖不肖爲賢。」每讀一事畢，卽指安石曰：「請陛下宣諭安石，臣所言虛耶，實耶？」上屢止之，垌慷慨自若，且讀且論，上下皆震悚，安石爲之請去。上意雖寤，亦不深怒。明日貶監廣州軍資庫，徙監吉州太和鹽酒稅，通判霸州。方就職，御史王桓謂必不循理，不宜寘邊城。改倅無爲。至是知鄂州。後知湖、泉二州，卒於泉。林夫當先生廢棄於時，其自附甚勤，簡牘題跋，可以考見。此詩餞行，因得彥猷舊作，用以爲題。又有賦《靈隱前》長篇，亦止述靈隱天竺山川風物而已。其於林夫賢否，殊無一言及之，意亦有在也。

其一

二妙凋零筆法空，〔王註〕《晉書》：衞瓘拜尚書令，與尚書郎索靖俱善草書，時人號爲一臺二妙。〔子仁曰〕《晉書》：漢末張芝，亦善草書，論者謂瓘得伯英筋，靖得伯英肉。〔查註〕文瑩《玉壺清話》：唐彥猷詢，與弟彥範詔，俱擅一時才雅之譽。彥猷知書好古。彥範文章氣格，高簡不羣，尤精翰墨，遺一小札，亦必華箋妙管。據此，則詩中二妙乃指彥猷兄弟也。忽驚雲海戲羣鴻。〔王註子仁曰〕梁武帝評書曰：鍾繇書若雲鶴遊天，羣鴻戲海。〔施註〕韋續《書訣墨藪》：梁武帝評鍾繇書，如雲鵠遊天，羣鳬戲海。清詩〔一七〕不敢私囊篋，人道黄門有父風。〔公自註〕黄門衞恒也〔一八〕。〔施註〕《晉·衞瓘傳》：子恒爲黄門郎，善草隸書。《後漢·班勇傳》：少有父風。〔查註〕山谷《跋唐林夫帖》：余於唐家子弟處，得林夫臨摹歐陽詢書帖，筆勁而秀潤，此林夫得意書也。李端叔跋：近時以筆墨爲事者，無如唐彦猷，其子坰行筆無家法，而類蔡君謨，亦自可喜。觀二公之言，彦猷父子書法，爲同時推重如此。

其　二

出處榮枯一笑空，十年社燕與秋鴻。誰知白首長河路，〔施註〕杭州漕渠有長河堰。還臥當時送客風。〔王註〕賈島詩：長江風送客，孤館雨留人。

送江公著知吉州

〔施註〕江公著，字晦叔，桐廬人。舉進士。爲洛陽尉，遇久旱微雨，作詩云：雲葉紛紛雨脚匀，亂花柔草長精神。雷車却碾前山過，不灑原頭陌上塵。司馬温公於士人家見之，爲稱薦，由是知名。元祐初，以近臣薦，通判陳州，入爲太學太常博士，出守廬陵，故詩云：晚人奉常陪劍履。元符間，知泉州，提舉福建常平事。建中靖國初，知虔州。東坡北歸至虔，晦叔適至，有唱酬二詩。未幾，除廣東轉運判官，提點湖南刑獄，京西轉運副使。〔合註〕《宋詩紀事》：晦叔，睦州建德人，治平四年進士。〔查註〕《元和郡縣志》：吉州本秦廬陵，屬九江郡。興平二年，分豫章於此，置廬陵郡，隋改吉州。《太平寰宇記》：吉州以界内吉陽水爲郡名，南至虔州五百三十里。

三吴行盡千山水，猶道桐廬更清美。〔王註次公曰〕桐廬，公著鄉里也，在今嚴州。豈惟〔一九〕濁世隱狂奴〔三〇〕，〔王註〕《後漢·嚴光傳》：司徒侯霸，與光素舊，遣使奉書。光投札與之，口授曰：「懷仁輔義天下悅，阿諛順旨要領絶。」霸得書，封奏之。帝笑曰：「狂奴故態也。」時平亦出佳公子。初冠惠文讀《城旦》，〔王註〕《漢·張敞傳》：弟武拜梁相，曰：「梁國大都，吏民凋敝，且當以柱後惠文彈治之。」秦時獄法吏冠柱後惠文。武意欲以刑法治梁。《城旦》，刑書。晚入奉常陪劍履。〔施註〕《漢書·百官表》：奉常，秦官也，景帝改曰太常。白樂天《渭村退居》詩：忽憶烟霄路，常陪劍履行。方將華省起彈冠，〔施註〕《文選》潘安仁《秋興賦》：獨展轉於華省。《漢·王吉傳》：與貢禹友善，世稱王陽在位，貢公彈冠。忽憶釣臺歸洗耳。〔王註〕《後漢·嚴光傳》：車駕即日幸其館。光卧不起，帝即其卧所，撫光腹曰：「咄咄子陵，不可相助爲理耶？」光不應，良久，乃張目熟視曰：「昔唐堯著德，巢父洗耳，士故有志，何至相迫乎？」除爲諫議大夫，不屈。〔施註〕《後漢·嚴光傳》：乃耕于富春山，後人名其釣處爲嚴陵瀨。〔查註〕《太平寰宇記》：嚴子陵釣壇，在桐廬縣南大江側，下連七里瀨。未應良木棄大匠，〔施註〕韓退之《送張道士》詩：大匠無棄材，尋尺各有施。要使名駒試千里。〔施註〕《漢·楚元王傳》：辟彊子德有智畧，武帝謂之千里駒。奉親官舍當有擇，得郡江南差可喜。白粲連檣一萬艘，〔王註〕郭景純《江賦》云：舳艫相屬，萬里連檣。註：舳，船傍。艫，船尾桅檣，挂帆木也。〔合註〕李善註：《説文》曰，舳，舟尾也。艫，船頭也。《埤蒼》曰：檣，帆柱也。《小爾雅》：船頭謂之舳，尾謂之艫。〔施註〕《漢·惠帝紀》：鬼薪白粲。註云：坐擇米，使正白爲白粲。〔查註〕《南史》：何子平居會稽，事母至孝。辟揚州從事，月俸得白米，輒貨市粟麥。人曰：「所利無幾，何足爲煩？」答曰：「尊老在東，不辦得米，何心獨饗白粲。」〔合註〕魏文帝《浮淮賦序》：泛舟萬艘。紅粧執樂三千指。簿書期會得餘閑，〔王註〕《前漢·禮樂志》：大臣特以簿書不報，期會爲故，至於風俗流溢，恬而不怪，以爲是適然耳。亦念人生行樂耳。〔公自註〕二耳義不同，故得重用。〔施註〕按《小雅·黄鳥》之詩曰：無集于穀，不我肯穀。杜子美《園人送瓜》詩：愛惜如芝草，種此何草草。皆以義不同，故重用也。【誥案】紀昀曰：古詩原不避重韻，自漢、魏以至唐人，往往有之。必曰義不同則得重押，却非篤論。此起於白香山《賀劉中山生子》，詩用二白字，自註：義別。然彼是句中，非韻脚也。

聞錢道士與越守穆父〔二一〕飲酒，送二壺〔二二〕

〔查註〕錢道士名自然，號通教大師。與穆父同爲吳越之裔，故結句云然。【誥案】是時穆父已罷越守，故至杭也。

龍根爲脯玉爲漿，〔王註師曰〕《十洲記》：瀛洲有玉石，出泉如酒，名曰玉酒，飲之輒醉，令人長生。〔任曰〕《武帝內傳》：上元夫人謂帝曰：「鳴天鼓，飲玉漿。」〔施註〕《玄怪録》：巴邛人有橘園。霜後餘二大橘，每橘有二老叟相對象戲。一叟曰：「僕飢矣，須龍根脯食之。」袖出一草根，削食，食訖，以水噀之，化爲一龍。四叟共乘之，風雨晦冥，不知所在。《道藏天童經》：金飯玉漿，向求皆至〔二三〕。下界寒醅〔二四〕亦漫嘗。〔施註〕《神仙傳》：王方平至蔡經家，遣人召麻姑。既至，各進行廚，擘脯而食之，云，麟脯。良久酒盡，以千錢與餘杭姥，乞酤酒。得一油囊，酒五斗許。姥曰：「恐地上酒，不中尊飲食。」一紙鵝經逸少醉，〔王註〕《晉·王羲之傳》：山陰道士，好養鵝，羲之往觀焉，意甚悅，固求市之。道士云：「爲寫《道德經》，當舉羣相贈。」羲之欣然，寫畢，籠鵝而歸。〔施註〕《仙傳拾遺》云：管霄霞籠紅鵝一雙，遺之，請書《黃庭經》。他年《鵩賦》謫仙狂。〔王註縯曰〕李太白覩晉阮宣子《大鵬贊》，心陋之，遂作《大鵬賦》，以窮宏達之旨。〔施註〕李太白《大鵬賦序》：見司馬子微，謂余可與神遊八極之表，因著《大鵬遇希有鳥賦》以自廣。【誥案】紀昀曰：起二句串合有情，三四用事亦親切。金丹自足留衰鬢，苦淚何須點別腸。〔施註〕孟東野《送弟郢》詩：老人獨自歸，苦淚滿眼黑。〔合註〕《續通鑑長編》：元祐五年十月，知越州錢勰知瀛洲。時將啓行，故此句云然。吳越〔二五〕舊邦遺澤在，定應符竹付諸郎。〔王註師曰〕穆父與錢道士，皆吳越王錢鏐之後。〔查註〕《漢書・文帝本紀註》云：以竹箭五枝，長五寸，刻篆書第一至第五。與郡守爲符者，謂各分其半，右留京師，左以與之。

再和楊公濟梅花十絶

其一

一枝風物便清和，〔合註〕魏文帝賦：天清和而温潤。看盡千林未覺多。結習已空從著袂，不須天女問云何〔三六〕。

其二

天教桃李作輿臺，〔王註〕張平子《東京賦》：發京倉，散禁財，賚皇寮，逮輿臺。〔施註〕《左傳・昭公七年》：芋尹無宇曰：「人有十等，下所以事上，上所以共神也。故王臣公，公臣大夫，大夫臣士，士臣皁，皁臣輿，輿臣隸，隸臣僚，僚臣僕，僕臣臺。馬有圉，牛有牧，以待百事。」故遣寒梅第一開。憑仗幽人收艾蒳，〔王註〕《廣志》：艾納，松皮上蘚衣。出《本草》註。合和諸香燒之，其烟團聚，清白，不散。《香譜》云：艾納出西國，似細艾。〔施註〕《廣志》：松樹皮上緑衣，亦名艾納，可合諸香，能聚其烟，清白可愛。國香和雨入青苔。〔施註〕《左傳・宣公三年》：鄭文公有賤妾，曰燕姞，夢天使與己蘭。曰：余爲伯鯈，余而祖也，以是爲而子。以蘭有國香，人服媚之如是。【誥案】紀昀曰：興象深微，説來濃至。

其　三

白髮思家萬里回，小軒臨水爲花開。故應剩作詩千首，知是多情得得來。〔施註〕《五代史補》：僧名貫休。入蜀，獻王建詩曰：一瓶一缽垂垂老，萬水千山得得來。建大悦，因號得得和尚。

其　四

人去殘英滿酒樽，不堪細雨濕黄昏。夜寒那得穿花蝶，知是風流楚客魂。〔王註次公曰〕宋玉有《招魂》，以招屈原之魂，則可謂之楚客魂。〔施註〕杜子美《冬深》詩：難招楚客魂。

其　五

春入西湖到處花，裙腰芳草抱山斜。盈盈解佩臨烟浦，〔施註〕《韓詩外傳》：鄭交甫將適南楚，遵彼漢高臺下，遇二女，佩兩珠，大如雞卵。交甫曰：「欲子之佩。」二女解以與之。交甫既行，顧不見二女，佩亦失之。脈脈當壚傍酒家。〔施註〕《漢·司馬相如傳》：文君與相如，俱之臨邛，盡賣車騎，買酒舍，乃令文君當壚。《文選·古詩》云：盈盈一水間，脈脈不得語。〔合註〕《漢書·欒布傳》：爲酒家保。

其　六

莫向霜晨怨未開，白頭朝夕自相催。斬新一朵含風露，〔王註〕杜子美《三絶》詩：斬新花蕊未應飛。《杼情集》：盧儲止官舍，迎内子，有庭花開，乃題曰：芍藥斬新栽，當庭數朵開。東風與拘束，留待細君來。恰似西廂待月來。〔王註次公曰〕《會真記》：鶯鶯詩：待月西廂下，迎風户半開。拂牆花影動，疑是玉人來。

其七

洗盡鉛華見雪肌，〔王註〕曹子建《洛神賦》：芳澤無加，鉛華弗御。註：芳澤，香油也。鉛華，粉也。〔施註〕李賀詩：鉛華之水洗君骨，與君相對作真質。要將真色鬬生枝。檀心已作龍涎吐，〔王註次公曰〕龍涎，香名。〔邦衡曰〕《香譜》云：龍涎出大食國，其龍多蟠於澤中之大石，卧而吐涎。然龍涎無香，能發衆香，故人用以和香。〔施註〕沈立之《香譜》：龍涎香，出大食國。土人見烏林上有異禽翔集，羣魚遊泳，則必有伏龍吐涎，浮於水上。舟人或得之，則爲巨富，其涎如膠，每兩與金等。玉頰何勞〔三七〕獺髓醫。〔王註次公曰〕《拾遺記》：孫和悦鄧夫人，常置膝上。和舞水精如意，悮傷夫人頰，血流污袴。命太醫合藥，曰：「得白獺髓，雜玉與琥珀屑，當滅此痕。」

其八

湖面初驚片片飛，〔施註〕杜子美《城上》詩：風吹花片片，春動水茫茫。樽前吹折最繁枝。〔王註〕韓退之《風折花枝》詩：春風也是多情思，故揀繁枝折贈君。何人會得春風意，怕見梅黄雨細時〔三八〕。〔王註〕杜子美《梅雨》詩：湛湛長江去，冥冥細雨來。南京犀浦道，四月熟黄梅。

其九

長恨漫天柳絮輕，只將飛舞占清明。【誥案】此二句着意求脱，猶繪茂樹中着枯枝，似是不可少者。寒梅似與春相避，未解無私造物情。

其十

北客南來豈是家，醉看參月半横斜。【誥案】公雜用《龍城録》話甚多，卽他題亦有之。可見當時謂王性之僞作此書，因公「縞衣扣門」句附會爲趙師雄事者，其説妄甚。此風甚於宋人，最爲可憎。他年欲識吴姬面，秉燭三更對此花。【誥案】紀昀曰：惘然不盡，情思殊深。

次韻曹子方運判雪中同游西湖〔三九〕

〔查註〕任淵註山谷詩引《實録》云：元祐三年九月，太僕寺丞曹輔權發遣福建路轉運判官。曾子固《隆平集》：轉運判官，開寶六年廣南路初除徐澤一員，太平興國三年，諸路並置。〔合註〕時子方自閩歸道錢塘。

詞源灔灔波頭展，〔王註〕《隋·文學傳》曰：筆有餘力，詞無竭源。清唱一聲巖谷滿。未容雪積句先高，豈獨湖開心自遠。〔王註〕陶淵明詩：心遠地自偏。雲山已作歌眉淺，〔施註〕《西京雜記》：文君眉不加黛，常如遠山。山下碧流清似眼。〔施註〕元微之《崔徽歌》：眼明正似琉璃瓶，必蕩秋水横波清。樽前侑酒只新詩，何異書魚餐蠹簡。

次韻仲殊雪中遊西湖二首

〔查註〕仲殊詳上卷《安州老人食蜜歌》下。〔合註〕《武林梵志》止採後一首，題云：雪中遊寶雲寺。

其一

夜半幽夢覺，稍聞竹葦聲。〔施註〕杜荀鶴詩：夜深知雪重，卧聞折竹聲。起續凍折絃，〔王註〕賈島《朝飢》詩：坐聞西牀琴，凍折兩三絃。爲鼓一再行。〔王註〕《漢書·司馬相如傳》：卓氏請長卿，酒酣。臨邛令前奏琴。相如辭謝，爲鼓一再行。曲終〔三〇〕天自明，玉樓已峥嶸。〔施註〕《文選》張景陽《七命》：構雲梯，陟峥嶸。【誥案】紀昀曰：初白謂，忽作東野語。有懷二三子，落筆先飛霙。〔施註〕《韓詩外傳》：雪花曰霙，雪雲曰同雲。共爲竹林會，身與孤鴻輕。秀語出寒餓，身窮詩乃亨。〔施註〕歐陽公《梅聖俞詩序》：世謂詩人少達而多窮。蓋世所傳，多出於古窮人之辭，愈窮則愈工。然則非詩能窮人，殆窮而後工也。禪老復何爲，笑指孤烟生。我獨念粲者，〔王註〕《詩·唐風·綢繆》：如此粲者何。誰與予目成。【誥案】仲殊初爲諸生，工綺語，雖出家而結習未忘，故戲之也。

其二

寶雲樓閣鬧千門，〔王註師曰〕寶雲，寺名。〔施註〕《文選》班孟堅《西都賦》：張千門而立萬户。林静初無一鳥喧。【誥案】紀昀曰：全不着相。閉户莫教風掃地，卷簾疑有月臨軒。〔施註〕李太白《答孟少府書》：清風掃門，明月侍坐。水光瀲灧猶浮碧，山色空濛已斂昏。乞得湯休奇絶句，〔王註次公曰〕湯休以比仲殊。〔施註〕《宋·徐湛之傳》：廣陵有沙門釋惠休，善屬文，湛之與之甚厚。世祖命使還俗。本姓湯，位至揚州從事史。始知鹽絮〔三一〕是陳言。〔施註〕韓退之《答李翊書》：惟陳言之務去。【誥案】紀昀曰：結出和意，是古法。但此詩與《北臺》同法，純是一首禁體。公既不自覺，而曉嵐亦不悟，輕易放過「林静」一句，故自始忽畧至終也。

次韻參寥詠雪〔三二〕

朝來處處白氊鋪，〔王註〕杜子美《絶句漫興》詩：糝徑楊花鋪白氊。樓閣山川盡一如。〔施註〕皇甫冉《雪》詩：山川迷向背，風露失旌旂。總是爛銀并白玉〔三三〕，〔施註〕盧仝《月蝕》詩：爛銀盤從海底出。李太白《古朗月行》詩：少時不識月，唤作白玉盤。不知奇貨有誰居。〔施註〕《史記·吕不韋傳》：子楚不得意，不韋賈邯鄲，見而憐之，曰：「此奇貨可居。」

與葉淳老、侯敦夫、張秉道同相視新河，秉道有詩，次韻二首〔三四〕

〔施註〕浙江潮自海門東來，勢如雷霆，而浮山峙於江中，與魚浦諸山，犬牙相錯，洄洑激射，歲敗公私船不可勝計。前知信州侯臨，葬親杭之南蕩，往來相視地形，反覆講求，建議自浙江上流地名石門，並山而東，鑿爲運河，引浙江及溪谷諸水二十二里，以達於江。又並江爲岸，凡八里，以達於龍山之大慈浦。自浦北折，抵小嶺，鑿嶺六十五丈，以達於古河。浚古河四里，以達於龍山運河，以避浮山之嶮。人皆以爲便。時東坡與前轉運使葉温叟、轉運判官張璹同往按視，如臨言，遂奏疏以聞，乞令三省看詳支賜錢物，委臨監督。而公以是月召還，役竟不成。先是杭之西湖，水涸草生，漸成葑田。公取葑積之湖中爲長堤，以通南北，杭人謂之蘇公堤。故云：我鑿西湖還舊觀，一眼已盡西南碧。「勸農使者非常人」，謂温叟；「上饒使君更超軼」，謂臨也。淳老，温叟字；惇夫，臨字；張秉道，乃吴興後六客之一，時客於杭。「結襪生」者，謂秉道也。敦夫紹聖間，爲御史董敦逸論其符同乞開石門河爲欺罔，妄興功役，坐謫遠小倅。後爲淮南轉運判官〔三〕。【誥案】公《奏狀》：與葉温叟、張璹同往按視。張璹，即全翁也。詩題「張秉道同相視」，秉道，名弼，杭人，公屢稱髯張者也。施註全竊《奏狀》爲己説，故有東坡與前轉運使葉温叟、轉運判官張璹之文，殊不知已將張璹註了張秉道也。其又云「張秉道乃吴興六客之一」，自爲轇轕。查註既誤改全翁爲金翁，又不知此註之誤，而附會之，云「張秉道，施註謂即張璹，則金翁乃其别號」，此又誤也。施註又謂「秉道時客於杭」，亦誤，均應駁正。〔查註〕何薳《春渚紀聞》：元祐中，先生以内相出典杭州，時水官侯臨，相繼出守上饒，過郡。以嘗渡江敗舟於浮山，遂陰畫回江之利以獻，從公相視其宜。一自富陽新橋港至小嶺開鑿，以通閑林港，或費用不給，則置山不鑿，而令往來之舟，搬運度嶺，由餘杭女兒橋港，至郡北關江漲橋，以通運河。一自龍山閘西出，循江過六和寺，由南蕩朱橋港，開石門平田至廟山，然後出江道，二十里至富陽。公詩「坐陳三策本人謀」，又云「上饒使君更超軼，坐睨浮山如累塊」，知所議出於侯也。乞於朝，已得請，而公入爲翰林承旨，林子中爲代。有訣者言：今鑿龍山姥嶺，正犯太守身。因寢其議。【詰案】本集《奏開石門河狀》，只有自龍山至石門一路，其《貼黄》皆同，度用錢十五萬貫。並無一自富陽新橋港通餘杭，至郡北關江漲橋入運河一路。何蘧所載，毫無根據。考形家言，杭城一幹，來自黄海，至天目而拔起，因以至郡，既至而爲江所界，則沿江而趨海寧，又入海鹽，此其大畧也。若如其說，則此幹掘斷，闔郡受禍，非五百年不可息矣。大凡引載關涉地方利弊，民生休戚所繫之事，皆當詳擇棄取，非若他故實，逞其臆說，僅以紛亂此集者比。查註乃一槩般載，此皆詞客所爲耳。公於臨安、新城一路，往來數載，彼中情狀，皆所稔知，何肯輒爲此說。其以石門爲可開者，正以其在沿江上游，與幹無礙故耳。此在《春渚紀聞》，無關輕重，兹引載入集，并云「可補施註之缺」，合註復廣其傳，卽甚可懼。施註乃抄襲本集奏狀，並無遺缺，此豈可參雜僞說哉。公所上三吴水利，雖當時不果用，而前明卒行之。是必不可貽患後人也。今不敢删去，而特正其謬如此。

其一

君不見元帥府前羅萬戟，濤頭未順千弩射。〔王註〕《吴越備史》云：梁開平四年，武肅王錢氏始築捍海塘，復建候潮、通江等城門。江濤晝夜衝激，版築不就，因命强弩五百，以射潮頭。又親築胥山祠，既而潮頭遂趨西陵，城基始定。〔合註〕《舊五代史·錢鏐傳》：同光中，爲天下兵馬都元帥。《史記·高祖紀》：持戟百萬。《漢書·李陵傳》：千弩俱發。至今鳳皇山下路，〔王註祖謙曰〕按《舊經》云：鳳皇山在城中。〔張栻曰〕山下有鳳皇門。趙抃詩云：老來重守鳳皇城。

長借一箭開兩翼。我鑿西湖還舊觀，〔施註〕《晉・王羲之傳》：庚翼《與羲之書》云：吾昔有伯英章草十紙，過江亡失，常嘆妙迹永絶，忽見足下書，煥若神明，頓還舊觀。〔查註〕本集《乞開西湖狀》云：輒已差官打量葑田，自四月二十八日興工，半年之間，見西湖復唐之舊，環三十里，際山爲岸。一眼已盡西南碧。又將回奪浮山險，〔王註〕《圖經》：浮山，在錢塘舊治東南四十里。〔查註〕本集《疏河奏畧》云：潮水自海門來，勢若雷霆，而浮山峙於江中，以亂潮水。潮水洄洑激射，其怒百倍，沙磧轉移，狀若鬼神，雖舟師漁人，不能測其淺深也。千艘夜下無南北。坐陳三策本人謀，〔王註〕漢哀帝時，賈讓奏言：治河有上中下三策。見《溝洫志》。〔查註〕先生守杭時，開興水利凡三，皆采衆議而成者。浚鹽橋、茅山二河，創自監税蘇堅；而驗視董成，則仁和知縣黄僎也；西湖之役創議者，錢塘縣尉許敦仁也；議鑿新河以避浮山之險者，侯敦夫也。故云「坐陳三策本人謀」。惟留一諾待我畫。老病思歸真暫寓，功名如幻終何得。從來自笑畫蛇足，〔施註〕《史記・楚世家》：人有遺其舍人一巵酒者。舍人相謂曰：「數人飲此，不足以遍，請畫地爲蛇，蛇先成者，獨飲之。」一人曰：「吾蛇先成。」舉酒而起，曰：「吾能爲之足。」及爲足而後成，人奪之酒而飲之，曰：「蛇固無足，今爲之足，是非蛇也。」此事何殊食雞肋。憐君嗜好更迂闊，得我新詩喜折屐。江湖麤了我徑歸〔三六〕，餘事後來當潤色。【誥案】公往相視，已聞召還之耗，特命未下耳。故詩有「老病思歸」以下四韻，其奏狀亦惟舉侯臨督役，不復自任其責也。一菴閑卧洞霄宮，〔查註〕宋朝大臣提舉宮觀，自李若谷始。熙寧初，增杭州洞霄宮及五岳廟等，並依崇福宮置提舉官，以知州資序人充，不復限數，人皆得以自便。先生「一菴閑卧」云云，謂將乞宮觀而去也。井有丹砂〔三七〕水長赤。〔施註〕《抱朴子》：葛稚川祖爲臨沅令，縣民有世年百歲者，因徙所居，子孫多夭。他人居其宅，復世享壽。有井水殊赤，令疑有丹藥，浚井求之，果得丹砂數十斛。

其　二

荊溪父老愁三害，下斬長蛟本無賴。〔施註〕《晉・周處傳》：義興陽羨人也。自知爲人所惡，謂父老曰：「今時和歲豐，何苦不樂？」父老歎曰：「三害未除，南山白額猛獸，長橋下蛟，并子爲三矣。」處曰：「吾能除之。」乃入山射殺猛獸，投水搏蛟，經三日三夜，殺蛟而返。遂勵志好學，期年州府交辟。《史記・漢高祖紀》：大人常以臣無賴。晉灼曰：江淮之間，謂小兒多詐狡猾爲無賴。平生倔强韓退之，〔施註〕《舊唐書・李逢吉傳》：韓愈性木强。又，《古詩話》：韓退之詩，尤工用韻，寬則泛入旁韻，窄則不復旁出。木强可見也。文字〔三八〕猶爲鱷魚戒。〔王註次公曰〕韓退之刺史潮州，知鱷魚爲害，乃爲文戒之，鱷乃西徙。石門之役萬金耳，〔查註〕石門在龍山之西。首鼠不爲吾已隘。〔施註〕《史記・灌夫傳》：謂韓安國曰：「何爲首鼠兩端？」江湖開塞古有數，兩鵠飛來告成壞。勸農使者非常人，〔施註〕《漢・司馬相如傳》：世必有非常之人，然後有非常之事。故曰，非常之元，黎民懼焉。〔查註〕韋驤《錢塘先生集》：今之部使者與夫郡守縣令，皆爲勸農官。〔合註〕《續通鑑長編》：元祐六年正月，兩浙路轉運副使葉温叟爲主客郎中。時尚在浙也。一言已破黎民駭。〔合註〕駭字作去聲押，子由《黄樓賦》亦然，未知何所本也？上饒使君更超軼〔三九〕，〔施註〕《莊子・徐無鬼篇》：天下馬有成材，超軼絶塵，不知其所。〔查註〕《太平寰宇記》：江南西道信州上饒郡，漢爲豫章郡之鄱陽縣。上元元年，置信州。東至衢州二百五十里。侯敦夫時以水官出知信州。坐睨浮山〔四〇〕如累塊〔四一〕。〔施註〕《列子・周穆王篇》：周穆王執化人之袂，騰而上者，中天乃止，暨及化人之宫。俯而視之，其下宫榭，若累塊積蘇焉。髯張乃我結襪生，〔王註〕《漢・張釋之傳》：王生者，善爲黄老言，處士。嘗召居廷中。公卿盡會立，王生老人，曰：「吾襪解。」顧謂釋之，爲我結襪。釋之跪而結之。人或讓王生，王生曰：「吾老且賤，自度終亡益於張廷尉，故聊使結襪以重之。」諸公聞之，賢王生而重釋之。〔合註〕先生有《辛未離杭至潤別張弼秉道臨江仙詞》一闋，首云「我勸髯張歸去好」，末云「君王如有問，結襪賴王生」。惟作「張弼」，與施註作「張璹」不同。詩酒淋漓出狂怪。我作水衡生作丞〔四二〕，〔王註次公曰〕水衡與丞事，別是一王生，先生併用之。〔施註〕《漢・龔遂傳》：爲渤海太守。上遣使者徵遂。議曹王生曰：「天子即問君何以治渤海？宜曰皆聖主之德，非小臣之力也。」遂受其言。既至前，上果問以治狀，遂對如王生言。天子笑曰：「君安得長者之言而稱之？」遂曰：「乃臣議曹教戒臣也。」上以遂年老，拜爲水衡都尉，議曹王生爲水衡丞，以褒顯遂云。他日歸朝同此拜。〔王註〕《舊唐書・陳叔達傳》：拜禮部尚書，太宗勞之曰：「武德時，危難潛搆，知公有讜言，今之此拜，有以相答。」【誥案】紀昀曰：二首皆氣機駿利，此首更恣逸。

椶筍并敍〔四三〕

〔王註次公曰〕元祐六年辛未作。

椶筍，狀如魚，剖之得魚子，〔查註〕《本草》：栟櫚一名椶櫚，無枝條，高二三丈，葉萃於樹杪。每皮一匝爲一節，三旬一采。六七月生黃白花，八九月結實，作房如魚子，黑色。又云：三月，於木端莖中出黃苞，苞中有細子成列，乃花之孕也。狀如魚腹孕子，謂之椶魚，亦曰椶筍。味如苦筍而加甘芳。蜀人以饌佛，僧甚貴之，而南方不知也。筍生膚毳中，蓋花之方孕者。正二月間，可剝取，過此，苦澀不可食矣。取之無害於木，而宜於飲食，法當蒸熟，所施略與筍同，蜜煮酢浸，可致千里外。今以餉殊長老〔四四〕。

贈君木魚三百尾，中有鵝黃子魚子。夜叉剖癭欲分甘，〔施註〕《摭言》：王璘詩：芍藥花開菩薩面，椶櫚葉散夜叉頭。《晉・王羲之傳》：有一味之甘，割而分之。籜龍藏頭敢言美。願隨蔬果得自用，勿使山林空老死。〔施註〕《老子》：使民至老死不相往來。問君何事食木魚，烹不能鳴固其理。〔施註〕《莊子・山木篇》：夫子出於山，舍於故人之家，故人喜，命豎子殺雁而烹之。豎子請曰：「其一能鳴，其一不能鳴，請奚殺？」主人曰：「殺不能鳴者。」

送小本禪師赴法雲

〔查註〕《咸淳臨安志》：善本，開封人。力學，舉進士於京師。得《華嚴經》，開卷恍然，歷歷與心契。圓照禪師住杭之淨慈，招師居上座，別開講席，助誘方來之士。《續燈録》：元豐七年，越國大長公主與駙馬都尉張敦禮，建法雲禪刹於京城之南。既成，詔法秀開山。《釋氏稽古畧》：哲宗元祐五年八月，汴京法雲寺法秀禪師入寂。詔杭州淨慈寺善本禪師繼席住持，賜號大通禪師，師嗣圓照禪師宗本，世謂之大小本焉。

寓形天宇間〔四五〕，〔王註〕陶淵明《歸去來辭》：寓形宇內復幾時。〔施註〕《文選・魏都賦》：天宇駭，地廬驚。出處會有役。〔施註〕陶淵明《歸田園》詩：問君亦何爲，百年會有役。〔合註〕此江文通《擬陶徵君》詩也。原註誤。澹然都無營，〔施註〕《後漢・蔡邕傳》：安貧樂賤，與世無營。百年何由畢。山林等憂患，軒冕亦戲劇。我未即〔四六〕歸休，師寧便安逸〔四七〕。王城滿豪傑，〔施註〕《文選》張平子《東京賦》：總風雨之所交，然後以建王城。議論紛黑白〔四八〕。〔施註〕《楚辭》屈原《九章》：變白而爲黑兮，倒上以爲下。聖諦第一義，對面誰不識。〔施註〕《傳燈録》：達摩西來，梁武帝問如何是聖諦第一義？答云：「廓然無聖。」又問：「對朕者誰？」答云：「不識。」師來亦何事，孤月挂空碧。是身如浮雲，安得〔四九〕限南北。〔王註次公曰〕兩句皆老杜詩《別贊上人》全語。〔合註〕《詩話總龜》所云亦同。【誥案】凡似此類句法，最易偶同，若作者必搜索有出而後用之，則其勢加於信筆而下者百倍。凡能詩者，皆不爲也。註家固應註明，而詩話以此爲技能，最爲卑鄙。曉嵐謂此引杜詩以引下二句。本集雖有此法，但此二句非是。出岫本無心，既雨歸亦得。〔施註〕《周易·小畜》：即雨即處。珠泉〔五〇〕有舊約，何年挂瓶錫。

次韻曹子方龍山眞覺院瑞香花

〔查註〕《西湖游覽志》：龍山稍北爲玉廚山，舊有真覺院。《冷齋夜話》：瑞香花有黃紫二種，有紫瓣而緣金者，初產廬山，今處處有之。又據桑喬《廬山紀事》：瑞香產山中，南唐中主愛之，移植於含風殿，名曰紫蓬萊。《咸淳臨安志》：今東西馬塍，瑞香最多，大者名錦薰籠。

幽香結淺紫，來自孤雲岑。骨香不自知，色淺意殊深。〔合註〕或曰：用李義山《僧院牡丹》詩「色淺爲依僧」也。移栽青蓮宇，〔王註次公曰〕青蓮宇，佛宮也。〔施註〕《阿彌陀經》：舍利弗極樂國，池中蓮花，大如車輪，青色青光。遂冠薝蔔林。紉爲〔五一〕楚臣珮，散落天女襟。君持風霜節，耳冷歌笑音。〔王註次公曰〕子方爲使，故云「風霜節」。唐宣宗曰：「朕耳冷不知有卿也。」〔合註〕《朝野僉載》：孟宏微對宣宗曰：「陛下何以不知有臣？」帝怒曰：「朕耳冷。」子方時爲運判，非使也。【誥案】運判雖非使者，其體制則同，如兩浙路，只設一使，其自溫、台以至常、潤，豈易遍及，例皆其屬，分按所至，威横則同。新法初行，王安石用新進少年，出爲使者，在處擾害，皆此曹也。周燾見以新進，在兩浙爲此官，可證。詩言「持節」者，正以其與使同也。一逢蘭蕙質，〔施註〕《文選》江文通《述哀》詩：仿佛想蕙質。稍回鐵石心。〔合註〕先生有《寶雲真覺院賞瑞香西江月詞戲曹子方》，云：知君却是爲情穠，怕見此花撩動。即此詩意也。【誥案】紀昀曰：綰合得好，用廣平事無迹。置酒要妍暖，〔施註〕韓退之《遊青龍寺》詩：幸及亭午猶妍暖。養花須晏陰。〔施註〕唐釋仲休《花品》：每至牡丹開月，多有輕雲微雨，謂之養花天。及此陰晴間，恐致慳嗇霖。彩雲〔五二〕知易散，〔施註〕白樂天《簡簡吟》：大都好物不堅牢，彩雲易散琉璃脆。鶗鴂〔五三〕憂先吟。〔邵註〕揚雄《反離騷》：徒恐鶗鴂之將鳴兮，顧先百草爲不芳。〔查註〕《廣雅》：鶗鴂、鷤鴂，子規也。《本草》：「題鴂」亦作「鶗鴂」。明朝便陳迹，試著丹青臨。〔王註師曰〕臨，摹也。古人謂摹書爲臨書。

書《渾令公燕魚朝恩圖》

〔查註〕《舊唐書》：渾瑊，皐蘭州人，本鐵勒九部落之渾部也。德宗朝，累功拜中書令，封咸寧郡王，謚忠武。朱景玄《唐朝名畫録》：《渾侍中宴會圖》，乃周昉所畫。〔合註〕自第三卷辛丑十一月起，至此詩止，七集本皆在《東坡前集》各卷中。【誥案】《欒城集》起己亥至奉使契丹及文太師致仕還洛止，是前集，止於元祐五年，與本集相去不遠。但兩集皆有誤，若因此而謂公自定，非也。

咸寧英氣似汾陽，〔施註〕唐渾瑊由樓煩郡王，徙咸寧。郭子儀封汾陽郡王。〔合註〕皆見《唐書》本傳。夜飲軍容出紅粧。〔合註〕何焯曰：「紅」字作仄聲讀。然作本音亦可，何説似拘也。〔施註〕《唐·魚朝恩傳》代宗幸陝，朝恩爲天下觀軍容宣慰處置使。不須纏頭萬匹錦，〔施註〕《大唐故事稽疑》：代宗詔王縉等，就郭子儀爲軟脚局，朝恩以錦綵數萬與妓人纏頭。知君〔五四〕未辦作吕强。〔施註〕《後漢·吕强傳》：强爲中常侍，清忠奉公。黄巾賊起，帝問所宜施行，强請先赦黨人。〔査註〕呂强當東漢時，曾上疏極論外戚貴倖，奢麗過禮，迥非宦寺所及。朝恩方心營奢僭，世傳其就汾陽一宴，錦綵纏頭以數萬計，直欲與王公戚里誇多鬭靡。故詩中託爲咸寧嘲諧之語，謂汝之纏頭萬匹，吾無所用之，亦料汝不能作呂强上疏，指斥奢麗也。〔合註〕何焯曰：此詩疑爲李憲而發。似未確。

次韻劉景文西湖席上〔五五〕

〔王註次公曰〕先生召還爲翰林承旨，將離杭，而同景文飲於西湖，景文有詩，而先生和之也。〔合註〕自此詩起至第四十五卷《答徑山長老》詩止，七集本皆在《東坡後集》各卷中。

二老長身屹兩峯，〔王註次公曰〕武林有南北兩峯。常撞大呂應黄鐘。〔王註次公曰〕黄鐘、大呂，以譬同聲之相應也。六律陽聲，以黄鐘爲首，六呂陰聲，以大呂爲首。故《周禮》奏黄鐘，則必歌大呂也。將辭鄴下劉公幹，〔施註〕《三國志·魏·王粲傳》：始，文帝爲五官將，及平原侯植好文學。東平劉楨字公幹，並見友善。時在鄴宮。却見雲間陸士龍。〔王註次公曰〕陸士龍，指言子由。時元祐六年三月，先生召還，而子由是春除尚書右丞，所以別劉而見子由也。〔施註〕《晉·陸雲傳》：字士龍。與荀隱素未相識，嘗會張華坐。華曰：「今日相遇，可勿爲常談。」雲因抗手曰：「雲間陸士龍。」隱曰：「日下荀鳴鶴。」鳴鶴，隱字也。白髮憐君畧相似，青山許我定相從。〔施註〕白樂天詩：白首青山約，抽身去得無。我今〔五六〕官已六百石，慚愧當年邴曼容。〔王註援曰〕杜牧詩：師友琅琊邴曼容。〔施註〕《漢·兩龔傳》：琅琊邴漢，亦以清行徵用。王莽秉政，遂歸老於鄉里。兄子曼容，亦以養志自修，爲官不肯過六百石，輒自劾去，其名過出於漢。

次前韻答馬忠玉〔五七〕

〔查註〕《咸淳臨安志》：元祐五年八月，宣德郎馬瑊自提點淮南西路刑獄，改兩浙路提刑。《黄山谷年譜》：馬瑊，茌平人。〔合註〕《吳興備志》：紹聖三年知湖州，累知荆州，坐與黄庭堅善，置海州。「忠」一作「中」。

坡陀巨麓起連峯，〔王註次公曰〕麓者山足，峯者山之上秀者也。坡陀，不平之貌。謝靈運詩：連峯競千仞。積累當年慶自鍾。〔施註〕《周易·坤文言》：積善之家，必有餘慶。〔合註〕《漢書·董仲舒傳》：積善累德之效。靈運子孫俱得鳳，〔王註〕《南史》：謝靈運子鳳，鳳子超宗，好學有文辭。新安王子鸞母殷淑儀卒，超宗作誄奏之。帝大嗟賞，謂謝莊曰：「超宗殊有鳳毛，靈運復出。」慈明兄弟孰非龍？〔施註〕《後漢·荀爽傳》：字慈明。潁川爲之語曰：「荀氏八龍，慈明無雙。」河梁會作看雲別，〔王註〕《文選》李陵《與蘇武詩》三首，其一曰：攜手上河梁，游子莫何之。其一曰：仰視浮雲馳，奄忽互相踰。長當從此別，且復立斯須。又杜子美《苦戰行》詩云：別時孤雲今不飛，時復看雲淚横臆。詩社何妨載酒從。祇有西湖似西子，故應宛轉爲君容。〔王註次公曰〕王勃詩：君王歡愛盡，歌舞爲誰容。

予去杭十六年而復來，留二年而去。平生〔五八〕自覺出處老少，麤似樂天，雖才名相遠，而安分寡求，亦庶幾焉。三月〔五九〕六日，來別南北山諸道人，而下天竺惠淨師以醜石贈行，作三絶句〔六〇〕

【詰案】樂天去杭之什，與此三詩，皆非經意之作，而讀之自覺仁人之言，藹然可親，餘戀猶在，何也？使以此兩家作，易以他名姓，載入志乘，讀之了無餘味，抑又何也？凡爲詩而欲別杭州者，當以是而思。

其一

當年衫鬢兩青青〔六一〕，强説重臨慰別情。〔施註〕劉禹錫《衡陽酬贈別》詩：重臨事異黃丞相。衰髮祇今無可白，故應相對話來生〔六二〕。〔施註〕白樂天詩：勿輕一樽酒，可以話平生。

其二

出處依稀似樂天，〔王註次公曰〕白樂天以進士登第，以制科進秩。元和中，爲京兆户曹參軍，以母墮井而作新井詩。坐言章，貶江州司馬，徙忠州刺史，入爲司門員外郎，以主客郎中知制誥，遷中書舍人。以言不聽乞外，遷爲杭州刺史，復拜蘇州刺史，病免。尋以祕書監召，遷刑部侍郎。其後，遂以刑部尚書致仕。敢將衰朽〔六三〕較前賢。〔王註次公曰〕先生以進士登第，以制科進秩。熙寧中，攝開封推官，出倅杭，守密，徙湖。乃以詩案責授黃州團練副使，起知登州，入爲禮部郎中，除起居舍人，遷中書舍人，又爲翰林學士。以不見容，乞外任，爲杭州守二年，以翰林承旨召。比白公未致仕之前，出處蓋相似也。便從〔六四〕洛社休官去，猶有閑居二十年。〔王註績曰〕樂天休官於洛，所居履道里，疏沼種樹，構石樓於香山，鑿八節灘，自號醉吟先生。晚與僧如滿結香火社，文酒娱樂二十年。〔次公曰〕樂天致仕六年而卒，年七十五。今先生召還，年五十六，而起致仕之興，則比樂天豈非餘二十年乎。〔施註〕白樂天《老病》詩：如今老病須知分，不負春來二十年。〔查註〕白樂天《洛下》詩：水畔竹林邊，閑居二十年。

其　三

在郡依前六百日，山中不記幾回來。〔施註〕白樂天《留題靈隱》詩：在郡六百日，入山十二回。還將天竺一峯去，〔王註〕白樂天罷杭，有詩云：三年爲刺史，飲冰復食蘗。惟向天竺山，取得兩片石。欲把〔六五〕雲根到處栽。〔王註〕張協詩：雲根臨八極，雨足散四溟。【誥案】後二詩皆從「來生」句領起，題云「去杭」而語不及杭，乃有意包入樂天之內，使人不覺也。其用「故應」二字，無限作用，皆此二字神氣。

和林子中待制〔六六〕

〔查註〕《東都事畧》：林希，字子中。元祐初，爲祕書少監，改集賢殿修撰知蘇州，久之，以天章閣待制知杭州。《咸淳臨安志》：元祐六年二月，召軾爲翰林承旨，是月癸巳，天章閣待制林希自潤州移知杭州。此詩之作，正交代時也，用韻與後《答黃安中》同，確是此時作。【誥案】林希似由蘇州徙潤，與黃履對調，《事畧》畧去希徙潤耳。此詩施編不載，查註從邵本補編。

兩翁留滯各皤然，〔馮註〕《尚書》：番番黃髮〔六七〕。與「皤」同。班固詩：皤皤國老。〔合註〕徐陵《報尹義書》：容鬢皤然。人笑迂疎老更堅〔六八〕。〔馮註〕《後漢·馬援傳》：嘗謂人曰：「丈夫爲志，窮當益堅，老當益壯。」共把鵝兒〔六九〕一樽酒，相逢卵色〔七〇〕五湖天。〔合註〕柯其楷曰：孫光憲《河瀆神詞》：一方卵色楚南天。江邊遺愛啼斑白，海上先聲入管絃。早晚淵明賦歸去，浩歌長嘯〔七一〕老斜川。〔王註續曰〕淵明有《歸去來辭》，又有《游斜川》詩。

次韻答黃安中兼簡林子中

〔合註〕《宋史·黃履傳》：字安中，邵武人。少游太學，舉進士。哲宗即位，爲翰林學士。履素與蔡確、章惇、邢恕相交結，劉安世發其罪，知越州，歷舒、洪、蘇、鄂、青州，江寧、應天、潁昌府。紹聖初，爲御史中丞，拜尚書右丞，坐罷知亳州。徽宗立，復拜右丞，加大學士，提舉中太一宫，卒。《續通鑑長編》：元祐六年六月，知蘇州黃履知江寧府，時黃履正在蘇州也。【誥案】《東都事畧》：紹聖初，黃履復爲御史中丞，上章，乞黜責呂大防之黨，以正典刑。又謂司馬光變更先朝已行之法，非是。以郊議拜尚書右丞。履初附蔡確，謀定策事，復附章惇，排擊元祐之臣，時議嫉之。考本集，黃履由潤州徙蘇州，《宋史》失載。

老去心灰不復然，一麾江海意方堅。〔施註〕杜牧之《赴吳興》詩：乞得一麾江海去，樂遊原上望昭陵。那堪黃散付子度，〔王註〕《晉書》：王敦上疏曰：劉隗以黃散爲參軍，晉、魏以來，未有此比。〔施註〕《南史·蔡凝傳》：宣帝欲用錢肅爲黃門侍郎。凝曰：「黃散之職，故須人門兼美。」空羨蘇杭〔七〕養樂天。〔王註〕白樂天《吳郡詩石記》：貞元初，韋應物爲蘇州牧，房孺復爲杭州牧。韋嗜詩，房嗜酒，吳中目爲詩酒仙。余始年十四五，旅二郡，以當時心言，異日蘇、杭，苟獲一郡足矣。今自中書舍人，間領二州，去年脫杭印，今年佩蘇印，既醉於彼，又吟於此，則蘇、杭之風景，韋、房之詩酒，兼有之矣。病肺一春難白酒，〔王註〕杜子美《寄薛三郎中》詩：春復加肺氣，此病蓋有因。早歲與蘇、鄭，痛飲情相親。〔施註〕白樂天《九日寄元微之》詩：痛飲年來肺損傷。別腸三夜繞朱絃。〔王註〕陸士龍詩：朱絃繞素腕。杜子美《題柏大兄弟山居屋壁》詩：哀絃繞白雪。〔施註〕韓退之《遠游聯句》：別腸車輪轉，一日一萬周。李賀詩：離歌繞儒絃。羣仙正欲吾歸去，共把清風借玉川。〔施註〕盧仝《謝孟諫議茶》詩：蓬萊山，在何處，玉川子乘此清風欲歸去。山上羣仙司下土，地位清高隔風雨。

留別蹇道士拱辰

黑月在濁水，〔王註〕《莊子·山木篇》：觀於濁水，而迷於清淵。〔施註〕《北山録》：西土，於一月中三十日，内分前十五日爲白月，後十五日爲黑月。〔合註〕《法苑珠林》註同。何曾不清明。〔王註次公曰〕夫水清而月明，則月現於水，此以形相觀水月也。寸田〔七三〕滿荆棘，梨棗無從生。何時返吾真，〔王註〕《説苑》：木偶人謂土偶人曰：「子，先土也，天大雨，水潦並至，子且必壞。」應曰：「吾壞乃反吾真也。」〔施註〕《漢·楊王孫傳》：吾欲贏葬，以反吾真。歲月今崢嶸。屢接方外士，〔施註〕《莊子·大宗師篇》：彼遊方之外者也，而丘遊方之内者也。早知俗緣輕。〔施註〕《南史·沈攸之傳》：早知窮達有命。庚桑託雞鵠〔七四〕，未肯化南榮。〔施註〕《莊子·庚桑楚篇》：庚桑子曰：「辭盡矣。」曰：「奔蜂不能化藿蠋，越雞不能伏鵠卵，魯雞固能矣。雞之與雞，其德非不同也，有能與不能者，其才固有巨小也。今吾才小不足以化子，子胡不南見老子？」晚識此道師〔七五〕，〔施註〕《法華經》以佛爲道師。似有宿世情。〔合註〕鮑照賦：閲宿世之高賢。笑指北山雲，訶我不歸耕。仙人漢陰、馬，微服方地行。〔施註〕《神仙傳》：「馬明生，其師授以《太清神丹經》三卷，不樂昇天，但服半劑，爲地仙。陰長生事馬明生，亦授《太清神丹經》。合丹服半劑，不即昇天，周行天下。」陰、馬，皆後漢時人〔七六〕。咫尺不往見，煩子通姓名。願持空手去，獨控橫江鯨。〔王註次公曰〕控，於字書訓引也，蓋言不用網釣，空手捉鯨也。〔施註〕《文選》木元虚《海賦》：其魚則横海之鯨。

元祐六年六月，自杭州召還，汶公館我於東堂，閲舊詩卷，次諸公韻三首

〔查註〕興國浴室院，僧慧汶，號法真，見本集《觀音贊引》中。《汴京遺迹志》引《宋會要》云：興國寺乃唐龍興寺，開寶二年重修，太平興國元年賜今額。在馬軍橋東北。【誥案】此三詩，乃召還乞郡不許再入翰林之作，詩意顯然。施編誤。今移於前，餘詳總案中。〔案〕總案元祐六年五月，有「館於興國東堂」條。條下誥案云：五月二十六日後，尚在乞郡，至六月一日，召入學士院，故云「六月召還」。其館於東堂，當在此旬日中，後卽遷東府矣。又：同上年六月，有「將遷子由東府，於汶公東堂閲舊詩卷作詩」條。條下誥案云：公初寓汶公東堂，意在求去，尚未定居也。及入院，子由方求去，必無請公遷居東府之理。蓋東府西府八位，乃神宗創置以居執政者也。至是皆不能卽去，公始與子由同居，乃六月望前後之事。其情灼然可見。故《感舊詩敍》又云：元祐六年，予自杭州召還，寓居子由東府，數月，復出領汝陰。與此詩題之「杭州召還，汶公館我於東堂」，雖不合而自合。施註不知此中原委，因並編於出京之時。查註、合註從誤。今改編東堂詩於前云。

其一

半熟黄粱日未斜，玉堂陰合手栽花。〔王註次公曰〕言其在玉堂時手栽之花。陰已合矣。〔查註〕元祐三年，

先生爲翰林學士，有《玉堂栽花》詩。卻尋〔七七〕三十年前味，未飯鐘時〔七八〕已飯茶〔七九〕。〔王註〕唐王播少貧，客揚州木蘭院，隨僧齋，僧厭之，及播至，已飯矣。後二紀，來出鎮是邦，向所題字已碧紗籠其上矣。乃題二絶，一云：上堂已了各西東，慚愧闍黎飯後鐘。二十年前塵撲面，如今始得碧紗籠。出《摭言》。〔查註〕《黄山谷集·同謝公定攜書浴室院汶師置飯作》。此詩第一首，次山谷韻。

其二

夢覺還驚屧響〔八〇〕廊，〔王註〕皮日休詩云：屧響廊中金玉步。故人來炷影前香。〔王註次公曰〕先生有畫像在院中故也。【誥案】詩意，院有老僧德香遺像，乃公應舉時之主僧，即惠汶之師也。故人，公自謂也。次公之説非是。鬢鬚白盡成何事，一帖空存老遂良。〔公自註〕法帖中，有褚遂良書云：即日，遂良鬚髮盡白〔八一〕。〔查註〕《淮海集》：元祐三年，予被召至京師，從翰林蘇先生，過興國浴室院，始識汶師，後二年復來，閲諸公詩，因次韻。第二首次少游韻。

其三

尺一東來喚我歸，〔王註縯曰〕尺一，言天子之詔也。漢制，尺一之板，以寫詔書。故《後漢·陳蕃傳》云：尺一選舉，委尚書三公，使褒責誅賞，各有所歸。《晉書》：山濤與石鑒宿，濤夜起，鑒曰：「宰相三不朝，與尺一令歸第，卿何慮也。」〔施註〕《漢·匈奴傳》：漢遺單于書，以尺一牘。《後漢·陽球傳》：徙衛尉，敕尚書令召拜，不得稽留尺一。《李雲傳》：尺一拜用不經御省。註云：尺一之版，謂詔策也。見《漢官儀》。〔查註〕《後漢書·陳蕃傳註》：謂板長尺一，以寫詔書也。蔡邕《獨斷》：策者，簡也。其制長二尺，短者半之。其次一長一短，兩編下附篆書，起年月日，以命諸侯王三公。三公罪免亦賜策，文體如上，策而隸書以尺一木兩行。《書苑菁華》：韋續五十六種書體，三十六爲鶴頭書，乃詔版所用漢家尺一之簡是也。衰年已迫故山期。文章曹植今堪笑，【誥案】公先乞戍邊不允，及入見，知宜仁意不可回，不得已赴閤門拜命，再入翰林，兼邇英講讀。故以文章曹植爲喻，下句尤顯然可見，次公僅於作詩求解，失之遠矣。却卷波瀾入小詩。〔王註〕杜子美《追酬故高蜀州人日見寄》詩：文章曹植波瀾闊。〔次公曰〕今先生自笑其窘，束大才而爲小詩，故以自比也。〔查註〕第三首原唱未詳。

破琴詩并敍〔二〕

【誥案】琴夢房圖，渺不相涉，卽以邢、董牽合，義不可通，此蓋有難言事，欲後人發明之耳。

舊説，房琯開元中嘗宰盧氏，與道士邢和璞出遊，過夏口村，入廢佛寺，坐古松下。和璞使人鑿地，得甕中所藏婁師德與永禪師書。笑謂琯曰：「頗憶此耶？」琯因悵然，悟前生之爲永師也。〔施註〕房琯事，出鄭處誨《明皇雜録》，見《高道傳》。故人柳子玉寶此畫，云是唐本，宋復古〔三〕所臨者。〔查註〕《廣川畫跋》：唐人畫邢和璞、房琯前世事。【誥案】琯指劉摯，和璞指邢恕。恕事不詳。元祐六年三月十九日，予自杭州還朝，宿吴淞江，夢長老仲殊挾琴過余，彈之有異聲。就視〔四〕，琴頗損〔五〕，而有十三絃。予方歎息〔六〕不已。殊曰：「雖損，尚可修。」曰：「奈十三絃何？」殊不答，誦詩云：「度數形名本偶然〔七〕，破琴今有十三絃。此生若遇邢和璞，方信秦箏是響泉。」〔查註〕《澠水燕談》：秀州祥符院僧智和，蓄一古琴瑟，瑟徽碧文，細石爲軫，音韻清越，中刻李陽冰篆三十九字。朱長文《琴譜》亦著此琴，卽李勉所製響泉也。予夢中了然，識其所謂，既覺而忘之。明日，晝寢，復夢，殊來理前語，再誦其詩。方驚覺而殊適至，意其非夢也，問之殊，蓋不知。是歲六月，見子玉之子子文京師，求得其畫，乃作詩并書所夢其上。子玉，名瑾，善作詩及行草書。復古，名迪，畫山水〔八八〕草木，蓋妙絕一時。仲殊本書生，棄家學佛，通脱無所著，皆奇士也。【誥案】熙寧中，公與劉摯攻法，被出，會於廣陵，本同氣也。元祐初，摯以是循至執政，而隳其所守。及入相，且拒公，公察其隱，乞罷召，而子由已爲所攻。時朔黨盤踞朝宁，洛黨歸之，遂悉登言職，而駕名伊川報隙。公云：「召還非大臣本意，今賈易擢貳風憲，付以雄權，不久必言臣。」子由云：「微仲直而闇，摯曲意事之，陰竊其進退士大夫之柄。」史云：「摯爲相，進退士大夫，實執其柄。摯在位僅九月，考其進退之人，則所進者易，所退者公也。」伊川罷去，已越四載，公明知與彼無涉，而辯狀及之，以攻者皆程門，而摯無實迹也。論洛、蜀多盲語，徒偏伊川，不知辯雪，亦伊川之冤獄，公則并無攻之之迹，辯狀皆應兵也。公既還，墮摯術中，知必爲所敗，而乞出不許，因有破琴之慨。史以摯爲元祐相，多方掩蓋而不能盡，則此詩立案，終亦不能滅也。

破琴雖未修，中有琴意足。誰云〔八九〕十三絃，〔王註〕《西京雜記》：高祖初入咸陽宮，有琴長六尺，安十三絃，銘曰，璠璵之樂。〔次公曰〕秦咸陽宮中箏，十三絃，先生以爲破琴如箏，而琴音尚在，非若世之琴雖七絃，而聲則箏也。音節如佩玉。【誥案】此節以箏似琴自喻，謂自熙豐至元祐，屢被攻逐，雖破琴如故，而音節則不改也。新琴〔九〇〕空高張〔九一〕，絲聲〔九二〕不附木。〔合註〕何焯曰：絲聲附木，用河東《郭箏師誌》。宛然七絃箏，動與世好逐。【誥案】此節以琴似箏喻摯，謂向者同一破琴，今雖新之，而喪其本質，故與我分馳也。陋矣房次律，因循墮流俗。懸知董庭蘭，不識無絃曲〔九三〕。〔施註〕《舊唐書·房琯傳》：琯爲相，與劉秩等高談虛論，此外則聽董庭蘭琴，庭蘭自是大招納貨賄。琯，字次律。【誥案】此節以琯爲相忘却本來面目喻摯，而譏易、光庭不能始終以洛黨攻我，乃甘心爲庭蘭賣其師，而自售取利，是亦新琴，非破琴也。

書破琴詩後〔九四〕并敘

【誥案】此詩施編不載，查註從邵本補編。

余作《破琴詩》，求得宋復古畫邢和璞於柳仲遠，仲遠以此本〔九五〕託王晉卿臨寫爲短軸〔九六〕，名爲《邢房悟前生圖》，作詩題其上〔九七〕。【誥案】元豐末，司馬光力引劉摯，以其攻安石也。及光没，遂執政，至是入相。然摯自結黨以來，非復前之爲摯，而宣仁進之不已，則主光言也。此皆前詩之來歷，而前所不道，蓋恐後之人未能盡通其故，又補題此詩也。

此身何物〔九八〕不堪爲，【誥案】謂摯前攻安石，而茲則結納章惇、邢恕，既攻伊川，又以其黨攻我，所爲皆不堪也。逆旅浮雲自不知。【誥案】謂摯變怪反復，不測如此，皆非光所知也。偶見一張閑故紙，便疑〔九九〕身是永禪師。【誥案】此以婁師德比光，謂宣仁用光陳言相摯，猶見婁師德一書，便指房琯爲智永，則未然也。是年十一月，摯坐發覺，宣仁怒，同列爲解免，不聽，罷摯鄆州，是此詩之明驗矣。

次韻子由書王晉卿畫山水一首，而晉卿〔一〇〇〕和二首

〔查註〕《欒城集·題王詵卷後》云：還君横卷空長歎，問我何年便退休。欲借巖阿著茅屋，還當溪口泊魚舟。經心蜀道雲生足，上馬胡天雪滿裘。萬里還朝徑歸去，江湖浩蕩一輕鷗。【誥案】公

此番入朝，無日不在煎熬中，故未嘗作一詩。惟此琴畫十二首，皆無聊中借以發洩。若熟讀總案，參以《破琴》詩敍，如謂不因劉摯而發，將焉往乎！〔案〕總案元祐六月四日，有「先是劉摯、劉安世攻敗洛黨，摯已在執政」條，有「既乃劉安世劾罷范純仁」條，有「及劉摯代純仁爲相，王巖叟爲樞密使、梁燾爲禮部尚書，劉安世久在諫垣，號殿上虎，招徠羽翼益衆，朱光庭、楊畏、賈易等失其領袖，皆附朔黨以干進，摯擢易爲侍御史，使驅公，意在傾子由也，搆難方急」條。

其一

誤點故教同子敬。〔施註〕《晉·王獻之傳》：字子敬。桓温常使書扇，筆誤落，因畫作烏駮牸牛甚妙。雜篇真欲擬湯休。〔王註厚曰〕江淹作《雜擬》三十首，有《擬湯休上人》詩云：西北秋風至，楚客思悠哉。日暮碧雲合，佳人殊未來。隴雲寄我山中信，〔施註〕《本事詩》：梁高祖問陶弘景，山中何所有？陶爲詩曰：山中何所有？嶺上多白雲。只可自怡悦，不堪持寄君。雪月追君溪上舟。會看飛仙虎頭篋，却來顛倒拾遺裘。〔施註〕杜子美《北征》詩：天吳與紫鳳，顛倒在裋褐〔一〇二〕。王孫辦作玄真子，細雨斜風不濕鷗。〔施註〕《續仙傳》：張志和號玄真子，爲《漁父詞》：青箬笠，緑簑衣，斜風細雨不須歸。顔真卿與陸鴻漸、徐士衡、李成矩，共唱和二十五首。志和命丹青剪素，寫景夾詞，須臾成五本。花木禽魚，山水景像，奇絶縱迹，今古無倫。真卿與諸客傳翫，歎伏不已。

其二

此境〔一〇三〕眼前聊妄想，〔施註〕《圓覺經》：展轉妄想，無有是處。幾人林下是真休。我今心似一潭月，君已身如萬斛舟。〔王註〕兵法曰：戰船闊狹長短，隨用大小，皆以米爲率，一人重米二石，則人數率可知矣。看畫題詩雙鶴鬢，歸田送老一羊裘。〔王註子仁曰〕嚴光披一羊裘。〔施註〕《北史・房法壽傳》：得一羊裘，欣然自足，晝則樵蘇，夜誦經史。明年兼與士龍去，【誥案】子由既入政府，自云：轍居其間，迹危甚。據詩，作於攻擊前。萬頃蒼波〔一〇三〕没兩鷗。〔王註次公曰〕子美《奉贈韋左丞丈》云：白鷗没浩蕩，萬里誰能馴。蓋滅没於烟波之間，最爲自然。而宋敏求謂余云：鷗不解没，改作「波」字，便覺一篇精神索然。今先生用「没」字，蓋表出之，以正世之謬誤云。

次韻子由書王晉卿畫山水二首〔一〇四〕

【誥案】二詩句句寓意，以題畫論，卽與畫理不合，設想之所不到也。

其一

老去君空見畫，〔王註〕杜子美詩：老去人間空見畫。〔施註〕杜子美《觀李固山水圖》詩：人間長見畫，老去恨空閑。夢中我亦曾遊。〔施註〕白樂天《酬微之通州舊題》詩：十五年前似夢游，曾將詩句結風流。桃花縱落誰見，水到人間伏流〔一〇五〕。〔王註次公曰〕水有伏流者，如黃河之源是也。〔施註〕杜子美《蕭駙馬山亭》詩：伏流何處入，亂石閉門高。

其二

山人昔與雲俱出，俗駕今隨水不回。〔王註〕《北山移文》云：請回俗士駕，爲君謝逋客。賴我胸中有佳處，一樽時對畫圖開。【誥案】「誰見」、「伏流」、「昔與」、「今隨」等句，皆在《破琴》意中，而字面不露。

又書王晉卿畫四首

山陰陳迹

〔王註次公曰〕越州山陰縣有蘭渚，渚有亭焉。王羲之與羣賢於此祓禊，作《蘭亭記序》。中有「俯仰之間，已爲陳迹」之語，故云山陰陳迹。

當年不識此清真，强把先生擬季倫。〔王註援曰〕《晉・王羲之傳》：自爲《蘭亭序》。或以潘岳《金谷詩序》方其文，羲之比於石崇，聞而甚喜。先生嘗曰：此許敬宗之言。敬宗，人奴也，見季倫金多，故以爲賢於右軍耳。夫二十四友，皆望塵之流，豈足比方逸少耶？等是人間一陳迹，聚蚊金谷本何人。【誥案】無端以聚蚊牽合金谷，可見中有寄託也。

雪溪乘興

【誥案】此用王徽之雪夜訪戴事。

溪山雪月兩佳哉，賓主談鋒夜轉雷。〔施註〕庾信《象賦》：恣漏詞鋒，專搗談柄。〔合註〕今本《庾開府集》有《象戲賦》及《進象經賦表》，均無此二語。玩賦末文義不全，蓋今本缺也。猶言不見戴安道，爲問適從何處來。〔施註〕《唐・武儒衡傳》：元稹倚宦官，知制誥，儒衡鄙厭之。會食瓜，蠅集其上，儒衡揮以扇，曰：「適從何處來，遽集於此？」

四明狂客

〔王註次公曰〕明州有四明山，賀知章自號狂客。〔欽夫曰〕《洞天福地記》《三十六洞天記》：第九，四明山，二百八十峯。洞周回一百八十里，名丹山赤水之天。山有四門，通日月星辰之光，故名曰四明之山。

毫端偶集一微塵，何處溪山非此身。【誥案】此因無家可歸，故云無處不可歸也。必如是解，則下意方醒，而後詩亦不背，然起句終非題畫詩也。狂客思歸便歸去，更求敕賜枉天真。

西塞風雨

〔王註次公曰〕西塞，乃湖州磁湖鎮道士磯也。〔查註〕《吳興志》引《經鉏堂志》云：西塞，郡城南一帶遠山是也。唐張志和遊釣於此，有《西塞山漁父詞》，山名遂著。

斜風細雨到來時，【誥案】隨手入化。我本無家何處歸。仰看雲天真箬笠〔一〇六〕，〔合註〕此兼用天形如笠之意。旋收江海入蓑衣。

題王晉卿畫後

醜石半蹲山下虎，〔王註〕《前漢・李廣傳》：廣出獵，見草中石，以爲虎而射之，中石没矢。〔合註〕李義山《亂石》

詩：虎踞龍蹲縱復橫。長松倒卧水中龍〔一〇七〕。〔施註〕白樂天《草堂記》：夾澗有古松，如龍蛇走。試君眼力看多少，數到雲峯第幾重。

聽武道士彈賀若〔一〇八〕

清風終日自開簾，〔施註〕《太平廣記·霍小玉傳》李益詩：開簾風動竹，疑是故人來。涼月今宵〔一〇九〕肯挂簷。琴裏若能知賀若，〔王註縯曰〕《賀若》，琴操名。唐宣宗時，待詔賀若所製，因人而得名也。〔施註〕《續湘山野録》：太宗皇帝作九絃琴，七絃阮。酷愛宮詞中十小調子，乃隋賀若弼所撰。其一調最優古而忘其名，琴家祇命曰賀若。〔查註〕《詩話總龜》：世傳琴曲宮聲十小調，皆隋唐賀若弼製，最妙。一《不博金》，二《不換玉》，三《泛峽吟》，四《越溪吟》，五《越江吟》，六《孤憤吟》，七《清夜吟》，八《葉下聞蟬》，九《三清》，十亡其名，琴家名《賀若》而已。太宗改《不博金》曰《楚澤涵秋》，《不換玉》曰《塞門積雪》。《猗覺寮雜記》：東坡詩「琴裏若能知賀若」云云，以賀若比陶潛，必高人，非謂賀若弼也。弼之爲人，一無狀小人，予考之，蓋賀若夷也。夷善鼓琴，王維居別墅，長使鼓琴娛賓，見《唐書·王維傳》中。文瑩《湘山野録》，不加深考，遂以爲弼，而世因是遂傳訛也。東坡敘武道士彈琴云：賀若，宣宗時待詔。不知何所據？據敘，則是姓賀名若。詩中定合愛陶潛。【誥案】此琴、畫之卒章也。謂摯能翻然改悔，舍其新而舊是謀，則猶將念及我矣，終以久要之詞，而望以涼宵之月，摯而有知，能無愧乎？

感舊詩并敘〔一一〇〕

〔查註〕《欒城集·次韻子瞻感舊》詩云：還朝正三伏，一再趨未央。久從江海游，苦此劍佩長。夢中驚和璞，起坐憐老房。爲我忝丞轄，實身願并、涼。此心一自許，何暇憂陟岡。早歲發歸念，老來未嘗忘。淵明不久仕，黔婁足爲康。家有二頃田，歲辦十口糧。教敕諸子弟，編排舊文章。辛勤養松竹，遲暮多風霜。常恐先著鞭，獨引社酒嘗。火急報君恩，會合心則降。

嘉祐中，予與子由同舉制策，寓居懷遠驛，時年二十六，而子由二十三〔一〕耳。一日，秋風起，雨作，中夜翛然，始有感慨離合之意。自爾宦遊四方，不相見者，十嘗七八〔二〕。每夏秋之交，風雨作，木落草衰，輒悽然〔三〕有此感，蓋三十年矣。元豐中，謫居黄岡，而子由亦貶筠州，嘗作詩以紀其事。元祐六年，予自杭州召還，寓居〔四〕子由東府，〔查註〕《宋史》：樞密院與中書省，對持文武二柄，號爲二府。東府掌文事，參政佐之；西府掌武事，副使佐之。《苕溪漁隱叢話》：京師職事官，舊皆無公廨，雖宰相執政，亦僦屋而居。元豐初，始置東西二府於右掖門之前，每府相對爲四位，俗謂之八位。東府與西闕角相近，西府正直右掖門。〔合註〕《續通鑑長編》：元祐六年二月，蘇轍爲尚書右丞；七年六月，守門下侍郎。數月復出領汝陰，〔合註〕《續通鑑長編》：是年八月壬辰，蘇軾爲龍圖閣學士，知潁州。〔查註〕《元和郡縣志》：潁州汝陰郡，秦爲潁川郡地，漢則汝南郡之汝陰縣，晉置郡，魏孝昌四年改潁州。時予年五十六矣。乃作詩，留別子由而去。【誥案】公爲賈易等誣以大逆，仍以親嫌出公於潁，史云「以譏出知潁州」。

牀頭枕馳道，〔王註次公曰〕東府在馳道旁，故云「枕馳道」也。〔施註〕《漢・賈山傳》：爲馳道於天下。雙闕夜未央。〔王註〕《詩・小雅・庭燎》：夜如何其，夜未央。江文通詩：雙闕指馳道，朱宫羅第宅。車轂鳴枕中，客夢安得長。新秋入梧葉，【誥案】子由和作自註破琴一事，其義見矣。風雨驚洞房。【誥案】六句言地處侵迫，爲宰相所不容也。獨行殘月影，悵焉〔二五〕感初涼。筮仕記懷遠，〔施註〕《左傳·閔公元年》：初，畢萬筮仕於晉。謫居念黄岡。一往〔二六〕三十年，此懷未始忘。扣門呼阿同，〔公自註〕子由，一字同叔〔二七〕。安寢已太康。〔施註〕《史記·齊太公世家》：客寢甚安。又按《毛詩·唐風·蟋蟀》：無已太康，職思其居。青山映華髮，歸計三月糧。我欲自汝陰，徑上潼江章。〔施註〕《唐·地理志》：潁州，汝陰郡；梓州，梓潼郡。〔查註〕劉甲《人物志序》：唐以前，凡稱梓潼者，今之隆慶；稱涪者，今之綿州；稱郪及廣漢者，今之潼川也。想見冰盤中，石蜜與柿霜。〔公自註〕予欲請東川而歸。二物，皆東川所出。憐子遇明主，〔施註〕《史記·蘇秦傳》：明主絶疑去讒。憂患已再嘗。〔施註〕《左傳·僖公二十八年》：晉侯險阻艱難，備嘗之矣。報國何時畢，我心久已降。【誥案】此詩前節，公自道其出入進退之迹，末四句，乃與子由囑别之詞也。「遇明主」指宣仁擢居政地，非泛言累朝也。子由甫登右轄，即出待罪，繼又有奸臣蛇豕之攻，故云「憂患再嘗」也。公初以親嫌請郡，子由亦累章避兄，及公出仍以親嫌爲名，子由心所不安，復請罷政，故作此詩以慰之。在公之意，謂舉朝嫉我者衆，我已無意得政，而爾則視我爲宜，幸而爾已得之，亦足行我之志，是爾事即我事也。若慮阻我進用而又復求去，其報國之心終不自了，是爾并不知我也。今我將請鄉郡而歸，不復更入爾，但自問此可憂之國，是何時了畢以復於我，是即我所藉手而中心藏之者，故曰「報國何時畢，我心久已降」也。向以兩集僅有交讓之章，而後事無考，疑其未然。及觀公之帥揚也，子由期公過闕，見而後行，公不報，竟繞道去。其入掌夏官也，則加以差充鹵簿，似又虞其留滯於外，若使之不得辭也。因是推之，而曉然如見。蓋公自此以後，惟以及民爲事，而國是則委之子由，子由則尚冀公還，而徐俟後命。此兩公心事，各行其所安者。公則志已先定，故自道其出入進退如此。而子由即不當更去，其詩則託之於感舊耳。考公後之仕跡，惟以欲及殘年少施實効爲宣勞外服之請，反復陳説，不出此意。是其交讓之情事，公決絶始去，而悉寓此詩之中矣。子由詩云：此心一自許，何暇憂陟岡。亦明答此事。又云：火急報君恩，會合心則降。則言國事畢，從公歸老，餘不及其私者，立言固有體也。但其前半敍公入而復出，夾入破琴二句，如公僅係琴畫之作，何以引作被出之事。詰以房琯比劉摯爲相，讀此詩而益信矣。公二敍皆及和璞，子由又云和璞，此指邢恕與摯狼狽，殆又甚於易、光庭也。是時恕不在朝，然其奸譎播弄，不可思議，公與摯素無隙，此事必因恕發，恕與易亦必有連。公累云和璞，獨不引買事，是恕實爲首禍之人，且其事尚不止此也。殆後摯坐恕得罪，而後所謂和璞者始見。今以其事不詳，故於詩註畧去，特記於此，以俟知者考焉。

卷三十三校勘記

〔一〕楊公濟奉議　施乙無「奉議」二字。

〔二〕玉奴　施乙原校：「奴」當作「兒」。

〔三〕冰澌　集甲、施乙作「冰湖」。類本作「冰壺」。

〔四〕黄四娘東　類丙作「黄四娘家」。

〔五〕莫著　類甲作「莫看」。合註：「著」一作「作」。

〔六〕句句　類本作「四句」。

〔七〕空啅　查註、合註：「啅」一作「啄」。

〔八〕雙雙　類本作「雙流」，疑誤。

〔九〕燕語　原作「燕子」。今從集甲、施乙、類本。

〔一〇〕鮫綃　集甲、類本作「蛟綃」。

〔一一〕練帨　盧校：「練素」。
〔一二〕辨此　類本作「辨此」。
〔一三〕淨天宇　類本作「静天宇」。
〔一四〕飛毬　類甲、類乙作「飛橋」。
〔一五〕消暗　查註、合註：一作「暗消」。
〔一六〕鄂州舟中　查註無「舟中」二字。
〔一七〕清詩　合註：一作「詩清」。
〔一八〕黄門衛恒也　施乙無此條自註。類丙無「也」字。
〔一九〕豈惟　類本作「豈獨」。
〔二〇〕狂奴　類甲作「狂歌」，疑誤。
〔二一〕穆父　類本「穆」字前有「錢」字。
〔二二〕二壺　查註、合註：「二」一作「一」。
〔二三〕施註玄怪録云云　合註此條註文有殘缺處，集成删去其殘缺處，今據施乙補足。
〔二四〕寒醅　查註、合註「醅」一作「酸」。
〔二五〕吴越　原作「吴郡」。今從集甲、施乙、類本。「吴越」更切錢穆父，參「定應」句下「王註師曰」。
〔二六〕云何　類本作「如何」。
〔二七〕何勞　原作「何煩」。今從集甲、施乙、類本。

〔二八〕梅黃雨細　原作「黃梅細雨」。今從集甲、施乙、類本。

〔二九〕次韻曹子方運判雪中同游西湖　紀校：此是詩餘，誤入詩集。

〔三〇〕曲終　類甲、類乙作「曲行」。

〔三一〕鹽絮　查註、合註：「絮」一作「雪」，查註謂「雪」訛。

〔三二〕次韻參寥詠雪　此詩，七集續集重收，題同。集甲、施乙、類本「詠雪」作「同前」。合註：一本題作「次韻參寥」，一本題云「次韻詠雪」。

〔三三〕并白玉　原作「併白玉」，今從集甲、類丙、七集續集。

〔三四〕與葉淳老云云　此詩，七集續集重收，題同。

〔三五〕施註浙江潮云云　原注文有殘脱處，今據施乙補。

〔三六〕徑歸　原作「竟歸」。今從集甲、施乙、類本、七集續集。

〔三七〕丹砂　集甲作「丹沙」。

〔三八〕文字　七集續集作「識字」。合註謂「識」譌。

〔三九〕超軼　集甲、類丙、七集續集作「超逸」。

〔四〇〕浮山　類甲、類乙作「好山」。

〔四一〕纍塊　查註、合註：「累」一作「壘」。

〔四二〕生作丞　原作「君作丞」。今從集甲、施乙、類本、七集續集。施註、類註皆引《漢書・龔遂傳》王生事，作「生」是。

〔四三〕并敘　施乙作「并引」。

〔四四〕殊長老　施乙無「長」字。

〔四五〕天宇間　原作「天宇内」。今從集甲、施乙、類乙、類丙。類甲作「天宇門」，疑誤。

〔四六〕未即　合註：「未」一作「來」。清施本「未」作「來」。

〔四七〕便安逸　原作「要安逸」。今從集甲、施乙、類本。

〔四八〕黑白　施乙作「白黑」。

〔四九〕安得　集甲、類本作「安可」。

〔五〇〕珠泉　類本作「林泉」。

〔五一〕紉爲　類本作「結爲」。

〔五二〕彩雲　集甲、類本作「綵雲」。

〔五三〕鶻搗　類本作「鶻鴂」。

〔五四〕知君　集甲、施乙、類本作「知卿」。

〔五五〕席上　集本「上」後有「一首」二字。

〔五六〕我今　集甲、施乙、類本作「吾今」。

〔五七〕次前韻答馬忠玉　「前」字據集本、類本補。集本「玉」後有「一首」二字。

〔五八〕平生　原作「平日」。今從集本、施乙、類本、查註。合註作「平日」，未知所據。

〔五九〕三月　類丙作「二月」。

〔六〇〕三絕句　西樓帖有此三詩，佚題；詩前有「趙郡蘇軾」四字。

〔六一〕當年衫鬢兩青青　查註「衫鬢」作「雙鬢」。合註：「首句用『衫』字，方合『兩』字。若用『雙』字，則複『兩』字矣。查註意以下句止言髮白，故從『雙』字，未免太拘。至他本作『霜』，尤非也。」

〔六二〕來生　類本作「前生」。

〔六三〕衰朽　查註、合註作「衰老」。

〔六四〕便從　合註：「從」一作「將」。

〔六五〕欲把　西樓帖作「要把」。

〔六六〕和林子中待制　外集題下原註：「子中，先生杭州交代。後集第一卷《答黃安中兼簡子中》詩，即此韻。」

〔六七〕尚書番番黃髮　《尚書》無「番番黃髮」句。按：《尚書·秦誓》：「尚猷詢茲黃髮，則罔所愆，番番良士，旅力既愆，我尚有之。」或出此。今仍其舊。

〔六八〕老更堅　外集作「久更堅」。

〔六九〕鵝兒　七集原校：一作「鴟夷」。查註作「鴟夷」。

〔七〇〕卵色　七集作「柳色」。張道《蘇亭詩話》卷三謂「柳」譌。

〔七一〕長嘯　七集作「長笑」。

〔七二〕蘇杭　集本作「杭蘇」。

〔七三〕寸田　查註、合註：「寸」一作「一」。

〔七四〕託雞鵠　類甲、類乙「託」作「記」。查註：「記」譌。

〔七五〕道師　查註作「導師」。合註：「道」一作「導」。

〔七六〕施註神仙傳云云　合註謂「原註殘缺」，「以《神仙傳》按字數補之」。集成同合註。今用施乙註文校訂，以復原貌。

〔七七〕刼尋　原作「刼思」。今從集本、施乙。施乙原校：「尋」一作「思」。

〔七八〕鐘時　集乙作「鐘聲」。

〔七九〕飯茶　施乙作「飲茶」。

〔八〇〕屧響　合註：一作「響屧」。

〔八一〕法帖中有褚遂良書云云　施乙此註文，無「東坡云」字樣。周必大《平園續稿》卷十《跋汪逵所藏東坡字》：「右蘇文忠公手寫詩詞一卷。……《浴室院東堂三絕句》，元祐六年六月作，集本但添註遂良事。」

〔八二〕并敍　集本、施乙、類丙作「并引」。

〔八三〕宋復古　合註：「古」後一本有「之」字。

〔八四〕就視　集本、施乙、類本、查註作「就視」，今從。原作「熟視」，合註作「熟視」。合註不知所本。

〔八五〕頗損　類本作「破損」。

〔八六〕歎息　集本作「歎惜」。

〔八七〕本偶然　類本作「豈偶然」。

〔八八〕山水　施乙作「山川」。

〔八九〕誰云　原作「雖云」。各本作「誰云」，今從。

〔九〇〕新琴　查註、合註：「琴」一作「絃」。

〔九一〕空高張　類本作「雖高張」。

〔九二〕絲聲　集甲作「絃聲」。施乙作「弦聲」。

〔九三〕無絃曲　「絃」原作「聲」，各本皆作「絃」，今從。

〔九四〕書破琴詩後　類本、外集無此題，以此詩之引爲題。七集無「書」字。

〔九五〕仲遠以此本　外集無「仲遠」二字。

〔九六〕短軸　類本、外集作「巨軸」。

〔九七〕作詩題其上　類本「作」後有「小」字。外集作「作小詩題其上云」。

〔九八〕何物　七集作「何處」。

〔九九〕便疑　合註：「便」一作「更」。

〔一〇〇〕而晉卿　類丙無「而」字。

〔一〇一〕杜子美北征詩天吳與紫鳳顛倒在裋褐　此條註文，集本、類本爲自註。「裋褐」，集本、類本作「短褐」。

〔一〇二〕此境　合註：一作「此景」。

〔一〇三〕蒼波　原作「滄波」。今從集本、施乙、類本。

〔一〇四〕次韻子由書王晉卿畫山水二首　施乙無「二首」二字。
〔一〇五〕伏流　查註、合註：「伏」一作「洑」。
〔一〇六〕箬笠　集乙、類丙作「篛笠」。集甲、類甲、類乙、類丁作「蒻笠」。
〔一〇七〕水中龍　合註：「水」一作「木」。清施本作「木中龍」。施乙作「水中龍」。
〔一〇八〕聽武道士彈賀若　施乙「聽」作「贈」。《法書贊》卷十二有《蘇文忠大字詩帖》，題下原註：楷書，大字十行，尾記三行。「大字詩」，即此詩。
〔一〇九〕今宵　《法書贊》作「通宵」。
〔一一〇〕感舊詩并敘　類本無「詩」字。集甲、施乙、類丙「并敘」作「并引」。
〔一一一〕二十三　合註謂「二」字前一本有「年」字。
〔一一二〕十嘗七八　集本、類本作「十常七八」。
〔一一三〕輒悽然　施乙無「輒」字。
〔一一四〕寓居　類丙無「寓」字。
〔一一五〕悵焉　類本作「悵然」。
〔一一六〕一往　查註、合註：「往」一作「住」，查註云「住」訛。
〔一一七〕子由一字同叔　施乙此註文，無「東坡云」字様。

蘇軾詩集卷三十四

古今體詩六十七首

【誥案】起元祐六年辛未八月，在龍圖閣學士知潁州軍州事任，至七年壬申三月充淮南東路鈐轄移知揚州軍州事，罷潁州任作。

西湖秋涸，東池魚窘甚，因會客，呼網師遷之西池，爲一笑之樂。夜歸，被酒不能寐〔一〕，戲作放魚一首〔二〕

〔查註〕《名勝志》：潁州西二里有湖，袤十里，廣二里，翳然林木，爲一邦之勝。歐陽公自揚移汝，有「都將二十四橋月，換得西湖十頃秋」之句，秦少游亦有詩云：十里荷花菡萏初，我公所至有西湖。【誥案】自此首起以下，皆潁州作。

東池浮萍半黏塊〔三〕，裂碧跳青〔四〕出魚背。西池秋水尚涵空，舞闊搖深吹荇帶。【誥案】紀昀曰：先提明二池，如弈者之先布勢子。吾僚有意爲遷居，【誥案】紀昀曰：入得分明。老守縱饞那忍膾〔五〕。縱橫爭看銀刀出，〔王註次公曰〕銀刀，白魚之狀。杜子美詩：出網銀刀亂。瀺灂初驚玉花碎。〔王註次公曰〕瀺，音士咸反；潏，音土角反。韻書註云：水聲也。玉花，魚口所吐沫之狀。〔施註〕《文選·上林賦註》：《字林》曰，瀺灂，小水聲也。潘安仁《閑居賦》，游鱗瀺灂。〔合註〕徐彥伯詩：玉花珍簟上。**但愁數罟損鱗鬣，**【誥案】紀昀曰：補出網師。**未信長堤隔濤瀨。**〔王註〕《蜀都賦》：躍濤戲瀨，中流相忘。《吳都賦》：控清引濁，混濤并瀨。**濊濊發發須臾間，**〔施註〕《毛詩》：施罛濊濊，鱣鮪發發。鄭氏云：罛，魚罟。濊濊，施之水中。發發，盛貌。**圉圉洋洋尋丈外。**〔施註〕《孟子》趙氏註云：圉圉，魚在水羸劣之貌。洋洋，舒緩搖尾之貌。**安知中無蛟龍種，**〔王註〕《襄沔記》云：龍煥，字世文。晉太康中，牂牁太守去官，還鄉里，里人語曰：「我家池裏，龍種來歸。」〔施註〕《北户雜録》：陶朱公《養魚經》云：魚至三百六十頭，則有蛟龍長之，因風雨則飛去。**尚恐或有〔六〕風雲會。**〔王註次公曰〕陸機《江蘺》詩：被蒙風雲會，移居華池邊。〔施註〕《文選》陸士衡樂府：藹藹風雲會。【誥案】公有記蜀中池魚自遠一條，此用其意。**明年春水漲西湖，好去相忘渺淮海。**【誥案】紀昀曰：結得闊遠。

復次放魚韻〔七〕答趙承議、陳教授〔八〕

〔查註〕趙承議，名令時，初字景貺。時以承議郎爲潁州簽判。按《職官分紀》：寄禄文散官有承議郎。《宋史》：陳師道，字履常，一字無己，彭城人。〔合註〕《續通鑑長編》：元祐二年四月，徐州布衣陳師道，爲亳州司户參軍，充徐州州學教授。先是蘇軾以十科薦師道，故有是命。四年七月，候太學正有闕日差。【誥案】陳師道《後山集·次韻》詩云：赤手取魚如拾塊，布網鳴舷攻腹背。豈知激濁與清流，恐懼駢頭牽翠帶。居士仁心到魚鳥，會有微生化餘膾。寧容網目漏吞舟，誰肯烹鮮作苛碎。我亦江湖釣竿手，悞逐輕車從下瀨。生當得意落鷗邊，何用封侯墮鳶外。

不如此魚今得所，置身暗與神明會。徑須作記戒鯨鯢，防有任公釣東海。查註强以此詩爲趙景晛作，其説云：此詩誤入《後山集》，觀詩中「悞逐輕車從下瀨，何用封侯墮鳶外」二句，蓋景晛以宗室子登第，屈身幕職，故作此感慨語，非履常作也。所見誤甚。履常以布衣得官，故云「我亦江湖釣竿手，悞逐輕車從下瀨」，豈可割截下句，指爲宗子口吻乎？何用封侯，人人可道，江湖釣竿手，宗子必不道也。今仍更正。

擾擾萬生同大塊〔九〕，〔合註〕韓退之詩：萬生都陽明大塊。又詩：一塊元氣閉。搶榆〔一〇〕不羨培風背。〔施註〕《莊子·逍遥遊篇》：鵬之背不知其幾千里也。風之積也不厚，則其負大翼也無力，故九萬里則風斯在下矣。而後乃今培風，背負青天而莫之夭閼者，而後乃今將圖南。蜩與鷽鳩笑之曰：「我決起而飛，搶榆枋，時則不至而控於地而已矣，奚以九萬而南爲？」青丘已吞雲夢芥，〔查註〕《子虛賦》服虔註：青丘國，在海東三百里。黄河復繚〔一一〕天門帶。〔王註〕《漢官儀》及《泰山記》：泰山盤道屈曲而上，凡五十餘盤，經小天門，仰視天門，如從穴中視天窗矣。又云：黄河去泰山三百餘里，於祠所，瞻黄河如帶。〔施註〕《漢·功臣年表》：封爵之誓，曰，使黄河如帶，泰山若厲。長譏〔一二〕韓子隘且陋，一飽鯨鯢〔一三〕何足膾。〔王註〕韓退之詩：巨緡東釣倘可期，與子共飽鯨魚膾。東坡也是可憐人，〔王註〕杜子美《雨過蘇端》詩：蘇侯得數過，歡喜每傾倒。也復可憐人，呼兒具梨棗。披抉泥沙收細碎。〔王註次公曰〕「細碎」字，《尚書》「元首叢脞哉」註云：細碎，無大略也。故齊己詩云：翻思易水上，細碎動離魂。〔施註〕歐陽公《車螯》詩：多慚海上翁，辛苦斲泥沙。〔合註〕《漢書·薛宣傳》：披抉其閨門而殺之。註：披，發也；抉，挑也。逝將歸修〔一四〕八節灘，〔施註〕白樂天《開八節灘詩序》云：東都龍門潭之南，有八節灘。又欲往釣七里瀨。〔王註厚曰〕顧野王《輿地志》：七里瀨在東陽江下，與嚴陵瀨相接。唐駱賓王《釣磯文》：余晨行至七里灘，有嚴子陵釣磯焉。〔查註〕《元和郡縣志》：釣臺在桐廬縣西三十里。正似此魚逃網中，【誥案】紀昀曰：明作綰合，又是一法。未與造物遊數外。且將新句調二子，【誥案】紀昀曰：清出趙、陳。湖上秋高風月會。爲君更喚木腸兒，脚扣兩舷歌《小海》。〔王註〕《晉書·隱逸傳》：賈充謂夏統曰：「頗能作卿土地間曲乎？」統曰：「伍子胥見戮投海，國人痛其忠烈，爲作《小海唱》，今欲歌之。」衆人僉曰：「善。」統於是以足叩船，引聲喉轉，清激慷慨，風至雨集，雷電晝冥，王公以下皆恐，止之乃已。充使妓女之徒，服袿襹，炫金翠，繞其船三匝，統危坐若無所聞。充曰：「此吳兒，木人石心也。」韓退之《荷花》詩：脚敲兩舷叫吳歌。「施註」《文選》郭璞《江賦》：詠採菱以叩舷。

九月十五日，觀月聽琴西湖示坐客〔一五〕

白露下衆草，碧空卷微雲。孤光〔一六〕爲誰來，〔王註〕劉禹錫詩：西園花已盡，新月爲誰來。似爲我與君。〔王註〕常建詩：松際露微月，清光猶爲君。【誥案】紀昀曰：衍常建語，不覺其襲。水天浮四座〔一七〕，河漢落酒樽。使我冰雪腸，不受麴糵醺〔一八〕。【誥案】紀昀曰：清思裊裊，靜意可掬，不似俗手貌爲惝怳語。尚恨琴有絃，出魚亂湖紋。〔施註〕《宋書·陶淵明傳》：畜素琴一張，無絃，每酒適，輒撫弄。〔王註〕《荀子》：瓠巴鼓瑟，游魚出聽。【誥案】紀昀曰：如此入琴，有神無迹，入俗手，非琴月對寫，即另寫琴聲作一段矣。哀彈奏舊曲〔一九〕，〔施註〕孟東野《秋懷》詩：梧桐枯崢嶸，聲響如哀彈。妙耳非昔聞。良時失俯仰，此見寧朝昏。懸知一生中，道眼無由渾。

復次韻〔二〇〕謝趙景貺、陳履常見和，兼簡歐陽叔弼兄弟

〔施註〕趙景貺，名令畤。本朝自建隆以來，幹國治民，不及宗子，神宗始出與天下共之。景貺以承議郎簽書判官，在東坡潁州幕府。公謂其吏事通敏，文彩俊麗，志節端亮，議論英發。時教授陳履常實公門人，相與倡酬。既力薦於朝，又爲著説，改字德麟。由潁徙揚，自揚召入，又再上疏薦之，遂除光禄丞。紹興間，封安定郡王。履常家彭城，少而好學苦志。年十六，以文謁曾子固，知其必以文高世。通於諸經，尤邃《詩》、《禮》。爲文精深雅奥，喜作詩，小不中意輒焚去，存者才十一。熙寧中，王氏之學盛行，履常心非其説，遂絶意進取。元祐初，東坡與傅欽之堯俞、孫莘老覺薦其文行，起家爲徐州教授。坡守杭，履常以知己之義求郡檄送行，守不聽。以疾謁告，别於南京。詩云：豈不畏簡書，放麑誠不忍。後除太學博士，言者用是論之。改教授潁州，復相從於此。家素窮空，或經日不炊，澹如也。召爲秘書省正字，卒。【誥案】合註據魏衍《彭城陳先生集記》謂施註所云「求郡檄送行，守不聽」者，指孫莘老，時守徐州。其説謬甚。莘老守徐，乃公在黄州時，學官乃李昭玘也。元豐七年，莘老召還，至元祐二年，公始與莘老、欽之薦爲學官，其謁告見公，乃四年赴杭在南都事。施註已言守杭之時並不誤。大抵任淵、魏衍之徒所爲山谷、履常之集，謬誤不可勝計，不堪指擿之也。〔施註〕歐陽叔弼，名棐；季默，名辯。皆文忠子。叔弼登乙科，以文忠老終不肯仕。元祐間，爲著作禮部郎。季默監澶州酒以歸。皆居于潁。東坡在潁半載，自《放魚》以後，凡五六十詩，蓋陳、趙、兩歐陽相與周旋，而劉景文季孫自高郵來，履常之兄傳道又至，故賦詠獨多。叔弼後守襄、蔡，爲郎都司，坐黨籍，廢十餘年，卒。季默纔中壽，官止承議郎。此詩云：或勸莫作詩，兒輩工織紋。當元豐間，公坐詩遷謫，至是賈易、趙君錫又以揚州詩有「山寺歸來聞好語」之句，爲聞神宗上仙之報而作，宣仁力爲辯明。君錫輩徒官，而公亦丐潁以去。此聯意實在此。「是家有甘井，汲多終不渾」，則以文忠公家而發也〔二〕。〔合註〕《宋史·歐陽棐傳》：始爲審官主簿，遷職方員外郎，知襄州。曾布執政，其婦兄魏泰來居襄，指州門東偏官邸廢址爲天荒，棐竟持不與。泰譖於布，徙知潞州，旋罷。元符末，歷吏部右司二郎中，以直秘閣知蔡州。未幾，坐黨籍，廢十餘年，卒。《續通鑑長編》載：元祐三年五月，考功員外郎歐陽棐爲著作郎。實録院檢討劉安世言其諂佞淺薄，背公成朋，望追還新命，從之。改集賢校理，權判登聞鼓院。八月，爲職方員外郎。七年正月，爲禮部員外郎。畢仲游《西臺集》有《歐陽叔弼傳》，所載亦同。

能詩李長吉，〔王註〕《唐摭言》云：李賀字長吉。七歲，以長短之製，名動京華。杜子美《北鄰》詩：能詩何水曹。〔施註〕《唐·李賀傳》：七歲能辭章，韓愈使賦詩，援筆輒就。識字揚子雲。〔施註〕《漢·揚雄傳》：字子雲。劉棻嘗從雄學，作奇字。端能望此府〔三〕，坐嘯獲兩君。〔查註〕兩君謂景貺、履常。逝將江湖去，浮我〔三〕五石樽。眷焉復少留，〔施註〕《文選》王仲宣《登樓賦》：曾何足以少留。尚爲世所醺。或勸莫作詩，兒輩工織紋。〔王註次公曰〕織紋以言讒言。《詩·小雅·巷伯》云：萋兮斐兮，成是貝錦。〔施註〕《尚書·禹貢》：厥篚織紋。【誥案】公赴杭州，文彥博苦勸弗作詩，及歸，遂有易、君錫之誣，其意蓋指彥博也。朱紘寄三歎，未害俗耳聞。共尋兩歐陽，〔查註〕歐陽叔弼、季默，時丁母艱居潁。伐薪照黃昏。是家有甘井，汲多終不渾。〔施註〕杜子美《宿贊公土室》詩：明燃林中薪，暗汲石底井。

送歐陽主簿赴官韋城四首

〔施註〕憲，文忠公孫。〔查註〕《欒城集・薛夫人墓志》：有孫六人。憲，元祐中授滑州韋城縣主簿。《宛丘集・歐陽伯和墓志》：男一人，曰憲。據此，則歐陽主簿乃醉翁之孫，伯和之子也。《隋書》：東郡有韋城縣。《元和郡縣志》：東郡白馬縣東南有韋城，隋開皇六年，分白馬南境，置韋城縣，初屬汴州，後屬滑州。《太平寰宇記》：韋城在滑州東南六十里，古豕韋之國。

其一

鳳雛驥子日相高，白髮蒼顏笑我曹。讀遍牙籤三萬軸，〔施註〕韓退之《送諸葛覺》詩：鄴侯家多書，插架三萬軸。一一懸牙籤，新若手未觸。爲人强記覽，過眼不再讀。却來〔二四〕小邑試牛刀。【誥案】紀昀曰：多從六一生情，便非泛泛之筆。

其二

出處年來恨不齊，一樽臨水記分攜。〔王註〕《楚辭・九辯》：登山臨水兮送將歸。江湖咫尺吾將老，汝潁東流子却西。【誥案】紀昀曰：此首夾於三首之中，便好，若單此一首送行，即是窠臼。

其三

白馬津頭春水來，〔王註〕《九域志》：滑州黎陽津，一名白馬津。〔施註〕《漢・酈食其傳》：守白馬之津。杜子美《春水生》詩：二月六夜春水生。白魚猶喜似江淮。使君已復冰堂酒，更望〔二五〕重新畫舫齋。〔王註次公曰」醉翁知滑州，有冰堂酒法，作畫舫齋。今先生之意，所謂使君，指見任之太守，雖已復造冰堂酒，而未修畫舫齋，勸太守更修其遺迹也。〔施註〕歐陽文忠公《畫舫齋記》：予至滑之三月，即其序東偏之室爲燕居，名曰畫舫齋。【誥案】永叔《東園記》「畫舫之舟」，當日人已譏之，此又云「畫舫齋」，不知何以有累句也？

其四

道傍垂白定沾巾，〔合註〕《漢書·杜業傳》：紅陽侯立與業書曰：誠哀老姊垂白。師古註：言白髮下垂也。正似當年綠髮新。故國依然喬木〔二六〕在，典刑復見老成人。〔王註次公曰〕老成人指言醉翁，典刑指言主簿。

泛潁〔二七〕

〔查註〕《水經注》：潁水東南入淮。《春秋》：楚子狩於州來，次於潁尾。蓋潁水之會淮也。《潁州志》：潁水，舊自黃河項城縣界，流入州屬潁上、太和等縣。古語有「世亂潁水濁，世治潁水清」之句。

我性喜臨水，得潁意甚奇。到官十日來，〔王註〕白樂天詩：到官十來日，覽鏡生二毛。九日河之湄。〔王註次公曰〕河之湄，猶河上翁居河之湄也。《爾雅》：水草交謂之湄。〔施註〕《毛詩·小雅·巧言》：彼何人斯，居河之湄。吏民笑相語，使君老而癡。使君實不癡，【誥案】紀昀曰：節奏好。流水有令姿。〔施註〕《文選》傅長虞詩：金璫綴惠文，煌煌發令姿。【誥案】此句有李太白「至人貴藏輝」本領在，曉嵐以爲趁韻，非也。遶郡十餘里，不駛亦不遲。〔施註〕陶淵明《和尚西曹》詩：蕤賓五月中，清朝起南颸。不駛亦不遲，飄飄吹我衣。上流直而清，下流曲而漪。畫船俯明鏡，〔施註〕韓退之《酬盧給事》詩：曲江千頃秋波淨，平鋪紅蕖蓋明鏡。笑問汝爲誰。

忽然生鱗甲，〔王註〕白樂天詩：伊水細浪鱗甲生。亂我鬚與眉。〔施註〕《莊子·天道篇》：水靜則明燭須眉。散爲百東坡，頃刻復在玆。【詰案】紀昀曰：眼前語寫成奇采，此爲自在神通。若王註、查註並引《傳燈録》「過水觀影」，而查評又謂「深於禪理」，泥甚。凡有無空觀水月等句字，詩家皆能以己意發之，特其鑪錘不同，故口角有別耳。若必槩以爲禪而分其學之淺深，無是事也。今删二註，而録紀説。此豈水薄相，與我相娛嬉。聲色與臭味，顛倒眩小兒。等是兒戲〔二八〕物，水中少磷緇〔二九〕。〔王註次公曰〕因言臨水，乃論玩水之好，賢於聲色臭味之好也。趙、陳〔三〇〕兩歐陽，同參天人師。〔施註〕《法華經》：無上士調御丈夫天人師佛世尊。觀妙各有得，〔王註〕《老子》：常無欲以觀其妙。共賦泛潁詩。【詰案】紀昀曰：源出次山，而運以本色機軸，遂成奇調。結少率。

六觀堂老人草書〔三一〕

〔公自註〕六觀，取《金剛經》夢、幻等六物也。老人僧了性，精於醫而善草書，下筆有遠韻，而人莫知貴，故作此詩〔三二〕。〔王註〕《圖經》：千頃廣化院，在杭州城中木子杭橋北。院有六觀堂，慈化大師塔銘。師名了性，餘杭人，俗姓朱氏。〔查註〕《武林梵志》：廣化院，在木子巷，吳越王建。僧了性，亦號垂慈老人，精於醫，善草書，東坡爲作詩。本集《六觀堂贊》云：垂慈老人，嘗作是觀，自一至六，六生千萬。

物生有象象乃滋，〔施註〕《左傳·僖公十五年》：韓簡曰：龜，象也；筮，數也。物生而後有象，象而後有滋，滋而後有數。夢、幻無根成斯須。〔施註〕陶淵明《雜詩》：人生無根蔕，飄如陌上塵。《莊子·田子方篇》：彼直似循斯須也。方其夢時了非無，〔施註〕《圓覺經》：如夢中人，夢時非無，及至於醒，了無所得。泡、影一失俯仰殊。清露未晞電已徂，〔王註次公曰〕佛偈云：如夢、幻、泡、影，如露亦如電，此所謂六觀也。今詩自首句至此，以講六觀。此滅滅盡乃真吾。〔施註〕《涅槃經》：諸行無常，是生滅法。云如〔三三〕死灰實不枯，逢場作戲三昧俱。〔施註〕《傳燈録》：竿木隨身，逢場作戲。〔王註次公曰〕引下「化身爲醫」與「草書」也。化身爲醫忘其軀，草書非學聊自娛。〔施註〕《漢·南粵傳》：聊以自娛。落筆已唤周越奴，〔王註次公曰〕周越善草書，而不逮懷素。唤作奴，猶言李賀之詩「奴僕命騷」。〔子仁曰〕先生不喜周越草書，嘗跋懷素帖云：書極不佳，筆意趣乃似周越之險劣。〔施註〕周越《法書苑》：《翰林密語》云：凡書通即變，若即法不變，縱能入石三分，亦被號爲奴書〔三四〕。〔查註〕《東軒筆録》：本朝尚書郎周越，以書名盛行於天聖、景祐間，然筆法軟俗無古氣。蒼鼠奮髯飲松腴，剡藤玉版開雪膚。〔王註次公曰〕蒼鼠奮髯，言鼠須筆也。王羲之寫《蘭亭記》，以鼠須筆、松腴墨也。剡藤玉版言紙，用剡溪之藤作紙，其佳者名玉版也。雪膚言紙之白。遊龍天飛萬人〔三五〕呼，〔王註〕隋智果《論書》云：王羲之書，如龍跳天門，虎卧鳳闕。〔施註〕《毛詩·鄭風·山有扶蘇》：隰有游龍。《晉·王羲之傳》：善隸書，論者稱其筆勢，以爲飄若游雲，矯若驚龍。杜子美《送蔡希魯都尉還隴右》詩：身輕一鳥過，槍急萬人呼。莫作羞澁羊氏姝。〔施註〕韋續《書訣墨藪》：梁武帝評羊欣書，如大家婢爲夫人，雖加位遇，而舉止羞澁，終不近似。《法書苑》亦云。

次韻劉景文見寄〔三六〕

〔查註〕劉景文《寄蘇内翰》詩云：倦壓鼇頭請左魚，笑尋潁尾爲西湖。二三賢守去非遠，六一清風今不孤。四海共知霜鬢滿，重陽能插菊花無。聚星堂上誰先到，欲傍金樽倒玉壺。

淮上東來雙鯉魚，巧將詩信渡江湖。細看落墨皆松瘦，〔合註〕皮日休詩：雙松格爭瘦。想見掀髯正鶴孤。〔王註次公曰〕掀髯，言笑也。景文美髯，故謂之髯劉。〔合註〕東方朔《七諫》：鵾鶴孤而夜號兮。烈士家風安用此，〔查註〕《東都事略》：劉平字士衡，祥符人。父漢凝，官至崇儀使。平爲人任俠善弓馬，舉進士，爲御史上書言事，爲丁謂所惡。眞宗知其才，將用之。丁謂曰：「平，將家子，知兵，若使將西北，可以制戎狄。」後改尚衣庫使，知邠州，元昊反，延帥范雍召平至保安，與石元孫合。平趨土門，轉鬭三日，被執見殺。曾鞏《隆平集》：劉平，景德三年進士，寶元初死事延州，謚壯武。賜平家信陵坊第一區。子慶孫、宜孫、昌孫、貽孫、孝孫、季孫，咸賜官。書生習氣未能無。〔查註〕《東都事略》：蘇軾奏季孫工詩能文，至於忠義勇烈，有平之風。莫因老驥思千里，醉後哀歌缺唾壺。〔王註〕《晉·王敦傳》：每酒後，輒詠魏武帝《樂府歌》曰：「老驥伏櫪，志在千里。烈士暮年，壯心不已。」以如意打唾壺爲節，壺邊盡缺。〔施註〕杜子美《贈韋左丞丈濟》詩：老驥思千里。

贈朱遜之〔三七〕并引

〔合註〕遜之名勃，見《志林》。

元祐六年九月，與朱遜之會議於潁。或言洛人善接花，歲出新枝，而菊品尤多。遜之曰：「菊當以黃爲正，餘可鄙也。」昔叔向聞鬷蔑一言，知其爲人，予於遜之亦云〔三八〕。【誥案】朱勃會議，乃陳州開八丈溝事，詳總案中。〔案〕總案引本集《論八丈溝利害不可開狀》。（按，文見《東坡七集·奏議集》卷十。）

黃花候秋節，〔王註〕《月令》：季秋之月，菊有黃花。遠自《夏小正》。〔王註次公曰〕《夏小正》，《大戴禮》篇名。以蟲魚、草木正十二月之節候，起於夏后氏，故曰夏小正。〔查註〕《困學紀聞》：《夏小正》，九月榮鞠。坤裳有正色，〔王

註〕《周易·坤》：六五，黃裳元吉。鞠衣亦令名。〔王註縯曰〕周官后妃之服，有鞠衣，鞠之花黃，黃，陰中之色，治蠶服鞠衣，陰事也。〔施註〕《周禮·天官》：內司服，掌王后之六服，褘衣、揄狄、闕狄、鞠衣、展衣、緣衣、素沙。鄭氏云：鞠衣，黃衣也。一從人僞勝，遂與天力爭。易姓寓非族〔三九〕，〔合註〕《漢書·谷永傳》：商周不易姓而迭興。《左傳·僖公十年》：民不祀非族。改顏隨所令。新奇既易售，粹駁宜相傾〔四〇〕。〔施註〕《荀子》：粹而王，駁而霸。疾惡逢伯厚，識真似淵明。〔王註〕陶淵明詩：秋菊有佳色，裛露綴其英。玩此忘憂物，遠我遺世情。君言我所印，世論誰敢評〔四一〕。願君爲霜風，一掃紫與頳。〔王註〕《寶櫝記》：宣帝時，異國貢紫菊一莖，蔓延數畝，味甘，食者至死不飢渴。

次韻趙景貺督兩歐陽詩，破陳酒戒〔四二〕

商也哀未忘〔四三〕，歲月忽已秋。祥琴雖未調，餘悲不敢留。〔王註〕《檀弓》曰：子夏既除喪而見，予之琴，和之而不和，彈之而不成聲。作而曰：「哀未忘也，先王制禮，勿敢過也。」〔合註〕《欒城集·薛夫人墓志》：元祐四年八月，終於京師。則免喪當在六年冬也。矧此乃韻語，未入金石流。〔王註次公曰〕晉宋人叶韻說話，謂韻語。今先生以詩爲韻語，主意在勸歐陽作詩，未當是金石音韻之比也。〔施註〕《南史·謝靈運傳》：何長瑜爲臨川王記室，以韻語序僚佐。羲之生五子〔四四〕，〔王註〕《晉書》：王羲之有七子，知名者五人，元之、凝之、徽之、操之、獻之。孟郊詩：獻子還生子，羲之又有之。總角出銀鉤。〔施註〕杜子美《醉歌行》詩：總角草書又神速。吾家有二許，〔王註次公曰〕二許，大許公蘇瓌，小許公蘇頲。〔合註〕《舊唐書》：蘇瓌封許國公，子頲，襲父爵許國公。《唐語林》：蘇頲文章蓋代，時稱小許公。下筆兩不休。〔施註〕《文選》魏文帝《典論·論文》云：傅毅之於班固，伯仲之間耳，而固小之，與弟超書曰：

「武仲以能屬文爲蘭臺令史，下筆不能自休。」君言不能詩，此語人信不？〔王註次公曰〕自此以上，皆以督兩歐陽詩也。千鍾斯爲堯，百榼斯爲丘。〔施註〕《後漢·孔融傳》：曹操制酒禁，融頻書爭之，曰：「堯不千鍾，無以建太平；孔非百觚，無以堪上聖。」陋矣陶士衡，〔王註〕《晉·陶侃傳》：字士衡。每飲酒有定限，殷浩等勸更少進。侃悽懷良久，曰：「年少曾有酒失，亡親見約，故不敢踰。」當以大白〔四五〕浮。酒中那有失，醉則不驚鷗。〔王註次公曰〕《列子·黄帝篇》：海上之人好漚鳥者，每旦從漚鳥游，至者百住而不止。以上詩句，皆以破陳酒戒也。〔施註〕杜子美《題玄武禪師壁》詩：錫飛常近鶴，杯渡不驚鷗。顧況《酬李侍郎》詩：刺船入荷花，不驚鳧與鷗。明當罰二子，已洗兩玉舟。〔施註〕《周禮·春官》：秋嘗，冬蒸，祼用斝彝、黄彝，皆有舟。〔王註次公曰〕兩玉舟，先生實有藥玉船也。〔合註〕先生《與文與可書》云：離浙已四年，向有浙物，已分散矣，有藥玉船兩隻，獻上。

叔弼云，履常不飲，故不作詩，勸履常飲〔四六〕

〔查註〕任淵《陳後山詩註》：時後山以持律不飲。

我本畏酒人，臨觴未嘗訴。〔合註〕曹子建《求通親親表》：臨觴而歎息。平生坐詩窮，得句忍不吐。吐酒茹好詩，〔王註次公曰〕「吐茹」字，出《詩·大雅·烝民》「柔亦不茹，剛亦不吐」。吐者，不受而却之也，如《左傳》「神其吐之」之吐。茹者，納而入之也，如「茹毛飲血」之茹。肝胃生滓污。用此較得喪，天豈不足付。〔施註〕白樂天《思舊》詩：且進杯中物，其餘皆付天。吾儕非二物，歲月誰與度。〔施註〕杜子美《懷鄭十八》詩：呼號傍孤城，歲月誰與度。悄然得長愁，〔合註〕曹植《九愁賦》：獨惆悵而長愁。爲計已大誤。二歐非無詩，恨子不飲故。强爲釂〔四七〕一酌，〔王註次公曰〕飲盡酒曰釂。將非作愁具。成言如皎日，〔施註〕《毛詩·王風·大車》：謂予不信，有如皎日。援筆當自賦。他年五君詠，山、王一時數。

臂痛謁告，作三絶句示四君子〔四八〕

【誥案】即陳、趙、兩歐陽也。

其一

公退清閑如致仕，〔施註〕《禮記·曲禮上》：大夫七十而致事，若不得謝，則必賜之几杖。酒餘歡適似還鄉。不妨更有安心病，卧看縈簾一炷香。

其二

心有何求遣病安，年來古井不生瀾。〔施註〕白樂天《贈元稹》詩：豈無山上苗，徑寸無歲寒。豈無要津水，咫尺有波瀾。之子異於是，久處誓不諼。無波古井水，有節秋竹竿。祇愁〔四九〕戲瓦閑童子，却作泠泠一水看。〔施註〕《楞嚴經》：我有弟子窺窗觀室，惟見清水，遍在室中。童稚無知，取一瓦礫投於水内，激水作聲。我出定後，頓覺心痛，我則告言，汝更見水，除去瓦礫。童子奉教，開門除之，我後出定，身質如初。【誥案】此詩運意獨佳，妙在驅遣釋乘，絶無障礙，故可喜也。

其三

小閣低窗臥宴温，〔施註〕《史記·漢武帝紀》：至中山，宴温，有黄雲蓋焉。如淳曰：三輔謂日出清濟爲晏，晏而温也。〔合註〕何焯曰：白樂天詩：重裘暖帽寬氈履，小閣低窗深地爐。了然非默亦非言。維摩示病吾真病，誰識東坡不二門。

到潁未幾，公帑已竭，齋廚索然，戲作〔五〇〕

〔查註〕王明清《揮麈後録》：太祖既廢藩鎮，命士人典州，於是置公使庫，使遇過客，必館置供饋，人無旅寓之歎。或以州郡餉廚傳爲非者，未解祖宗命意矣。

我昔在東武，吏方謹新書。〔王註次公曰〕「新書」，言新法行減公使庫錢也。齋空不知春，〔王註次公曰〕「齋」字指言公庫，古人云齋酒者是也。客至先愁予。采杞聊自誑〔五一〕，食菊不敢餘。〔王註次公曰〕先生嘗作《後杞菊賦》，其敍曰：移守膠西，意且一飽，而齋廚索然，不堪其憂，日與通守劉君庭式，循古城廢圃，求杞菊食之。〔施註〕杜子美《草堂》詩：食薇不敢餘。歲月今幾何，齒髮日向疎。幸此一郡老，依然十年初。夢飲本來空，〔王註次公曰〕《唐文粹》有何諷《夢渴賦》，皆言夢飲之事。真飽竟亦虛。〔王註〕佛書《寶積經》云：説食者竟無所飽，夢飽者竟無所得。尚有赤脚婢，能烹頳尾魚。心知皆夢耳，愼勿歌歸歟。

景貺、履常屢有詩，督叔弼、季默倡和，已許諾矣，復以此句挑之

〔查註〕陳履常《後山集·次韻蘇公督兩歐陽》詩云：吟聲正可候蟲鳴，酒面猶須作老兵。豈有文

章妨要務，孰知詩律自前生。向來懷璧真成罪，未必含光不屢驚。血指汗顔終縮手，此懷端復向誰傾。

君家文律冠西京，〔施註〕《文選》陸士衡《文賦》：普辭條與文律，良予膺之所服。〔王註次公曰〕「冠西京」，言前漢也。旋築詩壇按酒兵。〔王註〕歐陽《答梅聖俞》詩云：文會忝余盟，詩壇推子將。袖手莫輕真將種，〔王註次公曰〕將種，指言兩歐陽也。《晉書·胡貴嬪傳》：帝嘗與之摴蒲，爭矢，遂傷上指。帝怒曰：「此固將種也。」致師須得老門生。〔施註〕《左傳·僖公二十八年》：鄭伯如楚，致其師。〔王註〕《周禮·夏官·司馬上》：環人，掌致師。註云：致師者，致其必戰之志，古者守戰，必以勇力之士先犯敵焉。《唐書·選舉志》：舉人既及第，綴行通名，詣主司第，則謂門生。明朝鄭伯降誰受，〔王註〕《左傳·宣公十二年》：楚子圍鄭，鄭伯肉袒牽羊以逆，曰：「孤不天，不能事君，使君懷怒，以及敝邑，孤之罪也。」昨夜條侯壁已驚。〔王註〕《前漢·吴王濞傳》：吴兵欲西，梁城守，不敢西。糧絶，卒飢，遂夜奔條侯壁，驚東南。條侯使備西北，果從西北。不得入，吴大敗。〔施註〕《漢·周亞夫傳》：封條侯。從此醉翁天下樂，還應一舉百觴傾。〔公自註〕文忠公贈蘇、梅詩云：我亦願助勇，鼓旗譟其傍。快哉天下樂，一釂宜百觴〔五二〕。〔施註〕歐陽文忠公《醉翁亭記》：名之者誰？太守自謂也。太守爲誰？廬陵歐陽修也。杜子美《贈衛八處士》詩：一舉累十觴。

贈月長老〔五三〕

【誥案】月長老，乃潁州僧也。嘗求公作《法施堂銘》。公後在揚州，《與趙德麟書》云：月老亦致意，熱甚，又多病，未暇作《法施堂銘》。此可證也。

天形倚一笠，〔王註〕虞洪《穹天論》曰：天形如笠，而冒地之表。地水轉兩輪。〔施註〕《晉・天文志》引葛洪曰：《渾天儀註》云：天如雞子，地如雞中黄，天表裏有水，天地各乘氣而立，載水而行，周天三百六十五度四分度之一，中分之，則半覆地上，半繞地下，天轉如車轂之運也。五伯〔五四〕之所運〔五五〕，〔王註〕《莊子・秋水篇》：五帝之所運，三王之所争，盡此矣。〔施註〕應劭《風俗通義》：春秋齊桓、晉文、秦繆、宋襄、楚莊，是爲五伯。毫端棲一塵。功名半幅紙，〔施註〕《舊唐書・裴度傳》：欲收天下忠義之心，唯有下半紙詔書。兒女浪苦辛。〔施註〕白樂天《疑夢》詩：莫計恩讎浪苦辛。子有折足鐺〔五六〕，〔施註〕《傳燈録》：汾州無業國師云：看他古德道人，得意之後，茅茨石室，向折脚鐺子裏煮飯，喫過三十二十年。中容五合陳。〔王註次公曰〕「陳」字，蓋前漢太倉之粟陳陳相因也。〔翁方綱註〕李鴈湖云：東坡詩「中容五合陳」，大抵取其意足，言陳更不言粟。如「已遣亂蛙成兩部」，亦暗帶「樂」字，故葉石林謂坡詩有歇後語。方綱按：《詩・小雅・甫田》云：我取其陳。此已不言粟矣，豈必始於坡公哉。十年此中過，却是英特人。〔施註〕《毛詩・秦風・黄鳥》：百夫之特。註云：百夫之中最雄俊也。延我地爐坐，〔合註〕寒山詩：石室地爐砂鼎沸。語軟意甚真。〔王註〕《維摩經》言：大富梵行所言誠諦，常以軟語。白灰如積雪，中有紅麒麟〔五七〕。〔施註〕《語林》：羊琇擣炭屑，作獸形以温酒，洛下豪貴競效之。勿觸紅麒麟，作灰維那瞋〔五八〕。〔查註〕《翻譯名義》：「維」是綱維，華言也。「那」是梵語，譯爲知事，亦云悦衆。維那，典座也。拱手但默坐，〔施註〕漢賈誼《過秦論》：秦人拱手而取西河之外。牆壁徒諄諄〔五九〕。〔施註〕《傳燈録》：牆壁瓦礫，亦能説法。今宵恨客多，污子白氎巾。後夜當獨來，不須〔六〇〕主與賓。蒲團坐紙帳，自要觀我身。〔施註〕《維摩經》：世尊問維摩詰：「以何等觀如來乎？」維摩詰言：「如自觀身實相。」

次韻答錢穆父，穆父以僕得汝陰，用杭越酬唱韻作詩見寄〔六一〕

【誥案】時錢穆父知瀛州。

大耿疲勞已離羣，〔王註〕《後漢書》：耿弇攻張步，步聞大笑曰：「以尤來、大彤十餘萬衆，吾皆破之。今大耿兵少於彼，又皆疲勞，何足摧乎。」註：弇，況之長子，故呼爲大耿。小馮慈愛〔六二〕且當門。〔公自註〕軾本以舍弟〔六三〕親嫌請郡。〔施註〕《漢・馮奉世傳》：子野王，野王弟立，相代爲上郡太守。治行與野王相似，而多知有恩貸。〔合註〕袁淑詩：種蘭忌當門。玉堂不著扶犁手，〔王註〕歐陽永叔詩云：收取玉堂揮翰手，却尋南畝把犁鋤。霜鬢偏宜畫鹿轓〔六四〕。〔王註〕《後漢・輿服志》：公列侯安車，朱班輪，倚鹿較，伏熊軾。《鄭弘傳》：遷臨淮太守〔六五〕。註云：弘行春，白鹿方道，夾轂而行。主簿黄國拜賀曰：「聞三公車轓畫作鹿，明府必爲宰相。」豪傑雖無兩王繼，〔公自註〕謂子直、深父〔六六〕。〔施註〕王子直名向，弟深父名回，河南人。徙居福之侯官，歷三世。父兵部，葬潁之汝陰，遂爲汝陰人。皆第進士。文學行義，卓然一時，與王介甫、蘇子容爲友。二公集皆有《哭子直》詩。介甫志深父墓。仕爲忠武軍節度推官，知南頓縣。歐陽文忠公守潁，每從深父質疑問惑，後薦充館職，不及用而卒。風流猶有二歐存。〔公自註〕謂叔弼、季默〔六七〕。清詩已入新歌舞，〔施註〕劉禹錫《楊柳枝詞》：唱我新翻《楊柳枝》。要使邦人識雅言。〔施註〕《毛詩・小雅・沔水》：邦人諸友。「雅言」引《論語》。

韓退之《孟郊墓銘》云：以昌其詩。舉此問王定國，當昌其身耶，抑昌其詩也〔六八〕？來詩下語未契，作此答之

〔王註厚曰〕孟郊卽眞曜先生也。銘曰：於戲眞曜，維世不瞽，維執不猗，雖卒不施，以昌其詩。〔施註〕王定國與吳正憲充、馮文簡京素善，而師友東坡。舒亶輩欲傾二公，因坡詩獄羅織定國，遂南行萬里，三年而歸。司馬温公當國，定國預其議論，深器遇之。擢宗正丞，復將進用。會温公物故，東坡薦其可備獻納。言官捃其微過，除西京通判。子由上章力薦，除知宿州。東坡在杭，以書與定國云：覩邸報，知定國除符離守。及見告詞，慰喜之極，此於公亦何足爲慶，但喜端人善士，自此少免點污破壞，人材稍出，社稷之喜也。然二公推挽雖至，而言者排拫愈力。符離之命，未幾亦報罷。此詩自「愼勿怨謗讒，乃我得道資」以下四聯，端爲定國發也〔六九〕。

昌身如飽腹，飽盡還當飢〔七〇〕。昌詩如膏面，爲人作容姿。不如昌其氣，鬱鬱老不衰。雖云老不衰，劫壞安所之。〔王註〕《楞嚴經》言：諸人天境，乃至劫壞三災不及，如是一類，名兜率陀天。不如昌其志，志壹〔七一〕氣自隨。養之塞天地，孟軻不吾欺。人言魏勃勇，股栗向小兒。〔王註厚曰〕「小兒」言灌嬰，以《嬰傳》云「雖少然數力戰」也。何如魯連子，談笑却秦師。〔王註〕《史記·魯仲連傳》：與新垣衍論秦稱帝之害。新垣衍曰：「吾請出，不敢復言帝秦。」秦將聞之，爲却軍五十里。《文選》左太沖《詠史》詩：吾慕魯仲連，談笑却秦軍。愼勿〔七二〕怨謗讒，乃我得道資。〔施註〕《圓覺經》：願我今者任佛圓覺，求善知識〔七三〕。淤泥生蓮花，〔王註〕《維摩經》云：譬如高原陸地，不生蓮華，卑濕淤泥，乃生此華。糞壤出菌芝。賴此善知識，使我枯生荑。〔施註〕《周易·大過》：枯楊生荑。老夫得其女妻，無不利。吾言豈須多，冷暖子自知。〔王註〕《傳燈録》：明上座語盧行者曰：「今蒙指授入處，如人飲水，冷暖自知。」

送歐陽推官赴華州監酒

〔施註〕歐陽推官，文忠公之孫，仲純父名奕之子。仲純官光禄丞，早卒。〔查註〕按《欒城集·薛夫人墓志》：孫男六人，恕，雄州防禦推官。《九域志》：陝西永興軍路華陰郡鎮潼軍節度，所轄監一。〔合註〕《九域志》：所轄監二。熙寧四年置鑄銅錢，八年置鑄鐵錢。監酒，乃監酒稅。《九域志》不載。

我觀文忠公，四子皆超越。〔查註〕按歐陽文忠公四子：長名發，字伯和，進士出身，官至權少府監丞，張文潛爲作墓志；次奕，字仲純；次棐；次辯。註見本卷。〔合註〕《魏志·管寧傳》：超越周成。仲也珠徑寸〔七四〕，照夜光如月〔七五〕。〔王註〕《搜神記》：隋侯見大蛇被傷，中斷，以藥封之。歲餘，蛇銜珠以報。珠盈徑寸，純白，夜有光明，如月之照。謂之隋侯珠，又曰明月珠。好詩真脱兔，〔王註〕《孫子·九地篇》：始如處女，敵人開户，終如脱兔，敵不及拒。〔施註〕《韓詩外傳》：臨武君曰：「善用兵者猶脱兔，莫知其所出。」下筆先落鶻。知音如周郎，議論亦英發。〔王註〕《三國·吳志》：孫權論吕蒙曰：「子明學問開益，籌畧奇至，可以次於公瑾，但言議英發，不及之耳。」文章乃餘事，〔王註〕韓退之詩：多情懷酒伴，餘事作詩人。學道探玄窟。〔施註〕《文選》孫興公《天台山賦》：皆玄聖之所遊，化靈仙之窟宅。死爲長白主，名字書絳闕。〔公自註〕熙寧之末，仲純父見僕於京城之東，曰：「吾夢道士持告身〔七六〕授吾曰：上帝命汝爲長白山主，此何祥也？」明年，仲純父殁。〔王註〕《松漠紀聞》云：長白山在冷山東南，其山禽獸皆白，人或穢其間，則致蛇虺之害。《金泉碑》：謝自然欲過海求師。或謂蓬萊去弱水三十萬里，不可到。天台有司馬子微，身居赤城，名在絳闕，可往從之。傷心清潁尾，〔王

註〕《左傳・昭公十二年註》：潁水之尾，在下蔡西。已伴白鷗没。喜見三少年〔七七〕，俱有千里骨。千里不難到，〔施註〕《莊子・秋水篇》：騏驥驊騮，一日千里。莫遣歷塊蹶。〔王註〕王褒《聖主得賢臣頌》：過都越國，蹶如歷塊。顔師古曰：如經歷一塊，言其速疾之甚。范傳正《李白墓碑》：騏驥筋力，成意在萬里外，歷塊一蹶，死於空谷。杜子美《瘦馬行》詩：當時歷塊誤一蹶。臨分出苦語，願子書之笏。〔王註〕《唐書》：太宗曰：「魏徵逝，朕比使人至其家，得書一紙，始半藁。其可識者曰：去邪勿疑，任賢勿猜。朕顧思之，恐不免斯過。公卿侍臣可書之於笏，知而必諫也。」〔施註〕《晉・輿服志》：古者貴賤皆執笏，有事則書之。《釋名》：笏，忽也，有教命及所啓白，則書其上，備忽忘也。

十月十四日以病在告獨酌〔七八〕

翠柏不知秋，〔王註次公曰〕杜子美《毒熱寄簡崔評事》詩：大暑運金氣，荆揚不知秋。〔施註〕杜子美《冬日洛城北謁玄元皇帝廟》詩：翠柏深留景。空庭失搖落。幽人得嘉蔭〔七九〕，露坐方獨酌。〔施註〕韓退之《感春》詩：青天露坐始此回。月華稍澄穆，〔王註〕《前漢・禮樂志》：月穆穆以金波，日華曜以宣明。〔施註〕《文選》沈休文《詠月》詩：月華臨淨夜。霧氣尤清薄。小兒亦何知，相語翁正樂。銅爐燒柏子，石鼎煮山藥。〔王註〕歐陽永叔《奉使道中寄坦師》詩：夜燃柏子煮山藥，憶此東望無時休。〔合註〕按唐彦謙詩：爐寒餘柏子。韓退之《石鼎聯句》：豈能煮山藥。一杯賞月露，〔施註〕《文選》謝瞻詩：月露皓已盈。萬象紛酬酢。此生獨何幸，風纜欣初泊。〔王註〕韓退之詩：有如乘風船，一縱不可纜。誓逃〔八〇〕顔、跖網，〔施註〕《史記・伯夷傳》：太史公曰：七十子之徒，仲尼獨薦顔淵爲好學，然回也屢空，糟糠不厭，而卒早夭。盜跖日殺不辜，肝人之肉，暴戾恣睢，聚黨數千人，横行天下，竟以壽終。余甚惑焉，儻所謂天道，是邪非邪？行赴松、喬〔八一〕約。〔施註〕《漢・王褒傳》：偃仰詘信若彭祖，呴嘘呼吸如喬、松。〔顔師古曰〕喬，王喬；松，赤松子也。莫嫌風有待，〔王註〕《莊子·逍遥遊篇》：列子馭風而行，泠然善也，旬有五日然後反，此雖免乎行，猶有所待也。漫欲戲寥廓。〔施註〕《文選》陸士衡《文賦》：俯寂寞而無友，仰寥廓而莫承。泠然心境空，彷彿來笙鶴。〔施註〕《文選》謝靈運詩：羽人絶彷彿，丹丘徒空筌。

獨酌試藥玉〔二〕滑盞，有懷諸君子。明日望夜，月庭佳景不可失，作詩招之〔三〕

鎔鉛煮白石，作玉真自欺。〔王註厚曰〕王充《論衡·率性篇》：《禹貢》曰「璆琳琅玕」，玉者也，此則土地所生，真玉也。然而道人消化土石，作五色之玉，比之真玉，光不殊别。〔次公曰〕藥玉之法，以錫及石末和合爲之也。琢削爲酒杯，規摹定州瓷。荷心雖淺狹，〔合註〕薛道衡詩：荷心宜露泫。鏡面良渺瀰。〔施註〕《文選》木元虚《海賦》：渺瀰湠漫。持此壽佳客，〔王註〕杜子美《登歷下古城新亭》詩：主稱壽尊客，筵秩宴北林。到手不容辭。〔王註子仁曰〕歐陽《送梅聖俞》詩：杯行到手莫辭醉，明發舉棹天東南。〔施註〕韓退之《贈鄭兵曹》詩：杯行到君莫停手。曹侯天下平，〔王註次公曰〕指言同時姓曹人也，豈官大理者乎？〔施註〕《漢·張釋之傳》：廷尉，天下之平也。定國豈其師。一飲至數石，〔王註〕《漢·于定國傳》：爲廷尉，决疑平法，食酒至數石不亂，冬月治請讞，飲酒益精明。温克頗似之。〔王註〕《詩·小宛》：人之齊聖，飲酒温克。風流越王孫，〔王註次公曰〕指言景覞也，乃越王之孫，華原公之子。〔施註〕《晉·樂廣傳》：廣與王衍俱宅心事外，天下言風流者，謂王、樂爲稱首。詩酒屢出奇。〔王註〕《史記》：陳平六出奇計。〔施註〕《孫子》：善出奇者，無窮如天地。喜我有此客，玉杯不徒施。請君詰歐、陳〔四〕，問疾來何遲。呼兒掃月樹，〔王註〕歐陽永叔詩：能會面人相就飲，爲子掃月開風樹。〔合註〕顔延之詩：月樹迎秋光。扶病及良時〔八五〕。〔施註〕白樂天《寄元微之》詩：今日正閑天又暖，可能扶病暫來無。

歐陽季默以油烟墨二丸見餉，各長寸許，戲作小詩

〔查註〕晁以道《墨經》：凡丸劑，不可不熱，又病於熱，急手爲光劑，緩手爲皺劑，一丸卽成，不利於再。葉夢得云：兩漢間稱墨多言丸，魏、晉以後稱螺。

書窗拾輕煤，〔查註〕《墨經》：凡墨，膠爲大。有上等煤而膠不如法，墨亦不佳。如得膠法，雖次煤能成善墨。又，古用立窰，高丈餘。其竈，寬腹，小口，不出突。於竈面覆以五斗甕，又葢以五甕，每層泥塗惟密，約甕中煤厚，住火，以雞羽掃之。佛帳〔八六〕掃餘馥。〔合註〕句言佛燈及香積久之煤也。若作「拂」字，與「書窗」不對矣。辛勤破千夜，收此一寸玉。癡人畏老死，〔施註〕《世說》：謝虎子嘗上屋熏鼠。胡兒既無由知父爲此事，聞人道癡人有作此者，戲笑之。按：據，小字虎子；子朗，小字胡兒。白樂天《澗底松》詩：老死不逢工度之。腐朽同草木。〔王註〕《後漢書》朱穆《崇厚論》曰：彼與草木俱朽，此與金石相傾。《唐·高竇傳·贊》曰：古來賢豪不遭興運，埋光鏟采，與草木俱腐者，可勝咤哉。欲將東山松，〔查註〕《墨經》：兖、沂、登、密之間山，總謂之東山。自昔東山之松，色澤肥膩，性質沉重，品推上上。涅盡南山竹。〔施註〕《漢·公孫賀傳》：朱安世曰：南山之竹不足受我辭；斜谷之木不足爲我械。墨堅人苦脆，〔施註〕陶淵明《祭從弟文》：撫杯而言，物久人脆。未用歎不足。且當注蟲魚，莫草三千牘。【誥案】謂墨小僅可注蟲魚也。

明日復以大魚爲饋，重二十斤，且求詩，故復戲之

漢廷九尺人，誰似老方朔。〔王註〕《漢書》：東方朔上書曰：「臣年二十二，長九尺三寸，勇若孟賁，捷若慶忌。」〔施註〕《漢·東方朔傳》：言上曰：「朱儒長三尺餘，奉一囊粟，錢二百四十。臣朔長九尺餘，亦奉一囊粟，錢二百四十。」那將一寸金，令足三冬學。〔施註〕《漢·東方朔傳》：上書曰：「臣年十二學書，三冬文史足用。」餉魚欲自洗，〔王註次公曰〕言季默欲以二十斤之大魚，洗其寸舋之儉耳。鱗尾光卓犖〔七〕。我是騎鯨手，〔施註〕《文選》揚子雲《羽獵賦》：乘鉅鱗，騎鯨魚。聊堪充鹿角。〔王註厚曰〕鹿角，小魚也。梅聖俞《賣鹿角》詩：水中龍，角而足。海小魚，角蟲。不擬龍，乃擬鹿。〔施註〕歐陽文忠公《達頭魚》詩：吾聞海之大，物類無窮極。毛魚與鹿角，一淪數千百。

和趙景貺栽檜

汝陰多老檜，處處屯蒼雲。地連丹砂井，〔王註次公曰〕汝陰，潁州也。潁州之東，與亳州接境。亳州老君觀，有丹砂井，有檜，其文左紐，其枝枯而再生。物化青牛君。〔王註厚曰〕《玄中記》：千歲之樹精，化爲青羊；萬歲之樹精，化爲青牛。秦始皇使人伐大樹，有青牛躍出，走入豐水。又《嵩山記》：嵩山有大松樹，千歲化爲青牛，或爲伏龜。時有再生枝，〔公自註〕潁之靈壇觀，有再生檜〔八〕。還作左紐紋。〔王註厚曰〕范文正公《太清九咏序》：太清宮有左紐檜。〔施註〕《青瑣高議》：亳州太清宮八檜，有左紐、煉丹等名。〔查註〕《石曼卿詩註》引《大清記》云：老子手植此檜，根株枝幹皆左紐。王孫有古意，書室延清芬。〔施註〕《文選》陸士衡《文賦》：誦先人之清芬。應憐四孺子，〔王註次公曰〕杜子美有《種四小松》詩；而管子對齊侯之問苗，曰，苗始其少也，眗眗乎，何其孺子也。今栽檜亦適有四，

故云。〔施註〕《漢・張良傳》：孺子可教。不墮凡木羣。〔合註〕劉禹錫詩：凡木不敢生。體備松柏姿，〔王註〕《爾雅・釋木篇》：柏葉松身曰檜。氣含芝朮薰。〔施註〕孟浩然詩：金澗養芝朮。初扶鶴立骨〔八九〕，未出龍纏筋。巢根白蟻亂，〔合註〕《本草》：白蟻穴地而居，蠹木而食。網葉秋蟲紛。乃知蔽芾初，甚要封殖〔九〇〕勤。他年皮三寸，〔王註〕《前漢書》：晁錯上書：胡貉之地，積陰之處也，木皮三寸，冰厚六尺。狐鼠了不聞。

葉待制求先墳永慕亭詩〔九一〕

〔施註〕葉待制，名康直，字景温，建州人。擢進士第。知光化縣，其政務便民，以治績顯。歷秦鳳、陝西轉運，饟涇原師，知秦州。夏人寇甘谷，景温戒諸將設伏以待，殲其二酋。自直龍圖閣進待制，陝西都轉運使，請亳州，召爲兵部侍郎，卒。〔合註〕《續通鑑長編》：元祐六年五月，葉康直知亳州。先生作詩，正其官亳時也。

靈區有異産，化國無潛珍。〔王註〕王符《潛夫論》云：化國之日舒以長。承平百年間，簪纓半齊民。〔施註〕《漢・食貨志》「齊民」註：若今言平民〔九二〕。〔合註〕陳後主詩：簪纓今盛此。建溪富奇偉，〔施註〕《後漢・龐參傳》：卓爾奇偉。葉氏初隱淪。〔施註〕桓譚《新論》：天下神人五，二曰隱淪。杜子美《贈韋左丞》詩：行歌非隱淪。森然見喬木〔九三〕，其下維德人。〔王註次公曰〕《莊子・天地篇》：德人者，居無思、行無慮。又云：此之謂德人之容。〔施註〕《毛詩・小雅・鶴鳴》：園有樹檀，其下維穀。漢賈誼《鵩賦》：德人無累，知命不憂。佳哉鬱葱葱，氣若鳳與麟。聯翩〔九四〕出儒將，豈惟十朱輪。新松無鹿觸，舊柏有烏馴。〔王註〕《北史》：蕭放，字希逸。居喪，廬前有二慈烏來集，各據一樹爲巢。自午已前，馴庭飲啄，午後更不下樹。每臨時，舒翅悲鳴，全似哀泣。待公〔九五〕歸上冢，淚葉乃肯春。〔王註〕《晉書》：王裒父儀爲文帝司馬，東關之役，引出斬之。裒常至墓所，拜跪，攀柏悲號，涕淚著樹，樹爲之枯。孟郊樂府《古薄命妾》云：北山有蘼蕪，淚葉長不乾。

與趙、陳同過歐陽叔弼新治小齋，戲作〔九六〕

〔查註〕小齋名息齋，見《後山集》。陳履常有《和蘇公題歐陽叔弼息齋次韻》詩。

江湖渺故國，風雨傾舊廬。東來三十年，愧此一束書。尺椽亦何有，〔王註次公曰〕顏延年詩：伊穀絕津濟，臺館無尺椽。而我常客居。羨君開此室，容膝真有餘。〔施註〕陶潛《歸去來辭》：倚南窗以寄傲，審容膝之易安。拊牀琴動摇，弄筆窗明虚。後夜龍作雨，天明雪填渠。〔公自註〕時方禱雨龍祠。作此句時，星斗燦然。四更風雨大至，明日，乃雪〔九七〕。夢回聞剥啄，誰乎〔九八〕趙陳〔九九〕予。〔王註〕先生《詩話》云：元祐六年十月二十六日，禱雨張龍公，會景貺、履常、二歐陽子，作詩云：「後夜龍作雨，天明雪填渠。夢回聞剥啄，誰呼陳、趙、予？」景貺拊掌曰：「句法甚新，前人未有此法。」季默曰：「有之。『長官請客吏請客，目曰主簿、少府、我。』即此語也。」添丁走沽酒，〔施註〕韓退之《寄盧仝》詩：去歲生兒名添丁。通德起挽蔬。主孟當啗我，〔王註〕《國語》：晉優施謂里克妻曰：「主孟啗我，我教兹暇豫事君。」註：大夫之妻從夫稱主，而孟則里克妻字也。玉鱗金尾魚。〔王註〕杜子美《沙苑行》詩：泉出巨魚長比人，丹砂作尾黃金鱗。一醉忘其家，〔王註〕《史記》：司馬穰苴曰：「將受命之日，則忘其家，援枹鼓之急，則忘其身。」此身自籧篨。〔王註次公曰〕「籧篨」有二義，「此身自籧篨」，則麤竹席之謂，言身之卷舒，如麤席之耐也。〔施註〕《國語》：籧篨不可使俯。《爾雅》：籧篨，口柔也。又，麤竹席謂之籧篨。

聚星堂雪 并引〔一〇〇〕

〔查註〕《名勝志》：歐陽文忠公守潁時，於州治起聚星堂，與僚官王回深父、臨江劉攽貢父、州人常秩夷甫、六安焦千之伯强，爲日夕燕遊之所。歐陽文忠公原作詩云：新陽力微初破萼，客陰用壯猶相薄。朝寒稜稜風莫犯，暮雪緌緌止還作。驅馳風雲初慘淡，炫晃山川漸開廓。光芒可愛初日照，潤澤終爲和氣爍。美人高堂晨起驚，幽士虛窗静聞落。酒爐成徑集瓶罌，獵騎尋踪得狐貉。龍蛇掃處斷復續，猊虎團成呀且攫。共貪終歲飽麰麥，豈恤空林飢鳥雀。沙墀朝賀迷象笏，桑野行歌没芒屩。乃知一雪萬人喜，顧我不飲胡爲樂。坐看天地絶氛埃，使我胸襟如洗瀹。脱遺前言笑塵雜，搜索萬象窺冥漠。潁雖陋邦文士衆，巨筆人人把矛槊。自非我爲發其端，凍口何由開一噱。

元祐六年十一月一日，禱雨張龍公，得小雪，與客會飲聚星堂。忽憶歐陽文忠公作守時，雪中約客賦詩，禁體物語，於艱難中特出奇麗。爾來四十餘年，莫有繼者。僕以老門生繼公後，雖不足追配先生，而賓客之美，殆不減當時，公之二子，又適在郡，故輒舉前令，各賦一篇。〔王註〕《廬陵集》載《雪》詩註云：時在潁州作。其序曰：玉月梨梅練絮白舞鵝鶴銀等字，皆請勿用。

窗前暗響鳴枯葉，龍公試手初行〔一〇一〕雪。映空先集疑有無，作態斜飛正愁絶。〔施註〕《唐文粹》

皮日休《桃花賦》：或奕偞以作態。白樂天《送兄弟回雪夜》詩：頃刻堪愁絶。衆賓起舞風竹亂，〔合註〕何焯曰：杜子美《草堂卽事》詩：雪裏江船渡，風前徑竹斜。老守先醉霜松折。〔王註〕韓退之詩：張君名聲坐所屬，起舞先醉長松摧。恨無翠袖點横斜，衹有微燈照明滅。〔施註〕白樂天《雪夜》詩：對雪畫寒灰，殘燈明復滅。歸來尚喜更鼓永，〔一〇二〕晨起不待鈴索掣〔一〇三〕。〔王註次公曰〕鈴索掣，太守有鈴閣也。李太白《猛虎行》：掣鈴交通二千石。未嫌長夜作衣稜，却怕初陽生眼纈。〔王註〕李賀詩：楊花撲帳春雲熱，龜甲屏風醉眼纈。〔施註〕庾信《擣衣》詩：花鬚醉眼纈。〔查註〕《苕溪漁隱叢話》：東坡詩「却怕初陽生眼纈」，觀此，則不獨醉眼可也。按《説文》：纈，結也。《增韻》：文繒也。欲浮大白追餘賞，幸有回飆驚落屑。〔施註〕《晉·胡毋輔之傳》：吐佳言如鋸木屑。模糊檜頂獨多時，〔王註〕白樂天《雪中卽事》詩：連夜江雲黄慘淡，平明山雪白模糊。歷亂瓦溝裁一瞥。〔王註〕韓退之《詠雪》詩：飄飄還自弄，歷亂竟誰催。〔合註〕白樂天詩：繁聲注瓦溝。《莊子·徐無鬼篇》：譬之猶一覕也。《釋文》又作瞥。《世説》：道壹道人從都下還東山，經吴中，會雪下，曰：「郊邑正自飄瞥，林岫便已皓然。」汝南先賢有故事，〔王註次公曰〕《三國志》多引《汝南先賢傳》。今潁州汝南之地也，故用「汝南先賢」字。醉翁詩話誰續説。〔王註次公曰〕《廬陵集》中有《詩話》上下一卷。《詩話》自醉翁始，今舉文忠公前令，故云爾。當時號令君聽取，白戰〔一〇四〕不許持寸鐵。〔施註〕《文選》李少卿《答蘇武書》：兵盡矢窮，人無尺鐵，猶復徒首奮呼，争爲先登。【誥案】紀昀曰：句句恰是小雪，體物神妙，不愧名篇。

歐陽叔弼見訪，誦陶淵明事，歎其絶識，既去，感慨不已，而賦此詩〔一〇五〕

〔查註〕黄山谷跋云：東坡在潁州，因歐陽叔弼讀《元載傳》，歎淵明之智，遂作此詩。淵明隱約栗里柴桑之間，或飯不足也，顔延年送錢二十萬，即日盡送酒家。與蓄積不知紀極，至藏胡椒八百斛者，相去遠近，豈直睢陽蘇合丸與蜣蜋糞丸比哉。

淵明求縣令，本緣食不足。〔施註〕韓退之《從仕》詩：居閑食不足。束帶向督郵，小屈未爲辱。〔合註〕《南史·張岱傳》：無謂小屈，終當大伸也。翻然賦歸去，豈不念窮獨。〔施註〕《文選》嵇叔夜《琴賦》：處窮獨而不悶。重以五斗米，折腰營口腹。〔施註〕《南史·陶潛傳》：嘗謂親朋曰：「聊欲絃歌以爲三徑之資，可乎？」執事者聞之，以爲彭澤令。云何元相國，萬鍾不滿欲。胡椒銖兩多，安用八百斛。〔王註〕《唐書》：元載，字公輔。代宗立，進中書侍郎，大曆十二年賜自盡。籍其家，胡椒至八百石，它物稱是。以此殺其身，何啻鵲抵玉〔一〇六〕。〔王註次公曰〕《鹽鐵論·崇禮篇》：南越以孔雀珥門户，昆山之傍以璞玉抵烏鵲〔一〇七〕。抵，擲也，蓋言玉之多也。今先生之意，譬以身徇貨，猶以貴逐賤也，與「用隋侯之珠，彈千仞之雀」同意。往者不可悔，吾其反自燭〔一〇八〕。〔查註〕何薳《春渚紀聞》：薳嘗得東坡先生詩稿云：「淵明爲小邑。」繼圈去「爲」字，改作「求」字。又連塗「小邑」二字，作「縣令」字。至「胡椒銖兩多，安用八百斛」，初云「胡椒亦安用，乃貯八百斛」。乃知雖大手筆，不以一時筆快爲定而憚於屢改也。〔合註〕鍾嶸《詩品》：映餘暉以自燭。

喜劉景文至〔一〇九〕

【誥案】公既薦劉景文，由是得换文資，除知隰州。時景文赴隰州任，因過公也。

天明小兒更傳呼〔二〇〕，【誥案】紀昀曰：從傍面寫出，愈加飛動，多少交情，都在無字句處。今詳玩詩意，是時公尚未起，而舉家轟成一片，此「小兒」，指迨與過也。「喜」字從此入手，乃據事直起，非傍面也。髯劉已到城南隅。〔王註〕《古樂府·陌上桑》云：羅敷喜蠶桑，采桑城南隅。【誥案】此句乃小兒傳呼之語也。尺書真是髯手迹，〔王註〕《前漢·韓信傳》云：發一乘之使，奉咫尺之書。師古曰：言其簡牘或長咫，或長尺也。〔施註〕杜子美《逢劉主簿》詩：連年絶尺書。起坐熨眼知有無。〔合註〕李咸用《廬山》詩：對猶青熨眼，到必冷凝魂。【誥案】此聯乃既聞其至，復見其書，而反疑是夢，皆喜極之詞也。細究此層，乃知其首下「天明」二字，已立意寫到此地位矣。今人不作古人事，今世有此古丈夫。我聞其來喜欲舞，〔施註〕杜子美《聞官軍收河南河北》詩：漫卷詩書喜欲狂。病自能起不用扶。江淮旱久塵土惡，朝來清雨濯鬢鬚。相看握手了無事〔二一〕，千里一笑毋乃迂。平生所樂在吴會，〔施註〕《文選》曹子建《求自試表》：撫劍東顧，而心已馳於吴會矣。老死欲葬杭與蘇。【誥案】紀昀曰：寫得十分滿足，至此更難下語，只好蹔起傍波。其説亦非。自此以下，皆兩公應有之語，故得以錢塘湖作結，收到至字，是正面，非傍波也。過江西來二百日，冷落山水愁吴姝〔二二〕。〔施註〕白樂天《冬夜》詩：冷落燈火暗。新隄舊井各無恙，〔施註〕新隄，謂所築蘇公堤。舊井，謂所治唐六井。《後漢·馬援傳》：春卿無恙。參寥六一豈念吾。〔王註次公曰〕參寥、六一，二泉名。先生有《參寥泉銘》所謂「石泉槐火，九年而信」者也。又《六一泉銘》，所謂「君子之澤，豈獨五世而已」者也。此皆杭州事。別後新詩巧摹寫，【誥案】紀昀曰：一筆勒轉，輕妙之至。袖中知有錢塘湖。

禱雨張龍公〔二三〕，既應，劉景文有詩，次韻

〔查註〕王明清《揮麈後録》：東坡撰《昭靈侯廟碑》，南陽張公諱路斯，潁上人也。米元章作《辨名志》，刻於後云：張名路，當是句讀，斯潁上人也，唐人文贅多如此。明清比仕寧國，因民訟度地四至，有宣城令張路斯祠堂基。坡碑言侯嘗仕宣城令，則名路斯無疑，元章謬矣。

張公晚爲龍，【誥案】紀昀曰：起得奇矯。抑自龍中來。〔施註〕歐陽文忠公《集古·跋尾》：《張龍公碑》，唐趙耕撰。云：君諱路斯，爲宣城令，罷歸。每夕出，常體冷且濕，夫人石氏異而詢之。公曰：「吾龍也。」後與九子復爲龍。伊昔風雲會，〔王註〕杜子美詩《病柏行》：掩蹙龍虎姿，生當風雲會。咄嗟潭洞開。〔王註次公曰〕句倣杜子美《山寺》詩：公爲顧賓從，咄嗟檀施開。精誠〔一四〕苟可貫，賓主真相陪。洞簫振羽舞，〔王註〕《前漢》：王褒，宣帝時，嘗爲《甘泉》及《洞簫頌》。又，《周禮·春官·樂師篇》：凡舞有羽舞。註云：羽舞，祈雨也。白酒浮雲罍〔一五〕。〔王註〕許慎《説文》：龜目酒尊，刻木作雲雷之象。〔施註〕《周禮·春官》：再獻用兩山尊，皆有罍。鄭氏云：山罍刻畫爲山雲之形。言從闞州〔一六〕妃，〔王註〕趙耕《張龍公碑》：潁上百社村人也，夫人闞州石氏。遠去焦氏臺。〔查註〕《集古録》：自景龍以來，潁人世祠之於焦氏臺。傾倒〔一七〕瓶中雨，〔王註〕《續玄怪録》：李靖微時，嘗射獵靈山中，會暮，抵宿一朱門家。夜半聞叩門甚急，見一婦人，謂靖曰：「此非人宅，乃龍宮也。適奉天符命行雨，二子皆不在，欲奉煩頃刻間，如何？」遂命黃頭被青驄馬，又命取雨器，乃一小瓶，戒曰：「取瓶中水滴馬鬃上，即雨遍矣。」一洗麥上埃。破旱不論功，乘雲却空回。【誥案】紀昀曰：忽入此意，警動異常。嗟龍與我輩，用意豈遠哉。使君今子義，英風〔一八〕冠東萊。〔施註〕《三國志·吳·太史慈傳》：字子義，東萊黃人也。最有膽烈。【誥案】公蓋以孔融自居也。笑説〔一九〕龍爲友，〔王註〕《漢·禮樂志》：《天馬歌》，今安匹，龍爲友。幽明莫相猜。

劉景文家藏樂天《身心問答三首》，戲書一絶其後

淵明形神自我，〔施註〕陶淵明有《形贈影》、《影答形》、《神釋》三首，序云：貴賤賢愚，莫不營營以惜生，斯甚惑焉。故極陳形影之苦，言神辨自然以釋之，好事君子，共取其心焉。樂天身心相物。〔王註〕白樂天《自戲三絶句》序云：閑卧獨吟，無人酬和，聊假身心相戲，往復偶成三章。〔施註〕白樂天有《心問身》、《身報心》、《心重答身》三絶句。而今月下三人，他日當成幾佛。〔查註〕《楞嚴經》：身眼兩覺，應有二知，卽汝一身，應成兩佛。周公謹《齊東野語》：淵明詩，不以死生禍福動其心，泰然委順，乃得神之自然，釋氏所謂斷常見者也。樂天詩，則以心爲吾身之主，而身乃心之役也。坡翁從而賦六言。然二公之説雖不同，皆祖《列子·力命篇》。此卽淵明《神釋》所云「大鈞無私力」之論也。

西湖戲作一絶〔二〇〕

〔王注汪信民曰〕《詩文發源》云：杭、潁皆有西湖。先生連守二州，其到潁有《謝執政啓》云：入參兩禁，每玷北扉之榮；出典二邦，輒爲西湖之長。〔查註〕陳履常有《次韻蘇公竹間亭》詩。

一士千金未易償，〔王註次公曰〕《後漢書》：子貢曰：寧喪千金，無失士心。則一士比千金爲多矣。我從陳、趙兩歐陽。舉鞭拍手笑山簡，衹有并州〔二一〕一葛强。〔施註〕《晉·山簡傳》：兒童歌之曰：舉鞭向葛彊，何如并州兒。彊家在并州，簡愛將也。

送歐陽季默赴闕〔二二〕

【誥案】季默終母喪，時赴闕指射差遣。

先生豈止一懷祖，郎君不減王文度。膝上幾日今白鬚，〔王註次公曰〕先生指言歐陽永叔也，郎君指言季默也。《晉書》：王彪之年二十，須鬢皓白，時人謂之王白須。〔施註〕《晉·王述傳》：字懷祖。愛其子坦之，雖長大，猶抱置膝上。《王坦之傳》：字文度。時人語曰：「江東獨坐王文度。」《王羲之傳》：謂諸子曰：「吾不減懷祖，而位遇懸邈，當由汝等不及坦之故耶？」今我〔一二三〕眼中見此父。〔王註〕《南史》：王彧，字景文。袁粲見之，稱其風流。彧云：「景文方謝叔源，則爲野父。」粲惆悵良久，曰：「恨眼中不見此人。」汝南相從三晦朔，君去苦早我來暮。〔查註〕《後漢·廉范傳》：民歌曰：「廉叔度，來何暮。」霜風凄緊正脱木，〔王註〕謝希逸《月賦》：洞庭始波，木葉微脱。〔施註〕《文選》殷仲文《九井》詩：風物自凄緊。潁水清淺可立鷺。〔施註〕白樂天《詠懷》詩：秋河稍清淺。莫辭白酒〔一二四〕瀉香泉〔一二五〕，【誥案】是時公有此酒，其後只一瓶矣。見自註。已覺扁舟掠新渡。坐看士衡執別手，更遣夢得出奇句。〔王註次公曰〕晉陸機，字士衡，雲之兄。意謂叔弼與之別也。唐劉禹錫，字夢得。意謂劉景文必有送行詩也。郎君可是筦庫人，〔王註〕《禮記·檀弓》云：趙文子所舉於晉國筦庫之士，七十有餘家。【誥案】季默嘗以宣德郎監澶州酒税。乃使騄驥〔一二六〕隨蹇步。〔施註〕杜子美《錦樹行》：天驥跛足隨羸牛。〔合註〕陳琳《答曹洪書》：騄驥垂耳於坰牧。置之行矣無足道，賢愚豈在遇不遇。〔王註〕《漢·揚雄傳》：君子得時則大行，不得時則龍蛇，遇不遇命也，何必湛身哉。

用前韻作雪詩留景文〔一二七〕

〔查註〕按《長公外紀》，元祐五年，東坡守錢塘。景文爲東南將領，佐公開西湖，日由萬松嶺以至新堤，故在潁州和詩及之。【誥案】此用《聚星堂雪》韻也。

萬松嶺上黄千葉，〔王註次公曰〕應言蠟梅也。先生後有《蠟梅》詩：君不見萬松嶺上黄千葉，玉蕊檀心兩奇絶。是已。載酒年年踏松雪。劉郎去後誰復來，花下有人心斷絶。〔施註〕鮑照樂府：涕零心斷絶，將去復還訣。盧仝詩：翠眉蟬鬢生離別，一望不見心斷絶。心斷絶，幾千里。東齋夜坐搜雪句，兩手龜坼霜鬚折。〔王註〕《莊子·逍遥遊篇》註云：其藥能令手不龜坼也。〔施註〕楊文公《談苑》：唐盧延讓《寄人》詩：吟安一箇字，撚斷數莖鬚。無情豈亦畏嘲弄，〔王註〕白樂天《與元九書》云：梁、陳間，率不過嘲風雪弄花草而已。穿簾入户吹燈滅。紛紛兒女争所似，碧海長鯨君未掣。〔王註〕杜子美《絶句漫興》詩：争看翡翠蘭苕上，未掣鯨魚碧海中。朝來雲漢接天流，顧我小詩如點纈。〔合註〕張仲素《迴文錦賦》：文如委纈。歐陽、趙、陳〔一二八〕在户外，〔施註〕《禮記·曲禮上》：户外有二屨。《莊子·列禦寇篇》：户外屨滿。急掃中庭鋪木屑。〔王註〕《晉書》：陶侃造船，竹頭木屑，悉令舉掌之。咸不解所以。後正會，積雪始晴，廳事前餘雪猶濕，於是以木屑布地。及桓温伐蜀，又以竹頭裝船。交游雖似〔一二九〕雪柏堅，【誥案】紀昀曰：隨手綰合，入得無痕。聚散行作風花瞥。〔施註〕杜子美《贊上人》詩：古來聚散地，宿昔長荆榛。庾信《屏風》詩：風花直亂回。【誥案】二句扼要頓住「雪」字，便落「留」字，然筆勢直下如風，驟讀之不見也。晴光融作一尺泥，歸有何事真無説。泥乾路穩放君去，莫倚馬蹄如踣鐵。〔王註〕杜子美《高都護驄馬行》詩：腕促蹄高如踣鐵，交河幾蹴曾冰裂。

和劉景文見贈〔一三〇〕

元龍本志陋曹吴，〔合註〕《後漢書・班超傳》：又欲遂本志。豪氣〔一三一〕峥嶸老不除。失路今爲噲等伍，〔王註〕《前漢書》：韓信廢爲淮陰侯，嘗過樊將軍噲，噲趨拜送迎言稱臣，曰：「大王乃肯臨臣。」信出門，笑曰：「生乃與噲等爲伍。」作詩猶似建安初。〔王註次公曰〕建安，後漢末年號。魏《典論》曰：今之文人，魯國孔融文舉、廣陵陳琳孔璋、山陽王粲仲宣、北海徐幹偉長、陳留阮瑀元瑜、汝南應瑒德璉、東平劉楨公幹。斯七子者，於學無所遺，於辭無所假。〔施註〕韓退之《薦士》詩：五言出漢時，蘇、李首更號。東都漸瀰漫，派别百川導。建安能者七，卓犖變風操。西來爲我風黧面，〔王註〕《列子・黄帝篇》：范氏有子曰子華，縞衣乘軒，緩步闊視，顧見商丘開年老力弱，面目黧黑。杜子美《贈王二十四侍御契》詩：會面嗟黧黑。獨卧無人雪縞廬。〔王註次公曰〕「縞」字取謝惠連《雪賦》「眄隰則萬頃同縞」。留子非爲十日飲，要令安世誦亡書。〔王註〕《前漢・張安世傳》：上行幸河東，嘗亡書三篋。詔問，莫能知，惟安世識之，具述其事。後購求得書，以相校，無所遺失。

和劉景文雪

占雨又得雪，龜寧欺我哉。〔施註〕《左傳・昭公二十五年》：臧昭伯如晉。臧會竊其寶龜僂句，以卜爲信與僭，僭吉，曰：「僂句不余欺也。」杜預曰：僂句，龜所出地名。似知吾輩〔一三二〕喜，故及醉中來。童子愁冰硯，佳人苦膠杯。〔王註次公曰〕「膠」字去聲，與白樂天「一楪膠牙餳」之「膠」同。「膠杯」雖出《莊子》「置杯焉則膠」，而此所謂「膠杯」，乃是酒凍也。那堪李常侍，入蔡夜銜枚。〔王註〕《周禮・大司馬篇》云：銜枚而進。註云：枚如箸，銜之，軍法以止語爲相疑惑也。〔施註〕《唐・李愬傳》：討吴元濟，夜半，冒雪入駐元濟外宅。蔡吏驚曰：「城陷矣。」元濟尚不信，及聞號令，曰「常侍傳語」，始驚曰：「何常侍得至此。」〔合註〕詩意以比景文賦詩。

次前韻送劉景文〔一三三〕

〔合註〕此詩蓋送景文知隰州，故云「西行八百」。先生於元祐七年十月《乞賻贈劉季孫狀》云：近蒙朝廷，擢知隰州，今年五月卒於官所。是其到任未久卽卒矣。

白雲在天不可呼，〔王註次公曰〕《南史》謝朓《與齊隨王子隆箋》曰：白雲在天，龍門不見，去德滋永，思德滋深。蓋別德之語也。〔施註〕《仙傳拾遺》：穆王觴西王母於瑶池上。王母謡曰：白雲在天，山陵月出。道里悠遠，山川間之。將生無死，尚能復來。明月豈肯留庭隅。〔施註〕劉禹錫詩：一方明月可中庭。怪君西行八百里，清坐十日一事無。路人不識呼尚書，但見凛凛雄千夫。〔公自註〕君一馬兩僕，率然相訪。逆旅多呼尚書〔一三四〕，意謂君都頭也。〔王註〕《南史》：張瓌字祖逸。時集書每兼門下，東省實多清貧，有不識瓌者，常呼爲散騎。豈知入骨愛詩酒，〔施註〕白樂天《和賈常州醉中》詩：聞道毗陵詩酒興，近來積漸學姑蘇。罨頭新令從偷去，刮骨清吟得似無。醉倒正欲蛾眉扶。〔施註〕白樂天《洛城花下》詩：白頭無藉在，醉倒亦何妨。〔施註〕白樂天《對酒》詩：今夜還先醉，應煩紅袖扶。一篇向人寫肝肺，〔施註〕《唐·袁滋傳》：與之接者，皆自謂可見肺肝。四海知我霜鬢〔一三五〕鬚。〔公自註〕君前有詩見寄云：四海共知霜鬢滿，重陽曾插菊花無。歐陽、趙、陳皆我有，豈謂夫子駕復迂。爾來又見三黜柳，〔王註續曰〕言柳戒之也。共此煖熱餐〔一三六〕氈蘇。〔施註〕白樂天《對酒》詩：賴有酒仙相煖熱。酒肴酸薄紅粉暗，秪有潁水清而姝。一朝寂寞風雨散，〔施註〕庾信《出横門》詩：明朝風雨散，何處更相尋。對影誰念月與吾。〔公自註〕郡中，日與歐陽叔弼、趙景貺、陳履常相從，而景文復至，不數日〔一三七〕，柳戒之亦見過。

賓客之盛，頃所未有。然不數日，叔弼、景文、戒之皆去矣。何時歸帆泝江水，春酒一變甘棠湖。〔公自註〕景文近卜居九江，近甘棠湖。〔查註〕《九江志》：甘棠湖，唐長慶二年，刺史李渤徑湖心爲隄，長七百步，以利行旅，立斗門以蓄水勢，人以比甘棠。李翺爲作銘。李太白《襄陽》詩：此江若變作春酒，壘麴便築糟丘臺。

以屏山贈歐陽叔弼〔一三八〕

漫郎天骨清，生與世俗異。學道新有得，爲貧聊復仕。每於紅塵中，常起〔一三九〕青霞志。〔王註〕江淹《恨賦》云：中散下獄，神氣激揚。鬱青霞之奇意，入修夜之不暘。屏山綴贈子，莫遣污簪珥。寓目紫翠間，〔王註〕杜牧詩：千峰横紫翠，雙闕凭闌干。安眠本非睡。夢中化爲鶴，飛入長松寺。【誥案】紀昀曰：脱灑有致，不嫌輕淺。

新渡寺席上，次趙景貺、陳履常韻，送歐陽叔弼。比來諸君唱和，叔弼但袖手傍睨〔一四〇〕而已，臨別，忽出一篇，頗有淵明風致〔一四一〕，坐皆驚歎

〔合註〕《續通鑑長編》：元祐七年正月，右朝請郎歐陽棐爲禮部員外郎。正與先生相別還京時也。

神屠不目全，〔王註〕《莊子·養生主篇》：庖丁爲文惠君解牛，釋刀對曰：「臣所好者道也，進乎技矣。始臣解牛之時，所見無非牛者，三年之後，未嘗見全牛也。今臣以神遇而不以目視。」妙額〔一四二〕惟粧半。〔王註〕《南史·后妃傳》：

梁元帝徐妃，以帝眇一目，每知帝將至，必爲半面粧以俟。〔次公曰〕意取唐蔣凝應宏詞，爲賦止四韻，遂曳白而去。頃刻播於人口。或稱之曰：白頭花鈿滿面，不若徐妃半粧。〔合註〕從《摭言》校正〔一四三〕。更刀乃族庖，〔王註〕《莊子·養生主篇》：良庖歲更刀，割也；族庖月更刀，折也。倚市必醜悍。〔王註次公曰〕韓退之詩：倚市難藏拙，吹竽久混真。平生魏公籌，〔邵註〕《晉書·魏舒傳》：舒爲鍾毓長史，毓每與參佐射，舒常爲畫籌而已。後遇朋人不足，以舒滿數。發無不中。忽斲郢人墁。詩書亦何用，適道須此館。多言雖數窮，微中或排難。〔王註〕《史記》：太史公曰：天道恢恢，豈不大哉，談言微中，亦可以解紛。〔施註〕《史記·魯仲連傳》：爲人排患釋難。《舊唐書》：張濬志欲排難解紛。子詩如清風，翏翏〔一四四〕發將〔一四五〕旦。〔王註〕《前漢·李尋傳》云：日者，衆陽之長，人君之表也。故曰：將旦清風發，羣陰伏。〔施註〕《莊子·齊物論篇》：大塊噫氣，其名爲風。作則萬竅怒呺，而獨不聞之翏翏乎。翏，六收反。胡爲久閉匿，綺語真自患。〔王註厚曰〕樂天《白氏文集記》：寓興放言，緣情綺語者，亦往往有之。許時笑我癡，〔施註〕陳後主詩：見面無多日，聞名爾許時。隔屋相詠歎。〔王註〕《晉書·顧愷之傳》：與謝瞻連省，夜於月下長詠，瞻每遥贊之，愷之彌自力忘倦。瞻將眠，令人代己，愷之不覺有異，遂申旦，時號癡絶。竟識彥道不〔一四六〕？絶叫呼百萬。清朝固多士，人門子皆冠。〔王註〕《陳書》：高祖謂蔡凝曰：「我欲用義興主婿錢肅爲黄門郎，卿意何如？」凝曰：「黄散之職，故須人門兼美，惟陛下裁之。」莫言清潁水，從此隔河漢。〔王註〕《靈怪集》：織女曰：河漢隔絶，無可復知。異時我獨來，得魚楊柳貫。持歸不忍食，尺素解凄斷。中有清圓句，銅丸飛柘彈。〔施註〕《西京雜記》：長安五陵人，以柘木爲彈，真珠爲丸，以彈鳥鵲。《古樂府》何遜《輕薄篇》：柘彈隋珠丸。車斆《驄馬篇》：柘彈落金丸。白樂天《人鴸鳥》詩：主人憎慈烏，命子削彈弓。絃續會稽竹，丸鑄荆山銅。〔合註〕《漢書·

史丹傳》：元帝自臨軒檻，上隤銅丸以擿鼓。春愁結凌澌〔一四七〕，〔施註〕顧況《洛陽早春》詩：何地避春愁。正待一笑泮。百篇倘寄我，〔施註〕杜子美《八仙歌》：李白一斗詩百篇。呻吟鄭人緩。

次韻趙景貺〔一四八〕春思，且懷吴越山水〔一四九〕

歲華來無窮，〔施註〕《文選》謝玄暉詩：歲華春有酒。老眼久已静〔一五〇〕。〔施註〕杜子美《聞惠子過東溪》詩：皇天無老眼，空谷滯斯人。春風如繫馬，〔王註〕《莊子·天道篇》：而狀義然，似繫馬而止也。未動意先騁。西湖忽破碎，〔王註〕杜子美《慈恩寺塔》詩：秦山忽破碎，涇渭不可求。鳥落魚動鏡。〔王註〕韓退之詩：宋玉庭邊不見人，輕浪參差魚動鏡。縈城理枯瀆，〔合註〕李華《弔古戰場文》：河水縈帶。放閘起膠艇。顧君嘗此樂〔一五一〕，官事何時竟。〔公自註〕清河西湖三閘，督君〔一五二〕成之。思吴信偶然，出處付前定。飄然不繫舟，乘此無盡興。〔施註〕《晉·王徽之傳》：乘興而來，興盡而反。醉翁行樂處，草木皆可敬。〔施註〕《毛詩·小雅·小弁》：維桑與梓，必恭敬止。明朝游北渚，〔施註〕《楚辭》屈原《九歌》：夕弭節兮北渚。急掃黄葉徑。白酒真到齊，紅裙已放鄭。〔公自註〕酒尚有香泉一壺，爲樂全先生服，不作樂也。〔合註〕《墨莊漫録》：張安道薨，東坡時守潁，於僧寺舉挂，用唐人服座主緦麻三月。【誥案】後張文潛守潁州，聞公薨，舉行此禮，坐貶黄州安置，五年得自便。

次韻陳履常張公龍潭〔一五三〕

〔施註〕先生以十月二十五日祈雨。《迎張龍公祝辭》云：謹請州學教授陳師道并遣男承務郎迨，既禱而獲。十一月十日，《祝辭》云：玉質金相，其重千鈞。惠然肯來，負者四人。眷此行宮，爲留浹辰。惟師道、迨，復餞公還。履常爲教授，屬以迎送龍公蜕骨。故詩云：念子無吏責，十日勤征鞍。龍不憚往來，而我獨宴安。先生嘗大書此詩，後題云：元祐六年十一月五日，蘇軾書。墨迹今藏吴興向氏。〔查註〕《潁州志》：張路斯蜕骨處，名龍池，在潁上縣治西南四十里淮潤鄉〔一五四〕。【誥案】是時邁已赴河間縣任，惟迨、過侍行，故遣迨也。〔查註〕陳履常原作詩云：清淵下無際，落日迴風瀾。凜然毛髮直，敢以笑語干。陂陀百尺臺，葱翠萬木蟠。驚飆振積葉，清霜作朝寒。水旱或有差，精禱神其難。魚龍同一波，信有水府寬。向來三日雨，賴子一據鞍。何以報嘉惠？寒瓜薦金槃。萬口待一飽，歸卧神亦安。猶須雪三尺，盛意莫得闌。

明經〔一五五〕宣城宰，家此百尺瀾。鄭公〔一五六〕不量力，〔施註〕《左傳·隱公十一年》：息侯伐鄭，鄭伯與戰，息敗。君子知息之將亡也，不度德，不量力。敢以非意干。玄黄雜兩戰，〔王註〕《易·坤上》：六龍戰於野，其血玄黄。絳青表雙幡。〔公自注〕事見《龍公碑》〔一五七〕。〔施註〕唐趙耕撰〔一五八〕《張龍公廟碑》云：諱路斯。隋末明經，登第，爲宣城令。罷歸。每夕，出自戌，至丑歸。常體冷且濕，夫人石氏異而詢之。公曰：「吾龍也。蓼人鄭祥遠，亦龍也。據吾池，吾屢戰未勝，明日取決，可令九子挾弓矢射之。繫鬣以青綃者，鄭也；絳綃者，吾也。」子遂射中青綃，鄭怒，東北去，投合肥西山以死。由是，公與九子俱復爲龍。烈氣斃强敵，仁心惻饑寒。精誠禱必赴，苟簡求亦難。〔施註〕《莊子·天運篇》：苟簡易養也，不貸無出也。蕭條麥麰枯，〔施註〕《漢·劉向傳》：《思文》之詩：「貽我釐麰。」音云來。麰，麥也。浩蕩日月寬。〔施註〕《文選》潘安仁《河陽縣》詩：洪流何浩蕩。念子無吏責，十日勤征鞍〔一五九〕。春蔬得雨雪，少助先生盤。龍不憚往來，而我獨宴安。〔施註〕《左傳·閔公元年》：管敬仲言於齊侯曰：「宴安酖毒，不可懷也。」閉閤默自責，〔王註〕《前漢書》：韓延壽守左馮翊。民有昆弟相訟者，延壽大傷之，曰：「幸得備位，爲郡表率，不能宣明教化，至令民有骨肉争訟，咎在馮翊。」因入卧傳舍，閉閤思過。〔施註〕《後漢・吴祐傳》：爲酒泉太守，民有争訟訴者，輒閉閤自責，然後斷其訟。神交清夜闌。

小飲西湖，懷歐陽叔弼兄弟，贈趙景貺、陳履常〔一六〇〕

〔施註〕集本作：竹間亭小酌。臨川黄掞，以公真迹刻於婺倅聽事，作「小飲西湖懷歐陽叔弼兄弟，贈趙德麟、陳履常」，蓋是後來所書，景貺已改字德麟也。集本「歡飲西湖晚」作「醉飲西湖晚」，「此會不可再」作「此會恐難久」，皆以真迹爲是。〔合註〕七集本題作「竹間亭小酌，懷歐陽叔弼、季默，呈趙景貺、陳履常一首」，當即施註所云集本也。

歲暮自急景，〔王註〕《文選》鮑明遠《舞鶴賦》：窮陰殺節，急景凋年。我閑方緩觴。〔查註〕杜子美《蘇端薛復筵簡薛華醉歌》詩：急觴爲緩憂心擣。歡飲〔一六一〕西湖晚，步轉北渚長。〔查註〕《宋名臣言行録》：晏元獻守潁州，築室北渚，以臨西溪，名清漣閣。地坐畧少長，〔施註〕《晉・劉伶傳・酒德頌》：幕天席地，縱意所如。王羲之《蘭亭序》：羣賢畢至，少長咸集。意行無澗岡。〔王註次公曰〕韓退之詩：假道經盟津，出入行澗岡。【誥案】紀昀曰：十字寫出蕭散。久知薺麥青，稍喜〔一六二〕榆柳黄〔一六三〕。盎盎春欲動，〔施註〕杜子美《十二月一日》詩：今朝臘日春意動。瀲瀲夜未央。水天鷗鷺静，月露〔一六四〕松檜香。撫景方晼晚〔一六五〕，〔王註〕陸士衡《歎逝賦》：時飄忽其不再，老晼晚其將及。註云：晼晚，日暮也。〔施註〕《楚辭》宋玉《九辯》：白日晼晚，其將入兮。懷人重凄涼。〔施

註〕《毛詩・周南・卷耳》：嗟我懷人。陶淵明《答龐參軍》詩：伊余懷人，欣德孜孜。豈無一老兵，〔施註〕《晉・謝奕傳》：桓温辟奕司馬，嘗逼温飲，温走避之。奕遂引温一兵帥共飲，曰：「失一老兵，得一老兵，亦何所怪。」坐念兩歐陽。我意正麋鹿，君材〔一六六〕亦珪璋。〔施註〕《毛詩・小雅・天保》：豈弟君子，如圭如璋。此會不可再〔一六七〕，此歡不可忘。〔王註〕李太白詩：明發首東路，此歡焉可忘。

蠟梅一首贈趙景貺〔一六八〕

〔查註〕方回《瀛奎律髓》註云：先是未有蠟梅之號，元祐中，蘇、黄在朝，始定名。山谷有《蠟梅》詩，自書詩後云：京洛間有一種花，香氣似梅，亦五出，類女工撚蠟所成。京洛人因謂蠟梅。本身與葉，乃類蒴藋。《本草》：蠟梅花有三種，以檀香梅爲第一，花密而香濃，色深黄，宋時皆稱黄梅花。

天工點酥〔一六九〕作梅花，此有蠟梅禪老家。蜜蜂采花作黄蠟，取蠟爲花亦其物。〔施註〕《左傳・莊公三十二年》：亦其物也。天工變化誰得知，我亦兒嬉〔一七〇〕作小詩。〔王註〕韓退之詩：又不媚笑語，不能伴兒嬉。君不見萬松嶺上黄千葉，〔王註〕《杭州圖經》：萬松嶺，在錢塘舊治正南，到縣一十里。玉蘂檀心兩奇絶。〔查註〕《冷齋夜話》：蠟梅花黄白，酷似蜜脾，檀心爲上，磬口次之，以子種出不經接者又次之。醉中不覺度千山〔一七一〕，夜聞梅香失醉眠。歸來却夢尋花去，夢裏花仙覓奇句。此間風物屬詩人，〔施註〕劉禹錫《竇員外新居》詩：認得詩人在此間。我老不飲當付君。君行適吴我適越，〔王註次公曰〕先生將有會稽之請。笑指西湖作衣鉢。

送王竦朝散赴闕

〔查註〕《職官分紀》：寄禄文散官，有朝散大夫、朝散郎。《梁溪漫志》：六曹郎中中行爲朝散大夫。員外郎中行及起居舍人爲朝散郎。

我家衡山公，〔公自註〕伯父爲衡山〔一七二〕日，與君相知，有送行詩。〔查註〕《欒城集·伯父墓表》：公名渙。舉進士，從祥符縣移知衡州耒陽。清而畏人知。臧否不出口，默識如著龜。〔施註〕白樂天《上翟中丞》詩：行爲時領袖，言作世著龜。擢子拱把中，〔王註〕《孟子註》云：兩手曰拱，一手曰把。云有驥騄姿。〔合註〕《荀子》：驊騮騏驥，纖離騄耳，古之良馬也。盧子諒《贈劉琨四言》詩云：眷同尤良，用乏驥騄。胡爲三十載，〔王註〕陶淵明詩：閒居三十載。杜子美《奉贈韋左丞丈》詩：騎驢三十載。尚作窮苦詞。〔王註〕韓退之《荆潭唱和詩序》：懽愉之辭難工，窮苦之言易好。丈人〔一七三〕不妄語，〔施註〕《南史·何遠傳》：言不虚妄，每語人云：「卿能得我一妄語，則謝一縑。」衆共伺之，不能得也。未效此何疑〔一七四〕。朅來清潁上，淚濕中郎詩。〔施註〕中郎，言伯父也。《晉書·謝道韞傳》云：一門叔父，則有阿大中郎。怪我一年長，而作十年衰。同時幾人在，〔施註〕歐陽永叔《寄梅聖俞》詩：二十年間幾人在。豈敢怨白髭。顧言〔一七五〕指松柏，永與霜雪期。

次韻致政張朝奉仍招晚飲〔一七六〕

掃白非黄精，〔施註〕《博物志》：天老謂黄帝曰：「太陽之草名黄精，食之可以長生；太陰之草名鉤吻，食之入口立死。」輕身豈胡麻。〔王註〕《本草》：胡麻，狀似狗蝨而莖方，久服輕身不老。〔施註〕《續齊諧記》：漢明帝時，劉晨、阮肇同入天台，迷道乏食，見澗中流一杯胡麻飯，取食之。因泝水，見二女，引至其廬，出胡麻飯、山羊脯，設桃及酒。踰年乃歸。鄉里皆變，推尋得其家，七代孫耳。《原化記》：唐顯慶中，民採藥青城山，遇一薯蕷，斵之漸深而地陷。旁見一穴，尋之而行。出一洞，有人家村落花柳。一人問得來之由，遂告所以，蓋食胡麻飯、柏子湯之故。乃引之謁玉皇〔一七七〕。怪君仁而壽，未覺生有涯。曾經丹化米，〔王註〕《神仙傳》：麻姑至蔡經家，時經弟婦新産，求少許米擲之墮地，謂以米祛其穢也。視其米，皆成丹砂。親授棗如瓜。雲蒸作霧楷〔一七八〕，〔王註〕《後漢書》：張楷性好道術，能作五里霧。時關西人裴優，亦能爲三里，自以爲不如楷。火滅噀雨巴。〔王註〕《後漢·欒巴傳註》：爲尚書。正朝大會，巴獨後到，又飲酒西南噀之。有司奏巴不敬。詔問巴，巴謝曰：「臣本縣成都失火，故因酒爲雨而滅火。」詔問成都，成都答言：「正旦失火，有雨從東北來，火乃息，雨皆酒臭。」自此養鉛鼎，〔施註〕《仙傳拾遺》：劉無名，有真人示以陽爐陰鼎柔金煉化水玉之方，伏汞煉鉛成朱髓之訣，以鉛爲君，以汞爲臣，八石爲使，黄芽爲田。無窮走河車。〔施註〕《陰符經》註云：河車，伏汞也。白樂天《天壇》詩：河車九轉宜精煉，火候三年在好看。至今許玉斧，猶事萼緑華。〔公自註〕君曾見永州何仙姑，得藥餌之，人疑其以此壽也，故有「丹化米」、「萼緑華」之句。皆女仙事〔一七九〕。〔王註次公曰〕許玉斧，許長史之子許掾也。羣仙降其家，事出《真誥》。有女仙萼緑華者，九疑山中羅郁也。〔子仁曰〕韋應物《萼緑華歌》：世淫濁兮不可降，胡不來兮玉斧家。〔施註〕《真誥》：許翽，小名玉斧。我本三生人，〔王註〕白樂天詩：世説三生如不謬，共疑巢、許是前身。〔施註〕《樹萱録》：有一省郎，游華嚴寺，夢至碧巖下。一老僧前，爐中香燼極微。僧云：「此是檀越結願香，烟存而檀越已三生矣。」省郎問：「三生何官？」曰：「第一生，玄宗時爲劍南安撫巡官；第二生，憲皇時爲西蜀書記，第三生，即今生也。」省郎恍然方悟。又按《酉陽雜俎》：固州司馬裴沆，再從叔道見病鶴，有一老人謂曰：「若得人血一塗，則能飛矣。」裴請刺臂血。老人笑曰：「須三世是人，其血方中。郎君前生非人，惟洛中葫蘆生三世是人矣〔一〇〕。」疇昔一念差。前生〔一八一〕或草聖，習氣餘驚蛇。〔施註〕韋續《書訣墨藪》：鍾繇弟子朱翼，每畫，一波三折筆。作一戈，如百鈞弩；作一點，如高峰墜石；作一放縱，如驚蛇入草。《法書苑》：釋亞栖，善草書。每自題云：飛鳥出林，驚蛇入草。儒臞謝赤松，〔王註次公曰〕赤松子，黃初平也。乃墨翟、張良願從之游者。事見葛洪《神仙傳》。佛縛慚丹霞。〔王註〕《維摩經》云：貪著禪味，是菩薩縛。時時一篇出，擾擾四座譁。〔施註〕《漢·司馬相如傳》：四座盡驚。清詩得可驚，〔王註〕韓退之《招揚之罘》詩：文字得我驚。〔施註〕皇甫湜《顧著作文集序》：逸歌長句，往往若穿天心，出月脇，意外驚人語，非尋常所能及。信美辭多夸。〔施註〕司馬相如《子虛賦》：僕樂齊王之欲，夸僕以車騎之衆。回車入官府，〔王註次公曰〕做《龐士元傳》云「未嘗入官府也」。〔施註〕《漢·鄒陽傳》：墨子回車。《文選》劉休玄《擬古》詩：回車背京里，揮手從此辭。治具隨貧家。〔王註〕《前漢書》：灌夫謂田蚡，將軍幸許過魏其，魏其夫妻治具，至今未敢嘗食。萍虀與豆粥，亦可成咄嗟。

閻立本《職貢圖》

〔查註〕《唐名畫録》：閻立本，太宗朝位居宰相，與兄立德齊名。一日，太宗幸玄武湖，見鸂鶒，召立本圖之。左右誤云宣畫師，立本大恥之，遂絶筆，戒子弟勿令學畫。洪景廬云：《汲冢周書》七十篇，所載車物爲過實。《王會篇》，皆大會諸侯及四夷事，所紀四夷國名，頗古奧，獸畜亦奇崛。

唐太宗時，遠方諸國來朝貢者甚衆，服裝詭異。顔師古請圖以示後。

貞觀之德來萬邦〔一二〕，〔施註〕《唐·太宗紀》：即位明年正月，改元貞觀。浩如滄海〔一三〕吞河江，〔王註〕孫綽《海賦》：抱河合濟，呑淮納泗。音容傖獰〔一四〕服奇厖。〔王註〕劉禹錫《竹枝詞》：激訐如吳聲，傖獰不可分。《左傳·閔公二年》：晉侯使太子申生伐東山皐落氏，公衣之偏衣。狐突歎曰：衣之厖服。罕夷曰：厖奇無常。〔施註〕杜預曰：厖，雜色。横絶嶺海逾濤瀧，〔施註〕《漢·張良傳》：上歌曰：「鴻鵠高飛，一舉千里，羽翼已就，横絶四海。」珍禽瑰産争牽扛，名王解辮却蓋幢。〔王註續曰〕《唐書》：貞觀間，蠻夷君長，襲衣冠，帶刀宿衛，東薄海，南逾嶺，皆解辮請職。〔施註〕《漢·終軍傳》：殆將有解辮髮，削左衽，襲冠帶，要衣裳而蒙化者焉。粉本遺墨開明窗，〔王註〕《畫斷》：唐明皇令吳道子往貌嘉陵山水，回奏云：「臣無粉本，並記在心。」圖之，一日而成。《韻語陽秋》云：世傳《職貢圖》，乃閻立本所畫。按朱景玄《畫録》，乃謂其弟立德所作。立本所畫，諸國王粉本爾。我喟而作心未降，魏徵封倫恨不雙。〔施註〕《唐·魏徵傳》：帝嘗歎曰：「今大亂之後，其難治乎？」徵曰：「大亂之易治，譬飢人之易食也。」封德彝曰：「不然，秦任法律，漢雜霸道。徵書生，好虚論，徒亂國家，不可聽。」徵曰：「五帝三王不易民以教。」帝納之不疑。至是天下大治。蠻夷君長，襲衣冠，帶刀宿衛，東薄海，南踰嶺，户闔不閉，行旅不齎糧，取給於道。帝曰：「行仁義既效矣，惜不令封德彝見之。」封德彝，名倫。【誥案】紀昀曰：節短而奇氣勃發，有崚嶒千丈之勢。

次韻王滁州見寄

〔施註〕王滁州，名詔，字景猷，河南人。爲開封推官，出守滁州。東坡爲潁州，劉景文自高郵來謁公，過滁，景猷請書《亭記》。始□於公。崇寧中，由大理卿徙司農。御史言請東坡書《亭記》事，奉祠。旋守汝，除直祕閣。言者又用此論罷。後爲延康殿學士工部尚書。景猷祖化基、伯舉正，再世參政事。父舉元，天章閣待制，故有「君家聯翩盡卿相」之句〔一八三〕。〔合註〕《宋史》：王詔，字景猷。用蔭補官。崇寧中，由大理卿徙司農。御史論詔在滁日，請蘇軾書《醉翁亭碑》，罷主崇福宮。旋知汝州，除直祕閣。言者復抉滁州事，罷去。後以延康殿學士提舉上清寶籙宮，工部尚書致仕。卒年七十九。〔查註〕本集《跋醉翁亭記後》云：《醉翁亭記》初刻，字褊淺，恐不能遠，滁人欲大之。元祐六年，軾爲潁州，因滁守王君詔之請，遂不能辭。【誥案】《醉翁亭記》有「酒香而泉冽」句，公書碑改「泉香而酒冽」，遂爲定本。〔查註〕《困學紀聞》：吴築涂塘，晉兵出涂中。涂，音除，卽六合瓦梁堰。水曰滁河。南唐於滁水上，立清流關。《元和郡縣志》：滁州卽涂中。《太平寰宇記》：淮南道滁州，因水爲名。滁河在清流縣東三里，源自廬州來，東南流入六合，至瓜步入大江。

斯人何似似春雨，歌舞農夫怨行路。〔合註〕柯其楷云：唐太宗謂許敬宗曰：「朕觀諸卿中，惟卿最賢，有人言卿之過者，何也？」敬宗對曰：「春雨如膏，農人喜其潤澤，行人惡其泥濘。」君看永叔與元之，〔王註續曰〕歐陽永叔、王元之並曾知滁州。〔查註〕《宋史》：慶曆中，歐陽修左遷知制誥知滁州。王禹偁，字元之，鉅野人。第進士，以左司諫知制誥，後爲翰林學士。孝章皇后崩，禹偁言后嘗母儀天下，當用舊禮。坐訕謗，罷知滁州。坎軻一生遭口語。〔王註〕楊惲《與孫會宗書》云：遂遭變故，横被口語。司馬子長《答任少卿書》云：僕以口語，遇遭此禍。〔施註〕《漢·江都易王傳》：口語藉藉。兩翁當年鬢未絲，〔施註〕白樂天《悲哉行》：縱有達官者，兩鬢已成絲。玉堂揮翰手如飛。

〔王註〕《舊唐書》：陸扆拜中書舍人，文思敏速，揮翰如飛。教得滁人解吟詠，〔王註〕劉禹錫詩：化得邦人解吟詠，如今縣令亦風流。〔施註〕卜子夏《毛詩序》：吟詠情興，以風其上。至今里巷嘲輕肥。〔施註〕杜子美《秋興》詩：同學少年都不賤，五陵裘馬自輕肥。君家聯翩盡卿相，獨來坐嘯溪山上。笑捐浮利一雞肋，〔合註〕《後漢書·逸民傳》：異夫飾智巧以逐浮利者乎。多取清名幾熊掌。〔合註〕《晉書·河間王顒傳》：少有清名。丈夫自重貴難售，兩翁〔一六〕今與青山久。後來太守更風流，〔王註〕劉禹錫詩：風流太守韋尚書。要伴前人作詩瘦。我倦承明苦求出，〔王註〕《前漢書》：嚴助爲會稽太守。賜書曰：君厭承明之廬，勞侍從之事，懷故土，出爲郡吏。到處遺踪尋六一。〔王註次公曰〕歐陽永叔自號六一居士。〔堯祖曰〕《醉翁亭記》、《豐樂亭記》、《菱溪石記》、曾南豐記醒心亭，皆其遺迹也。〔施註〕《文選》潘安仁《西征賦》：覿高掌之遺踪。憑君試與問琅邪〔一七〕，〔王註次公曰〕琅邪，滁州山名。〔施註〕歐陽文忠公《醉翁亭記》：環滁皆山也，其西南諸峰，林壑尤美，望之蔚然而深秀者，琅邪也。〔查註〕《太平寰宇記》：琅邪山在清流縣西南十二里。許我來游莫難色。〔施註〕《世說》：滿奮畏風，在晉武帝坐，北窗作琉璃屏，實密似疎，奮有難色。

趙景貺以詩求東齋榜銘，昨日聞都下寄酒來，戲和其韻，求分〔一八〕一壺作潤筆也

〔王註〕《隋書》：鄭譯授隆州刺史，請還。見於醴泉宮，賜宴，復爵沛國公上柱國。上令内史令李德林立作詔書，高熲戲謂譯曰：「筆乾。」譯曰：「出爲方岳杖策，言歸不得一錢，何以潤筆？」上

大笑。

王孫天麒麟〔一八九〕，〔施註〕《楚辭・招隱士》：王孫兮歸來，山中不可以久留。眸子奥而澈〔一九〇〕。囊空學逾富〔一九一〕，屋陋人更傑。我老書益放，筆落〔一九二〕座争〔一九三〕掣。〔施註〕《晉・王獻之傳》：七八歲時學書，羲之密從後掣其筆，不得，歎曰：「此兒後當復有大名。」欲求東齋銘，要飲西湖雪。長瓶分未到，小硯乾欲裂。不似淳于髡，一石要燭滅。

洞庭春色〔一九四〕并引

〔施註〕安定郡王名世準，字君平。兢畏端恪，内恕外嚴。自燕王以來子孫數百人，君平爲之長，無敢少越繩檢，一時翕然稱之。間與學官講繹經書。時以保静軍留後爲安定郡王。元祐八年，薨。先生詩云「賢王」，指世準也。趙德麟舊字景貺，坡著《字説》，爲改字德麟。德麟字見於詩者，自此篇始。

安定郡王〔查註〕岳珂《愧郯録》：神宗嘗念開創之烈，以藝祖燕、秦二王後，詔推一人裂地王之，從祀郊廟。韓忠獻琦當軸，以爲疑天下心，不可，遂用近屬封郡王之制以應詔，以宗室世準爲安定郡王。【誥案】南渡後，德麟襲封，判大宗正。時康王無子，而近屬皆虜，命選伯字號嫡支入内廷，其一孝宗，卽德麟所選也。神宗諸事錯了，獨此一念，再緜百六之會，庶幾望祭猶存也。以黄甘釀酒，謂之洞庭春色，色香味三絶。以餉其猶子德麟，〔合註〕《禮記・檀弓上》：兄弟之子，猶子也。蓋引而進之也。德麟以飲余，爲作此詩。醉後〔一九五〕信筆，頗有杳拖風氣。〔王註次公曰〕凡酒，皆以春名，今日洞庭春色，蓋以杜甫《贈韋七贊善》詩，有「洞庭秋色悲公子」，故借用也。「杳拖」字雖祖出《文選》，而隋僧智果《論書》云：王僧虔書如王、謝家子弟，縱復不端正，奕奕皆有一種風氣。王子敬書如河朔少年，皆充悦舉體，杳拖不可耐。

二年洞庭秋，〔王註次公曰〕洞庭秋，言柑也。太湖洞庭山上出美柑，所謂「洞庭柑熟欲分金」也。香霧長噀手。今年洞庭春，玉色疑非酒。賢王文字飲，〔王註〕《後漢書》：沛獻王輔，在國謹節，終始如一，稱爲賢王。醉筆蛟龍〔一九六〕走。〔王註〕李太白《草書歌》：怳怳如聞神鬼驚，時時又見龍蛇走。〔施註〕杜子美《觀薛稷少保書畫壁》詩：鬱鬱三大字，蛟龍岌相纏。既醉念君醒，遠餉爲我壽。瓶開香浮座，盞凸光照牖。〔施註〕杜牧之《羊欄夜宴》詩：酒凸觥心泛灧光。方傾安仁醽，〔公自註〕潘岳《笙賦》云：披黄苞以授柑，傾縹瓷以酌醽〔一九七〕。莫遣公遠嗅〔一九八〕。〔公自註〕明皇食柑，凡千餘枚，皆缺一瓣。問進柑使者，云：中途嘗有道士嗅之。蓋羅公遠也。要當立名字，〔施註〕歐陽公《牡丹圖》詩：洛人矜誇立名字。未用問升斗。〔王註〕杜子美《遭田父泥飲美嚴中丞》詩云：月出遮我留，仍嗔問升斗。應呼〔一九九〕釣詩〔二〇〇〕鈎，〔合註〕唐彦謙《索蝦》詩：既名釣詩釣，又作鈎詩鈎。亦號掃愁帚。〔王註〕李後主《中酒》詩：莫言滋味惡，一簪掃寒愁。君知蒲萄〔二〇一〕惡，〔王註次公曰〕蒲萄，言酒也。《前漢書》：大宛以蒲萄爲酒，富人藏酒至萬餘石。《唐書》：破高昌，取蒲萄實於苑中種之，并得其酒法。上自損益，造酒成，凡有八色。正是嫫母〔二〇二〕黝。〔王註次公曰〕何承天《纂文》曰：嫫母，醜婦人也。黄帝愛幸。《楚辭》：西施媞媞而不得見，嫫母勃屑而日侍。黝，黑也。〔施註〕《列女傳》：黄帝妃嫫母於四妃之班居下，貌甚醜而最賢。須君灧海杯，澆我談天口。〔王註次公曰〕《史記》：齊人頌曰：談天衍，雕龍奭。又，田駢有天口之號，故參用之。〔施註〕《史記》：荀卿遊學於齊，鄒衍之術，迂大而宏辨，故齊人頌曰談天衍。

送路都曹〔二〇三〕并引

〔查註〕路都曹，名紏，丹陽人。見《陳後山集》。《宋史·職官志》：軍、州諸曹官，録事參軍居首，稱都曹。

乖崖公在蜀，〔王註〕范蜀公《東齋記》：張詠自蜀代去，留一卷實封文字，與僧正希白，且云十年後開。後十年公薨於陳，訃至，僧發開所留文字，乃公畫像自贊。云：乖則違衆，崖不利物，乖崖之名，聊以表德，因號乖崖。有録曹〔二〇四〕參軍〔二〇五〕，老病廢事。公責之，曰：「胡不歸？」明日，參軍求去，且以詩留别。其畧曰：「秋光都似宦情薄，山色不如歸意濃。」公驚謝之，曰：「吾過矣，同僚有詩人而我不知〔二〇六〕。」因留而慰薦之。予幼時聞父老言，恨不問其姓名。今都曹路公〔二〇七〕以小疾求致仕，予誦此詩〔二〇八〕，留之，不可。乃采〔二〇九〕前人意，作詩送之，并邀趙德麟、陳履常同賦〔二一〇〕一篇。

積雪困桃李，春心誰爲容。淮光釀山色，先作歸意濃。我亦倦游者，【誥案】紀昀曰：先插此意，結乃有根。君恩繫疎慵。欲留耿介士，〔施註〕《楚辭》屈原《離騷》：彼堯舜之耿介兮，既遵道而得路。伴我衰遲踪。吏課升斗積，崎嶇等鉛舂。〔王註〕《前漢書》：江都易王建，宫人有過者，髡鉗，以鉛杵舂，不中程輒掠。那將〔二一一〕露電身，坐待收千鍾。結髮空百戰，市人看先封〔二一二〕。誰能搔白首，抱關望夕烽。

【誥案】紀昀曰：「吏課」八句，代路語也。語相問答，而不標其人。法本宋子侯《董嬌嬈》及陳琳《飲馬長城窟行》。子意諒已成〔二三〕，我言寧復從。恨無〔二四〕乖崖老，一洗芥蔕胸。我田荆溪上，〔王註次公曰〕先生《滕達道挽詞》云：荆溪欲歸老。〔施註〕荆溪在常州宜興縣，先生嘗買田於此。伏臘亦麤供〔二五〕。懷哉江南路，〔施註〕《毛詩·王風·揚之水》：懷哉懷哉，曷日予還歸哉。會作林下逢。

生日，蒙〔二六〕劉景文以古畫松鶴爲壽，且貺佳篇〔二七〕，次韻爲謝

【誥案】本集《乞賻贈劉季孫狀》：季孫以元祐七年五月卒於隰州。此詩施編七年冬，其卒已半載矣，查註、合註從誤，今改編於此。

問子〔二八〕一室間，寧有千里廓。塵心洗長松，遠意發孤鶴。生朝得此壽，死籍疑可落。〔王註〕李太白《草創大還贈柳官迪》詩：北酆落死名，南斗上生籍。〔施註〕白樂天詩：既無神仙術，何除老死籍。微言在《參同》，〔王註〕白樂天詩：授我《參同契》，其辭妙且微。《神仙傳》：魏伯陽，齊會稽上虞人也。得古文《龍虎上經》，盡獲妙旨，公因約其象，著《參同契》三卷。妙契藏九籥〔二九〕。〔王註〕鮑照《升天行》云：五圖發金記，九籥隱丹經。註云：仙家有九轉金丹法，而籥所以藏書也。故人有奇趣，〔合註〕謝脁詩：要欲追奇趣。逸想寄幽壑。〔施註〕陶淵明《和胡西曹》詩：逸想不可掩，猖狂獨長悲。霜枝謝寒暑，雲翮〔三〇〕無前却。〔王註〕《後漢·蔡邕傳》：鼓琴者，螳螂爲之，一前一却。郭景純《江賦》：巨石硉矹以前却。韓退之詩：玉山前却不復來。何須構明堂〔三一〕，〔王註〕白樂天《松》詩：殺身獲其所，爲君構明堂。未羨巢阿閣。〔王註〕《帝王世紀》曰：黄帝時，天氣休通，五行期化，

鳳皇巢於阿閣。〔施註〕《軒后本紀》：鳳集東園梧桐。緬懷別時語，復作數日惡。【誥案】此二句絶似季孫挽詞，公與之至厚，故不覺其成讖也。詩腴固堪餐〔三二〕，〔王註次公曰〕魏文詩：秀色若可餐。〔施註〕《南齊·謝瀹傳》：世祖嘗問王儉，當今誰能爲五言詩？儉對曰：「謝朏得父膏腴。」字瘦還可愕。〔王註〕杜子美《李潮八分小篆歌》詩：書貴瘦硬方通神。〔王註〕韓退之《送高閑序》：可喜可愕，一寓於書。高標忽在眼，清夢了如昨。君今噲等伍，志與湛輩各。〔王註次公曰〕押「志各」字韻，用「盍各言爾志」也。豈待相顧〔三三〕言，方爲不朽託。子雲老執戟，長孺終主爵。〔王註〕《漢·汲黯傳》：字長孺。武帝召爲主爵都尉，列於九卿。爲人性倨，少禮，面折，不能容人之過。吾當追松、喬〔三四〕，子亦鄙衛、霍。〔王註次公曰〕言子亦自鄙衛青、霍去病而不求戰功也。又，景文將種，故云耳。〔合註〕曹植《與吴質書》：衛、霍不足侔也。何義門以結句用乘軒事，作「衛鶴」，然乘軒之可鄙何待言，惟衛、霍功名，亦皆不屑，方爲卓見耳。若如何説，詩句了無意味矣。

次韻陳履常雪中〔三五〕

〔施註〕汝陰久雪，人飢，東坡召簽書判官趙德麟令時議所以賑卹之。乃發義倉穀以濟貧乏，出作院炭、酒務薪，用元價以售。又奏放積欠。教授陳履常師道詩云：掠地衝風敵萬人，蔽天密雪幾微塵。漫山塞壑疑無地，投隙穿帷巧致身。映積讀書今已老，閉門高卧不緣貧。遥知更上湖邊寺，一笑潛回萬室春。德麟《次韻》曰：坎壈中年坐愛人，老來貂鼎視埃塵。鐵霜帶面惟憂國，機穽當前不爲身。發廩已康諸縣命，蠲逋一洗幾年貧。歸來又草寬民奏，不愧毫端爾許春。

可憐擾擾雪中人，飢飽終同寓一塵。〔王註〕《續仙傳》：韋子威師事丁約，一日辭去。謂子威曰：「郎君得道，尚隔兩塵。」子威曰：「何謂兩塵？」對曰：「儒謂之世，釋謂之劫，道謂之塵。」老檜作花真强項，〔王註次公曰〕潁州多檜而花白，指檜爲言，檜老矣，而假雪以爲花，猶人之强項不伏其老也。〔施註〕《後漢·董宣傳》：爲洛陽令，殺湖陽公主蒼頭。主訴於帝，帝使宣謝主。宣不從，彊使頓之，兩手據地，終不肯謝。帝笑，敕强項令出。凍鳶儲肉巧謀身。〔王註〕杜子美《獨酌成詩》詩：兵戈猶在眼，儒術豈謀身。忍寒吟詠君堪笑，得暖讙呼我未貧。坐聽屐聲知有路，擁裘來看玉梅春。

二鮮于君以詩文見寄，作詩爲謝

〔施註〕二鮮于君，乃諫議大夫子駿之子。〔查註〕《淮海集·鮮于子駿行狀》：男五人，復，早卒；頡，偃師縣尉；羣，鳳州司法參軍；綽，承務郎；焯，未仕。皆有學行，而頡尤自立，士大夫稱之。二君未詳孰是？

我懷元祐初，圭璋滿清班。〔合註〕白樂天詩：早接清班登玉陛。維時南隆老，〔王註次公曰〕南隆，閬中也。鮮于子駿，閬中人。〔查註〕《方輿勝覽》：唐時，魯、滕二王皆鎮閬州，以衙宇卑陋，遂修飾宏大之，擬於宮苑，因謂之隆苑。奉使獨未還。〔施註〕《漢·馮奉世傳》：奉使有指。迂叟向我言，〔王註縯曰〕司馬温公自號迂叟。青齊歲方艱。斯人乃德星〔三六〕，〔施註〕《漢·天文志》：景星，德星也。遣出虛危間。〔公自註〕司馬温公〔三七〕謂軾曰〔三八〕：「子駿，福星也。京東人困甚，且令彼往〔三九〕。」〔查註〕《東都事畧·鮮于侁傳》：爲京東轉運使。所代吳居厚，以掊斂虐下，侁繼之，務行寬大。〔王註次公曰〕《南齊書·天文志》：昇明三年四月，歲星在虛、危，徘徊玄枵之野，則齊國有福厚，爲受慶之符。〔查註〕《漢書·地理志》：齊地，虚、危之分野，東有淄川、東萊、琅邪、高密、膠東，南有泰山、城陽，北有千乘、清河，西有濟南、平原，皆齊分也。召用既晚矣，天命良復慳。〔查註〕《東都事畧》本傳云：元祐中，召爲太常少卿，拜左諫議大夫，除集賢修撰，出知陳州，卒年六十九。〔合註〕《續通鑑長編》：元祐二年五月二十日，鮮于侁卒。一朝失老驥，寂寞空帝閑。至今清夜夢，枕衾〔三〇〕有餘潸〔三一〕。喜聞二三子，〔王註次公曰〕指言二鮮于子駿之子也。結髮師閔、顔。高論逼河漢〔三二〕，〔王註〕《莊子·内篇》：吾驚怖其言，猶河漢而無極也。清詩鳴珮環。〔王註〕歐陽永叔詩：意淡宜松鶴，詩清叩珮環。遥知三日雪，積玉埋崧山。〔查註〕《行狀》：子駿葬潁昌府陽翟縣。按，崧山在陽翟縣界，其諸子必家於此。誰念此幽桂，坐蒙榛與菅。故人在潁尾，投詩清泠灣。

次韻趙德麟雪中惜梅且餉柑酒三首

【誥案】自此詩起以下，乃元祐七年壬申作。

其一

千花未分出梅餘，遣雪摧殘計已疎。〔施註〕《文選》張平子《西京賦》：撲叢爲之摧殘。臥聞點滴如秋雨，知是東風爲掃除。〔施註〕杜子美《秋清》詩：門庭悶掃除。

其二

閬苑千葩映玉宸，〔王註次公曰〕白樂天詩：借問晨霞子，何如朝玉宸。人間只有此花新。飛霙要欲〔三三〕

先桃李，散作千林火迫春。〔王註次公曰〕火迫者，急忙之謂。今言梅花飛霙，又欲急作桃李之春也。〔張栻曰〕《唐書》：源休導朱泚僭號，姚令言勸泚圍奉天，二人争自比蕭何。休顧令言曰：「成秦之業，無輩我者，我視蕭何，子當曹參，可矣。」即收圖籍貯府庫效何者，人皆笑謂爲火迫酇侯。

其三

蹀躞〔三四〕嬌黄不受饑，〔王註次公曰〕嬌黄，言柑也。東風暗與色香歸。偶逢白墮争春手〔三五〕，〔王註〕張君房《脞說》：海東劉白墮，善釀酒。曝於日中，經旬，酒味不動，飲之醉而不醒。永熙中，青州刺史毛鴻賓賫酒之蕃，路逢劫盜，飲之即醉，皆被擒，因此名禽姦酒。游俠語曰：不畏張弓拔刀，惟畏白墮春醪。〔施註〕竇子野《酒譜》：江東人劉白墮善釀酒，味香美，使人久醉。朝士千里相饋，號鶴觴，亦名騎驢酒。遣入王孫玉斝飛。

和陳傳道雪中觀燈

〔施註〕陳傳道，名師仲，履常之兄，家居彭城。履常在潁，傳道來訪。未幾，東坡移守維揚，而傳道亦歸，遂和趙德麟韻送之。傳道是時仕爲筦庫。

新年樂事歎何曾，〔施註〕韓退之《春雪》詩：新年都未有芳華。閉閤燒香一病僧。未忍便傾澆別酒，且來同看照愁燈。〔王註次公曰〕此杜子美《題鄭十八著作丈》詩「第五橋東流恨水，皇陂岸北結愁亭」之格也。潁魚躍處新亭近，湖雪消時畫舫升。祇恐樽前無此客，清詩還有士龍能。〔王註次公曰〕士龍，以言履常也。

閱世堂〔三六〕詩贈任仲微

〔施註〕任仲微，名大防。父伋號師中，卒於遂州。當途者以其既没，爲使者地，仲微三詣闕上書陳寃狀，獄不敢變，使者竟免。其事載秦少游所作《墓表》。按《國史》：元豐五年十一月，梓州路轉運判官程之才衝替，坐與前知瀘州任伋交訟，報上不實。少游所謂使者，即之才也。詩云「却留封德彝」，意指之才。之才字正輔，坡之内兄，又親姊婿，有夙怨。後爲廣南提刑，坡謫嶺南，正輔待遇甚厚，多與倡酬。師中嘗爲蔡州新息令，惠給鰥寡，邑人愛之，遂居焉。堂前有檜，直幹蒼然，乃以閱世名其堂。故詩云「惟有庭前檜，閱世不改色」。

任公鎮西南，嘗贈繞朝策。〔王註〕《左傳·文公十三年》：晉人患秦之用士會也，謀歸之。士會乃行，繞朝贈之以策，曰：「子無謂秦無人，吾謀適不用也。」當時若盡用，善陣無赫赫。〔施註〕《孫子》：善用兵者，無赫赫之功。又：善陣者不戰，善戰者不敗。凄涼十年後，邪正久已白。却留封德彝，天意眇難測。〔王註〕杜牧詩：可憐貞觀太平後，天且不留封德彝。【誥案】查註謂「轉運判官，想尚無恙，墓表不載姓名，俟再考」，其於程正輔事，茫然不知，而施註亦不看，宜其後改編惠州與正輔諸詩，顛倒不堪也。紀曉嵐謂二句托出任公之没，意不全在譏運判，此乃忘却《過新息留示鄉人任師中》一篇，故不省前後因地也。讀編年詩，與讀史同，不能折出串講，讀之何爲。象賢真驥種，〔施註〕《尚書·微子之命》：崇德象賢，統成先王。〔查註〕《漢書·王嘉傳註》：象賢者，象其先父之賢耳。號訴甘百謫。豈云報私仇〔三七〕，禍福指絡脈。高才食舊德，〔王註〕《文選》班固《西都賦》：士食舊德之名氏。〔施註〕《周易註》云：食其舊德而不失也。《文選》班孟堅《西都賦註》云：士但食先人舊德，族蔭而已。但恐里門窄。

〔施註〕《漢・于定國傳》：父于公曰：「少高大閭門，令容駟馬高蓋車，我治獄多陰德，子孫必有興者。」註：閭門，里門也。傷心千騎歸，〔王註次公曰〕古《陌上桑》云：東方千餘騎，夫壻居上頭。贈印黃壤隔。惟有庭前〔三八〕檜，閱世不改色。千年與井在，記此王粲宅。〔合註〕亳州太清宮。《雲笈七籤》言：九井三檜，宛然常在。先生借以爲喻，故並言與井在也。

新渡寺送任仲微

春陰欲落雪，野氣方升雲。〔王註〕韓退之《訟風伯》云：山升雲兮澤上氣。我游清潁尾，想見翠被君。〔施註〕《左傳・昭公十二年》：楚子狩於州來，次於潁尾，使蕩侯、潘子、司馬督、囂尹午、陵尹喜帥師圍徐，以懼吳。楚子次於乾溪，以爲之援。雨雪，王皮冠，秦復陶，翠被，豹舄，執鞭以出。古來聚散地，與子復言分。倦游安稅駕，〔王註〕《史記》：李斯曰：「當今人臣之位，無居臣上者，物極則衰，吾未知所稅駕也。」瘦田失歸耘。獨宿古寺中，荒雞亂鳴羣。〔施註〕《晉・祖逖傳》：與劉琨同寢中，夜聞荒雞鳴，蹴琨覺曰：「此非惡聲也。」因起舞。送子以曉角，〔合註〕姚合詩：曉角驚眠起。幽幽醒時聞。〔合註〕何焯曰：落句用孟郊詩。

送運判朱朝奉入蜀〔三九〕

〔施註〕建安本云：送朱世昌使蜀。

靄靄〔四〇〕青城雲，娟娟峨嵋〔四一〕月。〔王註次公曰〕此篇惟反覆用岷峨雲月爲意。杜子美《丈人山》詩云：自爲青城客，不唾青城地。爲愛丈人山，丹梯近幽意。丈人祠西佳氣濃，綠雲擬住最高峰。〔呂祖謙曰〕《青城山記》云：蜀之山近江源者，通謂之岷山，連峰接岫，千里不絕，青城乃第一峰也。《福地記》云：青城山高三千六百丈，周圍五十里。隨我西北來，照我光不滅。我在塵土中，白雲呼我歸。我游江湖上，明月濕我衣。岷峨天一方，〔王註〕《文選》蘇子卿詩：良友遠離別，各在天一方。雲月在我側。謂是山中人，相望了不隔。〔施註〕《文選》謝希逸《月賦》：隔千里兮共明月。夢尋西南路，〔施註〕《韓非子》：六國時，張敏與高惠爲友。每相思，敏於夢中往尋之，至半道，迷不知路，遂回。默數長短〔二三二〕亭。似聞嘉陵江，跳波吹枕屏〔二三三〕。送君無一物，清江飲君馬。路穿慈竹林，〔王註〕《茅亭客話》：慈竹叢生，根不離母，故名之慈也。〔施註〕贊寧《筍譜》：慈竹筍，四時生，其竹內實而節疎。又，蘄黃生一叢數竿，筍不外迸。父老拜馬下。不用驚走藏〔二三四〕，使者我友生。聽訟如家人，〔施註〕《舊唐書》：陽城爲道州刺史，以家人法待吏人，宜罰者罰之，宜賞者賞之。細說爲汝評。若逢山中友，問我歸何日。爲話腰脚輕，猶堪踏泉石〔二三五〕。

病中夜讀朱博士詩

〔查註〕朱博士，即朱遜之，見本卷。

病眼亂燈火，細書數塵沙。君詩如秋露，淨我〔二三六〕空中花。〔施註〕《圓覺經》：譬彼病目，見空中花，及第二月。古語多妙寄，可識不可誇。〔王註次公曰〕詩意謂當眼昏病苦中，文書細字，如塵沙之煩碎。忽得朱君之詩，清冷如露，一掃病眼之昏花。其詩是古語，而中藏妙旨，可以默識，而不可以誦詠誇衒。巧笑在瓶頰，〔王註〕《詩·碩人》：巧笑倩兮。註：倩，好口輔。《正義》曰：輔，近頰也。笑之貌，美在於口輔。哀音餘摻撾。〔施註〕《文選》謝靈運《擬鄴中》詩：哀弄信睦耳。曾坑一掬春，〔施註〕宋子安《東溪試茶録》：佛嶺東南曰曾坑，今屬北苑，茶少甘而多苦，色亦重濁。紫餅供千家。懸知貴公子，醉眼無真茶。崎嶇爛石上，得此一寸芽。〔王註〕陸羽《茶經》云：上者生爛石，中者生櫟壤，下者生黄土。《茶論》云：白茶，自爲一種，與常茶不同。其條敷闡，其葉瑩薄，崖石之間，偶然生出。所生處，不過一二株耳。緘封勿浪出，湯老客未嘉〔二四七〕。〔查註〕《茶經》：三沸以上，水老，不可食。孟蜀人毛文錫《茶譜》：騰波鼓浪，水氣全消，謂之老湯。《太平清話》：蔡君謨湯，取嫩不取老，蓋爲團餅茶發耳。【誥案】紀昀曰：忽入比體作收，常意化爲新意。今據趙次公謂以顔色譬其詩，則巧笑起於瓠犀，以音樂譬其詩，則哀音出於掺撾，乃知「比體作收」之説非也。

趙德麟餞飲湖上舟中對月〔二四八〕

〔查註〕《周益公題跋》云：東坡以元祐六年秋到潁州，明年春赴維揚，作此詩，題曰「西湖月夜泛舟」。公在潁僅半年，集中自《放魚》長韻以下，凡六十餘詩。歷考東坡所至歲月，惟潁爲少，而留詩反多。以《年譜》考之，先生自潁移揚，在元祐七年二月。

老守惜春意，主人留客情。官餘閑日月，湖上好清明。新火發茶乳，温風〔二四九〕散粥餳。〔王註〕白樂天《清明》詩：留餳和冷粥，出火煮新茶。〔施註〕蔡邕《月令章句》：温風，暑之在風者也。孫楚《祭子推文》云：黍飯一盤，醴酪二盂，是其事也。宗懔《荊楚歲時記》亦云。酒闌紅杏闇，日落大隄平。〔王註〕劉禹錫詩：春江月出大隄平。〔施註〕李賀《石城挽歌》：月落大隄上。清夜除燈坐，孤舟擘岸撑。逮君幘未墮，〔王註〕《晉書》：庾敳，字子嵩。東海王越於衆坐中問敳，敳頹然已醉，幘墮几上，以頭就穿取。對此月猶横。

和趙德麟送陳傳道

二陳既妙士，〔合註〕曹植《畫説》：見高節妙士，莫不忘食。兩歐惟德人。〔王註次公曰〕二陳言傳道、履常也，兩歐言叔弼、季默也。王孫乃龍種，〔施註〕杜子美《哀王孫》詩：高帝子孫盡隆準，龍種自與常人殊。世有爾雲麟。五君從我游，〔施註〕《文選》顔延年有《五君詠》。【誥案】言五君，乃統計在潁事。公潁行，僅有二陳一趙在。查註引任淵《後山詩註》誤，已删。傾寫〔三〇〕出怪珍。〔合註〕《世説》：王司州與殷中軍語，歎云：己之府奥，早已傾寫。俗物敗人意，兹游〔三二〕實清醇。那知有聚散，佳夢失欠伸。我舟下清淮，〔王註次公曰〕先生將離潁州而赴揚州，故云下清淮。沙水吹玉塵。〔王註〕《幽怪録》：橘中叟相謂曰：「汝輸我瀛州玉塵九斛。」君行踏曉月，〔施註〕劉禹錫《武陵書懷》詩：踏月俚歌喧。疎木挂寸銀。尚寄别後詩，剪刻淮南春。

卷三十四校勘記

〔一〕不能寐　類乙、類丙「寐」作「寢」。

〔二〕作放魚一首　類本無「一首」二字。

〔三〕黏塊　類本作「枯塊」。

〔四〕跳青　集本作「跳清」。

〔五〕那忍膾　合註：「膾」一作「鱠」。

〔六〕尚恐或有　原作「或恐尚有」，今從集本、施乙、類本。

〔七〕復次放魚韻　集本、類本「韻」前有「前」字。

〔八〕答趙承議陳教授　類本「授」下原註：趙景貺、陳景常。或爲自註。

〔九〕大塊　施乙作「一塊」。

〔一〇〕搶榆　類本作「槍榆」。按，四部叢刊影明刊本《莊子》作「槍榆」。

〔一一〕復繚　類本作「復繞」。

〔一二〕長議　類本作「訾議」。

〔一三〕鯨鯢　集本、類本作「鯨魚」。

〔一四〕歸修　原作「歸休」。今從集本、施乙、類本。何校：「歸誓」。

〔一五〕九月十五日觀月聽琴西湖示坐客　集本「湖」下有「一首」二字。《法書贊》卷十二有《蘇文忠西湖聽琴觀月詩帖》，題下原註：行書，詩八行，序兩行，尾記一行。序爲：觀月聽琴西湖一首呈坐客，軾上。尾記爲：元祐六年九月十五日。

〔一六〕孤光　《法書贊》作「清光」。

〔一七〕四座　類丙作「白屋」。

〔一八〕醺　合註：一作「熏」，訛。

〔一九〕奏舊曲　集本、類本作「本舊曲」。

〔二〇〕復次韻　集本、類本「韻」前有「前」字。

〔二一〕趙景貺名令時……歐陽叔弼云云　原註文有殘脱，今據施乙訂補。集成分置此條註文於題下及「兒輩」、「汲多」句下。今分別删去「兒輩」句下施註自「當元豐」以下五十二字，「汲多」句下自「此以」以下九字，以復原貌。

〔二二〕望此府　查註、合註：「望」，一作「居」。

〔二三〕浮我　類本作「浮此」。

〔二四〕却來　查註：「却」一作「欲」，訛。

〔二五〕更望　集本、施乙作「更勸」。類甲、類丙作「更看」。

〔二六〕喬木　集乙作「喬本」，疑誤。

〔二七〕泛潁　集本「潁」字後有「一首」二字。

〔二八〕兒戲　施乙作「兒嬉」。

〔二九〕磷緇　集甲、類丙作「磷淄」。

〔三〇〕趙陳　查註、合註：一作「陳趙」。

〔三一〕六觀堂老人草書　集本、類本「書」字後有「詩一首」三字。

〔三二〕六觀取金剛經云云　類本爲堯祖註文。註文云：「按《圖經》：千頃廣化院，在杭州城中木子杭橋北。院有六觀堂，其名取《金剛經》夢幻等六物也。老人僧了性，精於醫而善草書。」集本此條自註，在「莫作」句下。

〔三三〕云如　查註：《韻語陽秋》「云」作「心」。

〔三四〕施註周越法書苑云云　合註引此條施註，殘缺頗多。合註頗惜此條施註之缺。今據施乙補出。
〔三五〕萬人　查註：別本「萬」作「外」，訛。
〔三六〕次韻劉景文見寄　集本「寄」後有「一首」二字。
〔三七〕贈朱遜之　此詩，七集續集重收，題作「五色菊贈朱遜之次韻」。
〔三八〕元祐六年云云　七集續集無此引。
〔三九〕寓非族　七集續集作「偶非族」。七集續集原校：「偶」一作「寓」。
〔四〇〕宜相傾　類本作「定相傾」。七集續集作「宜相傾」；原校：「宜」一作「定」。
〔四一〕誰敢評　集本、類甲、類乙作「誰改評」。
〔四二〕破陳酒戒　查註「破陳」作「破除」。沈欽韓《蘇詩查註補正》：「除」當作「陳」；《陳後山集》自云，受戒結西方社，堅辭不飲。「戒」後，集本有「一首」二字。
〔四三〕哀未忘　集本、類本作「哀未散」。
〔四四〕五子　集本、類甲作「五之」。施乙原校：「子」一作「之」。
〔四五〕大白　類本作「太白」。類本繽註云：「《説苑》：魏文侯與大夫飲，使公乘不仁爲觴政，曰，飲不盡，浮以太白。文侯不盡，不仁舉白浮君也。」
〔四六〕叔弼云……勸履常飲　集本「飲」字後有「一首」二字。詩中「未嘗」，集本作「未常」；「悄然」，集本、類本作「悄焉」。
〔四七〕醻　查註：新刻本作「嚼」，訛。按，新刻本指清施本。

〔四八〕臂痛云云　七集續集重收此詩一、二首。題作「過通判曹（疑當爲「曾」）仲錫書懷兩絶」。

〔四九〕祇愁　七集續集作「只應」。

〔五〇〕戲作　集本、類本「作」後有「數句」二字。

〔五一〕自誑　類甲作「目誑」。

〔五二〕文忠公贈蘇梅詩云云　施乙此註文，無「東坡云」字樣。

〔五三〕贈月長老　集本「老」後有「一首」二字。

〔五四〕五伯　集本作「五霸」。類丙作「四時」。合註：一作「五帝」。紀校：查初白謂「伯」當作「帝」。

〔五五〕所運　集本作「所連」。類本作「所運」；原校：「運」一作「連」。合註：作「連」訛。

〔五六〕折足鐺　集本、類甲作「折足鎗」。

〔五七〕麒麟　集乙、施乙作「騏驎」。集甲作「麒麟」。又，下句「勿觸紅麒麟」之「麒麟」，集乙、施乙亦作「騏驎」。

〔五八〕維那嗔　類本作「維那嗔」。

〔五九〕徒諄諄　集甲作「方諄諄」。

〔六〇〕不須　集本、施乙、類本作「不煩」。

〔六一〕次韻答錢穆父穆父以僕得汝陰用杭越酬唱韻作詩見寄　七集續集重收此詩。類本、七集續集無「答」字，「穆父以」無「穆父」二字。集本、類丙「僕」作「軾」。七集續集無「僕得」二字，「酬唱」作「唱和」。集本「寄」後有「一首」二字。

〔六二〕慈愛　七集續集作「慈孝」。
〔六三〕軾本以舍弟　七集續集作「某以弟」。
〔六四〕鹿幡　類甲、類丁作「鹿皤」。
〔六五〕鄭弘傳遷臨淮太守　「臨淮」原作「淮陰」，誤。類註引《後漢書》作「臨淮」，是。考《後漢書·地理志》，臨淮郡，漢武帝置，後漢明帝永平十五年，更爲下邳國。弘爲臨淮太守，乃光武時事，時猶未更名。又，淮陰乃臨淮所屬，不稱太守。
〔六六〕謂子直深父　施乙此註文，無「東坡云」字樣。集本、類本、七集續集無「謂」字。
〔六七〕謂叔弼季默　施乙此註文，無「東坡云」字樣。集甲、類本無「謂」字。集乙作「弼默」。七集續集作「叔弼并季默」。
〔六八〕抑昌其詩也　集本、施乙、類本無「抑」字。
〔六九〕施註王定國與吳正憲充云云　合註謂此條施註殘缺，集成删去，今據施乙補出。
〔七〇〕當飢　施乙作「復飢」。
〔七一〕志壹　集本、施乙、類本作「志一」。查註：「一」當作「壹」。
〔七二〕愼勿　類本作「謹勿」。合註：避廟諱「愼」字也。
〔七三〕施註圓覺經云云　原註文有殘缺，集成删去。今據施乙補出。
〔七四〕珠徑寸　類本作「徑寸珠」。
〔七五〕光如月　類本作「明如月」。

〔七六〕持告身　集乙作「指告身」。
〔七七〕少年　類本作「年少」。
〔七八〕獨酌　集本「酌」後有「一首」二字。
〔七九〕嘉蔭　集本、類本作「佳蔭」。
〔八〇〕誓逃　集本、施乙作「逝逃」。
〔八一〕松喬　類本作「喬松」。
〔八二〕藥玉　集乙作「藥王」，疑誤。
〔八三〕招之　集本「之」後有「一首」二字。
〔八四〕歐陳　類本作「歐陽」。
〔八五〕及良時　原作「良及時」。今從集本、施乙、類本。
〔八六〕佛帳　查註作「拂帳」。
〔八七〕光卓犖　施乙作「生卓犖」。類本作「先卓犖」。
〔八八〕有再生檜　集本、類本「有」上有「亦」字。
〔八九〕立骨　類本作「骨立」。
〔九〇〕封殖　集本、類本作「封植」。
〔九一〕永慕亭詩　集本「詩」後有「一首」二字。
〔九二〕施註漢食貨志齊民註若今言平民　「齊」上原有「亂」字，合註亦有。此所註者爲「齊民」，非「亂齊民」。刪「亂」字。

〔九三〕見喬木　類乙、類丁「見」作「下」，查註云「下」訛。

〔九四〕聯翩　類甲、類乙作「聯翻」。

〔九五〕待公　類乙、類丙作「待翁」。

〔九六〕新治小齋戲作　類本「新」作「所」。集本「作」後有「一首」二字。

〔九七〕乃雪　「雪」後原有「塡渠」二字，涉自註註文誤衍，今刪。

〔九八〕誰乎　原作「誰呼」。今從集本、施乙。

〔九九〕趙陳　類本作「陳趙」。

〔一〇〇〕聚星堂雪并引　集本「雪」後有「一首」二字。集本「并引」作「并敘」。

〔一〇一〕初行　集本、施乙作「行初」。

〔一〇二〕更鼓永　集本、施乙、類乙做「更鼓暗」。何校：「永」，舊刻作「暗」。

〔一〇三〕鈴索掣　集乙作「鈴索製」，疑誤。

〔一〇四〕白戰　集本作「百戰」。

〔一〇五〕歐陽叔弼見訪誦陶淵明事歎其絶識既去感慨不已而賦此詩　章校：《鑑》題作「歐陽叔弼見訪，道陶淵明事，因語及元載之死，歎其識有淺深，退作此詩」。類本無「陶」字。集本、類本「識」後有「叔弼」二字。

〔一〇六〕鵲抵玉　集本、施乙、類本作「抵鵲玉」。

〔一〇七〕烏鵲　原作「烏鵲」，合註亦作「烏鵲」。今據類丙校改。
〔一〇八〕反自燭　章校：《鑑》作「返自燭」。
〔一〇九〕喜劉景文至　集本、施乙「至」後有「一首」二字。類本題下原註：「小名季孫」。
〔一一〇〕更傳呼　集本原註：「更」，平。施乙原註：「更」，平聲。
〔一一一〕了無事　施乙作「兩無事」。類本作「乃無事」，查註云「乃」訛。
〔一一二〕愁吴姝　類甲「吴」作「吾」，合註謂「吾」訛。
〔一一三〕禱雨張龍公　集本無「張」字。
〔一一四〕精誠　類本作「精神」。
〔一一五〕雲罍　類本作「雲雷」。
〔一一六〕闕州　集本作「闕洲」。
〔一一七〕傾倒　集本作「倒傾」。
〔一一八〕英風　原作「英氣」。今從集本、施乙、類本。
〔一一九〕笑説　施乙作「笑談」。
〔一二〇〕西湖戲作一絶　「一絶」二字據集本補。
〔一二一〕并州　集本作「并兒」。
〔一二二〕赴闕　集本「闕」後有「一首」二字。
〔一二三〕今我　集本、類丙作「令我」。

〔一二四〕白酒　類本作「白首」。

〔一二五〕瀉香泉　類本作「寫香泉」。

〔一二六〕騄驥　集本、類本作「驥騄」。

〔一二七〕景文　集本「文」後有「一首」二字。

〔一二八〕趙陳　類本作「陳趙」。

〔一二九〕雖似　施乙作「誰似」。

〔一三〇〕和劉景文見贈　集本「贈」後有「一首」二字。

〔一三一〕豪氣　類本作「豪傑」。

〔一三二〕吾輩　合註：「吾」一作「我」。

〔一三三〕劉景文　集本「文」後有「一首」二字。

〔一三四〕多呼尚書　施乙無「多」字。

〔一三五〕霜鬢　類本作「霜雪」。

〔一三六〕餐　類本作「飧」。

〔一三七〕不數日　施乙作「又數日」。

〔一三八〕歐陽叔弼　集本「弼」後有「一首」二字。

〔一三九〕常起　原作「嘗起」。今從集本、施乙、類本。上句有「每於」字，作「常」是。

〔一四〇〕傍睨　查註作「旁覰」。

〔一四一〕頗有淵明風致　類本無「頗」字。集本、施乙「風致」作「風製」。查註：別本「致」作「製」，訛。按，「製」，不訛。杜甫《八哀詩》，有「灑落富清製」之句。
〔一四二〕妙頟　集本、類本作「妙頫」。
〔一四三〕合註從攄言校正　此條原缺，今補出。合註所校正者乃「次公曰」「意取」云云條。
〔一四四〕翏翏　類本作「嘐嘐」。
〔一四五〕發將　施乙作「將發」。
〔一四六〕彥道不　集甲、類本作「彥道否」。
〔一四七〕凌澌　類丙作「冰澌」。
〔一四八〕趙景貺　合註：「趙」前一本有「和」字，無「韻」字。
〔一四九〕山水　集本「水」後有「一首」二字。
〔一五〇〕久已靜　施乙作「久矣靜」。
〔一五一〕營此樂　類本作「縈此樂」。
〔一五二〕督君　施乙作「皆君」。
〔一五三〕龍潭　集本「潭」後有「一首」二字。
〔一五四〕施註先生以十月二十五日祈雨云云　原註文有刪節，今據施乙補足。
〔一五五〕明經　集本、施乙作「經明」。
〔一五六〕鄭公　集本、施乙作「鄭翁」。

〔一五七〕事見龍公碑　施乙、類本無此條自註。

〔一五八〕趙耕撰　「撰」原作「傳」。本卷《禱雨張龍公……》「抑自」句下施註：張龍公碑，唐趙耕撰。「傳」誤刊，今校改。

〔一五九〕勤征鞍　類甲、類丙作「勒征鞍」。

〔一六〇〕小飲西湖云云　集本題作「竹間亭小酌，懷歐陽叔弼、季默，呈趙景貺、陳履常一首」。類本同集本，無「一首」二字。施乙題作「小飲西湖，懷歐陽叔弼、季默，呈趙景貺、陳履常」。

〔一六一〕歡飲　集本、類本作「醉餘」。

〔一六二〕稍喜　類本作「稍見」。

〔一六三〕榆柳黄　紀校：此句有病。榆初生不黄，或是「楊」字之誤。

〔一六四〕月露　集本、施乙作「月霧」。

〔一六五〕晼晚　集本、類本作「婉娩」。

〔一六六〕君材　集本、施乙作「君才」。

〔一六七〕不可再　集本、類本作「恐難久」。

〔一六八〕蠟梅一首贈趙景貺　七集續集重收此詩，題作「次履常蠟梅韻」。

〔一六九〕天工點酥　類本作「天公點酥」。

〔一七〇〕兒嬉　合註：「嬉」一作「戲」。

〔一七一〕度千山　集甲、施乙、類本「度」作「渡」，合註謂「渡」訛。按，「渡」不訛。卷二十《梅花二首》其一

「度關山」，集本、施乙、類甲、西樓帖均作「渡關山」。卷二十五《正月一日雪中過淮謁客回作二首》其一「度玉峰」，集本、施乙、類本皆作「渡玉峰」。此例尚多，茲不舉。

〔一七二〕衡山　集本、施乙、類本作「衡州」。

〔一七三〕丈人　集本、類本作「文人」，查註云「文人」非。

〔一七四〕何疑　集本作「可疑」。

〔一七五〕願言　原作「願君」。今從集本、施乙。

〔一七六〕晚飲　類本「飲」作「食」。

〔一七七〕施註續齊諧記漢明帝時云云　合註謂此條施註殘缺甚多。集成據合註録入，今據施乙補出。

〔一七八〕霧楷　類甲、類乙作「霧揩」，疑有誤。

〔一七九〕皆女仙事　類本無此四字。

〔一八〇〕施註樹萱録有一省郎云云　合註謂此條施註殘缺。今據施乙訂補。

〔一八一〕前生　類本作「前身」。

〔一八二〕來萬邦　合註「來」一作「表」。清施本作「表萬邦」。

〔一八三〕滄海　類乙作「蒼海」。

〔一八四〕傖獰　類本作「猖獰」。

〔一八五〕施註王滁州名詔云云　此條施註，合註謂有殘缺，今據施乙補足。「許我」句下誥案所引施殘註，已在此條施註中，今刪去。註文中「司農」原作「□農」，據合註引《宋史》考補。

〔一八六〕兩翁　施乙作「兩公」。
〔一八七〕琅邪　集甲作「琅耶」。
〔一八八〕戲和其韻求分　合註：一本無「和」字。施乙無「求」字。
〔一八九〕麒麟　集本作「騏驎」。
〔一九〇〕奥而澈　集本、施乙、類本作「奥而徹」。
〔一九一〕逾富　集本、施乙、類本作「愈富」。
〔一九二〕筆落　施乙作「落筆」。
〔一九三〕座争　原作「座驚」。集本作「坐争」，施乙作「座争」，今從。
〔一九四〕洞庭春色　集本「色」後有「一首」二字。
〔一九五〕醉後　類本作「醉中」。
〔一九六〕蛟龍　原作「蛟蛇」。今從施乙。查註：一作「龍蛇」。
〔一九七〕潘岳笙賦云云　施乙此註文，無「東坡云」字樣。
〔一九八〕嗅　集甲、施乙作「齅」。按，《漢書·敘傳》顏師古註：「齅」，古「嗅」字。「嗅」、「齅」不重出。「齅」，統一作「嗅」。
〔一九九〕應呼　集乙作「篪呼」。
〔二〇〇〕釣詩　類甲作「釣時」。
〔二〇一〕蒲萄　施乙作「蒲桃」。

〔二〇二〕嫫母　集本作「嫫姆」。

〔二〇三〕送路都曹　類丙「路」作「潞」。集本「曹」後有「一首」二字。

〔二〇四〕録曹　類本作「録事」。施乙無「曹」字。

〔二〇五〕參軍　施乙無「軍」字。

〔二〇六〕我不知　集本、施乙、類本作「吾不知」。

〔二〇七〕路公　集本、類本作「路君」。

〔二〇八〕此詩　集本、施乙、類本作「此語」。

〔二〇九〕乃采　合註：「采」一作「探」。

〔二一〇〕并邀……同賦　集本、類本「并邀」作「并送」，「同賦」作「各賦」。

〔二一一〕那將　類丙作「那作」。類甲作「那杵」，疑誤。

〔二一二〕先封　類丙作「先鋒」，查註謂「鋒」訛。

〔二一三〕諒已成　集本、施乙作「亮已成」。

〔二一四〕恨無　集本、施乙、類本作「恨無」。查註亦作「恨無」。今從。合註作「恨非」，底本同。

〔二一五〕纚供　類甲作「自供」。

〔二一六〕生日蒙　類本無「蒙」字。

〔二一七〕佳篇　集本作「嘉篇」。

〔二一八〕問子　集本、類甲作「問予」。

〔二一九〕九籥　查註、合註：「籥」一作「龠」。

〔二二〇〕雲翮　類甲作「雲翻」。

〔二二一〕構明堂　集本、施乙、類本作「構明堂」，今從。「構」，原作「搆」。

〔二二二〕固堪餐　類本作「固堪飱」。

〔二二三〕相顧　集本、類本作「相顧」。

〔二二四〕松喬　集本、施乙、類本作「喬松」。

〔二二五〕雪中　施乙無此二字。集甲「中」後有「一首」二字。

〔二二六〕德星　類丙作「福星」。

〔二二七〕司馬温公　施乙無「司馬」二字。

〔二二八〕軾曰　施乙作「余曰」。

〔二二九〕彼往　集本、施乙、類本作「往彼」。

〔二三〇〕枕衾　類本作「枕簟」。

〔二三一〕餘潸　查註：「潸」一作「清」。

〔二三二〕逼河漢　原作「邈河漢」，今從施乙。集乙、類本作「已河漢」。

〔二三三〕要欲　類本作「欲要」。

〔二三四〕蹀躞　類本原註：「蹀」，徒篋切；「躞」，蘇協切。

〔二三五〕争春手　查註、合註：「手」一作「酒」。

〔二三六〕閱世堂　集本、類本作「閱世亭」。
〔二三七〕私仇　類本作「仇讎」。
〔二三八〕庭前　原作「亭前」，今從施乙。按，題爲「閱世堂」，作「庭」是。
〔二三九〕送運判朱朝奉入蜀　七集續集重收此詩，題作「送朱壽昌使蜀七首」，每四句爲一首，分此詩爲七首。
〔二四〇〕靄靄　集本、施乙、類本作「藹藹」。
〔二四一〕峨嵋　施乙作「峨眉」。集甲作「峨眉」。
〔二四二〕長短　類丙作「短長」。
〔二四三〕枕屏　合註：「枕」一作「錦」。清施本作「錦屏」。施乙作「枕屏」。
〔二四四〕走藏　七集續集作「去裝」。
〔二四五〕踏泉石　七集續集作「弄泉石」。
〔二四六〕淨我　類丙作「洗我」。
〔二四七〕未嘉　施乙作「未佳」。
〔二四八〕對月　集本「月」字後有「一首」二字。
〔二四九〕温風　施乙作「湯風」。
〔二五〇〕傾寫　類本作「傾瀉」。
〔二五一〕兹游　施乙作「兹得」。查註：施氏原本作「得」，訛。

蘇軾詩集卷三十五

古今體詩五十首

【誥案】起元祐七年壬申三月，赴龍圖閣學士充淮南東路兵馬鈐轄知揚州軍州事任，八月，以龍圖閣學士守兵部尚書差充南郊鹵簿使召還，九月，至南都作。

上巳日，與二子迨、過遊塗山、荊山，記所見〔一〕

〔查註〕《名勝志》：荊山在懷遠縣西南。山之西北，有采玉坑，一名抱璞巖。宋景濂《遊記》云：自塗山麓，復北經縣治折而西行，約三里，至荊山。【誥案】懷遠縣在鳳陽府，鳳陽卽宋之濠州也。王註所引臨沮之荊山，誤以《禹貢》「導嶓冢，至於荊山」，牽合爲一，已删。

此生終安歸，還軫〔二〕天下半。〔施註〕《國語》：還軫諸侯，可謂窮困。韋昭註曰：還軫，猶回車，周歷諸國，遭離厄困。朅來乘樏廟，〔王註〕《史記·夏本紀》：陸行乘車，水行乘船，泥行乘橇，山行乘檋。音紀録反，今使樏字，音力詭反。《玉篇》云：山行所乘也，則乃欙之謂矣。〔子仁曰〕《虞書》：禹曰：「予乘四載。」註云：謂水乘舟、陸乘車、泥乘輴、山乘樏也。復作微禹歎。〔公自註〕昔自南河赴杭州過此。蓋二十二年矣。【誥案】熙寧辛亥，公赴杭州，過此，有塗山詩，故此云「復作微禹歎」也。詩以「此生終安歸」起，而有此自註，可見前之三往來、七往來及後之十往來，皆由攻法被出積算，而治平中之載喪過淮，不在數也。自辛亥計至元祐壬申，凡二十二年。〔施註〕《左傳·昭公元年》：天王使劉定公勞趙孟於潁，館於洛汭。劉子曰：「美哉，禹功明德遠矣。微禹，吾其魚乎？」從祀〔三〕及彼呱，〔公自註〕有啓廟〔四〕。〔施註〕《尚書·益稷》：「禹曰：予創若時，娶於塗山。辛壬癸甲，啓呱呱而泣，予弗子，惟荒度土功。」像設偶此粲。〔公自註〕謂塗山氏。秦祖嘗侑坐，〔公自註〕謂柏翳〔五〕。〔王註〕《史記·秦本紀》：大費與禹平水土，已成。帝錫玄圭，禹受，曰：「非予能成，亦大費爲輔。」舜曰：「咨爾費，贊禹功，其賜爾皁游。」是爲柏翳，賜姓嬴氏也。〔施註〕《毛詩·小雅·楚茨》：以享以祀，以妥以侑，以介景福。《史記·秦本紀》：秦之先帝，顓頊氏之苗裔孫曰女修。女修生大業，大業生大費，與禹平水土，是爲柏翳。舜賜姓嬴氏。夏郊亦薦祼。〔公自註〕有鯀廟。〔王註〕《禮記·祭法》：夏后氏禘黄帝而郊鯀。〔施註〕韓退之《南海廟碑》：薦祼興俯。《周禮·春官》：以肆獻祼享先王，以饋食享先王。可憐淮海人，〔施註〕《尚書·禹貢》：淮海惟揚州。尚記弧矢旦。〔公自註〕淮南人相傳，禹以六月六日生〔六〕，是日，數萬人會山上。雖傳記不載，然相傳如此。〔王註〕《禮記·射義》：男子生，桑弧蓬矢六，以射天地四方〔七〕。荆山碧相照，楚水清可亂。刖人有餘坑，美石肖温瓚〔八〕。〔公自註〕荆山下有卞氏採玉坑，石色如玉，不受鐫刻。取出山下，輒變色不復温瑩。〔王註〕劉向《新序》：荆人卞和得玉璞，而獻之荆厲王。王以爲謾，斷其左足。武王卽位，和復獻之，斷其右足。及共王卽位，和乃奉玉璞而哭於荆山中。王使人理其璞，名曰和氏之璧。〔邵註〕《圖經》：塗山在昔鍾離縣，荆山在縣西。二山本相聯屬，而淮水繞荆山之背，神禹鑿開，使水流二山間，此濠州之荆山也。《史記》：楚始封居丹陽，至楚文王始都郢，皆在南郡。其地有荆山，楚人故以荆爲號。《左傳》曰：昔我先王熊繹，辟在荆山。《後漢·郡國志》曰：臨沮侯國有荆山。註引《荆州記》云：溪北卽荆山，首曰景山，卽卞和抱璞之處。據此，則卞和得璞，自當以近郢之荆山爲是，而濠州古鍾離國，去郢甚遠，卞和何從得至此山？明宋濂《塗荆二山記》亦云。【詰案】商、周之時，吴、楚皆荆地，故泰伯、仲雍逃之荆蠻。宣王平淮南之夷，則曰「江漢之滸，至於南海」。召虎既由江漢至海，是吴、楚皆荆蠻之證也。蠻荆背叛，宣王南征，則曰「顯允方叔，蠻荆來威」。魯僖伐楚，則曰「荆舒是懲，淮夷來同」。舒爲荆之屬國，即廬州之舒城。廬、濠接壤，可爲塗山、荆山並在荆地之證。時都郢之楚文已死，其子楚成使屈完如師，在周惠王二十一年，可見荆之爲名，由來已久。其都郢後，亦習稱之。無都郢時因其地有荆山，始以荆爲號之説也。熊繹爲鬻熊曾孫，在周成王時，始封丹陽，乃歸州之巴東也。《左傳》：辟在荆山。據杜註，在新城沶鄉縣南，則襄陽之宜都也。二地相去懸絶，以蓽路藍縷處於草莽證之，其追述熊繹辟處，尚在始國丹陽之前也。自此歷十八君，而楚文始都郢，郢即荆州之江陵秦改南郡者，與荆山丹陽全别。又自楚文歷八君而楚靈，始云熊繹「辟在荆山」，既曰「辟在」，即與楚文至靈所都之郢，顯屬二地，况荆山實在沶鄉，非漫無可考者也。其後，考烈自陳徙壽春，亦命曰郢，雖屬後事，亦見廬、濠、潁、壽皆荆地之證。然荆山既非一處，各註所引卞和抱璞，又皆互異，證以自註，其得璞必有據矣。《荆州記》既傅會景山爲荆山，而邵註主宋濂説，故謂濠州荆山不屬荆楚，而以近郢之荆山爲是。卞和抱璞事，在楚文都郢之前，豈得以臨沮荆州牽合爲一，即欲牽合，則荆山已在郢中，不當又云近郢。然則荆山究在何處，邵註尚茫無着落也。即丹陽、郢都，亦不能一概併入秦之南郡，其始封丹陽之楚國，即「辟在荆山」之熊繹，本屬一人之事，而所引史傳，全不清楚，又折作兩人矣。特駁正。

龜泉木杪出，牛乳石池漫。〔公自註〕龜泉，在荆山下，色白而甘，真陸羽所謂石池漫流者。有石記云：唐貞元中，隨白龜流出。〔查註〕《名勝志》：白龜泉，在荆山東南。

小兒强好古，侍史笑流汗。歸時蝙蝠飛，炬火記遠岸。【詰案】紀昀曰：題宜作鋪張語，却直起直收，最爲古致。

次韻晁无咎學士相迎〔九〕

〔施註〕无咎名補之，濟州鉅野人。才解事，即善屬文。年十七，從父端友宰杭之新城。稡錢塘山川風物之麗，著《七述》以謁東坡。東坡時爲通守，先欲有所賦，讀之，歎曰：「吾可以閣筆矣。」稱其博辯雋偉，將必顯於世。由是知名。舉進士，試開封禮部別院，皆第一。神宗閱其文，曰：「是深於經術者，可革浮薄。」元祐初入館閣，以校理倅揚州。東坡來爲守，无咎以詩相迎。坡和陶靖節《飲酒》詩，其一篇爲无咎作，有「晁子天麒麟，結交及未仕」之句。章子厚當國，由佐著作出守齊。徽宗立，還爲郎。黨論再起，出守泗州，忘情仕進，葺歸來園，自號歸來子。出籍，知達州，改泗州。卒年五十八。无咎文章溫潤典縟，其凌厲奇卓，出於天成，與黄、張、秦並驅聯鑣，世號元祐四學士〔一〇〕。〔查註〕《東都事畧》：晁補之舉進士，爲澶州司户參軍，召試爲祕閣校理，出通判揚州。《雞肋集》題云：東坡先生移守廣陵，以詩往迎，先生以淮南旱，書中教虎頭祈雨法，始走諸祠，即得甘澤，因爲賀。詩云：去年使君道廣陵，吾州空市看雙旌。今年吾州歡一口，使君來爲廣陵守。麥如櫛髮稻立錐，使君憂民如己飢。似聞維舟禱靈塔，如絲氣上淮西雎。隨軒膏雨人所待，風伯何知亦前戒。虎頭未用沉滄江，龍尾先看掛青海。爲霖功業在傅巖，如何白首擁彤幨。世上讒夫亂紅紫，天教仁政滿東南。青袍門人老州佐，於世無成志消墮。封章去國人恨公，醉笑從公神許我。瓊花芍藥豈易逢，如淮之酒良不空。一醻孤鴻烟雨出，平山堂上快哉風。

少年獨識晁新城，〔查註〕本集《晁君成詩敍》云：余官於杭，新城令晁端友者，君子人也。與之遊三年，而不知其能爲文與詩。從仕二十三年，而後改官以歿。【誥案】查註既知引此敍，何以倅杭卷改公《新城道中》詩爲晁君成和作，且此敍明載其子補之出君之詩三百六十篇，乃抹去之，而引黃山谷載君成京師卧病，其子補之榻前抄得四十篇之説，此其意務在暱真而販假也。今删。閉門却掃卷旆旌。〔王註〕杜子美《送郭英乂》詩：斜日當軒蓋，高風卷旆旌。胸中自有談天口，〔王註〕《七畧》云：田駢之辯，其口如天，人爲之語曰，田駢天口。坐却秦軍發墨守。〔王註次公曰〕此一句四出却秦軍事。《史記》：魯仲連語辛垣衍以秦不可帝之事，秦軍聞之，却三十里。左太沖詩云：談笑却秦軍。墨守事，公輸班作九攻城之機，而墨翟以九守拒之。而發字，則何休著《公羊墨守》，自謂立説之堅，而鄭康成乃作《發墨守》也〔二〕。〔合註〕《墨子》：公輸班作公輸盤。〔施註〕《後漢·鄭玄傳》：何休好公羊學，遂著《公羊墨守》、《左氏膏肓》、《穀梁廢疾》。元乃發墨守，鍼膏肓，起廢疾。休見而歎曰：「康成入吾室，操吾矛以伐我乎？」有子不爲謀置錐，〔王註〕《莊子·雜篇》：堯舜有天下，子孫無置錐之地。〔施註〕《荀子》：儒者無置錐之地，而明於持社稷之大義。虹霓吞吐忘寒飢。端如太史牛馬走，〔王註厚曰〕《文選》司馬遷《答任少卿書》：太史公牛馬走。太史公，則遷之父也。自謂其是太史公牛馬之僕而已。嚴、徐不敢連尻脽。〔王註〕《漢·東方朔傳》：武帝問朔曰：「方今公孫丞相、兒大夫、董仲舒、司馬遷之倫，先生自視何與比哉？」朔曰：「臣觀其吐吻脣，連尻脽，臣雖不肖，尚兼此數子。」〔合註〕《文選》任彦昇《奉答敕示七夕》詩：啓比嚴、徐而待詔。註：嚴安、徐樂。徘回未用疑相待，〔施註〕《後漢》馮衍《顯志賦》：遵大路而徘回兮，履孔德之窈冥。枉尺知君有家戒。避人聊復去瀛洲，〔施註〕《唐·褚亮傳》：太宗爲天策上將軍，作文學館，收聘賢才，以杜如晦等爲學士。凡分三番遞宿閣下，每暇日訪以政事，討論墳籍。命閻立本圖象，使亮爲之贊，題名字爵里，號「十八學士」，藏之書府。方是時，在選中者，天下所慕，向謂之登瀛洲。伴我真能老淮海。

〔王註次公曰〕以言无咎爲揚州倅也。夢中仇池千仞巖，便欲攬我青霞幨。〔施註〕江文通《恨賦》：鬱青霞之奇意。〔合註〕《廣韻》：幨，幨帷。《釋名》曰：牀前帷曰幨。又，披衣或作襜褕。且須還家與婦計〔一二〕，〔王註〕《史記》：楚莊王欲以優孟爲相，優孟曰：「請歸與婦計之。」我本歸路連西南。〔施註〕杜子美《仇池》詩：近接西南境，長懷十九泉。老來〔一三〕飲酒無人佐，獨看紅藥〔一四〕傾白墮。〔王註次公曰〕謝朓詩：紅藥當階翻。蓋紅芍藥也，揚州素出此花。〔洪芻曰〕《洛陽伽藍記》載：河東人劉白墮，善釀酒，盛暑曝之日中，經旬不壞。〔合註〕《道山清話》：張文潛謂公曰：「白墮既是一人，莫難爲傾否？」子瞻笑曰：「魏武《短歌行》『何以解憂，惟有杜康』，亦是釀酒人名也。」【誥案】杜詩《九日》「竹葉於人既無分」，亦然。每到平山憶醉翁，〔施註〕平山堂，在揚州大明寺，歐陽文忠公修建。懸知他日君思我。〔施註〕李商隱詩：看山對酒君思我。路傍小兒笑相逢，齊歌萬事轉頭空。賴有風流賢別駕，猶堪十里卷春風。

淮上早發

〔王註曹夢良曰〕《洞天福地記》：淮瀆，源出南陽桐柏山，在唐州桐柏縣龍庭。

澹月傾雲曉角哀，小風吹水碧鱗開。〔施註〕何遜詩：鱗鱗逆去水。此生定向江湖老，默數淮中十往來。【誥案】元豐乙丑起知文登，已有「吾生七往來」句。再後元祐入而復出。其八，己巳守杭。其九，辛未召還。至是，又復被出，由潁移揚，故云「此生定向江湖老」，較前之「送老海上城」，更進一層。而默數熙寧辛亥被出，已十往來於其地，是則尤可慨也。查註雜輳十往來固誤，合註以實有十一往來而不敢駁查之誤，亦非。今既分考於前卷，仍載案中，而必連上句詩以論之者，則繫於此。查註已删。〔案〕總案云：元豐二年己未，公自徐至宋，赴湖過淮，有「好在長淮水，十年三往來」句。蓋熙寧辛亥倅杭，甲寅移密，元豐己未四月赴湖，是爲三往來。其十往來，公嘗由此積算。其四，元豐己未八月赴臺獄，其五，甲子乞常至南都，其六，乙丑四月自南都歸常，其七，是年九月赴登，公過邵伯堰，有「吾生七往來，送老海上城」句。（下略）

次韻徐仲車〔一五〕

〔公自註〕仲車，耳聾〔一六〕。〔王註堯卿曰〕仲車苦學，養母盡力，行年四十，不婚不仕。久之，鄉人迫令就舉，逮應入京，則以隻輪載母，躬自推行，葛衫草屨，行道之人不能辨也。登治平四年第。未調官，母亡，遂不復仕。家居山陽，衣食不給。及路振通判楚州，始爲娶妻，生子小名路兒云。堯卿按，先生嘗言：仲車古之獨行人，於陵仲子不能過。然其詩文則怪而放，如玉川子，此一反也。耳聵甚，畫地爲字，乃始通，終日面壁，不與人接，而四方事無不周知，此二反也。昔王肅三反，而斯人有其二，亦可謂異矣。〔查註〕《節孝先生集》載東坡此詩題云：昨日見仲車先生，耳疾雖未甚痊，而神氣已一，真得道者，蒙惠佳篇，輒次韻奉答。

惡衣惡食詩愈好，恰是〔一七〕霜松囀春鳥。蒼蠅莫亂遠雞聲，〔王註〕《詩 齊風·雞鳴》：匪雞則鳴，蒼蠅之聲。註：蒼蠅之聲，有似遠雞之鳴。世上誰如〔一八〕公覺早。八年看我走三州，〔公自註〕元豐八年，予赴登州，元祐四年赴杭州，今赴揚州，皆見仲車〔一九〕。月自當空水自流。人間擾擾真螻蟻，應笑人呼作鬬牛。

次韻林子中春日新隄書事見寄

〔施註〕東坡以元祐六年三月，從杭州召還，凡七上章匄去。八月，自翰林承旨出知潁州，故詩云：「東都寄食似浮雲，襆被真成一宿賓。」七年正月，改知揚州，子中繼公守杭。公在杭開西湖，以所積葑爲長隄。子中因杭人之意，爲榜曰蘇公隄。公所與子中帖真迹，藏玉山汪端明家。「新隄書事」，蓋蘇公隄也。

東都〔三〇〕寄食似浮雲〔三一〕，襆被〔三二〕真成一宿賓。〔王註〕《晉書》：魏舒爲尚書郎，時欲沙汰郎官。舒曰：「吾即其人也。」襆被而出。收得玉堂揮翰手，却爲淮月弄舟人。〔施註〕白樂天《宿淮口》詩：舟行明月下，夜泊清淮北。行行弄雲水，步步近鄉國。羨君湖上齋摇碧，笑我花時甑有塵。爲報年來殺風景，〔王註〕李義山《雜纂》有「殺風景」之語，謂清泉濯足，花上曬褌，背山起樓，燒琴煮鶴，對花點茶，松下喝道。〔合註〕《西清詩話》：晏元獻詩：未見人間殺風景；王荆公詩：但怪傳呼殺風景。自此「殺風景」之語，頗著於世。連江夢雨不知春。〔公自註〕來詩有「芍藥春」之句。揚州近歲，率爲此會，用花十萬餘枝〔三三〕，吏緣爲奸，民極病之，故罷此會。〔查註〕《志林》云：揚州芍藥爲天下冠。蔡繁卿爲守，始作萬花會，歲聚絕品十餘萬枝於廳事，燕賞旬日，既殘，乃歸於各圃。〔合註〕《墨莊漫録》載東坡作書報王定國云：花會乃揚州大害，已罷之矣。雖殺風景，免造業也。

送陳伯修察院赴闕

〔施註〕陳伯修名師錫，建陽人。遊太學，有儁聲，神宗知之。登第，奏名在行間。帝閱其文，屢讀屢歎，顧侍臣曰：「此必陳師錫文也。」啓封，果然。擢爲第三人。故云「闓君射策日，妙語發嚱咨」。知臨安縣，拜監察御史。進言：宋興以來號稱太平者，莫如仁祖，不過延直言，進善退邪而已。明道中，親覽萬幾，自呂夷簡、張耆、夏竦、陳堯佐、范雍、晏殊等，一日罷去。寶元初，因諫官韓琦之言，王隨、陳堯佐、韓億、石中立同時見絀，其後不次擢用杜衍、范仲淹、富弼、韓琦，以成慶曆、嘉祐之治。願稽皇祖納諫御臣之意，以興治功。帝善其言，有意超用。時詔進士習律。伯修言：方用經術迪士，不應以刑名之學亂之，望追寢其制。用事者以爲倡爲詖說，出知宿遷縣。元祐間，東坡三上章，薦其學術淵源，行己絜素，議論剛正，器識靖深，德行追踪於古人，文章冠絶於當世。伯修以言事被斥。至元祐間，政令一新，向之不合者，率皆召用矣。故云「苦言如藥石，瞑眩終見思」。云云。及入爲校書郎，遷工部郎。徽宗用爲殿中侍御史，坐黨論，削官，徙郴州，卒。與陳瑩中同論蔡京、蔡卞，時號二陳。紹興中，贈直龍圖閣。東坡由謫官驟用，一歲間入翰林。宣仁因宣鎖面諭曰：「久待要學士知此是神宗皇帝之意。當其飲食而停筯看文字，則内人必曰：『此蘇軾文字也。』神宗每時稱之，曰：『奇才奇才。』但未及用學士而上仙耳。」故此詩有「我窮真有數，文字乃見知」，意或用此也〔三四〕。〔査註〕按李之儀《姑溪集》云：伯修爲湖州掌書記，特表見於東坡老人赴獄之際，天下識與不識，已想見其人。〔合註〕《續通鑑長編》：元祐七年六月，左奉議郎陳師錫爲校書郎。故先生送之赴闕也。【誥案】自「學術淵源」至「當世」，止六句，施註摘公《薦狀》中語。此三狀，本集不載，公之逸文也。

裕陵固天縱，〔王註次公曰〕裕陵，神宗皇帝也。筆有雲漢姿。〔王註次公曰〕《詩·大雅·棫樸》：倬彼雲漢，爲章于天。帝王文章,如雲漢之昭回,故每以爲比。〔施註〕《毛詩·大雅·雲漢》:倬彼雲漢,昭回于天。嘗重《連山》象,〔王註援曰〕《連山》、《易》名。夏曰《連山》,商曰《歸藏》,周曰《周易》,其實一也。伏羲畫八卦,文王重之,爲六十四。〔施註〕陸德明《周易釋文序》:伏羲氏因河圖而始畫八卦,因之爲六十四。《周禮》有三《易》,《連山》久亡。《周禮·春官》「連山」註云:連山,似山出内氣也。杜子春云:連山宓羲氏。《唐·藝文志》易部,有《連山》十卷。不數《秋風辭》。〔施註〕《文選》:漢武帝幸河東,祠后土,與羣臣飲燕,乃自作《秋風辭》曰:秋風起兮白雲飛,草木黄落兮雁南歸。〔合註〕三四兩句,言神宗經義取士,罷詩賦也。龍騰與虎變,〔施註〕劉禹錫《賀監草書》詩:壁上筆踪龍虎騰。《周易·革》:大人虎變,其文炳也。貍、豹復何施。〔王註〕《揚子》:聖人虎別,君子豹別,辯人貍別。貍變則豹,豹變則虎。我窮真有數,文字乃見知。〔查註〕《宋史》本傳:嘗入對便殿。宣仁后曰:「先帝每誦卿文章,必歎曰奇才奇才,但未及進用卿耳。」軾不覺哭失聲。【誥案】陳伯修親見公就逮事,故云「我窮真有數」。神宗譌聞公没於黄,方進食,投箸而起,歎曰:「才難。」公嘗以入奏,曰:「先皇帝道配周、孔,言成典謨,蓋嘗有才難之歎。」故又云「文字乃見知」也。聞君射策日,〔王註〕《前漢·蕭望之傳註》師古曰:射策者,謂爲難問疑義,書之於策,量其大小,署爲甲乙之科,列而置之,不使彰顯。有欲射者,隨其所取得而釋之,以知優劣。〔施註〕《漢·蕭望之傳註》顔師古曰:射之,言投射也。妙語發疇咨。〔施註〕《尚書·堯典》:帝曰:疇咨,若時登庸。一日喧萬口,驚倒同舍兒。〔施註〕《漢·直不疑傳》:同舍郎亡金。豈知二十年,道路猶遲遲。苦言如藥石,〔王註〕《唐書·高季輔傳》:名馮,以字行。太宗賜鍾乳一劑,曰:「而進藥石之言,朕以藥石相報。」瞑眩終見思。〔王註次公曰〕《書·説命上》曰:若藥不瞑眩,厥疾勿瘳。言藥攻人之疾,使先瞑眩潰亂,乃得瘳愈也。此以言伯修殿策時獻直言也。屈伸反覆手,〔施註〕《周易·繫辭下》:尺蠖之屈，以求伸也。〔合註〕柯其楷曰：《漢書・陸賈傳》：殺王降漢，如反覆手耳。獨於君可疑。〔王註次公曰〕言雖天下之理，有屈則有信，伯修久屈而不信，爲可疑者也。四門方穆穆，〔施註〕《尚書・舜典》：賓于四門，四門穆穆。行矣及此時。〔施註〕《後漢・范式傳》：行矣元伯。

送張嘉父長官

【誥案】張大亨，字嘉父，吳興人。施註「名大寧，山陽人」。並誤，前已更正。

都城昔傾蓋，〔施註〕《釋名》：都者，人君所居國之都會。駿馬初服輈。〔王註次公曰〕馬服輈，史所謂服轅之馬也。《考工記》：輈人爲輈，有國馬之輈，有田馬之輈，有駑馬之輈。張衡賦云：馬倚輈而徘徊。〔施註〕《說文》：輈，車轅也。再見江湖間，秋鷹已離〔三五〕韝。〔王註〕鮑明遠詩：昔如韝上鷹，今似檻中猿。〔施註〕杜子美《去矣行》：君不見韝上鷹，一飽卽飛掣。於今三會合，每進不少留。豫章既可識，〔王註次公曰〕豫章，堅勁之木，最難長，其木生之時，雜在草萊，未易辨識。《淮南子》曰：豫章之生也，七年而後知也。瑚璉誰當收。微官有民社，妙割無雞牛。歸來我益敬，〔施註〕《魏・陳矯傳》：陳登云，有識有義，吾敬趙元達。器博用自周。〔王註縯曰〕《後漢・伏湛傳・論》曰：器博者無近用，道長者其功遠。百年子初筵，我已迫旅酬。〔王註次公曰〕筵將終而勸衆人酒，謂之旅酬。《禮記・曾子問》曰：「祭如之何，則不行旅酬之事？」〔施註〕《毛詩・小雅・賓之初筵》：賓之初筵，左右秩秩。籩豆有楚，肴核維旅。酒既和旨，飲酒孔偕。鍾鼓既設，舉酬逸逸。但當寄苦語〔三六〕，高節貫白頭。

軾在潁州，與趙德麟同治西湖，未成，改揚州。三月十六日，湖成，德麟有詩見懷，次其韻〔三〕

太山秋毫兩無窮，〔王註〕《莊子·齊物論篇》：是亦一無窮，非亦一無窮。鉅細本出相形中。〔王註次公曰〕《老子》曰：物，形之勢，成之言。因鉅而有細，因細而有鉅，特相形耳。〔施註〕《老子》：長短之相形。大千起滅一塵裏，〔王註縯曰〕佛言三千世界，猶如空花，亂起亂滅，而況我在此空花起滅之中。未覺杭潁誰雌雄。〔公自註〕來詩云：與杭爭雄。〔查註〕《王直方詩話》：杭、潁皆有西湖。東坡連守二州，有潁人在座云，內翰只消遊西湖中，便可了郡事。秦少游詩云：欲將公事湖中了，見說官閑事亦無。我在錢塘拓湖淥，大隄士女爭昌丰。〔王註〕《詩·鄭風·丰》：子之昌兮，子之丰兮。〔施註〕《樂府》有《大隄曲》云：朝發襄陽城，暮至大隄宿。大隄諸女兒，花艷驚郎目。六橋橫絶天漢上，〔王註甄雲卿曰〕先生作隄疏流，跨流爲橋者凡六，並在今蘇公隄上。〔查註〕《咸淳臨安志》：蘇隄南來，第一橋曰映波，第二橋曰鎖瀾，第三橋曰望山，第四橋曰壓隄，第五橋曰東浦，第六橋曰跨虹。北山始與南屏通。〔王註次公曰〕先生《墓誌》：杭州西湖，南北三十里，環湖往來，終日不達。若取葑田，積之湖中，爲長隄以通南北，則葑田去而行者便矣。忽驚二十五萬丈，老葑席卷蒼雲空。〔王註縯曰〕先生《奏修杭州西湖狀》云：自國初以來，稍廢不治，水涸草生，漸成葑田。熙寧中，湖之葑合者，蓋十二三耳，至今遂塞其半。打量湖上葑田，計二十五萬餘丈，度用二十餘萬工。〔施註〕《漢·項羽傳贊·過秦論》曰：席卷天下。朅來潁尾弄秋色，一水縈帶昭靈宮。〔施註〕《唐文粹》李華《弔古戰場文》：河水縈帶，羣山糾紛。〔施註〕東坡《昭靈侯廟碑》：自景龍以來，潁人世祠之於焦氏臺。熙寧中，詔封公昭靈侯。坐思吴越不可到，借君月斧修朣朧。〔施註〕韓退之《謁衡岳》詩：星月掩映雲朣朧。二十四橋亦何有，〔施註〕杜牧之《寄揚州韓判官》詩：二十四橋明月夜。〔查註〕《輿地紀勝》：隋於揚州置二十四橋，並以城門坊市署名。後韓令坤省築州城，分布阡陌，别立橋梁。所謂二十四橋者，或存或廢，不可得而知也。換此十頃玻璃風。〔施註〕歐陽公自揚移潁，作《西湖》詩云：都將二十四橋月，換得西湖十頃秋。東坡復自潁移揚，此句，蓋用文忠語也。〔合註〕《詩人玉屑》引《侯鯖録》亦云東坡用歐公詩。雷塘水乾禾黍滿，寶釵耕出餘鸞龍。〔王註次公曰〕雷塘在揚州東北十里，煬帝所葬處。煬帝平昔遊之，多從宫人，故時耕出寶釵焉。鸞龍，則寶釵之飾也。〔合註〕王子年《拾遺記》：外國獻火珠、龍鸞之釵。明年詩客來弔古，伴我霜夜號秋蟲。〔公自註〕德麟見約，來揚寄居，亦有意求揚倅。

次韻德麟西湖新成見懷絶句〔二八〕

〔王註饒節曰〕此潁州西湖。

壺中春色飲中仙，〔公自註〕謂洞庭春色也。〔王註次公曰〕飲中仙，用杜子美飲中八仙也。〔施註〕《摭遺》：吕仙翁《和大雲寺僧》詩：待賓榼裏常存酒，化藥壺中别有春。騎鶴東來獨惘然。〔施註〕世傳有神仙欲度人，問曰：「汝欲仙乎，欲爲揚州乎，欲十萬緡乎？」答曰：「但欲『腰纏十萬貫，騎鶴上揚州』耳。」猶有趙、陳同李、郭，不妨同泛過湖船。〔王註厚曰〕《後漢書》：郭林宗游洛陽，見李膺，膺大奇之，遂相友善。後歸鄉里，衣冠諸儒送至河上，車數千兩。林宗惟與膺同舟而濟，衆賓望之，以爲神仙。

再次韻德麟新開西湖〔二九〕

使君不用山鞠窮〔三〇〕，飢民自逃泥水中。欲將百瀆起凶歲，〔王註〕引公自註：去歲潁州災傷，予奏乞罷黃河夫萬人開本州溝，從之。以餘力作三閘，通焦陂水，浚西湖〔三一〕。〔施註〕引公自註：予以潁人苦饑，奏乞留黃河夫萬人，修境內溝洫，詔許之。因以餘力浚治此湖〔三二〕。免使甔石愁揚雄。〔王註援曰〕揚雄清淨寡欲，家無甔石之儲，晏如也。西湖雖小亦西子，〔王註次公曰〕先生在杭州，有詩曰：欲把西湖比西子，淡粧濃抹也相宜。今言「西湖雖小亦西子」，則指潁州西湖。縈流作態清而丰。千夫餘力起三閘，焦陂下〔三三〕與長淮通。〔查註〕《潁州志》：焦陂在州南四十里，唐永徽中，刺史柳積寶所開。歐陽公詩：焦陂八月新酒熟，秋水魚肥膾如玉。清和兩岸柳鳴蟬，直到焦陂不下船。十年憔悴塵土窟，清瀾一洗啼痕空。王孫本自有仙骨，〔王註〕《神仙傳》：神告墨子曰：「子有仙骨。」杜子美《送孔巢父謝病歸遊江東兼呈李白》詩：自是君身有仙骨。平生宿衛明光宮。〔王註〕《三輔黃圖》載《三秦記》云：武帝求仙，起明光宮，發燕趙美女二千，充之掖庭，令總其籍。〔施註〕《漢・霍光傳》：宿衛忠正，宣德明恩。一行作吏人不識，〔王註厚曰〕《文選》嵇叔夜《與山巨源絕交書》云：游山澤，觀魚鳥，心甚樂之，一行作吏，此事便廢。〔施註〕韓退之《董生行》：嗟哉董生孝且慈，人不識惟有天公知。正似雲月初朦朧。〔施註〕李嶠《望月》詩：朦朧鑑薄帷。時臨此水照冰雪，莫遣白髮生秋風。〔王註子仁曰〕白樂天詩：一卷素書鋪永日，數莖斑髮對秋風。定須却致兩黃鵠，新與上帝開濯龍。〔王註〕《後漢・許楊傳》：成帝時，翟方進奏毀鴻郤陂。建武中，太守鄧晨欲修復其功，聞楊曉水脈，召與議之。楊曰：「昔成帝用方進之言，尋而自夢上天，天帝怒曰，何故敗我濯龍淵？是後民失其利，多致餓困。明府今與立廢業，富國安民，童謠之言，將有徵於此。」湖成君歸侍帝側，燈花已綴釵頭蟲。〔王註〕韓退之《燈花》詩：黄裏排金粟，釵頭綴玉蟲。更煩將喜事，來報主人翁。【誥案】紀昀曰：應酬語，却寫得濃至而警動。

到官病倦，未嘗會客，毛正仲惠茶，乃以端午小集石塔，戲作一詩為謝〔三四〕

〔王註〕正仲名漸，衢之江山人也。〔查註〕《宋史》：毛漸，字正仲。第進士。哲宗朝，歷江東兩浙轉運副使。浙部水溢，起長安堰，至鹽官徹、清水浦入海。累遷祕閣校理，進龍圖閣學士。〔合註〕毛漸任兩浙運副，見於《續通鑑長編》元祐七年六月。則惠茶必是浙中所寄也。【誥案】公自杭召還，毛正仲已在揚州，合《長編》年月考之，時正仲尚未罷任赴兩浙也。

我生亦何須，一飽萬想滅。胡為設方丈，養此膚寸舌。〔王註次公曰〕張儀掉三寸舌，而《公羊》言「太山之雲，膚寸而合」，故借字用耳。爾來又衰病，過午食輒噎〔三五〕。謬為淮海帥，每愧廚傳缺。〔施註〕《漢·宣帝紀》：詔曰：吏或飾廚傳，稱過使客。韋昭曰：廚謂飲食，傳謂傳舍。〔查註〕本集《申明揚州公使錢狀》云：揚於東南，實為都會，八路舟車，無不由此。使客雜遝，饋送相望，將迎之費，相繼不絕。每年公使額錢，只與真、泗等列郡一般，比之楚州，少七百貫。又云：本州與杭州事體一般，杭州公使錢七千貫，而本州止有五千貫，顯是支使不足。爨無欲清人〔三六〕，奉使免內熱。〔王註〕《莊子·人間世篇》：葉公子高將使齊，問於仲尼曰：「吾食也執粗而不臧，爨無欲清之人，今吾朝受命而夕飲冰，我其內熱與？」空煩赤泥印，遠致紫玉玦。為君伐羔豚，歌舞菰黍節。〔施註〕

周處《風土記》：仲夏端午進筒糉，一名角黍，以菰葉裹黏米，以象陰陽相包。禪窗麗午景，蜀井出冰雪。〔王註次公曰〕揚州有蜀岡，岡上有井水，最宜茶也。〔施註〕揚州石塔寺旁有蜀井，相傳云泉脈與蜀相通，故紙工汲其水以造麻牋。杜子美《詠蜀道圖》詩：吴蜀水相通。坐客皆可人，〔王註〕《禮記·雜記下》：孔子曰：「管仲遇盜，取二人焉，曰，可人也。」鼎器手自潔。〔查註〕《苕溪叢話》云：六一居士《嘗新茶》詩云：泉甘器潔天色好，坐中揀擇客亦嘉。東坡守維揚，於石塔《試茶》詩：禪窗麗午景，蜀井出冰雪。坐客皆可人，鼎器手自潔。正謂諺云「三不點」也。金釵候湯眼，〔施註〕白樂天《酬牛思黯》詩：金釵十二行。註云：思黯多妓妾。魚蟹亦應訣。遂令色香〔三七〕味，一日備三絕。報君不虛受〔三八〕，知我非輕啜。

雙石〔三九〕并敍〔四〇〕

至揚州，獲二石。其一，緑色，岡巒迤邐，有穴達於背。其一，正白〔四一〕可鑑。漬以盆水，置几案間。忽憶在頴州日，夢人請住一官府，榜曰仇池。覺而誦杜子美詩曰：萬古仇池穴，潛通小有天。乃戲作小詩，爲僚友一笑。〔王註祖可曰〕道藏《益州洞庭玄中記》：崑崙山者，上通九天，下通九州，萬靈所都。欲知其道，從仇池西南，出三十二里，見山，一名天竺，一名仇池山。又云：仇池天竺宮者，十二福地之頭；太白杜陽宮者，十二福地之心；王屋山者，十二福地之足。【誥案】此條已據杜子美句删清，蓋其本意釋潛通也，否則，與後詩下二註混甚，至王、施、查、合四註，所指在某州某縣各異，次公是。

夢時良是覺時非，汲水〔四二〕埋盆故自癡〔四三〕。〔王註縯曰〕韓退之詩：老翁真箇似童兒，汲水埋盆作小池。

但見玉峰橫太白，〔施註〕《唐・地理志》：鳳翔府郿縣，有太白山。便從鳥道絶峨眉。〔王註援曰〕李太白《蜀道難》云：西當太白有鳥道，可以橫絶峨眉巔。〔施註〕劉禹錫《松滋渡》詩：蜀客船從鳥道回。秋風與作烟雲意，曉日令涵草木姿。一點空明是何處，〔施註〕《茅君内傳》：三十六洞，第二委羽之洞，名曰大有空明之天。老人真欲住仇池。〔王註次公曰〕仇池事，《後漢書》，氐人所居也。方百頃，四面斗絶，其山下石上土，形似覆壺，在今成州上禄縣。〔施註〕《三秦記》：仇維山上有池，故曰仇池。山在倉洛二谷之間，形如覆壺。《仇池記》曰：仇池百頃，周迴九千四十步，天形四方，壁立千仞，自然樓櫓，有踰人功。仇池凡二十一道，可攀援而上。見《後漢・西南夷傳註》。

和陶飲酒二十首〔四四〕并敍〔四五〕

吾飲酒至少，常以把盞〔四六〕爲樂。往往頹然坐睡，人見其醉，而吾中了然，蓋莫能名其爲醉爲醒也。在揚州時〔四七〕，飲酒過午輒罷。客去，解衣盤礴〔四八〕，終日歡不足而適有餘。因和淵明《飲酒》二十首〔四九〕，庶以仿佛其不可名者〔五〇〕，示舍弟〔五一〕子由、晁无咎學士。

〔查註〕先生和陶詩，始於揚州官舍，後在嶺南，盡和陶詩。子由有敍，別成二卷，今按年分編。〔合註〕和陶詩，王本彙載於卷三十一，七集本彙載於續集卷三，皆首列子由引一篇。總題云：追和陶淵明詩引，子由作。施本第四十一卷、四十二卷，皆和陶詩，蓋合本集四卷爲二卷也。卷首第一行，作《東坡先生和陶淵明詩引》，次一行，有「弟轍」二字。查氏於子由所作《東坡先生和陶詩引》，删而不録，今附載《和陶飲酒》詩題引下。【誥案】王註和陶獨不分類，亦無箋註，計和陶詩一百二十四首、《歸去來集字》十首、《和歸去來詞》一首，其詩數與邵註、查註合，與施註不合。獨又誤入元祐五年十月所作《問淵明》一首，則諸註所無也。查註以所編和陶詩與子由詩引年月詩數不符，抹去不載，合註亦以其故，載於此處，避其從誤之迹，皆非是。今據子由詩引，乃紹聖四年丁丑十二月十九日作，凡詩一百九篇。今以是截數，改載卷四十一總案丁丑十二月條下。其丁丑以後之又十五篇，已於亂雜中檢出，據詩改列後卷。所有前後駁改，分詳各總案中，首記於此。〔案〕總案卷四十一丁丑十二月條下，引蘇轍《東坡先生和陶淵明詩引》，引云（據施乙本）：東坡先生謫居儋耳，置家羅浮之下，獨與幼子過負擔度海，葺茆竹而居之。日啗藷芋，而華屋玉食之念，不存於胸中。平生無所嗜好，以圖史爲園囿，文章爲鼓吹，至是亦皆罷去。猶獨喜爲詩，精深華妙，不見老人衰憊之氣。是時，轍亦遷海康，書來告曰：「古之詩人，有擬古之作矣，未有追和古人者也。追和古人，則始於東坡。吾於詩人，無所甚好，獨好淵明之詩。淵明作詩不多，然其詩質而實綺，癯而實腴，自曹、劉、鮑、謝、李、杜諸人，皆莫及也。吾前後和其詩，凡一百有九篇，至其得意，自謂不甚愧淵明。今將集而併録之，以遺後之君子，其爲我志之！然吾於淵明，豈獨好其詩也，如其爲人，實有感焉。淵明臨終《疏》告儼等：『吾少而窮苦，每以家弊，東西游走，性剛才拙，與物多忤。自量爲己，必貽俗患，俯仰辭世，使汝等幼而飢寒。』淵明此語，蓋實録也。吾真有此病，而不早自知，平生出仕以犯世患，此所以深愧淵明，欲以晚節師範其萬一也。」嗟乎，淵明不肯爲五斗米一束帶見鄉里小兒。而子瞻出仕三十餘年，爲獄吏所折困，終不能悛，以陷大難，乃欲以桑榆之末景，自託於淵明，其誰肯信之！雖然，子瞻之仕，其出處進退，猶可考也，後之君子，其必有以處之矣。孔子曰：「述而不作，信而好古，竊比於我老彭。」孟子曰：「曾子、子思同道。」區區之迹，蓋未足以論士也。轍少而無師，子瞻既冠而學成，先君命轍師焉。子瞻嘗稱轍詩有古人之風，自以爲不若也。然自斥居東坡，其學日進，沛然如川之方至，其詩比李太白、杜子美有餘，遂與淵明比。轍雖馳驟從之，而常出其後，其和淵明，轍繼之者，亦一二焉。紹聖丁丑十二月十九日海康城南東齋引。引後，引翁方綱註：宋費補之《梁谿漫志》：東坡既和淵明詩，以寄潁濱，使爲之引。潁濱屬稿寄坡。自「欲以晚節師範其萬一也」其下云：「嗟夫，淵明隱居以求志，詠歌以忘老，誠古之達者，而才實拙。若夫子瞻仕至從官，出長八州，事業見於當世，其剛信矣，而豈淵明之拙者哉。孔子曰：述而不作，信而好古，竊比於我老彭。古之君子，其取於人則然。」東坡命筆改云「嗟夫淵明不肯爲五斗粟一束帶見鄉里小人」云云，至「蓋未足以論士也」句止。此文，今人皆以爲潁濱所作，而不知東坡有所筆削也。宣和間，六槐堂蔡康祖得此稿於潁濱第三子遜，因録以示人，始有知者。又：誥案謂丁丑以後十五篇云云，分詳各總案。今將總案中有關十五篇之考釋，標以「誥案」，分載各該篇，茲不録。

其一

我不如陶生〔五二〕，【誥案】此句一本作「我生不如陶」，此後人疑「陶生」二字不類而妄改也。紀昀曰：於義應作「我生不如陶」，然四句乃有生字，則原本固「陶生」矣。此稱未免生造。今據淵明《飲酒》詩云：顏生稱爲仁，榮公言有道。屢空不獲年，長飢至於老。淵明可生顏子，公獨不當生淵明乎。此陶生之來歷也。世事纏綿之。〔施註〕《文選》潘安仁《寡婦賦》：思纏綿以瞀亂。云何〔五三〕得一適，亦有如生時。寸田無荆棘，佳處正在茲。縱心與事往，〔施註〕《論語·爲政》：七十而縱心。〔合註〕蘇籀《雙溪集·跋東坡拔冢帖》，用《論語》此句，亦作「縱心」。家大人云：皇侃《論語集解義疏》：年至七十，習與性成，雖復放縱心意，而不踰越於法度也。玩疏語，則「從心」當作「縱心」讀。所遇無復疑。偶得酒中趣〔五四〕，〔查註〕李太白《月下獨酌》詩：但得醉中趣，勿爲醒者傳。空杯亦常持。【誥案】紀昀曰：一拍便住，恰是第一首。誥謂此聯，乃公自道其實，蓋公好把杯而不能飲，黄魯直每謂一杯輒醉睡，故云爾也。詩話以爲既作此語，不當翻用無絃琴，此强作解事也。

其二

二豪詆醉客，〔施註〕《晉·劉伶傳》：爲《酒德頌》曰：有貴介公子，搢紳處士，聞吾風聲，議其所以。先生方捧甖承槽，銜杯漱醪，無思無慮，其樂陶陶，兀然而醉，怳爾而醒。二豪侍側焉，如蜾蠃之與螟蛉。氣湧胸中山。【誥案】五字兀突之甚。灌然似冰釋〔五五〕，〔施註〕《老子》：渙若冰將釋。〔合註〕徐陵文：灌然冰泮。亦復在一言。嗇氣實其腹，〔施註〕《老子》：虛其心，實其腹。云當享長年。少飲得徑醉，此祕君勿傳。

其　三

道喪士失己〔五六〕，出語輒不情。江左風流人，〔施註〕《南史·王儉傳》：嘗謂人曰：「江左風流宰相，唯有謝安。」醉中亦求名。淵明獨清真，談笑得此生。〔施註〕陶淵明《飲酒》詩：笑傲東軒下，聊復得此生。身如受風竹，掩冉衆葉驚。俯仰各有態，得酒詩自成。〔施註〕《唐·文藝傳》：胡楚賓屬文，敏甚，必酒中然後下筆。

【誥案】紀昀曰：此參以本色，未嘗不佳。

其　四

蠢蠕〔五七〕食葉蟲，〔合註〕蠢蠕，言蠢動蠕動也。仰空慕高飛。一朝傳兩翅，乃得黏網悲。〔施註〕《唐文粹》陸龜蒙《蠹化》：橘之蠹，大如小指。翳葉仰齧，如飢蠶之速。蛻爲胡蝶，聳空翅輕，瞥然而去。須臾，犯蝥網而膠之，引絲環纏，牢若拳梏。啁啾同巢雀〔五八〕，〔合註〕《禮記·三年問》：至於燕雀，猶有啁噍之頃焉。《集韻》：噍，通作啾。沮澤疑可依。赴水生兩殼，遭閉何時歸。〔施註〕《禮記·月令》：季秋之月，爵人大水爲蛤。二蟲竟誰是，一笑百念衰。幸此未化間，有酒〔五九〕君莫違。〔施註〕鄭嵎《津陽門》詩：平明酒醒各分手，今夕一尊君莫違。【誥案】紀昀曰：託興深妙，而氣息亦甚古。結二句，形神皆似。

其　五

小舟真一葉，下有暗浪喧。〔合註〕陳後主詩：暗浪遠滔滔。夜棹醉中發，不知枕几偏。天明問前路，已度千重山〔六〇〕。【詁案】以上六句，比也。下四句，清出本意。嗟我亦何爲，此道常往還。未來寧早計，既往〔六一〕復何言。【詁案】紀昀曰：委時任運之意。

其六

百年六十化，念念竟非是。【詁案】此即推明今是昨非之意，施註引《莊子》、柳詩，似不然也。邵註已删此二條，今亦不載。是身如虚空，誰受譽與毁。得酒〔六二〕未舉杯，喪我固忘爾。〔施註〕《莊子·齊物論篇》：今也吾喪我，汝知之乎？倒牀自甘寢，不擇菅與綺。

其七

頃者大雪年，海派〔六三〕翻玉英〔六四〕。有士常痛飲，飢寒〔六五〕見真情。【詁案】大雪與客飲尉氏，乃嘉祐庚子年事。牀頭有敗榼，〔施註〕白樂天詩：酒甕在牀頭。孤坐時一傾〔六六〕。未能平體粟，〔施註〕《趙飛燕外傳》：露立閉息，順氣，體溫舒，亡疹粟。且復澆腸鳴。脱衣裹凍酒，〔合注〕《爾雅》：襢裼。註：脱衣而見體。每醉念此生。

其八

我坐華堂上，不改麋鹿姿。【詁案】陶句無此華，亦無此野，妙甚。時來蜀岡頭，喜見霜松枝。心知〔六七〕

百尺底，〔施註〕左太沖《詠史》詩：蔭此百尺條。已結千歲奇。〔施註〕《史記·龜策傳》：伏靈者，千歲松根也。煌煌凌霄花，〔施註〕白樂天詩：有木名凌霄，擢秀非孤標。偶依一株樹，遂抽百尺條。託根附樹身，開花寄樹梢。〔查註〕孔穎達《詩疏》：一名陵時。《本草》：紫葳，凌霄花也。蔓生依大木，久延至巔，其花黄赤。〔合註〕《爾雅》：苕，陵苕。郭註：一名陵時。纏繞復何爲。【誥案】紀昀曰：比吏事之煩也。舉觴酹其根，〔施註〕《漢·兒寬傳》：敬舉君之觴。《文選》謝宣遠《王撫軍》詩：舉觴務飲餞。無事莫相羈。【誥案】公倅杭時，已有「市人拍手笑，狀如失林麞」之句。此章詩旨，謂不久還山，決意不復更入，羣小無須相猜也。曉嵐謂比吏事之煩者，誤。紀昀曰：氣骨渾成，意思則森森芒角。

其九

芙蓉〔六八〕在秋水，時節自闔開。清風亦何意，入我芝蘭懷。一隨采折去，永與江湖乖。【誥案】此暗使唐人記舟中得芙蓉花事，見《太平廣記》。斷絲不復續，斗水何足栖。不如玉井蓮，結根天池泥。〔查註〕《山海經》：太華之山，削成而四方，高五千仞，廣十里。《華山記》：山頂有池，生千葉蓮花。感此每自慰，吾事幸不諧。〔合註〕《後漢書·宋弘傳》：帝謂主曰：「事不諧矣。」醉中〔六九〕有歸路，〔施註〕白樂天《效陶潛體》詩：處處去不得，却歸酒中來。了了初不迷。乘流且復逝，抵曲〔七〇〕吾當回。【誥案】紀昀曰：刻意效古，而結處仍露本色。

其十

籃輿兀醉守，〔施註〕白樂天詩：有時騎馬醉，兀兀冥天造。路轉古城隅。酒力如過雨，清風消半途。前山正可數，後騎且勿驅〔七一〕。〔查註〕《庚溪詩話》：韓退之《和裴晉公》詩云：秋臺風日迥，正好看前山。東坡《和陶》云：前山正可數，後騎且莫驅。語雖不同，而寄情物外，夷曠優游之意，則同。我緣在東南，往寄白髮餘。遥知萬松嶺，下有三畝居。【誥案】此與《小舟真一葉》一首同意。

其十一

民勞吏無德，歲美天有道。〔施註〕《尚書・君牙》：夏暑雨，小民唯曰怨咨。暑雨避麥秋，温風送蠶老。【誥案】紀昀曰：五字警。三咽初有聞，一漑未濡槁。詔書寬積欠，父老顏色好。〔施註〕杜子美《送瓜》詩：滿眼顏色好。再拜賀吾君〔七二〕，獲此不貪寶。〔施註〕《左傳・襄公十五年》：宋人或得玉，獻諸子罕，弗受，曰：「我以不貪爲寶。」頹然笑阮籍，醉几書謝表。〔施註〕元祐七年五月，先生守揚州。上奏：臣親見兩浙、京西、淮南之民，皆爲積欠所壓，日就窮蹙，本州於理合放，而於條未有明文者，且權住催理，望特留聖意，深詔左右大臣，早賜果決行下。六月十六日，又奏：今夏田一熟，民於百死之中，微有生意，而監司争言催欠，臣敢昧死請内降手詔，應淮南東西、浙西諸般欠負，不問新舊，特與權住催理一年。此詩所述，蓋是得請故也。〔查註〕《宋史》：元祐七年，有詔寬免積欠。【誥案】公在杭，屢奏積欠，並爲劉摯所格。時摯已罷去，吕大防、蘇頌爲相，故行下也。然此皆熙豐流毒，自司馬光變法後，凡積至七年之久。而公之叫閽者，計二十四月，始拔去病根。可見前之變法，半皆紙上空文，專取虚聲，而引用劉摯輩，爲可笑也。又二十月，李清臣、章惇繼進，盡復熙寧法，此皆攪局獨苦汝民耳。

其十二

我夢入小學，自謂總角時。〔施註〕《毛詩・衞風・氓》：總角之宴，言笑晏晏。註云：總角，結髮也。不記〔七三〕有白髮，猶誦論語辭。人間本兒戲，顛倒畧似茲。惟有醉時真，〔施註〕杜子美《赤甲》詩：笑接郎中評事飲，病從深酌道吾真。空洞了無疑。墜車終無傷〔七四〕，莊叟不吾欺。呼兒具紙筆，醉語輒録之。【誥案】一結入化，并忘其爲作詩矣。紀昀曰：此全是本色。

其十三

醉中雖可樂，猶是生滅境。〔查註〕《楞嚴經》：我今示汝不生不滅。云何得此身，不醉亦不醒。癡如〔七五〕景升牛，莫保尻與領。〔施註〕《晉·桓溫傳》：劉景升有千斤大牛，噉芻豆，十倍常牛，負重致遠，曾不若一羸牸。魏武入荆州，以享軍士。黠如〔七六〕東郭㕙，束縛作毛穎。〔施註〕韓退之《毛穎傳》：居東郭者曰㕙，將軍拔其毫，載穎而歸，聚其族而加束縛焉。乃知嵇叔夜，非坐虎文炳。〔施註〕《晉·嵇康傳》：字叔夜。美詞氣，有風儀，而土木形骸，不自藻飾。山濤將去，選官舉康自代，康乃與濤書告絶。後爲鍾會譖而害之。【誥案】紀昀曰：參以禪悦，全然本色，與之所至，忽合忽離，非有意於似，亦非有意於不似。

其十四

我家小馮君，〔邵註〕詩意謂子由也。天性頗醇至〔七七〕。清坐不飲酒，而能容我醉。歸休要相依，謝病當以次。〔施註〕《文選》謝靈運《還舊園》詩：辭滿豈多秩，謝病不待年。〔合註〕《漢書·叔孫通傳》：以次入殿門。豈知山林士，骯髒乃爾貴。乞身當念早，過是〔七八〕恐少味。〔施註〕馬援《與楊廣書》曰：及今成計，殊尚善也，過是欲少味矣。【誥案】紀昀曰：陶意多於本色。

其十五

去鄉三十年，風雨荒舊宅。惟存一束書，寄食無定迹。每用愧淵明，尚取禾三百。頎然〔七九〕六男子，〔施註〕《毛詩·齊風·猗嗟》：猗嗟昌兮，頎而長兮。〔查註〕子瞻三子，邁、迨、過。子由三子，遲、适、遠。粗可傳清白。〔施註〕《漢·楊震傳》：子孫常蔬食步行，或令爲開産業。震不肯，曰：「使後世稱爲清白吏子孫，以此遺之，不亦厚乎。」於吾豈不多，何事復歎息〔八〇〕。〔合註〕淵明原詩末二句云：若不委窮達，素抱深可惜。【誥案】紀昀曰：亦陶意居多。

其十六

嘵嘵〔八一〕六男子，絃誦各一經。〔施註〕《禮記·文王世子》：文王之爲世子也，凡學必時，春誦夏絃。復生五丈夫，〔施註〕《史記·孔子弟子有若傳》：商瞿年長無子，孔子使之齊。瞿母請之。孔子曰：「無憂，瞿年四十後，當有五丈夫子。」戢戢丁欲成。〔施註〕《唐·食貨志》：凡民始生爲黄，四歲爲小，十六爲中，二十一爲丁，六十爲老。歸田了門户，〔施註〕杜子美《水檻》詩：游子久在外，門户無人持。與國充踐更。〔施註〕韓退之《寄盧仝》詩：去歲生兒名添丁，意令與國充耘耔。〔施註〕《漢·吴王濞傳註》云：以當爲更卒，出錢三百，謂之過更。自行爲卒，謂之踐更。普兒初學語，玉骨開天庭〔八二〕。淮老如鶴雛，破殼已長鳴〔八三〕。〔查註〕普兒、淮老，先生二孫名。〔合註〕陶淵明詩：弱子戲我側，學語不成音。王建詩：鶴雛靈解語。舉酒屬千里，一歡愧凡情。

其十七

淮海雖故楚，無復輕揚風。〔施註〕《史記·貨殖傳》：自淮以北，西楚也，其俗剽輕。李濟翁《資暇録》云：揚州者，以其土俗輕揚，故名其州。今作「楊柳」之「楊」，謬也。〔查註〕《禹貢註》：揚州之域，北據淮東南，至於海。洪邁《平山堂記》：揚爲州最古，南傅海，北鍵淮。齋厨聖賢雜，無事時一中〔四〕。誰言大道遠，正賴三杯通。〔施註〕李太白《月下獨酌》詩：三杯通大道，一斗合自然。使君不夕坐，衙門〔五〕散刀弓。〔施註〕柳子厚《朝日説》：古者旦見曰朝，暮見曰夕。故《詩·小雅·雨無正》曰：邦君諸侯，莫肯朝夕。〔合註〕夕坐，言晚衙也。

其十八

何人築東臺，一郡坐可得。亭亭古浮圖，〔施註〕《文選》劉越石詩：亭亭孤幹，獨坐無伴。《釋氏要覽》：浮圖，塔也。梵語塔婆，此云高顯。獨立表衆惑。【誥案】以上並指廣陵也。蕪城閲興廢，〔施註〕鮑明遠《蕪城賦》云：登廣陵故城作。城，吴王濞所築也。雷塘幾開塞。〔施註〕《唐·地理志》：揚州江都縣東十一里，有雷塘。貞觀十八年，長史李襲譽引渠以溉田。明年起華堂，置酒弔亡國。無令竹西路，歌吹久寂默。〔合註〕孫綽《游天台山賦》：等寂默於不言。

其十九

晁子天麒麟，結交未及仕。高才固難及，雅志或類己。各懷伯業能，〔施註〕《英雄記》：魏太祖稱，長大而能勤學者，惟吾與袁伯業耳。共有丘明恥。歌呼時就君，指我醉鄉里。〔施註〕《唐文粹》王績《醉鄉記》：醉鄉去中國，不知其幾千里也，豈古華胥氏之國也？吴公〔八六〕門下客，賈誼獨見紀。【誥案】吴公，公借以自比。合註謂補之以李清臣薦，堪館閣。詩中吴公豈指邦直？謬甚。請作《鵩鳥賦》，我亦得坎止。〔施註〕《漢·賈誼傳》：河南守吴公，聞其秀材，召置門下。文帝徵吴公爲廷尉，乃言賈誼，召以爲博士。後爲長沙傅，有鵩飛入誼舍，賦以自廣云：乘流則逝，遇坎則止。行樂〔八七〕當及時，緑髮不可恃。【誥案】紀昀曰：陶意居多。

其二十

蓋公偶談道，齊相獨識真〔八八〕。〔施註〕《魏志〔八九〕·管寧傳》：時衰世弊，識真者少。頹然不事事，客至先飲醇。〔施註〕《漢·曹參傳》：爲齊相國。膠西蓋公爲言治道貴清静，而民自定，故相齊九年，齊國安集。及爲宰相，日夜飲酒。賓客見參不事事，欲有言。至者，參輒飲以醇酒，醉而後去，終莫得開説。當時劉、項罷，四海瘡痍〔九〇〕新。三杯洗戰國，一斗消强秦。寂寞〔九一〕千載後，陽公嗣前塵。醉卧客懷中，言笑徒多勤〔九二〕。〔施註〕《唐·陽城傳》：爲諫議大夫。日夜劇飲，客欲諫止者，城揣知其情，强飲客。客辭，即自引滿，或先醉卧客懷中。我時閲舊史，獨與三人親。未暇餐脱粟，苦心學平津。〔施註〕《漢·公孫弘傳》：爲丞相，封平津侯，身食一肉脱粟飯。〔施註〕陸士衡《贈馮文熊》詩：志士多苦心。草書亦何用，醉墨淋衣巾。〔施註〕韓退之《醉後》詩：淋浪身上衣，顛倒筆下字。一揮三十幅，持去聽坐人。〔施註〕《南史·齊高帝諸子傳》：新浦侯子雲，善草隸。百濟使人求書，曰：「侍中尺牘之美，遠流海外，今日所求，惟在名迹。」子雲書三十紙與之。〔查註〕按元裕之《跋東坡飲酒詩後》云：東坡和陶，氣象祇是東坡。如云「三杯洗戰國，一斗消强秦」，淵明決不能辦。「此獨恨空杯」，亦嘗持之句，與論無絃琴者自相矛盾。別一詩云「二子真我客，不醉亦陶然」，此爲佳。【誥案】紀昀曰：歛才就陶，亦時時自露本色，正如褚摹《蘭亭》，頗參己法，而正是其善於摹處。明七子之摹古，不過雙鉤塡廓耳。

次韻范淳甫送秦少章〔九三〕

〔合註〕《老學菴筆記》：范祖禹，字淳，一字交友。以其難呼，故增父字。《續通鑑長編》：元祐七年六月，禮部侍郎范祖禹爲翰林學士。先生作詩，正淳父官翰林時也。

宿緣在江海，〔合註〕謝靈運《慧遠法師誄》：宿緣輕微。世網如予何。〔王註〕白樂天詩：塵纓忽解誠堪喜，世網重來未可知。〔施註〕《文選》陸士衡《赴洛中》詩：借問子何之？世網嬰我身。西來庾公塵，已濯長淮波。十年淮海人，初見一麥禾。〔王註次公曰〕《春秋·莊公二十八年》：大無麥禾。十年見一麥禾，言久不登豐也。但欣争訟少，未覺舟車多。秦郎忽過我，賦詩如《卷阿》。〔王註次公曰〕《卷阿》之詩，言求賢用吉士，此必秦之詩中勸先生薦賢，故下句多言薦拔之意也。〔施註〕《毛詩·卷阿》：召康公戒成王也。言求賢用吉士也。句法本黃子，〔公自註〕謂魯直也〔九四〕。〔施註〕《漢·司馬遷傳》：習道論於黃子。〔合註〕杜子美《寄高三十五書記》詩：佳句法如何。二豪與揩磨。〔公自註〕其兄少游與張文潛〔九五〕。〔合註〕此兩條公自註，皆《周益公題跋》中語，非公自註也。故宋刊施註本俱無「東坡云」三字。嗟我久離羣，逝將老西河。〔王註續曰〕《禮記·檀弓上》：曾子謂子夏曰：「吾與子事夫子於洙泗之間，退而老於西河之上。」〔施註〕《史記·仲尼弟子傳》：卜商，字子夏。孔子曰：「商，始可與言詩已矣。」孔子既沒，子夏居西河教授，爲魏文侯師。後生多名士，欲薦空悲歌。小范真可人，【誥案】此指淳甫也。其後公在海南，又以淳甫之子爲小范。紀昀曰：清出和意，古法。獨肯勤收羅。瘦馬識騄耳，〔王註次公曰〕騄耳，穆天子駿馬名。《史記·滑稽傳》曰：相馬失之瘦，相士失之貧。〔施註〕白樂天《酬劉五主簿》詩：弊裘瘦馬入咸秦。《穆天子傳》：八駿，一曰騄耳。枯桐得雲和。〔王註〕杜子美《君不見簡蘇徯》詩：君不見前者摧折桐，百年死樹中琴瑟。〔施註〕《周禮·春官》：孤竹之管，雲和之琴瑟，冬日至，於地上之圜丘奏之。近聞館李生，〔公自註〕李廌方叔〔九六〕。病鶴借一枝。〔王註〕《成都記》：李義府作《烏》詩曰：「上林無限樹，不借一枝栖。」太宗曰：「將與卿全樹，何止一枝。」贈行苦說我，妙語慰蹉跎。〔合註〕《續通鑑長編》：元祐七年四月，范祖禹薦蘇軾文章爲天下第一。先生詩，暗指此也。【誥案】詩祖禹亦有《乞還程頤經筵疏》。哲宗謂頤妄自尊大，故祖禹以草茅不識朝廷事體解之。其兩薦之者，以爲道並行而不悖，此祖禹平生一片心，亦萬世之公論也。乃《道命録》謂祖禹久蓄此念而不敢發，因公不在朝，始敢發之。祖禹立朝不黨，而指爲奔蜀逐洛依回兩端之小人，何其誣也。退之之喜大顛，乃無聊排遣之一事。而《釋氏語録》，遂因是附會退之之求參，大顛踞高座，一若提掇偶戲者然。可見和尚難惹，與理學正相等也。但「贈行苦說我」二句，公指祖禹送少章之詩，合註引《長編》，似未確。西羌已解仇，烽火連朝那。〔施註〕《漢·地理志》：安定郡朝那縣，故戎那邑也。〔合註〕《續通鑑長編》：元祐七年十月，西賊攻圍環州，凡七日乃解去。坐籌付公等，〔王註〕《前漢書·項籍傳》：宋義曰：「坐運籌策，公不如我。」〔施註〕《漢·高祖紀》：運籌帷幄之中，決勝千里之外，吾不如子房。又按《漢·朱買臣傳》：如公等終餓死溝中耳。杜子美《寄彭州高三十五使君適虢州》詩：濟世宜公等。吾將寄潛沱。〔王註次公曰〕潛沱，成都水名，先生言吾則歸休於此也。〔施註〕《尚書·禹貢》：九江孔殷，沱潛既道。孔氏云：沱，江別名。潛，水名。【誥案】公自出潁以後，立意不復再入，其後召還，非公本意，故請郡不已也。然其戀戀不置者，獨浙中耳。意將匄越一次，卽請梓以歸，故其說如此也。紀昀曰：有興靈之氣，似平非平。

聞林夫當徙靈隱寺寓居，戲作靈隱前一首〔九七〕

〔施註〕唐坰，字林夫。事見《和唐彥猷詩送其子坰》詩註。

靈隱前，天竺後，兩澗春淙一靈鷲。〔王註德揚曰〕《圖經》：杭州靈山之陰，北澗之陽，即靈隱寺。靈山之南，南澗之陽，即天竺寺。二澗流水號錢源泉，繞寺峰南北而下，至峰前，合爲一澗，有橋號合澗橋。〔查註〕《釋氏稽古畧》云：西天竺惠理法師，於晉咸和中至杭州，見山巖秀麗，曰：「吾國中天竺靈鷲山之十小嶺，不知何年飛來？」有洞，舊有白猿，呼之，應聲而出。人始信之。師即其地建兩刹，先靈鷲，後靈隱。不知水從何處來，跳波赴壑如奔雷。〔王註洪芻曰〕韋應物《聽嘉陵江聲》云：水性本亦靜，石中固無聲。如何兩相激，雷轉空山鳴。無情有意兩莫測，肯向冷泉亭下相縈回。〔王註夢仙曰〕《圖經》：冷泉亭，在飛來峰下，唐右司郎中杭州刺史元藇建。【誥案】王註分類姓氏，無德揚、夢仙，皆不詳何人。〔查註〕白樂天《冷泉亭記》：先時領郡者，有相里君，造虛白亭。有韓僕射臯，作候仙亭。有裴庶子棠棣，作觀風亭。有盧給事元輔，作見山亭。及右司郎中河南元藇，最後作此亭。於是五亭相望，如指之列，可謂佳境殫矣。我在錢塘六百日，〔王註次公曰〕在錢塘六百日，雖是紀實，暗使白樂天詩「在郡六百日，遊山十二回」也。先生解杭守日，《別南北山道人》詩云：在郡依前六百日，山中不記幾回來。山中暫來不暖席。今君欲作靈隱居，葛衣〔九八〕草屨隨僧蔬。能與冷泉作主一百日，不用二十四考書中書。〔王註縯曰〕《唐書》：郭子儀以身爲天下安危者二十年，校中書令考二十四。

次韻蘇伯固遊蜀岡，送李孝博奉使嶺表〔九九〕

〔查註〕盛儀《維揚志》：蜀岡在江都縣，西接儀真界。《志》云：禪智寺側爲崑丘臺，卽蜀岡也。李孝博，字叔升。時自山陽守，以治行高第，卽拜廣東提點刑獄。詳見徐仲車《節孝集》中，仲車亦有送行詩。〔翁方綱註〕李孝博，石刻作叔師。

新苗未没鶴，〔王註任居實曰〕退之《稻畦》詩：魚肥知已秀，鶴没覺秋深。老葉方翳蟬〔一〇〇〕。〔王註子仁曰〕傅玄《蟬賦》：翳密葉之重陰兮，嘒閑樹之肅清。〔施註〕《晉·顧愷之傳》：桓玄嘗以一柳葉紿愷之曰：「此蟬所翳葉也，取以自蔽，人不見己。」庾信《小園賦》：蟬有翳兮不驚。綠渠浸麻水〔一〇一〕，〔合註〕張九齡詩：修篁媚綠渠。白板燒松烟。〔施註〕白樂天詩：晝扉扃白板。笑窺有紅頰，醉卧皆華顛〔一〇二〕。〔施註〕《後漢·崔駰傳》：包胥單辭而存楚，唐且華顛以悟秦。注云：謂白首也。家家機杼鳴，樹樹梨棗懸。野無佩犢子，府有騎鶴仙〔一〇三〕。〔王註次公曰〕先生爲揚州，故以騎鶴爲言。觀風嶠南使，〔施註〕《禮記·王制》：命太師陳詩，以觀民風。出相山東賢。〔王註次公曰〕嶠南，卽嶺南也。李孝博，山東人，而又相家子，故云「出相山東賢」。渡江弔很石，過嶺酌貪泉。〔王註援曰〕《晉書》：吴隱之爲廣州刺史，未至州二十里，地名石門，有水曰貪泉，飲者懷無厭之心。隱之既至，乃至泉所酌而飲之。賦詩曰：古人云此水，一歃懷千金。試使夷、齊飲，終當不易心。與君步徙倚，望彼修連娟。願及南枝謝，〔王註次公曰〕南枝梅也。早隨北雁翩。歸來春酒熟〔一〇四〕，共看山櫻然。〔王註〕沈約詩：野棠開未落，山櫻發欲然。

送晁美叔發運右司年兄赴闕〔一〇五〕

〔查註〕先生受知於歐陽，在嘉祐丁酉，晁美叔與公同年，定交卽在此時。時先生年二十二，而詩云「我年二十無朋儔」者，乃大概約畧之詞。〔合註〕晁美叔於元祐五年五月，以右司郎中爲江淮荆浙等路發運使，見《長編》。蓋至是始還朝也。【誥案】發運使置司眞州。

我年〔一〇六〕二十無朋儔，當時四海一子由。君來〔一〇七〕扣門如有求，頎然鶴骨〔一〇八〕清而修。〔王註次公曰〕頎然，長貌也。《詩·衛風·碩人》云：碩人其頎。〔施註〕白樂天詩：病瘦形如鶴。〔合註〕清而修，言其身之秀而長也。醉翁遣我從子遊，翁如退之蹈軻、丘。〔王註〕韓退之《贈張籍》詩云：子身蹈軻、丘，爵位不早綰。尚欲放子出一頭，〔公自註〕嘉祐初，軾與子由〔一〇九〕寓興國浴室，美叔忽見訪。云：「吾從歐陽公遊久矣，公令我來，與子定交，謂子必名世，老夫亦須放他〔一一〇〕出一頭地。」〔施註〕子由志先生墓云：殿試中乙科，以書謝諸公。文忠公見之，語梅聖俞曰：「老夫當避此人，放出一頭地。」酒醒夢斷四十秋。病鶴不病骨愈虬，惟有我顔老可羞。〔王註〕韓退之《送侯繼》詩：我齒豁可鄙，君顔老可憎。醉翁賓客散九州，幾人白髮還相收。我如懷祖拙自謀，正作尚書已過優。【誥案】公引此事，蓋已聞召還之耗矣。君求會稽實良籌，〔合註〕陳子昂詩：清晏奉良籌。往看萬壑争交流。〔公自註〕美叔方乞越〔一一一〕。〔王註〕《晉書》：王述與羲之齊名，而羲之甚輕之，由是情好不協。羲之嘗謂賓友曰：「懷祖正當作尚書耳，投老可得僕射，更求會稽，便自邈然。」〔次公曰〕先生因言美叔求越州，故用越州事。「實良籌」，又暗用郗超爲其父方回畫計乞會稽也。

太夫人以无咎生日置酒留余，夜歸，書小詩賀上〔一一二〕

〔查註〕太夫人，謂晁无咎之母也。〔合註〕无咎母楊氏，《陳后山集》有《楊夫人挽詞》。【誥案】此詩施編不載，查註從邵本補編。

壽樽餘瀝到朋簪，〔馮註〕杜子美詩：朋來慶盍簪。要與郎君語夜〔一二三〕深。敢問〔一二四〕阿婆開後〔一二五〕閣，〔合註〕《南史·鬱林王紀》：帝謂豫章王妃庾氏曰：「阿婆，佛法言有福生帝王家。」井中車轄任浮沉。

石塔寺〔一二六〕并引

世傳王播《飯後鐘》詩，蓋揚州石塔寺事也。相傳如此，戲作此詩。〔施註〕《摭言》：王播少孤，嘗客揚州惠照寺木蘭院，隨僧粥食。久之，僧頗厭。一日，播出，度未回而先飯，訖乃鳴鐘魚。後播鎮江都，因訪舊遊，所題字皆紗罩之。因留詩曰：上堂才了各西東，慚愧闍黎飯後鐘。二十年來塵撲面，而今始得碧紗籠。〔查註〕《唐書·王播傳》：播字明敭，其先太原人。父恕爲揚州倉曹參軍，遂家焉。播，貞元中與弟炎、起，皆有名，並擢進士。官至同中書門下平章事，出爲淮南節度使。

饑眼眩東西〔一二七〕，詩腸忘早晏。雖知燈是火，不悟鐘非飯。〔王註次公曰〕說者謂往時寺僧不能禮賢，至今其徒以飯後鐘爲怍。今先生詩意，言播特餓而迷路，不知直往寺中，貪吟詩而失時，不知趨時而往飯。諺云：早知燈是火，飯熟也多時。山僧異漂母，〔王註〕《前漢書》：韓信家貧，至城下釣，有一漂母哀之，飯信，竟漂數十日。信謂漂母曰：「吾必重報母。」母怒曰：「大丈夫不能自食，吾哀王孫而進食，豈望報乎！」但可供一莞。何爲〔一二八〕二十年〔一二九〕，記憶作此訕。〔施註〕《論語》：惡居下流而訕上者。孔氏云：訕，毀謗也。齋廚養若人，無益祇貽患〔一三〇〕。〔王註〕《前漢書》：陳平諫高祖曰：「今楚兵罷食盡，此天亡之時，不因其機而取之，此養虎自貽患也。」《唐書》：王播相穆宗，時權倖競進，播賴其力至宰相，專務將迎，居位無所裨益，復失河北，衆望不厭。乃知飯後鐘，闍黎〔一三一〕蓋具眼。〔王註〕《傳燈録》：鄧州丹霞禪師。有僧於山下見師。師問僧：「什麽處宿？」云：「山下宿。」師曰：「什麽處喫飯？」曰：「山下喫飯。」師曰：「將飯與闍黎喫底人還具眼也。」〔查註〕《翻譯名義》：梵云阿闍黎，此云軌範師，又云悅衆。【誥案】紀昀曰：翻案却有至理。

王文玉挽詞

【誥案】此王幼安之父也。公北歸，《與幼安書》云：比來親族，或斷往來，惟幼安昆仲，待遇加厚。又云：若未即填溝壑，及見伯仲功成而歸。與此詩「猶喜諸郎」句合，特不詳耳。

才名誰似廣文寒，月斧雲斤琢肺肝。〔施註〕韓退之詩：不用雕琢愁肝腎。玄晏一生都卧病〔一三二〕，〔王註〕《晉書》：皇甫謐自號玄晏先生，終身稱疾，辭位。子雲三世不遷官。幽蘭空覺香風在，〔王註〕孟郊《贈崔純亮》詩云：鏡破不改光，蘭死不改香。〔施註〕《孔子家語》：與善人處，如入芝蘭之室，久而不知其芳。宿草何曾淚葉乾。〔王註次公曰〕說者謂草經一年則陳根，言爲師心喪三年，於朋友則期可矣。今翻用之，以言過期而猶哭也。孟郊樂府《薄命妾》云：青山有蘼蕪，淚葉長不乾。猶喜諸郎有曹志〔一三三〕，〔王註續曰〕曹志，蓋魏陳思王植之孽子，亦好學有才行者也。〔施註〕《三國志·魏·陳思王曹植傳》：以小子志，保家之主也，欲立之。【誥案】王註、邵註皆作曹志，查註、合註作曹植。文章還復富波瀾。

山光寺送客回次芝上人韻〔一三四〕

〔查註〕程沙隨《古易占》云：隋煬帝來江都，筮《易》，遇《離之賁》，乃以離宮爲寺，名曰山火，取卦象也。後改曰山光，在揚州北十五里，地名灣頭。盛儀《維揚志》：山光寺，隋大業中建。芝上人，名曇秀。本集《雜記》：予在廣陵，與晁无咎、曇秀道人同舟，送客山光寺。客去，予醉卧舟中，秀作詩。【誥案】此詩施編不載，查註從外集補編。

鬧裏〔一三五〕清遊借隙光，醉時真境發天藏。〔合註〕張良《陰符經》註：六癸爲天藏，可以伏藏也。夢回拾得吹來句，十里南風草木香。

送芝上人遊廬山

二年閲三州，我老不自惜。〔王註次公曰〕先生以元祐六年離杭，召爲翰林承旨，是年又出守潁州，七年徙揚州，此詩乃七年作也。故云「二年閲三州」。團團如磨牛，步步踏陳迹。豈知世外人，長與魚鳥逸。老芝如雲月，〔王註次公曰〕後《次法芝韻》詩又云：但願老師真似月，誰家甕裏不相逢。而先生之子過《送曇秀》詩亦云：從此期師真似月，斷雲時復掛星河。皆以此也。炯炯時一出。比年三見之，【誥案】其前兩見不詳。而公在齊安，已與曇秀往來答問。再後兩見惠州，復重見於金陵。常若〔一三六〕有所適。逝將走廬阜，計闊道逾密〔一三七〕。吾生如寄耳，出處誰能必。〔施註〕《晉・王羲之傳》：殷浩曰：「悠悠者，以足下出處，觀政之隆替。」江南千萬峰，何處訪子室。【誥案】公爲曇秀題夢齋二字榜，俾所至懸之，故云「何處訪子室」也。

送程德林〔一三八〕赴眞州

〔查註〕程德林，名筠。與先生同年。見本集二十三卷中。《九域志》：淮南東路真州軍事，乾德二年，以揚州永真縣迎鑾鎮爲建安軍。祥符六年，升爲州，治揚子縣。

君爲縣令元豐中，吏貪功利以病農〔一二九〕。〔施註〕《漢・董仲舒傳》：仁人不謀其利，不計其功。君欲言之路無從，〔施註〕《漢・武帝紀》：復奉正義，厥路亡由。移書諫臣以自通。〔公自註〕諫臣蹇受之〔一三〇〕也。〔施註〕《漢・劉歆傳》：移書太常博士。元豐天子爲改容，〔施註〕《漢・賈誼傳》：今自王侯三公之貴，皆天子之所改容而禮之也。我時匹馬江西東。問之逆旅言頗同，老人愛君如劉寵，〔合註〕《詩・頌》，「龍」、「寵」通用。又《字典》採《集韻》：寵，盧東切，音籠。先生詩亦作平押也。小兒敬君如魯恭。〔施註〕《後漢・魯恭傳》：拜中牟令。郡國螟傷稼，不入中牟。河南尹袁安遣仁恕掾肥親往廉之。恭隨行阡陌，俱坐桑下，有雉過，止其旁。旁有童兒，親曰：「兒何不捕之？」兒言雉方將雛。親瞿然而起，曰：「蟲不犯境，此一異也；化及鳥獸，此二異也；豎子有仁心，此三異也。」還府，具以狀白安。爾來明目達四聰，〔施註〕《尚書・舜典》：明四目，達四聰。收拾駔駿冀北空，〔施註〕《文選・魏都賦》：冀馬填厩而駔駿。君爲赤令有古風。〔王註次公曰〕東京惟開封、祥符，西京惟河南、永安，南京惟宋城，北京惟元城，謂之赤縣。其餘乃謂之畿縣也。政聲直入明光宮，天厩如海養羣龍。并收其子豈不公，〔公自註〕君之子祁舉制策，文學〔一三一〕行義，爲時所稱。白沙何必煩此翁。〔王註子仁曰〕真州，唐永正縣白沙鎮。

古別離送蘇伯固〔一三二〕

〔合註〕此詩見先生詞類，調名《生查子》。【誥案】此篇施編不載，查註從邵本補編。

三度別君來，【誥案】謂別於泗上及杭州也，其一不詳。此別真遲暮。白盡老髭鬢，明日淮南去。酒罷月隨人，淚溼花如霧。〔馮註〕杜子美《小寒食舟中作》詩：老年花似霧中看。後夜逐君還，夢繞湖邊〔一三〕路。

谷林堂〔一四〕

〔查註〕《名勝志》：大明寺在蜀岡側，寺內谷林堂。〔合註〕《名勝志》又云：宋蘇軾詩有「深谷下窈窕，高林合扶疎」之句，因取爲名。今按先生詩題已云谷林堂，豈詩成卽以之名堂耶？〔查註〕按《石林避暑録》云：歐陽公在揚州，作平山堂，壯麗爲淮南第一。據蜀岡，左右老木參天，後有竹千餘竿，大如椽，不復見日色。子瞻詩所謂「稚竹真可人，霜節已專車」是也。

深谷下窈窕，高林合扶疎。〔施註〕《漢・司馬相如傳・上林賦》：垂條扶疏。美哉新堂成，〔施註〕《禮記・檀弓下》：晉獻文子成室。張老曰：「美哉輪焉，美哉奐焉。」及此秋風初。我來適過雨，物至如娱予。稚竹真可人，霜節已專車。〔王註續曰〕《家語》：孔子曰：「昔禹致羣臣於會稽之山，防風氏後至，禹殺而戮之，其骨節專車。」老槐苦無賴，〔王註潘大臨曰〕杜子美《奉陪鄭駙馬韋曲》詩：韋曲花無賴。風花欲填渠〔一五〕。〔查註〕《漢書》：華容夫人歌曰，髮紛紛兮寘渠。註云：寘，徒千反，讀與填同。山鴉争呼號，溪蟬獨清虛。寄懷勞生外，〔施註〕李太白《春日醉起言志》詩：處世若大夢，胡爲勞其生。得句幽夢餘。古今正自同，歲月何必書。〔施註〕杜子美《雨》詩：書時記朝夕。〔查註〕《碧溪詩話》：東坡《谷林堂》云：古今正自同，歲月何必書；《游香積寺》又云：尋幽恐不繼，書版記歲月。自知者觀之，則爲游戲篇章，得大自在。俗士拘泥，疑前後不相應也。【誥案】此新堂也，詩言但題此詩，不更作記，故云「歲月何必書」也。與尋幽偶至，情事懸殊，不可以等論也。《詩話》所謂得大自在者，並謬。

予少年頗知種松，手植數萬株，皆中梁杜矣。都梁山中見杜輿秀才，求學其法，戲贈二首

〔查註〕杜輿，字子師，盱眙人。晁无咎《雞肋集》有《杜子師字序》。本集《雜記》：種松法：十月以後，冬至以前，松實結熟而未落，折取，并萼收之竹器中。至春初，取實入荒茅地中，得春雨自生。松性至堅悍，始生至脆弱，多畏日與牛羊，故須荒茅地，以茅陰障日，須護以棘。五年後，乃可洗其下枝。七年後，乃可去其細密者。《雞肋集·東坡公以種松法授都梁杜子師并爲作詩子師求予同賦》詩云：不學栽檟業種松，未慚履豨笑屠龍。許君盡得東坡術，已與先生一事同。其二：長錐散子巖巖遍，短竹扶條歲歲添。待得烹茶有松葉，不應更課木奴縑。其三：佩牛未敢邀君出，射虎何當許我從。要看堂堂冠珮處，蒼然十萬甲夫中。【誥案】自此詩起以下，皆召還作。

其一

露宿泥行草棘中，〔施註〕《史記·夏本紀》：泥行乘橇。十年春雨養髯龍。〔王註次公曰〕都梁山，泗上之山也，髯龍以言松。《西京雜記》載：松有五鬣、七鬣之名。〔合註〕今本《西京雜記》無此條，見《酉陽雜俎》。如今尺五城南杜，〔施註〕杜子美《贈韋七》詩：時論同歸尺五天。欲問東坡學種松。

其二

君方掃雪收松子，〔合註〕李義山詩：童子開門雪滿松。杜子美《秋野》詩：風落收松子。我已開榛得茯苓。爲問何如插楊柳，明年飛絮作浮萍。〔施註〕東坡《次韻章質夫楊花詞》：曉來雨過，遺踪何在，一池萍碎。註云：舊説楊花入水爲浮萍，驗之信然。

行宿、泗間，見徐州張天驥，次舊韻

〔合註〕次前《送張山人歸彭城》韻也。〔查註〕《九域志》：淮南東路宿州保静軍節度，治符離縣。東界至泗州一百九十九里。泗州臨淮郡軍事，治盱眙縣。張天驥，見前《過雲龍山人》題註。

二年〔一三六〕三躡過淮舟，款段還逢馬少游。無事不妨長好飲，著書自要見窮愁〔一三七〕。〔施註〕《史記·虞卿傳》：不得意，乃著書，上採春秋，下觀近世，曰《節義》、《稱號》、《揣摩》、《政謀》，凡八篇，世傳之，曰《虞氏春秋》。孤松早偃原非病〔一三八〕，〔王註任居實曰〕《酉陽雜俎》：世傳松千歲方傾平偃蓋，然有數年輒偃，但於根下遇石則偃耳。劉禹錫《偃松詩引》云：侍中後閣前有小松，不待年而偃。〔丁鎮叔曰〕《遯齋閒覽》云：蘇伯材奉議云，凡欲偃松蓋，極不難。栽時當去松中大根，唯留四旁須根，則無不偃蓋。倦鳥雖還豈是休。〔王註〕淵明《歸去來辭》：鳥倦飛而知還。更欲河邊幾來往，祇今霜雪已蒙頭。〔施註〕白樂天詩：我寄人間雪滿頭。【誥案】紀昀曰：東坡七律，駿快者多，難得如此沉著。

次韻劉景文贈傅義〔一三九〕秀才

幼眇〔一四〇〕文章宜和寡，〔施註〕《漢元帝紀·贊》曰：元帝多材藝，善史書，自度曲，被歌聲，分刌節度，窮極幼眇。顏師古曰：幼眇讀曰要眇。峥嶸肝肺亦交難。〔施註〕李太白《大鵬賦》：吐峥嶸之高論。未能飛瓦彈清角，〔施註〕《韓子》：衛靈公之晉，平公觴之臺，公乃召師涓坐師曠之傍，援琴撫之。未終，師曠曰：「不如清徵。」平公請試聽之。一奏，有玄鶴二八來集，再奏而列，三奏而延頸鳴，音中宫商之聲，聲聞於天。師曠曰：「不如清角。」一奏之，有雲從西北方來。再奏之，大風至，大雨隨之，裂帷幙，破俎豆，隳廊瓦。肯便投泥戲潑寒。〔王註〕《唐·張説傳》：玄宗召爲中書令。始，武后末年爲潑寒胡戲，中宗嘗乘樓縱觀。至是因四夷來朝，復爲之。説上疏曰：四夷請和，當接以禮樂，示以兵威。乞寒潑胡，未聞典故，裸體跳足，汩泥揮水，盛德何觀焉。納之。忽見秋風吹洛水，遥知霜葉滿長安。〔施註〕吕洞賓詞云：西風吹渭水，落葉滿長安。《摭言》：賈島得「落葉滿長安」句，求作一聯，杳不可得。詩成送與劉夫子，莫遣孫郎帳下看。

在彭城日，與定國爲九日黄樓之會。今復以是日，相遇於宋。凡十五年，憂樂出處，有不可勝言者。而定國學道有得，百念灰冷，而顔益壯，顧予衰病，心形俱悴，感之作詩

菊盞萸囊自古傳，〔王註續曰〕《續齊諧記》：汝南桓景，隨費長房遊學累年。長房謂曰：「九月九日，汝家當有災，宜

急去。」令家人各作絳囊，盛茱萸以繫臂，登山飲菊酒，此禍可消。景如其言，舉家登山。夕還，見雞犬一時暴死。長房聞之，曰：「此可代也。」今世人九日登高，始於此。〔次公曰〕《西京雜記》：漢武帝宮人賈佩蘭，九月九日佩茱萸，食蓬餌，飲菊花酒，云，令人長壽。長房寧復是臞仙。應從漢武橫汾日，〔王註次公曰〕《文選》：漢武帝行幸河東，祠后土，作《秋風辭》曰：「泛樓船兮濟汾河，橫中流兮揚素波。」李太白《九日登巴陵置酒望洞庭水軍》詩：九日天氣清，登高無秋雲。憶昔傳遊豫，樓船壯橫汾。【誥案】此指定國在彭城日，與顏長道游泗水，吹笛飲酒，乘月而歸也。數到劉公戲馬年。〔王註〕《南齊書》：宋武姓劉氏，諱裕，爲宋公。在彭城，九月九日，登項羽戲馬臺。【誥案】此自道彭城事。對玉山人今老矣〔四二〕，〔王註援曰〕《晉書》：裴楷風神高邁，容儀俊爽。時人稱，見裴叔則，如近玉山照映人也。〔次公曰〕對玉山人，則先生自謂。舊註引嵇康「醉若玉山之將頹」。見恒河性故依然。〔王註〕《楞嚴經》：佛問波斯匿王，昔見恒河水與今所見何異？王對以宛然無異。佛再語之，以汝之髮白面皺，而此見情性，未曾有皺也。王郎九日詩千首，今賦黃樓第二篇。【誥案】公作《定國詩敍》云：念昔日，定國過余於彭城，留十日往返，作詩幾百餘篇。余苦其多，畏其敏而服其工也。又公有《九日和定國》詩。此二句，亦追憶之詞也。

九日次定國韻〔四三〕

【誥案】前題，公以九日與王定國再遇於宋，其詩已自九日起矣。此首乃是日又次定國韻，非次定國九日韻也。其題旨在前敍中，前詩所不及者，則發於此，詩不用再及九日也。初白謂無一語及九日，只是自寫襟期，無暇檢點者，乃自不了了耳。定國前被攻擊，不可勝計。上年五月，以子由薦除知宿州，不及一月，已爲安鼎攻罷，仍管勾太平觀，定國因止南都，此公還朝所目擊也。會宰執欲以南都留臺處公。公使子由道其意於呂大防曰：「諸公欲以南都處之，固甚幸，然定國在彼，恐與之友善，必與公家難爲。」因以公知潁州。及公出，安鼎復攻子由。十月定國再衝替。使公赴留守任，必將誣砌及之矣。自此歷潁、揚歸，而定國猶在南都，此其情勢有不能已者，因追數臺獄，同被罪憂，而至於是，詩雖句句飄空，而其實字字皆着迹也。其慨之也至矣。

朝菌無晦朔，蟪蛄疑春秋。〔施註〕《莊子·逍遥遊篇》：朝菌不知晦朔，蟪蛄不知春秋，此小年也。南柯已一世，我眠未轉頭。〔王註〕《異聞集》：淳于棼嘗夢至一國，曰大槐宫。入國，王以女妻，拜爲南柯太守。夢中倏忽若度一世，及覺而理之，乃宅南大槐樹下蟻穴也。仙人視吾曹，何異蜂蟻稠。不知蠻觸氏，自有兩國憂。【誥案】醜詆黨患，可謂輕死生而忽富貴矣。自此以下，皆發明十五年中憂樂出處，與定國百念灰冷之意。我觀去來今，未始一念留。奔馳竟何得，而起無窮羞。〔施註〕《尚書·説命中》：惟口起羞。王郎誤涉世，屢獻久不酬。黄金散行樂，〔施註〕《古樂府》王褒《高句麗行》：不惜黄金散盡，只恨白日蹉跎。李太白《將進酒歌》：天生我材必有用，黄金散盡行復來。烹羊宰牛且爲樂，會須一飲三百杯。清詩出窮愁。俯仰四十年，始知此生浮。軒裳〔一四三〕陳道路，往往兒童收。封侯起大第，或是君家騶。〔王註晁沖之曰〕唐人詩：咸陽原上英雄卒，半是君家養馬來。〔合註〕此李義山《渾河中》詩也。〔施註〕杜子美《復愁》詩：閭閻聽小子，談笑覓封侯。似聞負販人，中有第一流。〔施註〕《世説》：桓大司馬下都，問劉真長曰：「聞會稽王語奇進，爾耶？」對曰：「極進，然是第二流中人耳。」桓曰：「第一流復是誰？」劉曰：「正在我輩。」炯然徑寸珠，藏此百結裘。〔王註子仁曰〕《士明録》：董威輦在洛陽，時出入於市，得殘繒帛，輒結以爲衣，號爲百結裘〔一四四〕。意行無車馬，倏忽畧九州。〔施註〕

《楚辭》王逸《九思》：嚴載駕兮出戲遊，周八極兮歷九州。邂逅獨見之，天與非人謀。笑我方醉夢，衣冠戲沐猴。〔施註〕《漢·伍被傳》：漢廷公卿列侯，皆如沐猴而冠耳。《蓋寬饒傳》：長信少府，以列卿而沐猴舞。力盡病騏驥，伎窮老伶優。〔施註〕《荀子》：螣蛇無足而飛，鼯鼠五伎而窮。北山〔一四五〕有雲根，寸田自可耰。會當無何鄉，同作逍遥遊。〔施註〕《莊子·逍遥遊篇》：何不樹之於無何有之鄉，廣莫之野，彷徨乎無爲其側。歸來城郭是，空有纍纍丘。〔王註程天祐曰〕《續搜神記》：遼東華表柱上，有鶴言曰：有鳥有鳥丁令威，去家千歲今來歸，城郭猶是人民非，何不學仙冢纍纍。【誥案】紀昀曰：灑灑而來，却屈曲自如，無一沓語。

卷三十五校勘記

〔一〕記所見　集本「見」後有「一首」二字。

〔二〕還軫　類本作「旋軫」。

〔三〕從祀　集本、施乙、類本作「從祠」。

〔四〕有啟廟　施乙「有」字上有「山」字。

〔五〕謂柏翳　集本作「謂伯翳」。施乙作「廟有伯翳」。

〔六〕相傳禹以六月六日生　施乙「相傳」二字作「謂」字。類本無「六日」二字。

〔七〕禮記射義男子生桑弧蓬矢六以射天地四方　原註未註出處。類註謂出《禮記》，今補篇名。「男子生」云云，又見《禮記·内則》，文字略有異。

〔八〕温瓚　合註：「瓚」一作「贊」。

〔九〕次韻晁无咎學士相迎　集本、類本「晁」前有「和」字。集本「迎」後有「一首」二字。

〔一〇〕施註无咎名補之云云　合註謂施註有殘缺，集成據合註録入。今據施乙訂補。

〔一一〕王註次公曰此一句四出却秦軍事云云　原註註文個別語意有難明處。今參考類丙註文，略疏文意。

〔一二〕計　盧校：「約。」

〔一三〕老來　集本、施乙、類本作「老人」。

〔一四〕紅藥　合註：「藥」一作「蕖」。

〔一五〕次韻徐仲車　集本「車」後有「一首」二字。

〔一六〕仲車耳聾　施乙此註文，無「東坡云」字樣。

〔一七〕恰是　集本、施乙、類本作「恰似」。查註：石刻「是」作「似」。

〔一八〕誰如　施乙、類甲作「誰知」。

〔一九〕今赴揚州皆見仲車　類本作「皆見仲車今赴揚州」。

〔二〇〕東都　類丙作「東來」。類甲作「東萊」。

〔二一〕浮雲　集本、類本作「孤雲」。

〔二二〕襆被　類本作「幞被」。

〔二三〕十萬餘枝　集本、類本作「十餘萬枝」。

〔二四〕施註陳伯修名師錫建陽人云云　合註謂此條施註有殘缺；其殘缺處，合註有「照《宋史》補全」者。今據施乙訂補。

〔二五〕已離　集本作「已難」。

〔二六〕寄苦語　集本、類本作「記苦語」。

〔二七〕軾在潁州與趙德麟……次其韻　施乙無「軾」字。合註謂「德」前一本無「趙」字。類本無「其」字。集本「韻」字後有「一首」二字。

〔二八〕次韻德麟西湖新成見懷絶句　集本「德」前有「趙」字，「句」後有「一首」二字。施乙無「絶句」二字。類本「德」前有「趙」字。

〔二九〕再次韻德麟新開西湖　集本、類本「德」字前有「趙」字。集本「湖」字後有「一首」二字。

〔三〇〕山鞠窮　類本作「山麴藭」。

〔三一〕去歲潁州災傷云云　類本此條自註，在「燈花」句下。集本無此條自註。

〔三二〕予以潁人云云　集本此條自註，在「燈花」句下。

〔三三〕焦陂下　類甲、類乙作「焦陂上」。

〔三四〕到官病倦未嘗會客云云　類本題下原註：「正仲名漸，衢之江山人也。」

〔三五〕食餫飳　類本作「飯餫飳」。

〔三六〕清人　類本作「倩人」。

〔三七〕色香　合註：一作「香色」。

〔三八〕不虛受　集本、施乙作「不虛授」。
〔三九〕雙石　集本「石」字後有「一首」二字。
〔四〇〕并敍　施乙作「并引」。
〔四一〕正白　七集作「玉白」。
〔四二〕汲水　原作「汲井」。今從集本、類本。
〔四三〕故自癡　類本作「固自癡」。
〔四四〕和陶飲酒二十首　集戊和陶詩共四卷，先列陶詩，次列東坡詩。施乙、施丙未收陶詩。施乙卷四十一、施丙卷上收「追和陶淵明詩五十四首」，施乙卷四十二、施丙卷下收「追和陶淵明詩五十三首」。施乙卷四十一、施丙卷上卷首有蘇轍作《東坡先生和陶淵明詩引》，集戊無此引。章鈺曾用集戊本校繆刻七集中之和陶詩。章鈺謂：「宋本和陶詩未載此引，疑宋本歲久遺脱。」七集和陶詩在續集卷三，有此引。此二十詩，集戊在卷一之二，施乙在卷四十一之二，施丙在卷上之一。施乙、施丙以陶詩爲題，無「和陶」字樣。七集「和陶」無「陶」字。
〔四五〕并敍　施乙、施丙作「并引」。集戊、七集無「并敍」、「并引」字。
〔四六〕把盞　七集作「把杯」。
〔四七〕在揚州時　施乙、施丙無「時」字。
〔四八〕盤礴　集戊、七集作「磐薄」。施乙、施丙作「盤薄」。
〔四九〕和淵明飲酒二十首　集戊作「和陶淵明飲酒二十詩」。

〔五〇〕庶以仿佛其不可名者　集戊作「庶幾仿佛其不可名言者」。

〔五一〕示舍弟　集戊「示」前有「以」字。

〔五二〕我不如陶生　施乙、施丙作「我生不如陶」。集戊、七集作「我不如陶生」。

〔五三〕云何　集戊作「如何」。

〔五四〕酒中趣　集戊作「醉中趣」。

〔五五〕似冰釋　集戊、七集作「忽冰釋」。

〔五六〕士失己　施乙、施丙、七集作「士失已」。今從。「己」原作「已」。

〔五七〕蠢蠕　集戊作「蠢蝡」。

〔五八〕同巢雀　集戊、七集作「厭巢雀」。

〔五九〕有酒　集戊作「得酒」。

〔六〇〕千重山　施乙、施丙、七集作「千金山」。集戊作「千銀山」。

〔六一〕既往　集戊作「已往」。

〔六二〕得酒　集戊作「持酒」。

〔六三〕海派　集戊、施乙、施丙、七集作「海波」。

〔六四〕玉英　查註、合註：「英」一作「霙」。

〔六五〕飢寒　原作「餓寒」。各本作「飢寒」，今從。「餓」，當爲誤刊。

〔六六〕一傾　集戊作「復傾」。何校：「復傾」。

〔六七〕心知 集戊作「誰知」。
〔六八〕芙蓉 集戊作「芙蕖」。
〔六九〕醉中 七集作「酒中」。
〔七〇〕抵曲 集戊作「得坎」。何校：「得坎」。
〔七一〕勿驅 查註、合註：「勿」一作「莫」。
〔七二〕賀吾君 集戊作「謝吾君」。
〔七三〕不記 查註、合註：「記」一作「謂」。清施本作「不謂」。
〔七四〕無傷 集戊作「莫傷」。
〔七五〕癡如 集戊作「大如」。
〔七六〕黠如 集戊作「小如」。
〔七七〕醇至 集戊作「淳至」。七集作「純至」，查註謂「純」訛。
〔七八〕過是 集戊作「過此」。
〔七九〕頎然 集戊作「傾然」，疑誤。
〔八〇〕歎息 施乙、施丙作「歎惜」。盧校：「歎惜」。
〔八一〕嘵嘵 何校：「磽磽」；又謂：「磽字以意改」。
〔八二〕開天庭 集戊作「聞天庭」。
〔八三〕長鳴 七集作「能鳴」。

〔八四〕一中　集戊作「復中」。
〔八五〕衙門　集戊作「牙門」。何校：「牙門」。
〔八六〕吴公　七集作「吴國」，查註謂「國」訛。
〔八七〕行樂　集戊作「爲樂」。
〔八八〕識真　七集作「適真」。
〔八九〕魏志　原作「蜀志」，誤，今校改。
〔九〇〕瘡痍　七集作「創痍」。
〔九一〕寂寞　七集作「寂寥」。
〔九二〕言笑徒多勤　集戊作「多言笑徒勤」。
〔九三〕次韻范淳甫送秦少章　七集續集重收此詩，題同。查註、合註謂「淳」一作「純」。集本「章」字後有「二首」二字。
〔九四〕謂魯直也　施乙此註文，無「東坡云」字樣。七集續集無此條自註。
〔九五〕其兄少游與張文潛　施乙此註文，無「東坡云」字樣；註文爲：「謂其兄少游與張文潛也。」七集續集無此條自註。
〔九六〕李廌方叔　施乙此註文，無「東坡云」字樣。七集續集無此條自註。
〔九七〕聞林夫當徙靈隱寺寓居戲作靈隱前一首　集本、類本作「靈隱前一首贈唐林夫」。
〔九八〕葛衣　原作「葛布」。今從集本、施乙、類本、查註。合註亦作「葛布」，疑誤刊。

〔九九〕次韻蘇伯固遊蜀岡送李孝博奉使嶺表　西樓帖有此詩，「表」後有「一首」二字。陸耀遹《金石續編》卷十六收此詩，題作「次韻伯固遊蜀岡，送叔師奉使嶺表」；陸謂此詩石刻在江都縣。

〔一〇〇〕方翳蟬　翁方綱校：「方」，石刻作「初」。《金石續編》：「方」作「初」。

〔一〇一〕浸麻水　西樓帖作「漚麻水」。

〔一〇二〕華顛　西樓帖作「華巔」。

〔一〇三〕騎鶴仙　類甲作「騎鶴山」，誤。

〔一〇四〕春酒熟　西樓帖、金石續編作「春酒凍」。陸耀遹引阮元曰：「『凍』字勝。唐人詩：一杯松葉凍玻璃。東坡本此。」今仍其舊。

〔一〇五〕送晁美叔發運右司年兄赴闕　集乙作「送晁美叔一首」，集甲「一」字類「二」字。類本作「送晁美叔」。

〔一〇六〕我年　施乙作「我言」。

〔一〇七〕君來　類甲作「君家」。

〔一〇八〕鶴骨　施乙作「病骨」。集本、類本作「病鶴」。

〔一〇九〕軾與子由　施乙無「軾」字。

〔一一〇〕亦須放他　類本無「亦」字。

〔一一一〕美叔方乞越　集本、類本作「君近乞越州」。

〔一一二〕置酒留余夜歸書小詩賀上　七集「酒」後有「書壁一絕」四字，無「留余」以下九字。外集「賀上」作

「壁上」。

〔一一三〕語夜　七集、外集作「夜語」。

〔一一四〕敢問　類本、外集作「敢請」。

〔一一五〕開後　類本作「開夜」。

〔一一六〕石塔寺　集本「寺」後有「一首」二字。

〔一一七〕眩東西　類本作「眩西東」。查註、合註謂「眩」一作「望」。

〔一一八〕何爲　集本、施乙、類本作「胡爲」。

〔一一九〕二十年　集本、類本作「三十年」。

〔一二〇〕貽患　集本、施乙、類本作「遺患」。

〔一二一〕闍黎　集甲作「闍梨」。按：施乙引《釋氏要覽·寄歸傳》：梵語阿闍梨耶，唐言軌範，今稱闍黎，語訛也。又按，合註引施註「寄歸」作「〇帝」，「阿闍梨」作「阿闍黎」，與施乙不同。

〔一二二〕都卧病　原作「多卧病」。今從集本、施乙、類本。

〔一二三〕猶喜諸郎有曹志　施乙「曹志」作「曹植」。删去句下詰案「據施註所引曹植傳即施本亦作曹志」云云二十字；又删「惟查註、合註作曹植」句中之「惟」字。

〔一二四〕山光寺送客回次芝上人韻　七集無「送客」二字。外集作「揚州同晁无咎芝上人遊山光寺和芝韻」。查註「次」作「和」。

〔一二五〕閙裏　外集作「閑裏」。

〔一二六〕常若　施乙作「常苦」。

〔一二七〕逾密　集本、施乙、類本作「愈密」。

〔一二八〕程德林　類本作「陳德林」。

〔一二九〕以病農　類本作「似病農」。

〔一三〇〕蹇受之　集甲作「蹇授之」。

〔一三一〕文學　施乙作「文章」。

〔一三二〕古別離送蘇伯固　類本、外集作「送蘇伯固效韋蘇州」。

〔一三三〕湖邊　類本、外集作「江南」。七集作「湖邊」；原校：一作「江南」。

〔一三四〕谷林堂　集本「堂」下有「詩一首」三字。

〔一三五〕欲塡渠　合註：「欲」一作「吹」。

〔一三六〕二年　類甲、類丙作「三年」。類乙作「二年」。何校：「三年」。

〔一三七〕見窮愁　集本、施乙、類本作「且窮愁」。何校：似作「見」字爲得。

〔一三八〕原非病　集本、施乙、類本作「元非病」。

〔一三九〕傅羲　集甲作「傅巇」。集乙、類甲作「傅曦」。類丙、類丁作「傅臟」，當爲「傅曦」之誤。

〔一四〇〕幼眇　類本作「窈眇」。

〔一四一〕今老矣　集本、類本作「雖老矣」。

〔一四二〕九日次定國韻　集本「韻」後有「一首」二字。

〔一四三〕軒裳　類本作「軒冕」。

〔一四四〕王註子仁曰士明録云云　類丙「士明」二字墨釘，類甲作「士明」。施註引《逸士傳》，文字間有不同。

〔一四五〕北山　類本作「北方」。

蘇軾詩集卷三十六

古今體詩六十五首

【誥案】起元祐七年壬申九月，至龍圖閣學士守兵部尚書兼侍讀差充南郊鹵簿使任，十一月，遷端明殿學士兼翰林侍讀學士守禮部尚書，八年癸酉八月，詔以端明殿學士兼翰林侍讀學士充河北西路安撫使兼馬步軍都總管知定州軍州事，罷禮部尚書任作。

召還至都門先寄子由〔一〕

〔王註胡銓曰〕先生知揚州，未閱歲，以兵部尚書召還兼侍讀。〔合註〕《續通鑑長編》載於元祐七年七月癸卯。【誥案】時子由奉詔出迎，故寄以詩。

老身倦馬河堤永，踏盡黄榆緑槐影。荒雞號月未三更，客夢還家時一頃〔二〕。〔施註〕《異聞實録》：江南進士陳季卿，客長安，十年不歸。一日，終南山翁以竹葉置《寰瀛圖》上渭水中，令陳注目。恍然至家，信宿復回，山翁尚擁褐而坐。季卿謝曰：「豈非夢耶？」翁曰：「他日自知之。」經月，家人來訪，具述所以，而留詩皆在。歸老江湖無歲月，未填溝壑猶朝請。〔施註〕《漢·汲黯傳》曰：臣自以爲填溝壑，不復見陛下，不意陛下復收之。杜子美

《醉時歌》詩：但覺高歌有鬼神，焉知餓死填溝壑。《漢·吳王濞傳》：不能朝請二十餘年。註云：漢律，春曰朝，秋曰請，如古諸侯朝聘也。黃門殿中奏事〔三〕罷，詔許來迎先出省。〔王註子仁曰〕《唐·玄宗紀》：開元元年，改門下省曰黃門省。今以言子由時爲門下侍郎也。【誥案】元豐官制：左右僕射，即同中書門下平章事。中書侍郎、門下侍郎，即參知政事。〔施註〕故事：執政聽謁，有服親，仍先上聞，得旨乃出。已飛青蓋在河梁，〔施註〕《文選·古詩》：飛蓋何翩翩。按，國朝故事，宰相執政，許張青蓋。定餉黃封兼賜茗。〔施註〕歐陽文忠公《感事》詩註云：仁宗朝作學士，上幸天章閣，賜黃封酒一瓶，鳳團茶一斤。遠來無物可相贈，一味豐年說淮潁。

次韻定國見寄

還朝如夢中，雙闕眩金碧。〔施註〕《文選·古詩》：兩宮遥相望，雙闕百餘尺。【誥案】紀昀曰：十字神來，非閱歷人不能道。復穿鵷鷺〔四〕行，〔施註〕杜子美《暮春》詩：不息豺虎鬭，空慚鵷鷺行。劉禹錫《和竇員外》詩：鵷鷺差池出建章。强寄麋鹿迹。勞生苦晝短，展轉不能夕。〔王註〕魏裴讓之〔五〕《古樂府》云：展轉不能寐，徙倚獨披衣。默坐數更鼓，〔施註〕《顔氏家訓》：或問：「五更何訓？」曰：「漢魏以來，謂甲乙丙丁戊夜。又云一鼓二鼓三鼓四鼓五鼓，亦云一更二更三更四更五更，皆以五爲節。」流水夜自逆。〔王註次公曰〕道家曰：黃河水逆流。此搬運之法也。故人爲我謀，此志何由畢。越吟知聽否，誰念病莊舄。〔公自註〕時方請越。〔施註〕《史記·陳軫傳》：軫對秦惠王曰：「越人莊舄，仕楚執珪，有頃而病。楚王曰：『舄，故越之鄙細人也，今仕楚執珪，貴富矣，亦思越不？』中謝對曰：『凡人之思故，在其病。彼思越則越聲，不思越則楚聲。使人往聽之，猶尚越聲也。』今臣雖棄逐之楚，豈能無秦聲哉。」

次韻蔣穎叔、錢穆父駕從景靈宫二首

〔王註十朋曰〕元祐七年壬申，是歲南郊，先生爲鹵簿使。〔合註〕《續通鑑長編》：元祐七年六月，錢勰權户部尚書。六月，蔣之奇爲户部侍郎。〔查註〕《宋史·禮志》：東西景靈二宫，創於祥符五年，在端禮街之東西，置藝祖以下御容於内。《困學紀聞》：景靈宫之爲原廟，自元豐五年始，前此帝后神御，寓佛老之祠。〔合註〕《續通鑑長編》：大中祥符五年十二月戊辰，詔上新宫名曰景靈。先是詔丁謂等擇地建宫，以奉聖祖。王熙元言：「宜就大内之丙地。」乃得錫慶院吉地。又載：元祐七年十一月辛卯，薦享於景靈宫，遂齋於太廟。壬辰，朝饗八室。《夢溪筆談》：上親郊廟，先景靈宫，謂之朝獻。

其一

歸來病鶴記城闉，舊踏松枝雨露新。半白不羞垂領髮，〔施註〕杜子美《上巳日》詩：髮毛垂領白。〔合註〕應璩書：髮已半白。軟紅猶戀屬車塵。〔公自註〕前輩戲語，有西湖風月不如東華軟紅香土。〔王註次公曰〕乘輿在前，又有副車八十乘隨之，不敢指斥，故言「屬車」而已。雨收九陌豐登後，〔王註〕《三輔舊事》云：長安城中，八街九陌。〔施註〕杜牧之詩：雨晴九陌鋪江練。《漢·食貨志》：餘三年食，進業曰登。日麗三元下降辰。〔施註〕《北斗經》：三元八節，本命生辰，北斗下日，嚴置壇場。〔查註〕徐陵表：三元肇慶，六吕司春。麤識君王爲民意，不才何以助精禋。〔王註次公曰〕《爾雅》：精意以享曰禋。〔施註〕《尚書·舜典》：禋於六宗。孔安國曰：精意以享謂之禋。〔查

註〕《藜藿野人詩話》云：東坡自揚州召還，有《次韻從駕景靈宮》詩，王仲至和之，末云「誰知第七車中客，天遣歸來助慶禋」，東坡稱歎久之。蓋漢張寬，川人，自揚州守召，東坡亦然。漢武帝郊祀，回至渭橋，見婦人洗乳於渭水，上遣問之。婦人曰：「第七車中客知我也。」上使問張寬，寬奏曰：「天上長乳星，祭祀不潔則見。」東坡時爲尚書，亦乘車在駕前云。【誥案】以後詩論，此首乃和穎叔韻也。

其二

與君並直〔六〕記初元，〔合註〕《宋史》：錢勰在神宗時，自榷鹽鐵判官，歷提點京西河北京東刑獄，左司郎中，使高麗，還拜中書舍人。元祐初，遷給事中。〔查註〕黃山谷《和穆父猩猩毛筆》詩，自註云：時蘇、錢二公，俱直紫微閣。白首還同入禁門。〔合註〕《漢書·息夫躬傳》：出入禁門。玉殿齊班容小語，霜廷稽首泫微温〔七〕。〔公自註〕適與穆父並拜庭中，地皆流濕〔八〕，相與小語道之。〔王註〕梅聖俞詩：廡深容小語，槐密漏微陽。〔施註〕《世説》：支道林語王逸少曰：「君未可去，貧道與君小語。」因論《莊子·逍遥遊》。〔施註〕《周禮·春官》：大祝，辨九𢷎，一曰稽首。病貧賜茗浮銅葉，〔王註次公曰〕銅葉，言茶盞也。〔查註〕程大昌《演繁露》：御前賜茶，皆不用建盞，用大湯甓。其製像銅葉湯甓耳。銅葉，黃褐色也。老怯香泉〔九〕灩寶樽。〔合註〕劉潛《謝鄱陽王賜鉢啓》：用貴寶樽。回首鵷行有人傑，坐知羌虜是游魂。〔王註〕魏明帝《善哉行》：假氣遊魂，魚鳥爲伍〔一〇〕。杜子美《喜聞官軍已臨賊境二十韻》詩：游魂貸爾曹。【誥案】公自云和此詩，穎叔未有帥洮之命，遂成吟讖。事載總案《再送穎叔詩跋》。查註謂穎叔新除熙河帥，故結句云然，誤矣。合註引《長編》「穎叔知熙州」，亦誤。又此詩和穆父韻，故結句指穎叔也。〔案〕總案元祐八年正月十六日有「送蔣之奇帥熙河，并跋再送之奇詩」條。

憶江南寄純如五首〔一〕

【誥案】此五詩施編不載，查註據外集揚州還朝作補編。

其　一

楚水別來十載，【誥案】公以元豐七年甲子離黄州，至是元祐七年壬申，凡閲九年，詩言十載，舉成數也。蜀山望斷千重。畢竟擬爲傖父，憑君説與吴儂。

其　二

湖目也堪供眼〔二〕，〔查註〕湖目，蓮子也。〔合註〕《酉陽雜俎·廣知》：歷城北有蓮子湖，魏袁翻在湖醼集。張伯瑜諮公，言：「向爲血羹，頻不能就。」公曰：「取洛水必成。」遂如公語，果成。清河王異焉。公曰：「可思湖目。」清河未解。房叔道曰：「藕能散血，湖目蓮子，故令公思。」皮日休詩：湖目芳來百度游。木奴自足爲生。若話〔三〕三吴勝事，不惟〔四〕千里蓴羹。〔馮註〕《潛確類書》：或謂千里、末下皆地名，蓴豉所出處。張鉅山詩云：一出修門道，重嘗末下鹽。〔合註〕《野客叢書》：湖人陳和之言：千里，地名，在建康境，産蓴甚佳。《漁隱叢話》謂：千里，湖名。〔查註〕《名勝志》：溧陽有蓴湖，又名千里湖，在縣南。

其　三

人在畫屏〔五〕中住，〔合註〕江淹《空青賦》：曲帳畫屏。客依明月邊遊。未卜柴桑舊宅，〔合註〕《宋書》：陶潛，潯陽柴桑人。嘗著《五柳先生傳》曰，宅邊有五柳樹，因以爲號。須乘五湖〔一六〕扁舟。〔查註〕《後漢·隗囂傳》：方望以書辭囂曰：「范蠡收責句踐。乘扁舟於五湖。」

其　四

生計曾無聚沫，〔合註〕《列子·湯問篇》：詹何曰：「魚見臣之鉤餌，猶沉埃聚沫，吞之不疑。」孤踪謾有清風。治產猶嫌范蠡，〔合註〕《史記·貨殖傳》：范蠡治產積居，與時逐而不責於人。攜孥頗笑梁鴻。

其　五

弱累已償俗盡，老身將伴僧居。【誥案】公此番召還，以避言者，不住子由東府，寓居汶公浴室東堂。以大司馬仍居賤貧應擧之地，此古今所未見也。詩言將伴僧居，猶以未脱朝簪故耳，合上句讀之，其意自見。未許季鷹高潔，秋風直爲鱸魚。

軾近以〔一七〕月石硯屏獻子功中書公，復以涵星硯獻純父侍講，子功有詩，純父未也，復以月石風林屏〔一八〕贈之，謹和子功詩，並求純父數句

〔查註〕本集《雜記》云：月石屏，捫之，月微凸，乃僞也。又按《宋史》：范百禄，字子功，鎮兄鍇之子。第進士，又擧才識兼茂科。《東都事畧》：范百禄，元祐中知開封府，復召入翰林，拜中書侍

郎。祖禹，一字夢得。幼孤，叔祖鎮撫育如己子。哲宗立，擢右正言，拜翰林學士。以叔百禄在中書，改侍講學士。百禄去，復爲之。蘇軾稱爲講官第一。【誥案】涵星硯，星在池上者十有三，有墨書子瞻二字，後歸李才元家，以范、李爲姻家故也。見張世南《游宦紀聞》。

紫潭出玄雲，翳我潭中星。〔王註次公曰〕紫潭，言硯。玄雲，言墨也。〔彦章曰〕《異聞實録》：徐玄之夜見人物，如粟粒行案上。傳呼曰：「蚍蜉王欲觀漁於紫石潭。」漁具數十，人入硯中，皆獲小魚。玄之大駭，以册覆之，照看皆無。〔施註〕《後漢·列女蔡琰傳》：玄雲合兮翳月星。獨有潭上月，倒掛紫翠屏。〔王註〕《志林》云：月石屏真者必平，然多不員，員而平，注滿而不出者，此至難得也。我老不看書，默坐養此昏花睛。時時一開眼，見此雲月眼自明〔一九〕。久知世界一泡影，大小真僞何足評。笑彼三子歐、梅、蘇〔二〇〕，無事自作雪羽爭。〔公自註〕事見三人〔二一〕詩集。〔王註〕歐陽永叔、蘇子美皆有《月石硯屏》詩。梅聖俞《讀月石屏詩》云：予觀二人作詩論月石，月在天上，石在山下，安得石上有月迹？至矣歐陽公，知不可詰不竟述，欲使識者默自釋，蘇子苦豪邁，何用强引犀角蚌蛤巧擗析。〔施註〕歐陽文忠公《鴉石屏歌》：晨光入林衆鳥驚，腷膊羣飛鴉亂鳴。穿林四散投空去，黄口集中飢待哺。雌者下啄雄高盤，雄雌相呼飛復還。蘇子美《永叔月石硯屏歌》：老蚌吸月月降胎，水犀望星星入角。彤霞爍石變靈砂，白虹貫巖生美璞。梅聖俞《和吴學士》詩：忽得虢畧一片石，其中白色圓如規。又有樹與鳥，畫手雖妙何能爲。吴乃持問歐陽公，比公曩獲尤可疑。疑不可辨賦以詩，詩辭粲粲明星垂。故將屏硯送兩范，要使珠璧栖窗櫺。〔王註厚曰〕《前漢·律曆志》：日月如合璧，五星如連珠。大范忽長謡，語出月脇令人驚。〔施註〕皇甫湜《顧况集序》云：偏於逸歌，長句駿發踔厲，往往若穿天心，出月脇，意外驚人語，非尋常所能及，最爲快也〔二二〕。小范當繼之，說破星心如雞鳴。〔王註〕孟郊《聞角》詩：似開孤月口，能說落星心〔二三〕。牀頭復一月，下有風林横。〔王註〕杜子美

《夜宴左氏莊》詩：風林纖月落。急送小范家，護此涵星泓。願從少陵博一句，山木盡與洪濤傾。〔王註〕杜子美《戲題畫山水歌》云：舟人漁子入浦溆，山木盡亞洪濤風。

次韻范純父涵星硯月石風林屏詩〔三〕

〔查註〕歐陽公《硯譜》：龍尾溪石，以金星者爲貴。《范太史集·子瞻尚書惠涵星硯月石風林屏賦十二韻以謝》原詩云：端溪千仞涵明星，虢山太古藏陰靈。蘇公贈我此二寶，使我坐卧瞻雲屏。我觀天地間，有物皆流形。或從青空入幽谷，中夜隕石翻階蓂。《齊諧》志怪不能狀，欲説但恐同優伶。公游浙江探禹穴，長嘯宇宙臨滄溟。手攀天河弄星月，醉落大筆還微醒。故分星月入我室，光照窗户風生庭。長林偃絶壁，晚色寒青冥。似聞洪濤卷萬木，直幹不折當風霆。玄雲欲落雪，夜久孤燈熒。報贈愧無青玉案，苦吟徒使神鬼聽。

月次於房歷三星，〔合註〕《漢書·律曆志》：月在房五度。後三日，合辰在斗前一度。斗牛不神箕獨靈。〔王註〕韓退之《三星行》云：我生之辰，月宿南斗。牛奮其角，箕張其口。牛不見服箱，斗不挹酒漿。箕獨有神靈，無時停簸揚。又云：三星各在天，什伍東西陳。嗟汝牛與斗，汝獨不能神。簸摇桑榆盡西靡，〔王註〕杜子美《種萵苣》詩：雨霽先已風，散足盡西靡。〔施註〕《文選》劉孝標書云：冀東平之樹，望咸陽而西靡。五臣註云：宣帝子封東平，常思長安，後葬東平，冢上樹盡皆西向而靡。影落蘇子硯與屏。天工與我兩厭事〔三五〕，孰居無事爲此形。〔查註〕《莊子·天運篇》：天其運乎，地其處乎，日月其争於所乎，孰居無事推而行是？與君持橐侍帷幄，〔王註〕《後漢書》：杜林薦鄭興，宜侍帷幄。又，桓榮上疏謝曰：臣幸得侍帷幄。同到〔三六〕温室觀堯蓂。〔王註〕《漢宫閣記》：未央宫，有宣明、長年、温室、昆德四殿。《帝王世紀》：堯時有草當階而生，每月朔生一莢，月半生十五莢，至十六日，一莢落，至月晦而盡，月小則餘一莢不落。王者以是占曆，應和而生，以爲堯瑞，名之蓂莢。自憐太史牛馬走，伎等卜祝均倡伶。〔王註〕《文選》司馬遷《報任少卿書》云：太史公牛馬走司馬遷再拜言，僕之先人，非有剖符丹書之功，文史星曆，近乎卜祝之間，固主上所戲弄，倡優所畜，流俗之所輕也。欲留衣冠掛神武，〔王註〕《南史·陶弘景傳》：齊高帝作相，引爲諸王侍讀，除奉朝請。永明十年，脱朝服掛神武門上，表辭禄，詔許之。便擊雲水歸南溟。陶泓不稱管城沐，〔王註〕韓退之《毛穎傳》：秦始皇使蒙恬賜之湯沐，封諸管城，與絳人陳玄、弘農陶泓及會稽褚先生友善，相推致，出處必偕。醉石可助平泉醒。〔王註〕《唐餘録》：李德裕於平泉别墅，采天下珍木怪石，爲園池之玩。有醒酒石，德裕尤所寶惜，醉即踞之。又，德裕曰：《廬山記》，陶淵明所居栗里，有大石，淵明自放以酒，名曰醉石。〔合註〕《五代史·張全義傳》：監軍嘗得李德裕平泉醒酒石，德裕孫延古託全義復求之。監軍曰「自黄巢亂後，洛陽園宅，無復能守，豈獨平泉一石哉。」故持二物與夫子，欲使妙質留天庭。〔合註〕《封禪文》：上陳天庭。但令滋液到枯槁，勿遣光景生晦冥。上書掛名豈待我，〔查註〕晁以道《客語》云：范純父，元祐中與東坡數上書論事，嘗約各草一疏。東坡訪純父，求所作疏先觀，遂書名於末云，軾不復自爲矣。純父再三求觀，竟不肯出，云無以易公者。《和月石屏》詩云云，蓋紀實也。獨立自可當雷霆。〔王註〕《舊唐書》：歸登爲右拾遺。時裴延齡以姦佞有恩，欲爲相。陽城上疏切直，德宗怒。右補闕熊執易等，亦以危言忤旨。初，執易草疏成，示登，登愕然曰：「願寄名雷霆之下，安忍令足下獨當。」我時醉眠風林下，夜與漁火〔三七〕同青熒。〔施註〕韓退之詩：山樓黑無月，漁火燦星點。〔王註厚曰〕劉禹錫詩：乘槎不來廣樂絶，獨與猿鳥愁清熒。撫物懷人應獨歎，〔施註〕《文選》謝靈運《擬鄴中詩序》：撰文懷人，感往增愴。作詩寄子誰當聽。【誥案】紀昀曰：輾轉深至，純以意勝，而筆能曲折以達之。

次韻錢穆父會飲〔三八〕

〔施註〕先生論新法，出爲杭州通判，時年三十六。歷典三郡，謫徙黄州，年五十，始再登朝。二聖眷遇特異，諸公懼其得政，交攻之。既不自安，力丐外，出守杭州。凡再歲，召入，而子由已爲右丞，公以嫌又上章丐去，遂守潁移揚，復召入，益不爲留計。此詩首言用晚，不能早遂歸志，而未始少忘。元祐初，錢穆父與公同在西掖，又同去守杭、越，至是復同來，故云「與君幾合散」。先生任兵部爲閑曹，穆父任户部爲劇部，故云「居官不任事，造物真見私，主人獨賢勞，金穀方流馳」。時正慇呂丞相主黄河東流之議，故云「公卿雖少安，河流正東釃」。

彈冠恨不早，掛冠常苦遲。〔王註厚曰〕《後漢書》：逢萌家貧，給事縣爲亭長。歎曰：「大丈夫安能爲人役哉。」遂去之長安，學，通《春秋》。時王莽殺其子宇，萌卽解冠，掛東都城門，將家屬浮海，客於遼東。盛服每假寐，〔王註〕《左傳·宣公二年》：晉靈公不君，趙宣子驟諫，公患之，使鉏麑賊之。晨往，寢門闢矣，盛服將朝，尚早坐而假寐。麑退歎而言曰：「不忘恭敬，民之主也。」角闕時伏思。〔王註次公曰〕角闕，言帝闕之角也。《漢書》：文七年，未央宮東闕罘罳災。師古曰：罘罳，謂連闕曲閣也，以覆重刻垣墉之處，其形罘罳然。而《釋名》謂臣將入，請事於此，復重思之也。《漢書》：王莽性好時日小數，及事迫急，亶爲厭勝。遣使壞渭陵、延陵罘罳，曰：「無使民復思也。」則闕閣謂之罘罳，而罘罳義取伏思矣。〔施註〕《三輔黄圖》：闕，觀也，周置兩觀，以表宮門，其上可居，登之可以遠觀，故謂之觀。人臣將朝，至此，則思其所闕。劉熙《釋名》：罘罳，在闕門外。罘，復也；罳，思也。東門未祖道，西山空拄頤〔三九〕。逝將江海去，安此麋鹿姿。要當謀三徑，何暇擇一枝。〔施註〕《左傳·哀公十一年》：孔文子之將攻大叔也，訪於仲尼。仲尼曰：「胡簋之事，則嘗學之矣，甲兵之事，未之聞也。」退命駕而行，曰：「鳥則擇木，木豈能擇鳥？」與君幾合散，得酒忘醇醨〔三〇〕。〔合註〕按皮日休《酒杯》詩云：但取性澹泊，不知味醇醨。君談似落屑，我飲如弈棋。〔公自註〕世有作詩如弈棋，弈棋如飲酒，飲酒乃大戒〔三一〕之語。僕於棋、酒二事，俱不能也〔三二〕。〔王註〕《遯齋閒覽》云：子瞻嘗自言，平生三不如人，謂著棋、吃酒、唱曲也。居官不任事，〔王註〕《晉書》：劉惔卒，孫綽爲之誄曰：「居官無官官之事，處事無事事之心。」時人以爲知言。〔施註〕《史記·五帝紀》：有能奮庸美堯之事者，使居官相事。《蘇秦傳》：秦說趙肅侯曰：「奉陽君妒君，而不任事。」造物真見私。主人獨賢勞，金穀方流馳。〔合註〕揚雄《大司農箴》：時惟大農，爰司金穀。行人亦結束〔三三〕，杕杜乃歸期。〔王註〕《詩·出車》以勞還，《杕杜》以勤歸也。〔合註〕題曰會飲，則同席必不止先生與穆父二人，此二句指蔣穎叔將赴熙河，而祝其歸也。《續通鑑長編》：元祐七年十月乙亥，蔣之奇知熙州。【誥案】此條《長編》，合註引載前《次韻從駕景靈宮》詩「遊魂」句下，今移於此。公卿雖少安，河流正東釃。〔王註次公曰〕《前漢·溝洫志》：禹以爲河所從來者，高水湍悍，難以行平地，數爲敗，乃釃二渠以引其河。註云：釃，分也。元祐初，黃河多決，河當北流，今云東釃，正言河之爲患也。此後庚辰年，先生有聞黃河已復北流詩，則河不可東也。〔查註〕時文潞公、呂丞相力主回河之議，故云「公卿雖少安，河流正東釃」也。【誥案】文彥博五年二月致仕，查註已載年表，此又自誤矣。我得會稽去，方回良不癡。

次韻穆父尚書侍祠郊丘，瞻望天光，退而相慶，引滿醉吟〔三四〕

〔查註〕《春明退朝録》：每南郊大禮，使宰相爲大禮使，學士爲禮儀使、鹵簿使，御史中丞爲儀仗使，開封府爲橋道頓遞使。真宗時，東封西祀，皆輔臣爲五使。南郊則用學士以下。《汴京遺迹志》：南郊壇在開封府城南薰門外，其側又有南青城，即宋祭天之齋宮。北郊壇在府城北封丘門外，其北又有北青城，即宋祭地之齋宮。【誥案】元祐七年冬，親祠，合祭天地。其以夏至祭皇地祇於北郊，非此年也。查註並引南北郊事，不知分析註明，數典則備，而題解誤矣。

千章杞梓蔭雲天，〔王註〕《史記·貨殖傳》：山居千章之材。〔施註〕《漢·貨殖傳》：木千章，亦比千乘之家。樗散誰收老鄭虔。喜氣到君浮白裏，豐年及我掛冠前。【誥案】紀昀曰：五六詩話所稱，然三四亦佳。令嚴鐘鼓三更月，〔王註〕崔塗詩云：蝴蝶夢中家萬里，杜鵑枝上月三更。杜子美《後出塞》詩：中天懸明月，令嚴夜寂寥。野宿貔貅萬竈烟。〔施註〕《史記·孫子傳》：使齊軍入魏地，爲十萬竈，明日爲五萬竈，又明日爲二萬竈。太息何人知帝力，〔施註〕《楚辭》屈原《九歌》：思夫君兮太息。王充《論衡》：堯時百姓閑暇，擊壤而歌於征途，曰：日出而作，日入而息，耕田而食，鑿井而飲，堯何力於我。歸來金帛看頳肩〔三五〕。【誥案】紀昀曰：宋郊天，必有賜賚，故末句云然。

郊祀慶成詩〔三六〕

〔施註〕元祐七年，哲宗合祭天地於圜丘，公以兵部尚書爲南郊鹵簿使。先是朝饗八室，至神宗室，上涕洟不止。癸巳冬至，行禮，上致誠極恭。夜月澄爽，雲物昦溫，御樓肆赦，終日和煥，天意昭答。翌日風寒相屬，時雪如期，宰執侍從，進詩以賀，蓋此詩也。〔查註〕《宋史·禮志》：元豐六年冬至郊祀，以太祖配，不設皇地祇位。哲宗初立，未遑親祀，有司攝事如元豐儀。翰林學士顧臨等謂：祖宗皆合祭天地，其不合祭者，惟元豐六年一郊耳。失今不定，後必悔之。范純禮等主北郊之議，彭汝礪、曾肇復上疏論合祭之非。而呂大防則言先帝祀地之禮，未經親行，今上臨御之始，正當親見天地，而獨不設地祇位，恐亦不安。太皇太后以爲然，遂合祭天地。《東都事畧》：元祐七年，詔曰：國家郊廟，三歲一親，冬至合祭天地於圜丘。元豐間，有司援周制以合祭，不應古義。詔定親祠北郊之儀，未及行。是歲南郊不設皇地示位，而宗廟之饗率如權制。朕方郊見天地之始，其冬至日南郊，宜依熙寧十年故事，設皇地示位。《欒城集·郊祀慶成》詩云：盛禮彌三祀，初元正七年。祭兼天地報，儀自祖宗傳。講義金華久，齋心玉食鮮。秋成通四海，廪實到窮邊。塵捲挑强寇，琛來渡海船。人和神亦答，物備禮誠全。廟室開深靚，郊丘對廣圜。翠帷新秘殿，寶仗隘通廛。周冕裘繒儉，唐車保介便。導前多舊德，迎拜或華顛。薦潔求陰燧，馳誠寄燎烟。垂精粲星斗，望秩遍山川。降輅追前躅，回班戒弗虔。徹絪深屈體，屏蓋切承天。嶰谷灰初應，扶桑日欲躔。旌旆逐風轉，歌舞送天旋。簾啓瞻宸極，雞號識漏泉。矜愚開罪罟，釋欠靖民編。樂作波翻海，書行箭脱弦。東朝歸福胙，南極本高仙。有道知難犯，無私每得賢。劬勞就聖德，謙畏絶私權。治道初無象，神功竟莫宣。下臣叨進玉，隨見頌誠然。自註：臣於景靈郊丘，實進玉帛。

帝出乘昌運，〔王註〕《易·説卦》：帝出乎震。天心予太平。文章三代繼，〔施註〕《漢·孝武紀·贊》曰：號令文章，煥然可述，後嗣得遵鴻業，而有三代之風。制作七年成。〔王註次公曰〕哲宗皇帝卽位之七年也。〔施註〕《尚書·洛誥註》：周公七年成禮樂。《禮記·明堂位》：成王幼弱，周公踐天子之位，以治天下。朝諸侯於明堂，制禮作樂，頒度量而天下服。七年，致政於成王。大祀乾坤合，〔王註縯曰〕言合祭天地也。〔施註〕《唐·禮樂志》：大祀天地宗廟五帝。是歲《南郊文》畧曰：欽言肇郊，躬行大禮，念嘗再饗乎穹昊，未始秖事乎皇祇，是用推本建隆之舊章，復舉熙寧之故實，執鬯以祼八室，奠玉以合兩儀。〔合註〕《東都事畧·哲宗本紀》：元祐七年，詔曰：朕嗣承六聖，休德鴻緒，今茲禋禮，奠幣上帝，祼鬯廟室，而地示大神，久未親祀，其冬至南郊，宜依熙寧十年故事，設皇地示位。剛辰日月明。〔王註厚曰〕剛辰，剛日也。《禮記·曲禮上》：外事以剛日，内事以柔日。〔施註〕《禮記註》鄭氏曰：順其出，爲陽也，出郊爲外事。泰壇朝埽地，〔王註〕《禮記·祭法》：燔柴於泰壇，祭天也。《郊特牲》：埽地而祭。又：於其質也〔三七〕。〔施註〕《爾雅》：圜丘，泰壇祭天也。方澤，泰圻祭地也。魄寶夜垂精。〔王註〕《晉書·天文志》：鉤陳口中一星曰天皇大帝，其神曰燿魄寶。《前漢·天文志·贊》云：日月周燿，星辰垂精。〔施註〕《唐文粹》李德裕《武宗册文》云：振金石而六變，魄寶昭臨。仰御圓蒼蓋，環觀海岳〔三八〕城。北流吞朔易，〔王註縯曰〕言黄河順流於北也。〔施註〕《毛詩·魏風·碩人》：北流活活。詩言黄河順流。《尚書·堯典》：平在朔易。孔安國云：北稱朔。易，謂歲改易於北方。〔合註〕《續通鑑長編》：是年十月辛酉，河復東流。而先生言北流，蓋心以爲非矣。西極落欃槍〔三九〕。〔王註次公曰〕言西夏寧静也。欃、槍，妖星名，出則兵見故也。〔施註〕《漢·天文志》：天槍，左右鋭，長數丈。縮西北。天欃本類星，末鋭，長數丈。石氏云：槍、欃、棓、彗異狀，其殃一也。又曰袄星。〔合註〕《續通鑑長編》：元祐七年十月辛酉，西賊攻圍環州及砦鎮，凡七日，乃解去。折可適識其母梁氏旗幟，鼓譟出，賊大敗。過牛圈，飲其水，人馬被毒而死，不可勝計。升燎靈光答，〔施註〕《禮記·郊特牲》：凡祭取膟膋燔燎升首報陽也。《漢·武帝紀》：光集靈壇，一夜三燭。回鑾瑞霧迎。〔施註〕歐陽永叔《和梅聖俞登樓》詩：黄傘亭亭瑞霧間。需雲遍枯槁，〔施註〕《周易·需卦》：雲上於天需，君子以飲食宴樂。解雨達勾萌。〔施註〕《周易解》：天地解而雷雨作，雷雨作而百果草木皆甲拆，解之時義大矣哉。《禮記·月令》：季春之月。

生氣方盛，陽氣發泄，勾者畢出，萌者盡達。可頌〔四〇〕非天德，〔施註〕《唐・李絳傳》：安國佛祠，欲使絳爲之頌。絳言：「大人與天地合德，謂非文字所能盡，若令可述，是陛下美有分限。」因箴亦下情。民言知有酌〔四一〕，〔王註〕《禮記・坊記》：上酌民言，則下天上施。帝謂本無聲。〔施註〕《毛詩・大雅・皇矣》：帝謂文王，予懷明德。不大聲以色，不長夏以假。上天之載，無聲無臭。富國由崇儉〔四二〕，祈年〔四三〕在好生。〔王註次公曰〕《周禮》曰：以祈年〔四四〕。而漢有祈年觀。《書・大禹謨》曰：好生之德，洽於民心。〔施註〕《毛詩・大雅・雲漢》：祈年孔夙。無心斯格物，克己自銷兵。〔王註〕《唐書》：蕭俛當國，謂四方無虞，遂議太平事。乃密詔天下鎮兵，逃死不補，謂之消兵。〔施註〕《史記・秦始皇本紀》賈誼《過秦論》：收天下之兵，聚之咸陽，銷鋒鑄鐻，以爲金人十二。化國安新政，〔施註〕《後漢・王符傳》：化國之日舒以長，故其民閑暇而力有餘。舒長者，非謂羲和安行，乃君明民靜而力有餘也。孤臣返舊耕。〔施註〕韓退之《赴江陵》詩云：孤臣昔放逐。還將清廟什，留與野人賡。【誥案】紀昀曰：字字老重，不減唐人應制詩，而氣脈生動則過之，此東坡斂才就法之作。

次韻王仲至喜雪御筵

〔施註〕元祐七年，南郊罷，時雪如期。〔查註〕《宋史》：王欽臣用蔭入官，文彥博薦試學士院，賜進士及第。性嗜古，藏書數萬卷，手自讎正，世稱善本。〔合註〕《續通鑑長編》：元祐六年九月，王欽臣爲工部侍郎。十一月壬寅，爲給事中。戊申，以孔武仲言，詔寢前命。八年六月，權吏部侍郎。〔查註〕按《能改齋漫録》云：東坡元祐末爲禮部尚書，夢人送《喜雪》詩云，是王仲至所與，覺後惟記一聯，仲至因足以成章。曰：曉雪誰驚最後時，土膏方得助甘滋。歲功已覺三元近，春事何憂一覺遲。不著寒梅容觸冒，半留紅杏惜離披。神交彼此無勞辨，更爲公題入夢詩。三四乃夢中所得，今附録於此。

三軍喜氣鑠飛花，〔王註〕《唐摭言》：短李鎮揚州，請章孝標賦《春雪》詩云：六出花飛處處飄，黏窗拂砌上寒條。朱門到曉難盈尺，盡是三軍喜氣銷。睡起空驚月在沙。未集驊騮金騕褭，故殘鵷鷺玉橫斜。〔王註次公曰〕鵷鷺，漢殿名。杜子美《宣政退朝》詩云：雪殘鵷鷺亦多時。「玉橫斜」，雪殘之貌也。〔施註〕《文選》謝朓詩：金波麗鳷鵲。偶還仗内身如寄，〔施註〕先生自揚州召歸，故云偶還。〔查註〕《春明退朝録》：唐日御宣政殿，設殿中細仗於廷。明皇欲避正殿，遂御紫宸殿，喚仗入閤門。唐末常御殿，更無仗，遇朔望特設之。熙寧二年，始御文德殿，凡文武官百人，執仗四百人，皆立殿門之外。宰相至，陞朝官盡赴文德殿參假，謂之橫行。尚憶江南酒可賒。【誥案】紀昀曰：此句出人意表。宣勸不多心自醉，〔施註〕《後漢·劉寬傳》：靈帝嘗令講經，寬嘗於坐被酒醉伏。帝問：「太尉醉耶？」寬仰對曰：「臣不敢醉，但任重責大，憂心如醉。」强扶衰白拜君嘉。〔王註〕《左傳·襄公四年》：穆叔如晉，晉侯享之，歌《鹿鳴》之三，三拜，曰：「《鹿鳴》所以嘉寡君也，敢不拜嘉。」〔施註〕杜子美《收京》詩：生意甘衰白。

次韻奉和錢穆父、蔣穎叔、王仲至詩四首〔四五〕

見和西湖月下聽琴

〔查註〕原作在三十四卷。【誥案】此潁州西湖也。

謖謖松下風，靄靄〔四六〕隴上雲。聊將竊比我，不堪持寄君。〔王註厚曰〕陶弘景辭職入山，梁武詔不起，問山中何所有？答曰：「山中何所有？嶺上多白雲。只可自怡悦，不堪持贈君。」【誥案】紀昀曰：起得脱灑不粘題，而題意宛然。半生寓軒冕，一笑當琴樽。良辰飲文字，晤語無由醺。我有鳳鳴枝，〔施註〕《毛詩·大雅·卷阿》：鳳皇鳴矣，于彼高岡。梧桐生矣，于彼朝陽。《詩傳》云：鳳凰非梧桐不棲。背作蛇蚹紋。〔王註次公曰〕鳳鳴枝，琴也。琴以桐木爲之，而鳳棲於桐，琴古而漆裂，則有蛇蚹紋。「蛇蚹」出《莊子》。司馬註云：謂蛇腹下齟齬可以行也。〔合註〕《東坡題跋》：知琴者，以蛇蚹紋爲古。月明委静照，〔合註〕《文選》謝莊《月賦》：委照而吴業昌。杜子美《月圓》詩：委波金不定。心清得奇聞。〔施註〕杜子美《大雲寺贊公房》詩：心清聞妙香。當呼玉澗手〔四七〕，〔公自註〕家有雷琴甚奇古，玉澗道人崔閑，妙於雅聲，當呼〔四八〕使彈。一洗羯鼓昏。〔王註〕《羯鼓録》：唐明皇好羯鼓，常云：八音之領袖，諸樂不可方也。請歌《南風》曲，猶作虞書渾。〔王註〕《揚子》：虞夏之書渾渾爾。

見和仇池

〔查註〕原作在三十五卷。又目録註云：「池」字下疑脱「石」字。【誥案】《雙石詩敍》：揚州獲二石，以盆水置几案間。因憶潁州舊夢，覺而誦杜陵《秦州雜詩》「萬古仇池穴，潛通小有天」句，其詩僅參用潛通之意，非真有仇池石也。此詩之意，更不在石，故題云「見和仇池」，并不及雙石也。查註謂題脱石字，乃全未看清前後兩詩，而但以後題之仇池石爲據，後題雖卽指此雙石，然詩之虚實又不同也。疑其脱字，誤矣。

上窮非想亦非非，〔王註〕《楞嚴經》云：如存不存，若盡不盡，如是一類，名非想非非想處。〔施註〕《華嚴經》：四空處天，無邊處天，無所有處天，非想非非想處天。下與風輪共一癡。〔王註次公曰〕共一癡，言上天下地皆然，蓋佛氏謂之界者，一癡想所成也。〔子仁曰〕白樂天《晨霞》詩：上自非想頂，不及風水輪。〔施註〕《華嚴經》：金輪水際外有風輪。《樓炭經》：地深二十億萬里，下有金粟、金剛，亦各二十億萬里。下有水際，八十億萬里。此雖六重，前四是地輪，第五水輪，第六風輪。翠羽若知牛有角，〔施註〕杜子美《赤霄行》：孔雀未知牛有角，渴飲寒泉逢觝觸。赤霄玄圃須往來，翠尾金花不辭辱。空瓶何必井之眉〔四九〕。〔王註〕《前漢・陳遵傳》：揚雄作《酒箴》，其文爲酒客難法度士，譬之於物，曰：子猶瓶矣，觀瓶之居，居井之眉，處高臨深，動常近危。還朝暫接鴛鸞翼，〔王註〕《唐書》：上官儀曰：「御史供奉赤墀下，接武夔龍，簉羽鵷鷺，豈雍州判佐比乎。」謝病行收麋鹿姿。〔王註〕歐陽永叔《早朝感事》詩：羽儀雖接鴛兼鷺，野性終存鹿與麋。記取和詩三益友，〔王註次公曰〕三益友，指言蔣、錢、王也。他年弭節過仇池。〔王註次公曰〕弭節，暫止旌節也。

玉津園

〔查註〕《文獻通考》：宋四園苑，東曰宜春，南曰玉津，西曰瓊林，北曰瑞勝。《汴京遺迹志》：玉津園在南薰門外。

承平苑囿雜耕桑，〔查註〕《避暑燕語》：玉津園，半以種麥，每仲夏，駕幸觀刈麥。自仁宗後，不復講矣。惟契丹賜射爲故事。六聖勤民〔五〇〕計慮長。〔王註次公曰〕六聖謂太祖、太宗、真宗、仁宗、英宗、神宗也。碧水東流還舊派，〔公自註〕玉津分蔡河上流，復合於下。紫壇南峙表連岡。〔王註〕《前漢・郊祀志》：匡衡言：「甘泉、泰畤紫壇，八觚宜通象八方。五帝壇周環其下。」〔查註〕《唐書・張九齡傳》：玄宗即位，未郊見。九齡建言：願以迎日之至，升紫壇，陳采席，定天位，則聖典無遺矣。不逢遲日鶯花亂〔五一〕，空想疎林雪月光。千畝何時躬帝藉，〔王註〕

《國語》：宣王卽位，不籍千畝。註：籍，借也，借民力以爲之。〔施註〕《禮記·祭義》：天子爲藉千畝，以事天地山川社稷先古。〔査註〕《月令》：孟春，天子乃以元日祈穀於上帝。乃擇元辰，天子親載耒耜，措之於參保介之御間，帥三公九卿諸侯大夫，躬耕帝藉。斜陽寂歷鎖雲莊。〔王註〕李邕《登歷下古城》詩：太山雄地理，巨壑眇雲莊。出《老杜詩集》。

藉田

〔査註〕《事實類苑》：元豐二年七月，詳定禮文所言：自漢迄唐，皆有帝藉神倉，今久廢不設。乞於京城東南度地千畝置藉田，仍徙先農壇於其中，立神倉於東南。五穀之外，並植菜蔬，冬則藏冰，一歲祠祭之用取具焉。

竊脂方紀瑞，〔王註次公曰〕桑扈謂之竊脂。《詩·小雅·小宛》曰：交交桑扈。是也。〔施註〕《左傳·昭公十七年》：郯子曰：「少皞摯之立也，鳳鳥適至，故紀於鳥，爲鳥師而鳥名。九扈爲九農正。」杜預曰：扈有九種。桑扈，竊脂也。布穀未催耕。〔王註〕杜子美《洗兵馬》詩：田家望望惜雨乾，布穀處處催春種。魚沫依蘋渚，蝸涎上綵楹。〔王註〕杜牧之詩：鳥啄催寒水，蝸涎蠹畫梁。〔合註〕湯惠休《明妃曲》：瓊臺綵楹。江湖來夢寐，蓑笠負平生。琴裏思歸曲，〔施註〕《文選》石季倫有《思歸引序》曰：困於人間煩黷，常思歸而永歎，尋覽樂篇，有《思歸引》，儻古人之情有同於今，故制此曲。此曲有絃無歌，今爲作歌辭，以述余懷。因君一再行。〔王註次公曰〕《司馬相如傳註》師古曰：行，謂曲引也，《古樂府》長歌行、短歌行，此其義也。

頃年楊康功使高麗，還，奏乞立海神廟於板橋。僕嫌其地湫隘，移書使遷之文登，因古廟而新之，楊竟不從。不知定國何從見此書，作詩稱道不已。僕不能〔五二〕記其云何也，次韻答之

〔施註〕楊康功，名景畧，洛陽人。元豐間，以起居郎使高麗，爲國王祭奠使。神宗諭以此行多欲去者，卿在所選也。康功對曰：「欲與不欲，非爲利即憚險耳。臣知稟命而已。」歸稱上旨，就賜金紫，擢中書舍人。終龍圖閣待制，知揚州。〔查註〕徐兢《高麗圖經》：元豐七年，高麗王徽卒，世子勳，立百日又卒，勳弟運立。上命左諫議大夫楊景畧爲祭奠使，王舜封副之，右諫議大夫錢勰爲弔慰使，朱球副之。七年七月，自密至板橋，航海而往。〔合註〕《續通鑑長編》載：元豐六年九月，承議郎左司郎中楊景畧爲高麗祭奠使。七年十月，試給事中朝奉郎守起居郎楊景畧爲試中書舍人。景畧奉使高麗，方還在道，擢之。蓋六年秋末奉命，次年春啓行，冬還朝也。〔查註〕《齊乘》：登州北三里海濱，田橫寨相對，本海神廟基。宋治平中，郡守朱處約以其地太高峻，移廟西，置平地，於此建蓬萊閣。又云：膠西縣，古介葛盧國，隋置縣，唐省入高密，以其地爲板橋鎮。《文獻通考》：密州膠西縣，本板橋鎮。《輿地廣記》：宋元祐三年，復置縣。《太平寰宇記》：文登縣在登州東南二百八十里。《齊乘》：文登縣，本漢牟平不夜縣地。齊天統四年，分牟平置文登縣，以地有文山，始皇召集文人登之，故曰文登。

退之仙人也，游戲於斯文。談笑出奇偉〔五三〕，鼓舞南海神。

〔施註〕韓退之《南海神廟碑》云：海於天地

閒，爲物最鉅，而南海神次最貴，在北、東、西三神河伯之上，號爲祝融。頃者〔五四〕三韓使，〔施註〕《後漢・東夷傳》：韓有三種，一曰馬韓，二曰辰韓，三曰弁韓。幾爲蛟鱷吞。〔合註〕《嶺表録異》云：鱷魚狀如鼉，舉止趫疾，口森鋸齒，往往害人。李德裕貶官潮州，經鱷魚灘，損壞舟船，平生寶玩古書圖畫，一時沉失。歸來築祠宇，要使百賈奔。〔公自註〕板橋，商賈所聚。我欲遷其廟，下數浮空羣。〔公自註〕謂登州海市。移書竟不從，信非磊落人。公胡爲拳拳，繫此空中雲。〔施註〕《傳燈録》：南泉云，汝道空中一片雲爲復釘釘住，爲復藤纜著？作詩頌其美，何異刻劍痕。我今已括囊，象在六四坤。〔王註〕《易・坤卦》六四曰：括囊，无咎无譽。

沐浴啓聖僧舍，與趙德麟邂逅〔五五〕

〔施註〕先生守潁，德麟在幕府，郡有西湖，每相從其上，至是官滿入京，故有「東潁西湖迹已陳，季子來歸初可喜」之句。時先生力求會稽，故云「明年同泛越溪春」，欲與德麟偕行爾。後一歲，乃帥定武。德麟亦以公再薦，擢光禄丞。〔查註〕宋敏求《東京記》：啓聖院，本晉護聖營。天福四年，宣祖典禁兵，太宗誕聖其地。《春明退朝録》：咸平初，真宗令供奉僧元藹寫太宗御容於啓聖院。《汴京遺迹志》：啓聖院在大梁門内街北，太平興國六年建，雍熙二年成，賜名。

南山北闕〔五六〕兩非真，〔王註〕孟浩然詩：北闕休上書，南山歸敝廬。東潁西湖迹已陳。〔王註次公曰〕言東潁之西湖，蓋先生在潁州，與趙德麟同治西湖也。〔合註〕《史記・蘇秦傳》：東有淮、潁。季子來歸初可喜，〔王註〕《春秋・閔公元年》：八月，季子來歸。《穀梁傳》：其曰季子，貴之也；其曰來歸，喜之也。老聃新沐定非人。〔王註〕《莊子·田子方篇》：孔子見老聃，聃新沐，方將被髮而乾，慹然似非人。孔子便而待之，少焉見，曰：「向者先生似遺物離人而立於獨也。」〔邵註〕《莊子》註：慹，不動貌。酒清不醉休休暖，〔施註〕《神仙傳》：焦先卧於雪下，氣息休休，如盛暑醉卧之狀。睡穩如禪息息勻。〔合註〕《傳燈録》：照本發非發，爾時起息息。自笑塵勞餘一念，明年同泛越溪春。〔王註次公曰〕先生欲乞越州，故云。【誥案】時已上《乞越狀》，王註誤。

余舊在錢塘，同蘇伯固開西湖，今方請越，戲謂伯固，可復來開鏡湖耶〔五七〕？伯固有詩，因次韻

〔查註〕蘇堅，字伯固。【誥案】此詩施編不載，查註從邵本補編。

已分江湖送此生，會稽行復得岑成。鏡湖席捲八百里，〔合註〕《元和郡縣志》、《太平寰宇記》並云：鏡湖，周回三百一十里。惟王梅溪《會稽風俗賦》云：境絶利博，莫如鑑湖，有八百里之回環，灌九千頃之膏腴。坐嘯因君又得名。

僕所藏仇池石，希代之寶也，王晉卿以小詩借觀，意在於奪，僕不敢不借，然以此詩先之〔五八〕

〔施註〕東坡自維揚召還，與晉卿復相倡酬，遂獲麟於《押高麗燕射》一詩，出守中山，以及南遷。

海石來珠浦〔五九〕，【誥案】「珠浦」原本作「珠宫」，誤，今更正。〔合註〕何焯曰：陸放翁《劍南集》中作「珠浦」，云，海石，英石也。則宫字乃不知者妄改。【誥案】珠江、珠浦，並在嶺南，以公自註證之，信珠浦無疑也。義門看清此註，故以「宫」字爲妄，非專主陸説也。秀色如蛾緑。〔王註次公曰〕《南部〔六〇〕新書》：青黛螺，光明鮮翠，每一螺直千金，當時名之曰蛾緑也。〔查註〕顔師古《隋遺録》：殿脚女，爭效爲長蛾眉，司宫吏日給螺子黛五斛，號爲蛾緑螺。坡陀尺寸間，〔施註〕杜子美《橘陵》詩：坡陀因厚地，却畧羅峻屏。宛轉陵巒足。〔施註〕白樂天《雪堆莊》詩：蹙爲宛轉青蛇頂。連娟二華頂，〔王註次公曰〕二華，古人謂造化削成，故言頂也。空洞三茅腹。〔王註次公曰〕三茅，一名句曲山，其腹中空虚，別有天地日月載在《真誥》，故言腹也。〔施註〕《真誥》：句曲之山，爲大茅君、中茅君、小茅君三山焉。初疑仇池化，【誥案】公偶以仇池名其石而已，合前敍觀之，且以盆水爲仇池也，詩意甚明。又恐瀛州蹙。〔施註〕張平子《西京賦》：清淵洋洋，神山峩峩，列瀛州與方丈，夾蓬萊而駢羅。殷勤嶠南使，〔王註〕《後漢·馬援傳註》云：嶠南，嶺南也。饋餉揚州〔六一〕牧。〔公自註〕僕在揚州，程德孺自嶺南解官還〔六二〕，以此石見遺。得之喜無寐，與汝交不瀆。〔施註〕《周易·繫辭下》：君子上交不諂，下交不瀆。盛以高麗盆，藉以文登玉。〔公自註〕僕以高麗所餉大銅盆貯之。又以登州海石如碎玉者，附其足。幽光先五夜，〔施註〕《漢舊儀》：中黄門持五夜，謂自甲夜至戊夜也。〔王註〕杜子美《奉和賈至舍人早朝大明宫》詩：五夜漏聲催曉箭。冷氣壓三伏。老人生如寄，茅舍久未卜。一夫幸可致，千里常相逐〔六三〕。風流貴公子，竄謫武當谷。〔王註次公曰〕武當谷，均州也。武當山，望之秀絶，極晴見之，輕霄蓋於上，白雲帶其前，且必西行，夕而東返，率以爲常，謂之朝山，言衆山所朝也。〔查註〕《太平寰宇記》：劉宋時，割武當縣隸始平郡，隋初改均州。太和山在州南一百二十里，有七十二峰、三十六巖、二十四洞，初名仙室山，又名太岳山。見山應已厭，何事奪所欲。欲留嗟趙弱，寧許負秦曲。傳觀愼勿許，間道歸應速〔六四〕。〔王註〕《史記》：趙惠文王得楚和氏璧，秦昭王願以十五城，請易璧。藺相如曰：「秦强而趙弱，不可不許。」王曰：「取吾璧，不予吾城，奈何？」相如曰：「趙不許，曲在趙，趙予璧而秦不予城，曲在秦。均之二策，寧許以負秦曲。」於是遣相如奉璧奏秦王，度秦負約，乃使從者衣褐懷璧從徑道亡，謂秦王曰：「臣恐見欺於王而負趙，故令人持璧歸，間至趙矣。」

次天字韻答岑巖起

〔施註〕岑巖起，名象求，梓州人。元祐四年，爲郎考功，用蘇文定公薦，拜殿中侍御史。文定執政，以嫌徙金部郎，事徽宗於王邸。終寶文閣待制。前《送岑著作》詩，亦巖起也。〔合註〕《續通鑑長編》：元祐七年六月，爲户部郎中。〔查註〕岑象求，後入元祐黨籍。

一聲清蹕霧開天，〔王註〕《漢書》：出稱蹕，入言警。顏師古曰：警者，戒肅也；蹕，止行人也。〔施註〕《周禮·秋官》：卿士，大祭祀，帥其屬夾道而蹕。《漢儀》註：皇帝輦動稱警，出殿則傳蹕。《史記·韓安國傳》：出稱蹕，入言警。百辟心莊豈貌虔。〔合註〕《禮記·緇衣》：心莊則體舒。回顧驚君珠玉側，〔施註〕《晉·衛玠傳》：王濟歎曰：「珠玉在側，覺我形穢。」同升愧我粃糠前。〔王註〕《晉書》：孫綽性通率，好譏調。嘗與習鑿齒共行，綽在前，顧謂曰：「沙之汰之，瓦石在後。」鑿齒曰：「簸之颺之，糠粃在前。」徘徊月色留壇影，縹緲松香泛蠟烟。〔公自註〕近制，以椽燭松明易籸盆〔六五〕。〔查註〕《歲時雜記》：除夕作黄燭，以麻籸濃油如庭燎，律有元日油籸之義。《月令通考》：除日送舊神，焚松柴，謂之籸盆。莫歎郎潛生白髮，聖朝求舊鄙鳶肩。

次韻蔣穎叔二首〔六六〕

〔合註〕《續通鑑長編》：元祐七年十一月甲辰，詣景靈宮萬壽觀恭謝。乙巳，幸凝祥池。穎叔與先生唱和，卽此事，與南郊前之朝享景靈宮，蓋兩事也。《宋史·本紀》缺載。

扈從景靈宮〔六七〕

道人幽夢曉初還，已覺笙簫下月壇。風伯前驅清宿霧，〔王註〕屈原《遠遊賦》：風伯爲余前驅兮，辟氣氛而清涼。〔施註〕《毛詩·衛風·伯兮》：伯也執殳，爲王前驅。祝融驂乘破朝寒。〔王註次公曰〕屈原《遠遊賦》：祝融戒以蹕御。祝融，火神，故云破朝寒也。〔施註〕《漢·司馬相如傳·大人賦》：祝融警而蹕御。《子虛賦》：陽子驂乘，孅阿爲御。《左傳·文公十八年》：齊懿公使閻職驂乘。杜預曰：驂乘，陪乘也。英姿連璧從多士，妙句鏘金和八鑾。〔王註〕韓退之《荆潭唱和詩序》：鏗鏘發金石，幽眇感鬼神。〔施註〕《文選》陳孔璋《答東阿王箋》：清辭妙句，焱絶煥炳。《毛詩·大雅·烝民》：四牡彭彭，八鑾鏘鏘。已向詞臣得頗、牧，〔公自註〕時穎叔新除熙河帥〔六八〕。〔施註〕《唐·畢諴傳》：爲翰林學士，宣宗召訪邊事，諴條狀甚悉。帝悦曰：「吾將擇能帥者，孰謂頗、牧在吾禁署，卿爲朕行乎？」卽拜邠寧節度使。路人莫作老儒看。〔施註〕杜子美《憶昔》詩：顧見北地傅介子，老儒不用尚書郎。

凝祥池〔六九〕

〔查註〕《汴京遺迹志》：《宋朝會要》云，大中祥符八年五月，詔會靈池，以凝祥爲名。《詩話總龜》：京師芡實，盛於會靈觀之凝祥池。故歐陽文忠公詩云：凝祥池鎖會靈園，僕射荒陂安可比。

似知金馬客，〔王註〕《後漢·馬援傳》：武帝時，善相馬者東門京鑄作銅馬法獻之。有詔立馬於魯班門外，更名魯班門曰金馬門。〔施註〕《漢·東方朔傳》：待詔金馬門。時夢碧雞坊。〔王註次公曰〕碧雞坊在成都。杜子美《西郊》詩：時出碧雞坊。〔施註〕《漢·王褒傳》：方士言，益州有金馬、碧雞之寶，可祭祀致也。宣帝使褒往祀焉。〔查註〕《梁益記》云：成都之坊百有二十，第四坊曰碧雞坊。冰雪消殘臘，烟波寫故鄉。〔王註〕《史記》：秦皇每破諸侯之國，命工人寫其宮室於宮中。鳴鑾〔七〇〕自容與，立馬久回翔。〔王註次公曰〕「容與」、「回翔」，皆徘徊之意。〔施註〕《文選》潘安仁《西征賦》：惘輟駕而容與。《楚辭》王褒《九懷》：乘龍兮偃蹇，高回翔兮上臻。〔合註〕班固《西都賦》：大輅鳴鑾，容與徘徊。杜子美《嚴公仲夏枉駕草堂》詩：花邊立馬簇金鞍。乞與三韓使，新圖到樂浪。〔公自註〕時高麗使在都下，〔七一〕每至勝境〔七二〕，輒圖畫〔七三〕以歸。〔查註〕《高麗圖經》：三韓之地，大小共七十八國，馬韓在西，其北與樂浪接，辰韓在東，弁韓在辰韓之南。《史記》：元封三年，朝鮮人來降，遂定其地，立爲真番、臨屯、玄菟、樂浪四郡。〔王註〕《前漢書》：武帝元封三年夏，朝鮮斬其王右渠降，以其地爲樂浪等郡。《圖畫見聞志》：高麗國，熙寧甲寅歲，遣使金良鑑入貢，訪中國圖畫，銳意購求，費三萬餘緡。丙辰冬，復遣使崔思訓入貢，因將帶畫工數人，乞摹相國寺壁畫歸國，詔許之。於是盡摹之持歸，其畫人頗有精於筆法者。【誥案】王註引熙寧事以證元祐，今註明，否則將公自註移人熙寧九年矣。

和叔盎畫馬〔七四〕

〔查註〕《畫繼》：趙叔盎，字伯充。善畫馬。《山谷集》有《同子瞻和伯充團練七律一首》，任淵註云：伯充，宗室子，即叔盎也。今坡集中無七律。〔合註〕《續通鑑長編》：元祐元年六月，詔右武衛大將軍康州團練使叔盎，展二年磨勘。紹聖四年十月，叔盎乞依令晏例換武官，詔特換左藏庫使，仍舊康州團練使。【誥案】叔盎《廣東淨慧寺塔記》石刻銜位云：皇叔勅賜進士出身，右武衛大將軍持節康州諸軍事康州刺史充本州團練使上柱國天水郡開國公，食伯户，食實封七伯户叔盎撰并書〔七五〕。紹聖四年秋七月朔立石。

天驥德力備，馬外龍麟〔七六〕中。〔王註〕《南秦録》：吕光討西域平，上疏曰：惟龜兹據三十六國之中，入其國城，天驥龍麟，騕褭丹髦，萬計，盈廐。皇天不遺言，〔施註〕元微之《望雲騅歌》：色沮聲悲仰天訴，天不遺言君未識。兀與圖畫〔七七〕同。駑駘飽官粟〔七八〕，〔施註〕《楚辭·七諫》：却騏驥而不乘兮，策駑駘而取路。未受一洗空。〔王註〕杜子美《丹青引》：斯須九重真龍出，一洗萬古凡馬空。十駕均一至，〔王註〕《荀子》：夫驥一日而千里，駑馬十駕，則亦及之。何事籋雲風。〔王註次公曰〕此詩言君子有逸羣之材，而不自言鄙陋者，自竊其禄而有不服之意。詩人於是齊物，則曰彼積累歲月亦可追及，所謂駿馬何事逸羣哉，此又嗟悔之辭也。

王晉卿示詩，欲奪海石，錢穆父、王仲至、蔣穎叔皆次韻。穆、至二公以爲不可許，獨穎叔不然。今日穎叔見訪，親睹此石之妙，遂悔前語。僕以爲〔七九〕晉卿豈可終閉不予者，若能以韓幹二散馬易之者，蓋可許也。復次前韻

【誥案】此不云仇池石，而云海石者，又以盆水爲海也。公自云以登州海石如碎玉者附其足，此

題又用「我持此石歸，袖中有東海」句意也。可見石無定名，而前之《見和仇池》詩題，必不脱石字也。〔合註〕晉卿所藏韓幹馬，見前書《韓幹牧馬圖》詩註。

相如有家山，縹緲在眉綠。〔王註〕《西京雜記》：卓文君姣好，眉色如望遠山。誰云千里遠，寄此一顰足。〔合註〕《韓子》：明主愛一嚬一笑。平生錦繡腸，〔王註〕李太白《送從弟令問序》：紫雲仙季，有英風焉，吾每見之，常醉目吾曰：「兄心肝五臟皆錦繡邪？不然，何開口成文，揮翰霧散。」早歲藜莧腹。〔王註〕韓退之詩：三年國子師，腸肚習藜莧。從教四壁〔一○〕空，未遣兩峰蹙。吾今況衰病，義不忘樵牧。逝將仇池石，歸泝岷山瀆。〔王註厚曰〕《水經》：岷山在蜀郡氐道縣，大江所出，東南過其縣北。註：岷山，即瀆山也，水曰瀆水矣。〔子仁曰〕瀆，猶江也，江、河、淮、濟，謂之四瀆。舊註引《水經》岷山卽瀆山，誤矣。守子〔一一〕不貪寶，〔王註〕《左傳·襄公十五年》：宋人或得玉，獻諸子罕，子罕弗受。獻玉者曰：「玉人以爲寶也，故敢獻之。」子罕曰：「我以不貪爲寶，爾以玉爲寶，不若人有其寶。」完我無瑕玉。故人詩相戒，妙語予所伏。〔施註〕韓退之《石鼎聯句序》：尊師非人也，某伏矣。一篇獨異論，三占從兩卜。〔王註次公曰〕「故人詩相戒」，指錢穆父、王仲至之不欲予也。「一篇獨異論」，指蔣穎叔之欲予也。《書·洪範》曰：三人占，則從二人之言。故以錢、王可從而蔣可違也。君家畫可數，天驥紛相逐。風鬉掠原野，〔施註〕柳子厚《龍城録》：寧王善畫馬，《六馬滾塵圖》內，明皇最眷愛玉面花驄，謂無纖悉不備，風鬉霧鬛，信偉如也。電尾捎澗谷〔一二〕。〔合註〕韓偓詩：電尾燒黑雲。《漢書·揚雄傳·羽獵賦》：曳捎星之旃。註：捎，猶拂也。君如許相易，是亦我所欲。今朝安西守，〔王註〕《唐書·地理志》：洮州臨洮郡有府，一名安西。〔查註〕《全邊紀畧》：臨洮郡，宋爲鎮洮軍，熙寧中改熙州，唐安西都護地。時穎叔出守熙河，故稱之。來聽《陽關曲》。〔王註援曰〕漢於敦煌郡龍勒縣，置陽關、玉門關，後因以名曲。〔次公曰〕穎叔將別而行，故云耳。〔施註〕白樂天《答蘇六》詩：更無別計相寬慰，故遣陽關勸一杯。勸我留此峰，他日來不速。【誥案】此二句，乃終之以遂悔前語也。

軾欲以石易畫，晉卿難之，穆父欲兼取二物，穎叔欲焚畫碎石，乃復次前韻，幷解二詩〔三〕之意

春冰無真堅，〔施註〕《周易·坤文言》：履霜堅冰至。象曰：履霜堅冰，陰始凝也。馴至其道，至堅冰也。霜葉〔四〕失故緑。〔王註次公曰〕冰至春而必泮，葉至秋而必黄，以言有形之物終散亡也。鵾疑鵬萬里，〔王註〕《莊子·逍遥遊篇》：有溟海者，天池也，有魚焉，其名爲鯤，化而爲鳥，其名爲鵬，背若太山，翼若垂天之雲，摶扶揺羊角而上者九萬里。斥鴳笑之曰：「彼且奚適也？我騰躍而上，不過數仞而下，翺翔蓬蒿之間，此亦飛之至也。」蚿笑夔一足。〔施註〕《莊子·秋水篇》：夔謂蚿，吾以一足跉踔而行，子無如矣。今子之使萬足，獨奈何。蚿曰：「予動吾天機，而不知其所以然。」二豪争攘袂，【誥案】謂穆父、穎叔也。〔王註〕《晉書》劉伶《酒德頌》：自稱爲大人先生，惟酒是務。有貴介公子，搢紳處士，聞吾風聲，議其所以，乃奮袂攘襟，怒目切齒。先生一捧腹。【誥案】公自謂也。明鏡既無臺，〔王註〕《傳燈録》：黄梅告衆，各述一偈。上座神秀乃廊壁書云：「身是菩提樹，心如明鏡臺。」慧能在碓坊，聞之曰：「美則美矣，了則未了。」於秀偈之側寫云：「菩提本無樹，明鏡亦非臺。」淨瓶何用蹙。〔公自註〕古「蹴」、「蹙」通〔五〕。〔王註〕《傳燈録》：百丈召祐師云：「潙山汝當居之，嗣續吾宗。」華林曰：「某甲忝居上首，祐師何得住持？」百丈曰：「若能對衆下得一語，

當與住持。」卽指淨瓶問云：「不得喚做淨瓶。」華林曰：「不可喚作木榍也。」乃問祐師，師踢倒淨瓶，百丈笑云：「第一座輸却山子也。」盆山不可隱，畫馬無由牧。【誥案】十字通篇主腦，故末四句分承作結。無此關鎖，則一詩分作二首矣。公但爲詩立局，若必謂掃倒石畫，此又小兒解也。聊將置庭宇，何必棄溝瀆。焚寶真愛寶，碎玉未忘玉。【誥案】此詩分二截。以上答穆父、潁叔。久知公子賢，【誥案】謂晉卿也。以下皆與晉卿語。出語耆年伏。〔施註〕《維摩經》：我止此室，如耆年解脱。欲觀轉物妙，〔王註〕《楞嚴經》云：衆生皆轉於物，若能轉物，卽同如來。故以求馬卜。〔合註〕《莊子·田子方篇》：彼已盡矣，而女求之以爲有，是求馬於唐肆也。維摩既復捨，天女還相逐。授之無盡燈，〔王註〕《維摩經》：魔波旬言：「居士可捨此女一切所有，施於彼者，是爲菩薩。」維摩詰言：「我已捨矣，汝便將去。」於是諸女問維摩詰：「我等云何止於魔宮？」維摩詰言：「諸姉有法門，名無盡燈。無盡燈者，譬如一燈燃，百千燈冥者皆明，明終不盡。」照此久幽谷〔六〕。定心無一物，法樂勝五欲。〔王註〕《維摩經》：維摩詰既得天女，卽隨所應，而爲説法，令發道意。復言：汝等已發道意，有法樂可以自娱，不應復樂五欲樂也。三峨吾鄉里，〔查註〕鮮于綸《議道堂記》：漢嘉背負三峨，襟帶二江。萬馬君部曲。〔施註〕《漢·司馬相如傳》：睨部曲之進退，覽將帥之變態。臥雲行歸休，破賊見神速〔七〕。〔公自註〕晉卿將種，常有此志。〔王註次公曰〕「三峨吾鄉里」，言真山；「萬馬君部曲」，言真馬。我有真山，則將臥雲；王有真馬，則用破賊。如此假山不必愛，畫馬不必取也。【誥案】所解是，但必如此説，則凡卞和之玉、隋侯之珠、羲之之書、道玄之畫，皆得以饑不可食、寒不可衣之説廢之矣。公詩但解二説，以爲不必碎與焚也。入結又從前半生出，使三人合成一局。以是論詩，庶幾與作者所見爲近。

程德孺惠海中柏石，兼辱佳篇，輒復和謝

〔施註〕程德孺，名之元。持節嶺南歸惠此石，故皆用嶺南事。德孺時爲主客郎中。〔合註〕《續通鑑長編》載於元祐七年六月。

嵐薰瘴染却敷腴〔六〕，〔王註次公曰〕言德孺自廣南使還也。〔施註〕杜子美《遣懷》詩：兩公壯藻思，得我色敷腴。笑飲貪泉獨繼吴。未欲連車收薏苡，肯教沉網取珊瑚。〔王註厚曰〕《唐書·西域傳》：大秦西南漲海中八百里，到珊瑚洲，洲底有盤石珊瑚生其上。海人乘大舶，沉鐵網水底，以鐵發其根而取之。〔施註〕《洽聞記》：𢶍菻國海中，珊瑚生於水底，以大船載鐵網，下海中，三年，爲絞車出之，名其所爲珊瑚洲。不知庾嶺三年别，〔王註〕《九域志》：大庾嶺本屬虔州大庾縣，淳化三年，以縣置南安軍。〔查註〕《吴録》：南埜縣有大庾山，其路險峻螺轉而上，踰九磴。收得曹溪一滴無。【誥案】程德孺爲嶺南提刑，置司韶州，因與南華重辯厚善，建菴其中，公後過之，作《蘇程菴銘》。但指庭前雙柏石，〔施註〕《傳燈録》：趙州從諗禪師，凡有僧入室，但指庭前柏樹云：庭前柏樹子。要予臨老識方壺。〔施註〕《拾遺記》：海中有三山，其形如壺，方丈曰方壺，蓬萊曰蓬壺，瀛洲曰瀛壺。【誥案】此語乃南遷之識，故後有《壺中九華》二詩也。

次秦少游韻贈姚安世

〔查註〕姚安世疑即姚丹元，詳見後篇註。〔合註〕《續通鑑長編》：元祐六年七月，秦觀爲正字。八月罷正字，依舊校對黄本書籍。以賈易言。八年六月復爲正字。先生和詩，正其校書時也。

帝城如海欲尋難，肯捨漁舟〔八九〕到杏壇。〔施註〕《莊子·漁父篇》：孔子休坐乎杏壇之上，弦歌鼓琴，奏曲未半，有漁父者，下船而來。剝啄扣君容膝户，巍峨笑我切雲冠。問羊獨怪初平在，牧豕應同德曜看。〔王註〕《後漢書》：梁鴻家貧而尚介節，牧豕於上林苑中，曾誤遺火，延及他室，悉以豕償之。同縣孟氏女，擇對不嫁，鴻聞而聘之，字之曰德曜，名孟光。肯把《參同》較同異，〔施註〕《神仙傳》：魏伯陽作《參同契》三卷，以論作丹之意。小窗相對爲研丹。

次丹元姚先生韻二首〔九〇〕

【誥案】唐宋之時，凡道人皆稱先生，或帶姓稱某先生，又以其老者爲老先生。本集詩文中，有回先生、張先生、趙先生、老先生可證，與所稱鳧繹先生、樂全先生不同。餘詳後《寧極齋》詩註。〔施註〕葉少蘊《避暑録話》記：姚丹元因王鞏以進於東坡，本京師富人王氏子，爲父逐去。事建隆觀一道士，天資頗慧，因取道藏遍讀，或能成誦，又多得其方術丹藥。作詩，間有放浪奇譎語，故能成其説。浮沉淮南，屢易姓名。後復其姓名爲王繹，又易名元誠。力詆林靈素，爲其毒死〔九一〕。〔查註〕《欒城集·次韻姚道人》詩第一首云：西山學採薇，東坡學煮虀。昔在建城市，豈復衣冠情。朋友日已疎，止接盲趙生。嗇智狥所安，元氣賴以存。時於星寂中，稍護亂與昏。河流發九地，欲挽升天門。枉用十年力，僅餘一燈温。老病竟未除，驚呼欲狂奔。何日新雨餘，得就季主論。第二首云：高人隱陋巷，至藥初無方。心知無生妙，運轉開陰陽。才如淩雲松，豈受尺寸量。氣如幽谷蘭，時送清風香。嗟我本病肺，寒暑隨翕張。丹砂苦落落，青春去堂堂。清詩墮雲霧，至音叩琳琅。山海信多士，世俗非所望。遠遊居臨安，間出從諸王。他年解冠佩，共遊無邊疆。儀麟既委照，永謝過隙光。【諮案】葉夢得乃蔡京門客，親見姚丹元出入京家，其查註所引，即施註原引之《避暑録》，特託名《長公外紀》，以示異耳。如謂《長公外紀》，則其文中所稱「余猶及見其與魯公言從子瞻事者」，此「余」爲誰何也？今刪。

其一

浮生知幾何，〔施註〕《左傳·襄公三十一年》：孝伯曰：「人生幾何，誰能無偷。」僅熟一釜羹。〔合註〕此兼用《唐書·回鶻傳》烹羊胛熟事。歐陽公詩亦云：歲月纔如熟羊胛。那於俯仰間，用此委曲情。〔施註〕劉禹錫《桃源行》：笑言委曲問世間。自憐無他腸，〔王註〕《前漢書》：衛綰以戲車爲郎，事文帝，上以爲廉，忠實無他腸。乃拜綰爲河間王太傅。偶亦得此生。〔王註〕陶淵明詩：笑傲東軒下，聊復得此生。懸知當去客，〔王註〕陶淵明詩：家爲逆旅舍，我如當去客。中有不亡存。但恐宿緣重，每爲習氣昏。似聞梅子真，近在〔九二〕吴市門。未能肩拍〔九三〕洪，〔王註〕郭璞《遊仙》詩：左揖浮丘袂，右拍洪崖肩。但欲目擊温。不敢叩門呼，恐作踰垣奔。且令紹介先，〔施註〕《史記·魯仲連傳》：平原君曰：「勝請爲紹介。」郭璞曰：紹介，相佐助者。徐以方便論。〔王註次公曰〕「方便」字，出佛書「大巧方便」。〔施註〕《法華經》：以方便力，柔伏其心。

其二

不學劉更生，黃金鑄上方〔九四〕。〔王註〕《前漢書》：劉向得《枕中鴻寶苑秘書》，獻之，言黃金可成。上令典上方鑄作事。不驗，下吏。不學房次律，身事問潁陽。〔王註〕《酉陽雜俎》：邢和璞得黃老之道，善心算，作《潁陽書疏》。房琯祈邢終身之事，邢言降魄之處，非館非寺，非途非署，病起於魚飧，休於龜茲板。後房至閬州，舍紫極宮，適雇工治木，問之道士，稱龜茲板。房始憶邢之言，有頃，刺史具鱠邀房，房具白於刺史，且以龜茲板爲托，其夕病鱠而終。王烈亦何人，叔夜未可量。獨見神山開，遽餐〔九五〕石髓香。至道尚聽瑩〔九六〕，〔施註〕《莊子·齊物論篇》：長梧子曰：「是黃帝之所聽瑩也，而丘也何足以知之。」麤才〔九七〕終蹶張。〔王註〕《前漢書》：申屠嘉以材官蹶張從高帝擊項籍。註：能踏强弩也。先生喜而笑，幅巾登我堂。〔王註〕《後漢·符融傳註》：幅巾，以一幅爲之也。苦誓指黃壤，〔施註〕《晉·王羲之傳》：去會稽郡，於父母墓前自誓，朝廷以其誓苦，亦不復徵之。要言刻青琅。〔施註〕《本草·玉石部》：青琅玕。註：瑠璃之類，火齊寶也。蓬萊在何許，弱水空相望。〔施註〕《續仙傳》：謝自然曰：「每登玉霄峰，即見滄海，蓬萊亦應不遠。」於是入海。遇一道士，笑謂曰：「蓬萊隔弱水，此去三萬里，非仙莫到。」且當從嵇、阮，聊復數山、王。〔王註〕《文選·五君詠註》云：顔延年領步兵，好酒疎誕，不能斟酌。劉湛言於彭城王，出爲永嘉太守。延年怨憤，乃作《五君詠》，述竹林七賢以自喻。山濤、王戎以貴盛，遂黜不收。達人友四海，〔施註〕《左傳·昭公七年》：臧孫紇有言曰：「聖人有明德者，若不當世，其後必有達人。」《漢·賈誼傳》：達人大觀，物亡不可。曲士守一疆。〔王註〕《莊子·秋水篇》：夏蟲不可語於冰者，篤於時也；曲士不可語於道者，束於教也。愼勿〔九八〕使形諜，兒童驚夜光。〔王註〕韓退之《贈張籍》詩云：兒童畏雷電，魚鼈驚夜光。〔施註〕《莊子·列禦寇篇》：內誠不解，形諜成光，以外鎮乎人心，使人輕乎貴老，而韲其所患，彼將任我以事，而效我以功，吾是以驚。〔邵註〕《莊子》註：韲，猶醃釀也。

次韻秦少游王仲至元日立春三首

【誥案】以下元祐八年癸酉作。

其一

省事天公厭兩回，〔施註〕《晉・荀勖傳》：省官不如省事。新年春日併相催。殷勤更下山陰雪，〔王註厚曰〕杜子美《七月一日題終明府水樓》詩：翛然欲下山陰雪，不去非無漢署香。要與梅花作伴來。〔王註〕韓退之《雪間梅》詩：先期迎獻歲，更伴占茲辰。

其二

己卯嘉辰壽阿同，〔公自註〕子由，一字同叔。元日己卯，渠本命也。〔王註吴憲曰〕按《年譜》，蓋元祐八年之元日也。顧渠無過亦無功。明年春日江湖上，回首觚稜一夢中。

其三

詞鋒雖作〔九九〕楚騷寒，德意還同漢詔寬。好遣秦郎供帖子，【誥案】時首相呂大防已有薦少游意，故有此語。盡驅春色〔一〇〇〕入毫端。〔公自註〕立春日，翰林學士供詩帖子。

次韻王晉卿奉詔押高麗宴射

〔查註〕《東京夢華録》：高麗使人在大梁門外安州巷同文館，元旦朝見訖，後二日，詣南御苑試射，朝廷旋選能射武臣伴射。射畢，賜宴。《葉石林燕語》云：玉津園，爲契丹賜射之地。考《汴京遺迹志》，園在南薰門外。《范純父集·次韻》詩云：天上星弧日射狼，副車衣袂得餘香。朝雲曾落雙雕羽，遼海將歸萬里航。酒灩堯樽賓已醉，春回漢苑漏初長。何郎拜舞恩波渥，花簇金鞍道路光。

北苑傳呼陛楯郎，〔王註次公曰〕前漢傳呼陛楯，乃今之前導也。陛楯郎，秦制，執楯於殿下者也。東夷初識令君香。〔王註〕《襄陽記》：劉季和性愛香，常如廁還，輒過香爐上。季和曰：「荀令君至人家，坐席三日香，謂我如何？」張坦曰：「醜婦效顰，見者必走。」〔施註〕《世説》：荀令君至人家，坐處三日香〔一〇一〕。天山自可三箭取，〔王註〕《唐書》：薛仁貴爲鐵勒道行軍總管，時九姓衆十餘萬，令驍騎來挑戰。仁貴發三矢，輒殺三人。於是虜氣懾，皆降。軍中歌曰：將軍三箭定天山，壯士長歌入漢關。海國何勞一葦杭〔一〇二〕。宣勸不辭金盌側，醉歸争看玉鞭長。〔王註〕《左傳·宣公十五年》：雖鞭之長，不及馬腹。〔合註〕杜子美《寄岳州賈司馬六丈巴州嚴八使君兩閣老》詩：麒麟受玉鞭。錦囊詩草勤收拾，〔施註〕《唐·李賀傳》：每旦出，從小奚奴，背古錦囊，遇所得，投囊中。未嘗先立題，然後爲詩。莫遣雞林得夜光。〔王註〕《唐·白居易傳》：最工詩，當時士人争傳。雞林行賈，售其國相，率篇易一金，僞者，相輒能辨之。

上元侍飲樓上三首呈同列〔一〇三〕

〔查註〕《宋史・禮志》：唐以後正月望後，開坊市門，然燈，宋因之。上元前後各一日，大内正門結綵爲山樓。天子先幸寺觀行香，遂御樓，或御東華門及東西角樓，飲從臣，四夷蕃客，各依本國歌舞，列於樓下，後增至十七、十八夜。《春明退朝録》：本朝太宗時，三元不禁夜，上元御乾元門，中元、下元御東華門，後罷中元、下元二節，而初元游觀之盛，冠於前代。《夢粱録》：正月十五，汴京大内前縛山棚，對宣德樓，悉以綵結，山沓上皆畫羣仙故事，左右以五色綵結文殊、普賢，跨獅子白象。用轆轤絞水上燈棚，高處放下，如瀑布。又縛成雙龍，中置燈燭萬盞，望之，蜿蜒似飛走之狀。上御宣德樓觀燈，令百姓同樂。〔合註〕《續通鑑長編》：元祐八年正月壬辰，御宣德門，召從臣觀燈。卽先生賦詩事也。【誥案】觀前詩與公自註，其元日爲己卯，必無誤矣。《長編》當云正月癸巳御門，方與上元日合，壬辰乃十四日也。

其一

澹月疎星遶建章，〔王註〕《前漢書・郊祀志》：武帝時，柏梁災，於是作建章宮，度爲千門萬户。又，《武帝紀註》：在未央宮西，今長安故城西。仙風吹下御爐香。侍臣鵠立通明殿〔一〇四〕，〔施註〕《後漢・袁紹傳》：整勒士馬，瞻望鵠立。《集異記》：山玄卿《新宮銘》，仙翁鵠立，道師冰潔。一朶紅雲捧玉皇。〔王註〕《翼聖傳》載：玉帝坐處，常有紅雲擁之，雖真仙亦不得見其面也。

其二

薄雪初消野未耕，賣薪買酒看升平。〔王註〕《續仙傳·許宜平傳》云：或負薪以賣，薪擔常掛一花瓢，每醉吟曰：「負薪朝出賣，沽酒日西歸。」吾君勤儉倡優拙，〔施註〕《史記·范睢傳》：楚之鐵劍利而倡優拙。夫鐵劍利則士勇，倡優拙則思慮遠。自是豐年有笑聲。

其三

老病行穿萬馬羣，九衢人散月紛紛。〔王註〕杜子美《陪鄭廣文遊何將軍山林》詩：絺衣掛蘿薜，涼月白紛紛。〔施註〕白樂天《懷微之》詩：歸騎紛紛滿九衢。劉禹錫《送張盥詩引》：聯袂齊鑣。歸來一盞〔一〇五〕殘燈在，〔施註〕白樂天《雪夜》詩：殘燈明復滅。猶有傳柑遺細君。〔公自註〕侍飲樓上，則貴戚爭以黄柑遺近臣，謂之傳柑，聽攜以歸，蓋故事也〔一〇六〕。〔王註〕《前漢·東方朔傳》：伏日，詔賜從官肉。朔獨拔劍割肉，大官奏之。朔曰：「歸遺細君，又何仁也。」

戲答王都尉傳柑〔一〇七〕

【誥案】此詩施編不載，查註從邵本補編。

侍史傳柑玉座傍，〔王註〕故事，上元燈夕，上御端門，以溫州進柑，分賜從臣，謂之傳柑〔一〇八〕。人間草木盡天漿。〔馮註〕劉禹錫《謝柑表》：甘踰萍實，寒比蔗漿。寄與維摩三十顆〔一〇九〕，不知薝蔔是餘香。〔公自註〕

舉輕明重，維摩猶三十枚〔一〇〕。〔馮註〕王維《六祖碑》：林是旃檀，更無雜樹；花惟薝蔔，不嗅餘香。

送蔣穎叔帥熙河〔一一〕并引

〔施註〕蔣穎叔名之奇，事見《次韻蔣發運》詩註。穎叔由戶部侍郎知熙州。穎叔至郡，夏人請畫疆，而伏兵山谷間。穎叔亦以兵自衛，而令其屬至定西城會議。往來二年，議卒不合。朝廷知其詐而罷之，穎叔益務修守備，謹斥堠，常若寇至，終穎叔去，不敢犯。紹聖間，章子厚秉政，召爲中書舍人，知開封，除翰林學士，出守汝、慶。徽宗擢爲知樞密院，除觀文殿學士，知杭州，以與議棄河湟，奪官職。既卒，以嘗陳紹述之言，盡復之〔一二〕。〔查註〕《九域志》：秦鳳路熙州臨洮郡鎮洮軍節度，唐寶應元年，陷於西蕃，熙寧五年收復。治狄道縣，西界至河州一百里。河州安鄉郡軍事，唐河州，後廢，熙寧六年收復，仍置。南至洮州一百九十五里，東至長安一千五百里。

穎叔出使臨洮，軾與穆父、仲至同餞之，各賦詩一篇，以今我來思爲韻，致遄歸之意，軾得〔一三〕我字。

西方猶宿師，〔施註〕《漢·韓安國傳》：孝文寤於兵之不可宿也，故復和親之約。顔師古曰：宿，久留也。論將不及我。【誥案】紀昀曰：起即伏結意，筆極恣逸。查初白謂感慨之言，以滑稽出之，妙。苟無深入計，〔王註〕《前漢書·李陵傳》：武帝以爲有廣之風，使將八百騎，深入匈奴二千餘里。〔施註〕《漢·霍去病傳》：出北地，遂深入。緩帶我亦可。〔王註〕《晉書》：羊祜在軍，不親戎服，嘗輕裘緩帶。承明正須君，文字粲藻火。〔施註〕《尚書·益稷》：藻火、粉米，黼黻、絺繡。以五采彰施於五色作服。自薦雖云數〔一四〕，留行終不果。正坐喜論兵，臨老付邊鎖〔一五〕。〔王註〕《前漢·丙吉傳》：馭吏知虜入雲中、代郡，見吉白狀，吉召案邊長吏，瑣科條其人。張晏曰：瑣，録也，欲科條其人老少及所經歷，知其本以文武進也。〔查註〕付邊鎖，猶云寄北門鎖鑰也。新詩出談笑，僚友困掀簸。〔施註〕韓退之《瀧吏》詩：颶風有時作，掀簸真差事。我欲歌《杕杜》，〔施註〕《毛詩·杕杜》，勞還役也。楊柳方婀娜。〔王註〕《詩·小雅·采薇》曰：昔我往矣，楊柳依依。今我來思，雨雪霏霏。又《詩》云：婀娜其枝。〔施註〕白樂天《清輝樓》詩：院柳烟婀娜，簷花雪霏微。邊風事首虜，〔王註次公曰〕首虜，奏虜首之數也。《漢·馮唐傳》：唐曰：「魏尚爲雲中守，坐上功首虜差六級，削爵。」〔施註〕《漢·衞青傳》：至龍城，斬首鹵數百。所得蓋幺麽。〔王註〕《通俗文》云：不長曰幺，細小曰麽。〔施註〕《漢·班固敍傳》：幺𡚁，尚不及數子。〔合註〕註云：𡚁，音麽，小也。願爲魯連書，一射聊城笴。〔施註〕《史記·魯仲連傳》：齊田單攻聊城歲餘，士卒多死，而聊城不下。魯連爲書，約之矢以射城中，遺燕將。燕將見書，泣三日，乃自殺。聊城亂，田單遂屠聊城。庾信《北園射》詩：轉箭初調笴。《說文》：笴，箭莖也。〔翁方綱註〕今本《說文》及《繫傳》，並無「笴」字。《玉篇》：笴與簳同，簳，箭簳也。然則箭莖之訓久亡，施氏所據，猶是《說文》古本也。【誥案】紀昀曰：有物之言，不嫌板實。陰功在不殺，〔施註〕《周易·繫辭上》：神武而不殺。結草酬魏顆。

再送二首

其一

使君九萬擊鵬鯤，肯爲陽關一斷魂。不用寬心九千里，安西都護國西門。〔王註次公曰〕安西都護，則唐貞觀中置府也。《漢書》：鄭吉護都善以西南道。既破車師，降日逐，威震西域，遂并護車師以西北道，故號都護，自吉始焉。〔施註〕《唐・地理志》：安西大都護府，初治西州。白樂天《西涼伎歌》：平時安西萬里疆。自註云：平時開遠門外立堠，云，去安西九千九百里，以示戍人，不爲萬里之行，其實就盈數也。〔查註〕《通典》：永徽中，於邊方置安東、安西、安南、安北四大都護府。《唐會要》：貞觀十四年，侯君集平高昌，於西州置安西都護府，治交河城。

其　二

餘刃西屠橫海鯤，〔王註〕《莊子・養生主篇》：恢恢乎其於游刃，必有餘地矣。李太白詩：橫行青海夜帶刀，西屠石堡取錦袍。魏顥《李翰林集序》云：橫海鯤，負天鵬，豈池籠縶之。應余詩讖是游魂。〔王註次公曰〕先生舊有本註云：穎叔未有帥洮之命，作扈駕詩，某和有「游魂」之句，遂成吟讖〔一一六〕。〔施註〕杜子美《哀江頭》詩：血污游魂歸不得。歸來趁別陶弘景，看掛衣冠神武〔一一七〕門。〔邵註〕陶弘景，公自謂也。

次韻穎叔觀燈〔一一八〕

安西老守是禪僧，到處應然無盡燈。永夜出游從萬騎，〔合註〕何焯曰：「永夜出游」句，用薛能詩。諸羌人看擁千層。〔王註次公曰〕言羌胡駢肩疊足之多也。〔施註〕《魏・武紀註》：賊將見公，悉於馬上拜，秦、胡觀者，前後重沓。便因行樂令投甲，〔合註〕韓退之《平淮西碑》：蔡之卒夫，投甲呼舞。不用防秋更打冰。〔施註〕《唐・陸贄傳》：西北邊，歲調湖南江淮兵，謂之防秋。振旅歸來還侍宴〔一一九〕，〔王註〕《左傳・隱公五年》：三年而治兵，入而振旅。〔施註〕《文選》有丘希範《侍讌樂游苑送張徐州應詔》詩。十分宜勸恐難勝。

次韻錢穆父、王仲至同賞田曹梅花

〔施註〕《四朝正史·錢穆父傳》載：其復知開封，臨事益精明。東坡乘其據案時遺之詩，穆父操筆立賦以報。坡曰：「電掃廷訟，響答詩筒，近所未見也。」然穆父以是歲二月十八日再除開封，田曹賞梅唱和，猶當是爲户部尚書時。此後止有《次韻穆父馬上寄蔣穎叔二絶》，而東坡出帥定武和送別一詩爾，「響答詩筒」，顧未見之，豈倡酬猶有遺逸耶？坡公之語，不應虚發也。〔查註〕《宋史》：工部所屬有屯田，掌天下屯田及文武職田、公廨田。

寒廳不知春，〔施註〕柳子厚詩：荆州不遇高陽侶，一夜春寒滿下廳。獨立耿玉雪。閉門愁永夜，置酒及明發。〔施註〕《毛詩·小雅·小宛》：明發不寐，有懷二人。忽驚庭户曉，未受〔二〇〕烟雨没。浮光風宛轉，照影水方折。〔施註〕《淮南子》：水圓折者有珠，方折者有玉。鬢霜〔二一〕未易〔二二〕掃，〔王註〕白樂天《啄木曲》：我有兩鬢霜，知君銷不得。〔施註〕杜子美《丈人山》詩：掃除白髮黄精在。眉斧真自伐〔二三〕。〔王註〕《文選》枚乘《七發》云：皓齒蛾眉，命曰伐性之斧。惟當此花前，醉卧黄昏月。〔王註〕李賀《秦宫》詩：醉卧氍毹滿堂月。

【誥案】紀昀曰：不著梅字，而神意是梅。

送襄陽從事李友諒歸錢塘

〔施註〕李友諒，字叔益，錢塘人。舉進士。紹聖初，右正言張商英論元祐以來刑賞失當，謂友諒當衙替，因與蘇軾厚善，三省爲之掩匿云。【誥案】此三省指何人，當元祐中，公不自保，而能及李耶？〔查註〕《職官分紀》：諸州掾屬，統謂之從事。趙德麟《侯鯖録》云：在襄陽日，同官李友諒仲益。施註作叔益，未詳孰是？〔合註〕《續通鑑長編》：元符二年十一月，宣德郎李友諒追一官勒停，以銀錢遺鄒浩，且致簡叙別也。當是再出後事。

居杭積五歲，〔王註徐師川曰〕《年譜》：熙寧四年，通判杭州，凡三年。元祐四年，知杭州，凡二年。自意本杭人。故山歸無家，欲卜西湖鄰。良田不難買，静士誰當親。髯張既超然，老潛亦絶倫。李子冰玉姿，〔王註次公曰〕髯張不知爲誰，老潛豈道潛師曰參寥子者乎？李子，則友諒也。〔查註〕髯張字秉道，吴興六客之一。本集《相視新河和秉道》詩云：髯張乃我結襪生。即其人也。【誥案】查註於此處，又謂張璹即張秉道，已爲改正。讀此詩，知秉道信爲杭人，可見施註前云「時客於杭者」誤。文行兩清淳。〔合註〕何遜詩：所在號清淳。歸從三人游，便足了此身。〔施註〕《晉・畢卓傳》云：拍浮酒船中，便足了此一生矣。公隄不改昨〔二四〕，姥嶺行開新。〔王註次公曰〕公隄，乃先生所築，杭人謂之蘇公堤也。姥嶺，天姥山也。〔查註〕《咸淳臨安志》：龍山有姥嶺。《長公外紀》云：公在杭州，開石門河已得請，而林子中爲代。諛者言今鑿龍山姥嶺，正犯太守身，故寢其議。今詩中意謂若得再至杭，當復開此嶺也。幽夢隨子去，松花〔二五〕落衣巾。〔施註〕劉眘虛《寄閻防》詩：深路入古寺，亂花隨暮春。紛紛對寂寞，往往落衣巾。【誥案】紀昀曰：切實詩，以縹緲結之，方生動。

次韻吴傳正枯木歌〔二六〕

〔施註〕吴傳正，名安詩。父充相神宗。傳正元祐中爲右司諫，與劉器之同攻蔡確，竄荒服。遷左史，攝西掖，坐草蘇黄門知汝州詞濫美，罷去。後爲子累，編置湘中。〔合註〕《續通鑑長編》：元祐七年十二月，吴安詩爲秘書少監。

天公水墨自奇絶，〔施註〕陶淵明《和郭主簿》詩：陵岑聳逸峰，遥瞻皆奇絶。瘦竹枯松寫殘月。〔施註〕白樂天《大林寺序》：環寺多清流蒼石，短松瘦竹。夢回疎影在東窗，驚怪霜枝連夜發。〔王註〕《卓異記》：唐則天天授二年十二月，嘗游上苑，遣使宣詔曰：明朝游上苑，火速報春知。花須連夜發，莫待曉風吹。於是，凌晨，名花瑞草，布苑而開。羣臣咸服其異。生成變壞一彈指，〔王註〕《楞嚴經》言：我觀世間，六塵變壞，惟以空寂修於滅盡身心，乃能度百千劫，猶如彈指。乃知造物初無物。古來畫師非俗士，妙想實與詩同出。龍眠居士本詩人，〔王註次公曰〕龍眠居士，李伯時也。〔呂祖謙曰〕《同安志》：龍眠山，在桐城縣西北二十里，有東西二龍井，祈雨有應。能使龍池飛霹靂。〔施註〕杜子美《曹將軍畫馬圖》詩：曾貌先帝照夜白，龍池十日飛霹靂。君雖不作丹青手，詩眼亦自工識拔。龍眠胸中有千駟，〔王註次公曰〕《王立之詩話》云：先生詩有「龍眠胸中有千駟」，説者以爲豈以其無德而稱邪？【誥案】李伯時之畫，猶之米元章之書，不必以名節繩之也。不獨畫肉兼畫骨。但當與作少陵詩，或自與君拈禿筆。〔王註〕杜子美《韋偃畫馬》詩：試拈禿筆掃驊騮，欻見麒麟出東壁。東南山水相招呼，〔施註〕白樂天《分司洛中》詩：招呼新客侣，掃掠舊池臺。萬象入我摩尼珠。〔王註〕《圓覺經》：譬如清淨摩尼寶珠，映於五色，隨方各見。盡將書畫散朋友，獨與長鋏歸來乎。〔王註〕李白《於五松山下贈南陵常贊府》詩：長鋏歸來乎，秋風思客歸。

送黄師是赴兩浙憲

〔施註〕黄師是，名寔，陳州人。神宗時登進士第。歷樞屬，宰掾，提舉京西淮東常平，提點梓州路兩浙刑獄，京東河北轉運。師是爲章子厚之甥。子由官陳，由是二女皆爲子由婦。哲宗欲召用，而林希用是沮之。終寶文閣待制，知定州，贈龍圖閣直學士。孫䚡跋此詩云：先生侍兒嘗問：「朝之諸公，遷擢不淹時，獨黄師是昔爲提刑，今又提刑，何也？」先生大笑，方作詩送之，故云：「綠衣有公言。」墨迹刻於奉化黄氏〔二七〕。【誥案】子由子婦黄氏，從謫，卒於惠州。其後公歸至儀真，而子由已在許，始託公謀，以師是小女爲遠續娶，以師是方任淮東之故。是時林希已傷寒死，而公亦不及目其成也。《宋史》之誤，與施註大畧相似，然未嘗以二女爲子由婦，惟前明刊本，譌轍爲軾，故《弘簡録》遂謂師是二女皆嫁公之子，此則尤可笑也。若施註妄謂二女皆子由婦，而邵註、合註皆仍之，其誤又甚於《弘簡録》矣。〔查註〕張文潛次韻詩云：昔見君納婦，今見君抱孫。先公自種德，子合大其門。何爲亦如我，有抱不得言。峥嶸胸中氣，默默自吐吞。誰知東坡老，感激論元元。欲將洛陽裘，盡蓋江湖村。既引海若頸，又鞭江胥魂。意令仰天民，不隔頂上盆。我獨乞禪牀，一氣中夜存。此詩從《宛丘集》採出，魂字韻下脱二句。

世久無此士，〔施註〕陶淵明《擬古》詩：此士難再得，吾行欲何求。我晚得王孫。寧非叔度家，〔施註〕後漢徵君黄憲，字叔度。豈出次公門。〔施註〕漢循吏黄霸，字次公。白首沉下吏，綠衣有公言。〔王註次公曰〕當時人有未解此句，問之先生。先生曰：「吾家朝雲每見師是，怪其官職不遷耳。」然後知綠衣指朝雲。蓋《綠衣》乃詩篇名，妾之服也。哀哉吴越人，久爲江湖吞。官自倒帑廩，〔施註〕韓退之《答竇秀才存亮書》：倒廩傾困，羅列而進之。飽不及黎元。〔王註次公曰〕詩意言吴越之人，久罹水患，官雖費財於帑庫，費糧於倉廩，而終不救黎元之飢困也。近聞海上港，〔合註〕《唐韻》：港，水分流也。漸出水底村。願君五袴手，招此半菽魂。〔王註〕《漢書·項羽傳》：歲飢民貧，卒食半菽。一見刺史天，〔王註〕《後漢書》：蘇章，字孺文。爲冀州刺史。故人爲清河太守，章行部按其姦贓，乃請太守，爲設酒肴，陳平生之好，甚歡。太守喜曰：「人皆有一天，我獨有二天。」章曰：「今夕蘇孺文飲故人酒，私恩也；明日冀州刺史按事，公法也。」遂舉正其罪。稍忘獄吏尊。〔王註〕《前漢書》：周勃下廷尉，吏稍侵辱之，既出，曰：「吾嘗將百萬軍，安知獄吏之貴也。」會稽入吾手，〔王註〕白樂天詩：濟源山水好，老尹知之久。常日聽人言，今秋入吾手。鏡湖小於盆。〔王註次公曰〕是時先生欲乞守越，末言水患消而湖水不泛溢也。比我東來時，無復〔一二八〕瘡痍存。

送范中濟經略侍郎，分韻賦詩，以「元戎十乘以先啓行」爲韻，軾得先字，且贈以魚枕杯四，馬箠一〔一二九〕

【誥案】施註原題云：送范中濟經略侍郎，分韻賦詩，得先字〔一三〇〕，且贈以魚枕杯四、馬箠一，以「元戎十乘以先啓行」爲韻。王註本、七集本皆無「以元戎」下十一字，合註已有施本倒置之說。今考其故，乃集本原無此十一字，似施本因墨迹有自註此十一字，乃率意增入之耳。今已不可刪，爲改列於上云。〔施註〕中濟名子奇。五世祖仁恕，相蜀，因葬成都。祖雍字伯純，始家河南。中濟以蔭簽書并州判官事，唐質肅公介薦諸朝，神宗賜對，遂進用爲户部判官，轉運湖南。建言：「梅山蠻恃險爲邊患，宜郡縣之。」其後章子厚開五溪，議由此起。歸判將作監，使契丹，虜欲撓之，不爲屈。歷四路漕，左司，司農卿，由河陽守召權户部侍郎。元祐八年二月，爲集賢殿修撰，知慶州。伯純在仁宗時，爲副樞。李元昊叛，拜鎮武節度使，知延州，又知永興軍，故云「廟堂選世將，范氏真多賢」。中濟在慶，進寶文閣待制，廣儲蓄，繕城栅，嚴守備，羈黠羌，推誠待下，人樂爲用。入爲吏部侍郎，以待制致仕。子坦，字伯履。事徽宗，知開封府，再使使遼。時邊議萌芽，故非時遣使以覿釁。坦言不宜始禍，力辭行。帝怒，責團練副使。後爲户部侍郎〔一二〕。〔查註〕《宋史》：經略安撫使，掌一路兵民之事，卽干機速、邊防及士卒抵罪者，聽以便宜裁斷。帥臣任河東、陝西、嶺南路，職在綏御戎夷，則爲經略安撫使兼都總管以統制軍旅。孔武仲有《送范中濟知慶州得以字》詩。

梁、李久樂禍〔一三〕，〔王註次公曰〕梁、李，指言西夏二種族也。西夏在唐賜姓李，則李繼遷是已，在本朝賜姓趙，爲趙元昊是已。其承襲者既姓趙，而其餘種族猶姓李焉。梁猶其妻之黨也。梁氏擅權，遂至弑立。故梁、李有用兵相鬭之禍。〔施註〕《左傳·莊公二十年》：王子頹歌舞不倦，樂禍也。自焚豈非天。〔王註〕《左傳·隱公四年》：兵，猶火也，弗戢，將自焚也。《前漢·魏、田、韓傳·贊》：楚漢之際，豪傑相王，惟魏豹、韓信、田儋兄弟爲舊國之後，然皆及身而絶。横之志節，賓客慕義，猶不能自立，豈非天乎。兩鼠鬭穴中，一勝亦偶然。〔王註〕《史記》：秦伐韓，軍於閼與。廉頗曰：「道遠險狹難救。」樂乘對如頗言。趙奢曰：「道遠險狹，譬之猶兩鼠鬭穴中，將勇者勝。」〔查註〕《宋史》：趙秉常卽位，年七歲，梁太后攝政。元豐四年，有李清者，本秦人，説秉常以河南地歸宋，國母知之，遂誅清而奪秉常政。鄜延總管种諤，乃疏秉常遇弑，國内亂，宜興師問罪。詔李憲等大擧征夏，戰於無定川，大破之，循水北行，地皆沙濕，軍無所得，遂歸。此詩起四句，正指元豐中事。謀初要百慮，善後〔一三〕乃萬全。〔施註〕《漢·晁錯傳》：帝王之道，出於萬全。廟堂選世將，〔王註〕《唐書·薛訥傳》：突厥擾河北，武后以訥世將，詔攝安東道經略使。訥，仁貴之子也。〔施註〕《史記·項羽紀》：項氏世世爲楚將。范氏真多賢。仁風被宿麥〔一三四〕，〔王註〕《晉書》：袁宏出爲東陽郡，祖道，謝安取一扇授之曰：「聊以贈行。」宏曰：「輒當奉揚仁風，慰彼黎庶。」〔施註〕《後漢·光武紀》：詔以宿麥不下，賑賜貧人。註：宿，舊也，麥必經年而熟，故稱宿。劉禹錫《宜城歌》：温風吹宿麥。緑浪摇秦川〔一三五〕。〔施註〕柳子厚詩：麥芒際天摇青波。號令聳毛羽，先聲落虛弦。我家天一方，去路城西偏。〔王註〕《左傳·隱公十一年》：鄭伯使公孫獲處許西偏。投竿困障日，賣劍行歸田。贈君荆魚杯〔一三六〕，〔王註堯祖曰〕荆州出魚枕，可爲杯。〔施註〕歐陽公《送劉侍讀》詩：酌君以荆州魚枕之蕉，贈君以宜城鼠須之管。副以蜀馬鞭。〔王註〕杜牧之《張好好》詩：贈之天馬錦，副以水犀梳。《唐文粹》顧況《竹杖歌》曰：約束蜀兒採馬鞭，採得馬鞭長且堅。杜牧之《送冀處士》詩：贈以蜀馬箠，副以胡罽裘。一醉可以起，〔王註〕韓退之《送石處士》詩：去去事方急，酒行可以起。毋令祖生先。

書晁説之《考牧圖》後

〔查註〕《宋史》：晁説之，字以道。少慕司馬温公之爲人，自號景迂。年未三十，蘇軾以著述科薦之。靖康初，召爲著作郎兼東宫詹事，以待制侍讀終。《晁氏世譜》：以道，一字伯以。元豐五年進士。所著有《嵩山集》。《詩·無羊小序》，宣王考牧之什也。又，以道工繪事，見於同時諸公題詠。山谷有《題説之雪雁》詩，无咎亦有《題以道四弟横軸畫》詩。

我昔在田間，〔施註〕《漢・李廣傳》：從人田間飲。但知羊與牛。川平牛背穩，如駕百斛舟。舟行無人岸自移，〔王註〕《圓覺經》：雲駛月運，舟行岸移。我臥讀書牛不知。〔施註〕《唐・李密傳》：以蒲韉乘牛，掛《漢書》一帙角上，行且讀。前有百尾羊，聽我鞭聲如鼓鼙。【誥案】紀昀曰：自在流行，曲折無不如志，長短無不中節，殆無復筆墨之痕。我鞭不妄發，〔施註〕《漢・汲黯傳》：今又妄發矣。《神仙傳》：王方平使人牽蔡經，鞭之，曰：「吾鞭不可妄得也。」視其後者而鞭之。〔王註〕《莊子・達生篇》：善養生者，若牧羊然，視其後者而鞭之。澤中草木長，〔施註〕《漢・蘇武傳》：杖漢節牧羊，教使者謂單于，言武等在某澤中。草長病牛羊。〔王註次公曰〕先生嘗言，有人見牧童驅羊於瘠地牧之。人謂曰：「彼澤地草美，何不就？」牧童曰：「美草則見食，羊何自而肥，瘠地之草，羊細咀其味，乃得肥也。」今詩意使此。尋山跨坑谷，騰趠筋骨强。〔合註〕《文選》左太冲《吴都賦》：騰趠飛超。烟簑雨笠長林下，〔施註〕《文選》嵇康《絶交書》：逾思長林，而志在豐草。老去而今空見畫。【誥案】紀昀曰：初白翁謂陡然入題，不嫌其突，上下神氣足矣。世間馬耳射東風，悔不長作多牛翁。【誥案】公詩法多有獨闢門庭，前無古人者，皆由以文筆運詩之故，而其文筆則得之於天也。魯直、覺範諸人，讚歎欲絶，每至無可名言，輒以般若爲說，誥以爲此小兒見解也。紀昀曰：「而今」句一點，「世間」二句仍宕開，收繳前文，通篇只一句著本位，筆力横絶。

呂與叔學士挽詞

〔王註無己曰〕按《程氏遺書》，呂大臨學於横渠張先生之門。〔施註〕呂與叔，名大臨，京兆藍田人。博學無所不通，尤深於《春秋》、《二禮》。每欲掇拾三代遺文舊制，令今可行，不爲空言，以拂世駭俗。嘗爲《論選舉》，其畧曰：古之長育人才者，士衆多爲樂，今之主選擧者，以多爲患。古以禮聘士，常恐士之不至，今以法待士，常恐士之競進。今入流之路，不勝其多，然爲官擇士，則常患乏才，名實不稱，本末交戾。今欲立士規，更學制，定試法，修辟法，嚴舉法，制考法，庶幾可以漸復古矣。監鳳翔司竹監。元祐間，從官薦其行義修飭，文詞爾雅，除太學博士，遷秘書省正字。范内翰淳甫乞以備勸講，未及用而卒。兄大忠，字進伯，終寶文閣直學士。大防，字微仲，爲左僕射。兄弟平居，相切磋論道，考禮制度冠婚喪祭，一本於古，關中言禮樂者推吕氏。〔查註〕《東都事畧》：吕大臨通《六經》，尤深於《禮》。元祐中，爲太學博士，遷秘書省正字，卒，士君子惜之。【誥案】「三益」指横渠、伯淳、伊川。時惟伊川僅存，亦頗寥倒。故曰「凋零」。「二難」指大忠、大防，時皆在位，故曰「分付」。

言中謀猷行中經，關西人物數清英。〔合註〕《後漢書·邊讓傳》：蔡邕薦於何進曰：「幕府初開，博選清英。」欲過叔度留終日，〔王註〕《世説》：郭林宗至汝南，造袁奉高，車不停軌，鑾不輟軛。詣黄叔度，乃彌日信宿。人問其故。林宗曰：「叔度汪汪如萬頃陂，澄之不清，撓之不濁，不可量也。」〔施註〕《後漢·黄憲傳》：字叔度。荀叔至慎陽，遇憲於逆旅，與語，移日不能去。郭林宗少游汝南，從憲累日，方還。未識魯山空此生。〔施註〕《唐·元德秀傳》：嘗爲魯山令，天下高其行，謂之元魯山。皮日休《七愛·元魯山》詩：所恨不相識，援毫空涕洟。議論〔一三〕凋零三益友，功名分付二難兄。〔王註〕《世説》：陳元方，子長文，與季方子孝先，各論其父功德，争之不決。諮於太丘，曰：「元方難爲兄，季方難爲弟。」註：陳羣字長文，忠字孝先。《晉書》：王珉少有才藝，名出珣右，時人語曰：「法護非不佳，僧彌難爲兄。」僧彌，珉小字也。〔合註〕何焯曰：二難兄，謂汲公。老來尚有憂時歎，此涕無從何處傾。【誥案】自羣小嫁名伊川報隙，黨禍日盛，公蓋有望於與叔，而與叔且死，無復更有解紛亂者，緣是一痛，否則憂時之歎，不應結此詩。

丹元子示詩，飄飄然有謫仙風氣，吳傳正繼作，復次其韻

〔王註黄魯直曰〕王希明纂天文圖，有《丹元子步天歌》一卷，傳於世，蓋星曆之學也。〔合註〕《丹元子步天歌》見《唐・藝文志》，王註引以註「丹元子」三字，非不知姚丹元也。

飛仙亦偶然，〔施註〕《楞嚴經》云：衆生堅固草木而不休息，藥道圓成，名飛行仙。脱命瞬息中。惟詩不可擬，如寫天日容。〔王註〕韓退之《進淮西碑表》云：乾坤之容，日月之光，知其不可繪畫也。〔施註〕《唐・太宗紀》：天日之表。夢中哦七言，玉丹已入懷。一語遭綽虐〔一三八〕，失身〔一三九〕墮蓬萊。〔施註〕《漢・司馬相如傳》：文君既失身於司馬。蓬萊至今空，護短不養才。〔施註〕韓退之《記夢》詩云：乃知仙人未賢聖，護短憑愚邀我敬。上界足官府，謫仙應退休。可憐吳與蘇，骯髒雪滿頭。雪滿頭〔一四〇〕，終當却與丹元子，笑指東海乘桴浮。

次韻王定國〔一四一〕書丹元子寧極齋

【誥案】此五月以前詩，自三月至五月，慶基等凡七攻，公求去不得，託爲丹元子數詩。

仙人與吾輩，寓迹同一塵。何曾五漿饋，〔王註〕《列子・黄帝篇》：子列子之齊，中道而返，遇伯昏瞀人。伯昏瞀人曰：「奚方而反？」曰：「吾驚焉，吾食於十漿，而五漿先饋。」但有争席人。〔王註〕《列子・黄帝篇》：楊朱之沛，至梁，遇老子。楊朱蹵然變容，曰：敬聞命矣。其往也，舍者迎將，家公執席，妻執巾櫛，舍者避席，煬者避竈。其反也，舍者

與之爭席矣。寧極無常居，〔王註次公曰〕齋名寧極，取《莊子·繕性篇》：不當時命，而大窮乎天下，則深根寧極而待，此存身之道也。此齋自隨身。人那識郗鑑，〔施註〕《唐紀聞》：譚武威段碧，天寶五載過魏郡逆旅，有客市藥，碧知是道者，卽市醪薦之。自言吾姓孟，名期思，居在恒山。碧祈至山中，遂約入山。居五日，孟先生曰：「今日盍謁老先生。」於是啓西室。老先生據牀，碧謁拜焉。碧在山四年，見老先生出户不過五六度，但端坐正心禪觀不食。每出禪時，卽飲少藥汁。碧問孟叟，老先生何姓名？叟取《晉書·郗鑑傳》令讀之，曰：「欲識老先生，卽郗太尉也。」【誥案】此條，唐以道者爲孟先生，可證前説，公後作《衆妙堂記》，以老子爲老先生，亦本諸此也。天不留封倫。〔王註次公曰〕唐人詩：可憐貞觀太平後，天且不留封德彝。誤落世網中，俗物愁我神。先生忽扣户，夜呼祁孔賓。便欲隨子去，著書未絶麟。〔施註〕《左傳·哀公十四年》：春，西狩獲麟。杜預註曰：仲尼傷周道之不興，感嘉瑞之無應，故因魯《春秋》而修中興之教，絶筆於獲麟之一句。願掛神虎冠，〔施註〕神虎門，避唐諱，改神武。往卜飲馬鄰。〔王註次公曰〕蘇州有飲馬橋，丹元子蓋蘇州人也。〔吕祖謙曰〕《圖經》云：飲馬橋在吳縣。王郎濯紈綺，〔王註〕《前漢·班固敍傳》：班伯以戚里，出與王、許子弟爲羣，在於綺襦紈袴之間，非其好也。〔次公曰〕濯紈綺，言定國雖相家子，而能洗去驕貴之氣也。意與陋巷親。南游苦不早，〔施註〕《文選·古詩》：立身苦不早。倘及蓴鱸新。

王仲至侍郎見惠稗栝，種之禮曹北垣下，今百餘日矣，蔚然有生意，喜而作詩〔一四〕

〔王註吳少雲曰〕《年譜》：先生以元祐七年遷禮部。

翠栝東南美，【誥案】紀昀曰：起得鄭重。近生神岳陰。〔王註宋援曰〕神岳，指言衡山也。《禹貢》云：荆及衡陽，惟荆州，杶、榦、栝、柏四物。荆州所生栝，乃今之所謂檜也。〔查註〕《本草》：柏葉松身者，檜也，亦謂之栝。惜哉不可致，霜根絡雲岑。〔合註〕陶淵明詩：近憩雲岑。仙風振高標，〔合註〕左太沖《蜀都賦》：陽烏迴翼乎高標。【誥案】紀昀曰：入得清新。香實隕平林。〔施註〕《毛詩·大雅·生民》：誕寘之平林。偶隨樗櫟生，不爲樵牧侵。忽驚黄茅嶺，稍出青玉針。好事雖力取，王城少知音。豈無換鵝手，但知覓來禽。高懷獨夫子，一見捐橐金。得之喜不寐，贈我意殊深。公堂開後閤，凡木愧華簪。栽培一寸根，寄子百年心。常恐〔一四三〕樊籠中，〔施註〕陶淵明《歸園田居》詩：久在樊籠裏。杜子美《寄隴西公》詩：局促傷樊籠。摧我〔一四四〕鸞鶴襟。〔王註〕舒元輿録《桃源畫記》云：有鸞青衿，有鶴玉羽。誰知〔一四五〕積雨後，寒芒曉森森。恨我迫歸老，不見汝十尋。〔施註〕《左傳註》：八尺曰尋。蒼皮護玉骨，〔施註〕杜子美《桃竹杖》詩：蒼波噴浸尺度足，斬根削皮如紫玉。旦暮視古今。何人風雨夜，臥聽飢龍吟。

次韻錢穆父馬上寄蔣穎叔〔一四六〕二首

〔查註〕錢穆父詩云：春雪京城一尺泥，並鞍還憶蔣征西。碧幢紅旆出關去，一路東風送馬蹄。其二：不論埃𡎴與塗泥，封印還家日正西。豈比元戎碧油下，貔貅繞帳馬千蹄。《穆父集》，世不傳，從《淮海集》註中採出。秦少游《次韻》詩第一首云：新淬魚腸玉似泥，將軍唾手取河西。偏裨萬户封龍額，部曲千金賜褭蹄。第二首云：制詔行聞降紫泥，簪花且醉玉東西。羌人誰謂多籌策，止有黔驢技一蹄。

其一

玉關不用一丸泥，〔王註〕《後漢書》：隗囂將王元説囂曰：「臣請以一丸泥，爲大王東封函谷關。」自有長城鳥鼠西。〔王註李厚曰〕鳥鼠，山名。《禹貢》：鳥鼠同穴。〔施註〕《唐・李勣傳》：太宗拜勣并州大都督府長史，治并州。十六年，以威肅聞。帝嘗曰：「煬帝不擇人守邊，勞中國，築長城以備虜，今我用勣守并，突厥不敢南，賢長城遠矣。」《尚書・禹貢》：西傾、朱圉、鳥鼠。孔安國云：在隴西郡之西，是三者皆雍州之南山也。剩與故人尋土物，〔施註〕《左傳・成公二年》：齊賓媚人曰：「先王疆理天下物土之宜，而布其利。」臘糟紅麴寄駝蹄。〔王註〕杜子美《自京赴奉先縣詠懷五百字》詩：悲管逐清瑟，勸客駝蹄羹。〔查註〕《本草》：造麴法出近世，亦奇術也。入酒及鮓醢中，鮮紅可愛。【誥案】紀昀曰：後二句贊得灑脱。

其二

多買黄封作洗泥，使君來自隴山西。〔查註〕《説文》：隴，天水大坂也。《鳳翔志》：隴山，在隴川西北六十里。高才〔一四七〕得兔人人羡，争欲尋踪覓舊蹄。〔施註〕《莊子・外物篇》：筌者，所以在魚，得魚而忘筌；蹄者，所以在兔，得兔而忘蹄。

表弟程德孺生日〔一四八〕

〔施註〕程德孺，名之元。元祐七年六月，自嶺外持節歸，以右朝奉郎爲主客郎中，進金部，時與先生同朝。

仗下千官散紫庭，〔施註〕《唐·儀衛志》：朝罷，皇帝步入東序門，然後放仗，内外仗隊，七刻乃下。杜子美《紫宸殿退朝口號》詩：花覆千官淑景移。岑參《和賈至朝大明宫》詩：玉階仙仗擁千官。〔合註〕《後漢書·皇甫規傳》：希涉紫庭。微聞偶語〔一四九〕説蘇、程。〔施註〕《漢·高祖紀》：諸將往往耦語。長身自昔傳甥舅，壽骨遥知是弟兄。〔公自註〕予與君皆壽骨貫耳，班列中多指予二人，不問而知其爲中表也。〔施註〕《三國志·管輅傳》：輅曰：「吾額上無生骨，不壽之驗。」曾活萬人寧望報，〔公自註〕君在楚州，予在杭州，皆遇饑歲，活數萬人。〔施註〕《後漢·和熹鄧皇后紀》：叔父陔言：「嘗聞活千人者，子孫有封。」《維摩經》：布施是道場不望報故。祇求五畝却歸耕。四朝遺老凋零盡，〔王註次公曰〕仁宗、英宗、神宗、哲宗爲四朝。〔施註〕韓退之《連昌宫》詩：宫前遺老來相問，今是開元幾葉孫。《文選》謝靈運《鄴中詩序》：歲月如流，零落將盡，撰文懷人，感往增愴。鶴髮他年幾箇迎。

七年九月，自廣陵召還，復館於浴室東堂。八年六月，乞會稽，將去，汶公乞詩，乃復用前韻三首〔一五〇〕

〔查註〕浴室在興國寺中。《東京夢華録》：浴室院，在開封城内第三條甜水巷。〔合註〕《續通鑑長編》：元祐七年十一月、八年六月，蘇軾乞越州，皆不允。先生詩題，專言第二請也。

其一

乞郡三章字半斜，〔查註〕本集自兵部召還，有《乞外郡劄子》，《辭兩職并乞郡劄子》，又有《乞越州劄子》，凡三章。廟堂傳笑眼昏花。上人問我遲留意，待賜頭綱八餅茶。〔公自註〕尚書學士得賜頭綱龍茶一斤，八餅〔一五二〕，今年綱到最遲。〔查註〕熊蕃《北苑茶録》：每歲分十餘綱，淮白茶，自驚蟄前興役，浹日乃成，飛騎疾馳，不出仲春，已至京師，號爲頭綱。《苕溪漁隱叢話》：北苑細色茶，五綱，凡四十三品，共七千餘餅。粗色茶，七綱，凡五品，共四萬餘餅。東坡《題汶公詩卷》「待賜頭綱八餅茶」，即今粗色紅綾袋餅八者是也。

其二

夢繞吴山却月廊，白梅盧橘覺猶香。〔公自註〕杭州梵天寺，有月廊數百間，寺中多白楊梅盧橘。會稽且作須臾意，〔施註〕《楚辭》劉向《九歎》：聊假日以須臾兮，何騷騷而自故。從此歸田策最良。

其三

東南此去〔一五三〕幾時歸，倦鳥孤雲〔一五三〕豈有期。斷送一生消底物，〔施註〕杜子美《解悶》詩：陶冶性靈存底物。三年光景六篇詩。

吴子野將出家贈以扇山枕屏〔一五四〕

〔合註〕吴子野，名復古，號麻田山人。所居名遠游菴，先生南遷爲作《遠游菴銘》。〔合註〕鄭俠《西塘集》有吴子野《歲寒堂記》。【誥案】吴子野，潮陽人，查註謂南海人，誤。又王本、七集本載有《聞潮陽吴子野出家五古》一篇，此施編所無者。子野並未出家，詩似不確，查註從邵本類編此詩之後，合註仍之。今考此詩，亦載《斜川集》，其「妻孥真敝屣，脱棄何足惜」二句，《斜川集》作「富貴比浮雲，妻孥真敝屣」，又其下脱「物」、「宅」二韻，餘字尚有不同者。吴長元、鮑廷博、趙懷玉皆失。詳考合註已引《斜川集》，而此詩不如查例改列互見卷中，尤誤。今删此詩，駁正於此。

峩峩扇中山，絶壁信天剖。誰知〔一五五〕大圓鏡，〔王註〕《楞嚴經》云：又於自心，現大圓鏡，内放十種微妙寶光。〔施註〕《楞嚴經》：六根圓通，明照無二，含十方界，立大圓鏡。衡霍入户牖。〔王註〕《爾雅疏》：衡山一名霍山。漢武帝移岳神於天柱，又名天柱爲霍，故漢以來，衡、霍别矣。得之老月師，畫者一醉叟。常疑若人胸，自有雲夢藪。千巖在掌握，用舍彈指久。〔王註次公曰〕杜子美詩：大千在掌握。佛書所謂一彈指頃也。〔施註〕柳子厚詩：大千在掌握。低昂不自知，恨寄兒女手。〔施註〕《後漢・馬援傳》：何能卧牀上在兒女子手中耶？短屏雖曲折，〔王註〕《南史・王微傳》：兄遠，時人謂如屏風，屈曲從俗。〔施註〕《漢・李廣傳註》：曲折，猶言委曲也。高枕謝奔走。〔施註〕《楚辭》宋玉《九辨》：堯舜皆有所舉任兮，故高枕而自適。出家非今日，〔施註〕《蓮社雜録》：謝靈運謂生法師曰：「白蓮道人不知我在家出家久矣。」法水洗無垢。浮游雲釋嶠，〔王註〕韓退之詩：戀池羣鴨回，釋嶠孤雲縱〔一五六〕。宴坐柳生肘。忘懷紫翠間〔一五七〕，相與到白首。

大行太皇太后高氏〔一五八〕挽詞二首

〔查註〕《宋史》：元祐八年九月，太皇太后高氏崩。九年，上尊號曰宣仁聖烈太皇太后，葬永裕陵。后，亳州人，英宗后也。曾祖瓊，贈魏王，謚武烈。〔合註〕《續通鑑長編》：元豐八年正月戊戌，上寢疾。二月癸巳，上疾甚。王珪言：去冬奉旨，延安王來春出閤，願早建東宮，乞太后權同聽政。上首肯。先是蔡確與邢恕謀固位計，恕故與太后姪公繪、公紀交，要二人至東府。確曰：「宜往見邢職方。」恕曰：「家有桃，著白花，可愈人主疾。」入中庭，紅桃花也。驚曰：「白花安在？」恕執二人手，曰：「右相令布腹心，延安沖幼，雍、曹皆賢王也。」公繪等懼，曰：「君欲禍我家。」徑去。已而，恕反謂雍王有覬覦心，太后將立之，王珪實主其事，與內殿承制致仕王棫共造誣謗，欲借此以陷珪。恕語確曰：「第告子厚，同列勿使知。」惇卽許諾，仍約知開封府蔡京，以其日領壯士待變。是日，三省於樞密院南廳共議，珪口吃，連稱是。徐曰：「上自有子，復何議。」尋入奏，得請。元符元年三月，章惇、蔡卞恐元祐諸臣一旦復起，日夜與邢恕謀所以排陷之計。既再追貶呂公著、司馬光，又責呂大防、劉摯、梁燾、范祖禹、劉安世等過嶺。意猶未慊，仍用黃履疏高士英狀，追貶王珪，皆誣以圖危上躬，其言寖及宣仁聖烈皇后，上頗亦惑之。最後起同文館獄，將悉誅元祐舊臣，納結宦者郝隨爲助，專媒孽垂簾時事，建言欲追廢宣仁聖烈皇后，惇、卞自作詔書，請上詣靈殿宣讀施行。太后方寢，聞之遽起，不及納履，號哭謂上曰：「吾日侍崇慶，天日在上，此語曷從出，且上必如此，亦何有於我。」皇太妃同皇太后諫上，語極悲切。上感悟，取惇、卞奏，就燭焚之，禁中相慶。隨覘知，亟以語惇、卞，明日再具奏，亟乞施行。上怒曰：「卿等不欲朕入英宗廟乎！」抵其奏於地。張士良者，前竄雷州，惇、卞逮赴詔獄，欲使證宣仁聖烈皇后果有廢立意。及士良至，既以舊御藥告，并列鼎鑊刀鋸置前，謂之曰：「言有，即還舊官；言無，則死。」士良仰天哭曰：「太皇太后不可誣，天地神祇何可欺也，乞就戮。」京、惇無如之何，但以陳衍罪狀塞詔。宣仁聖烈追廢之議，由是得息。

其一

至矣吾三后，〔王註次公曰〕三后，以言章憲明肅皇后之保佑仁宗，慈聖光憲皇后之保佑英宗，及今大行宣仁聖烈皇后之保佑哲宗。〔施註〕真宗后，章憲明肅劉氏；仁宗后，慈聖光憲曹氏；英宗后，宣仁聖烈高氏。皆嘗垂簾聽政。功高漢已還。復推元祐冠，蓋得永昭全。〔公自註〕臣嘗於經筵，論奏仁宗皇帝謚曰明孝：若明而不仁，則民畏而不愛；仁而不明，則民愛而不畏。今大行太皇太后，亦兼此二德，故天下思慕〔一五九〕，庶幾於仁宗也。〔查註〕《宋史·本紀》：仁宗葬永昭陵。有作猶非聖，〔王註〕《莊子·知北遊篇》：大聖不作，觀於天地之謂也。無私乃是天。〔王註〕《禮記·孔子閒居》：天無私覆。〔合註〕《聞見後録》：文思院奉上之私，無物不具，宣仁后同聽政九年，不取一物，亦無私之一證也。侍臣談道要〔一六〇〕，〔施註〕《孝經》：先王有至德要道，以順天下。家法信家傳。〔公自註〕宰相以下，嘗於經筵論奏祖宗以來家法十餘事，書於記註。

其二

却狄安諸夏，〔施註〕《公羊傳·成公十五年》：春秋内其國而外諸夏，内諸夏而外夷狄。先王社稷臣。〔王註次公曰」先王，楚王高瓊也。景德契丹之役，羣臣皆欲避狄，獨萊公不可。武臣中惟楚王與萊公意同，公既争之力。上曰：「卿文臣，豈獨盡用兵之利害？」公曰：「請召高某。」既至，乃言避狄爲便。公大驚，以王爲悔也。已而徐言避狄固爲安全，但恐扈駕之士，中路逃亡，無與俱西南者耳。上大驚，始決北征之策，此真所謂社稷臣矣。〔施註〕《禮記·檀弓下》：衛獻公曰：「有臣柳莊也者，非寡人之臣，社稷之臣也。」〔查註〕《東都事畧》：高瓊，燕人。父乾，徙亳州之蒙城，事太宗於潛邸。景德初，契丹人寇，真宗親征。有勸帝南還者，瓊言契丹師衆已老，宜親臨觀兵，督其成功。真宗幸澶州，瓊固請渡河。至浮橋，駐輦未進，瓊乃執撾，祝輦夫背曰：「何不亟行，今已至此，復何疑！」真宗乃命進輦。既至，登北門城樓，張黄龍旍，將士皆呼萬歲，氣勢百倍，契丹遂退。固應祠百世，〔王註〕《左傳·昭公八年》：史趙對晉侯曰：「臣聞盛德，必百世祀。」〔施註〕《史記·陳世家》：盛德之後，必百世祀。何止活千人。〔王註〕《後漢·后妃紀》：鄧后，太傅禹之孫。父訓，后嘗夢捫天。后叔父陔言：「嘗聞活千人者，子孫有封。兄訓爲謁者使，修石臼河，歲活千人，天道可信，家必蒙福。」定策天知我，〔施註〕《漢·霍光傳》：定萬世策，以安社稷。〔查註〕《宋史》：哲宗爲神宗第六子，生熙寧九年，初封均國公，元豐五年，進封延安郡王。八年二月，神宗不豫，皇太后垂簾福寧殿，諭宰相王珪等奉制，立延安爲太子。四日，而神宗晏駕。《哲宗實録》云：神宗彌留，后勑中人梁惟簡，令製一黄袍十歲兒可衣者，蓋爲上倉卒踐阼之備。所以屬意於上者，確然先定，無纖芥可疑。邢恕者，傾危士也，反謂后欲捨延安而立其子顥，賴己及章惇、蔡確得無變。【誥案】查註邢恕數語，及引王定國《聞見録》，皆以後事註「天知我」，公此時何由知之。詩但指蔡、邢之謀不成，其時邢恕尚未敢反誣宣仁也。今分別存删。合註所引《長編》，盡以之註此句，尤誤。其事已分詳案中。今以其前後敍爲一篇，殊便讀者，特改列題下。〔案〕總案元祐八年九月，有「哲宗親政，人懷顧望，中外洶洶，宰相不敢言，公與范祖禹慮小人乘間害政，上諫劄，累不報」條，有「其後有旨。召還前貶熙豐内臣，范祖禹恐王中正、宋用臣再入，則章惇、蔡京、吕惠卿、曾布、李清臣必復用，因請對殿上，力諫以爲不可，皆不聽」條。忘家帝念親。〔施註〕《漢·賈誼傳》：爲人臣者，主耳忘身，國耳忘家，公耳忘私。萬方何以報，得疾爲勤民。

贈王靚

〔合註〕外集題作：贈王志仲幼子靚。【誥案】此詩施編不載，查註從邵本補編。

何人生得寧馨子，今夜初逢掣筆郎。莫怪圍碁忘瓜葛，〔馮註〕《世說》：王長豫幼便和，令丞相愛恣甚篤。每共圍碁，丞相欲舉行，長豫按指不聽。丞相笑曰：「詎得爾相與，似有瓜葛。」蔡邕《獨斷》：瓜葛，疎親也。已能作賦繼《靈光》。〔馮註〕《文選註》：王延壽，字文考。有儁才，游魯，作《靈光殿賦》。後，蔡邕亦造此作，未成，及見延壽所爲，甚奇之，遂輟翰而止。〔合註〕四句皆用王姓事。

卷三十六校勘記

〔一〕召還至都門先寄子由　集本「由」後有「一首」二字。

〔二〕時一頃　集乙作「得俄頃」；何校「一頃」作「俄頃」。

〔三〕奏事　查註：「奏」別作「春」，訛。

〔四〕鵷鷺　原作「鴛鷺」，集本、類丙及註文均作「鵷鷺」，今從。

〔五〕魏裴讓之　原脱「裴」字，合註亦脱。今據類丙校補。

〔六〕並直　「直」原作「值」。今從集本、施乙、類本。

〔七〕泫微温　集乙作「注微温」。
〔八〕流濕　類本無「流」字。
〔九〕香泉　查註作「秋泉」。
〔一〇〕魏明帝善哉行云云　「魏明帝」原作「魏文」；合註謂魏文無此二句。今據施註校改。按，《全三國詩》收魏明帝《善哉行》，有此二句。
〔一一〕憶江南寄純如五首　七集題下原註：「六言。」外集作「憶江南六言五首」。
〔一二〕供眼　外集作「供腹」。
〔一三〕若話　合註：「話」一作「問」。
〔一四〕不惟　外集作「豈惟」。
〔一五〕畫屏　外集作「畫圖」。
〔一六〕五湖　七集作「五馬」；原校：「馬」一作「湖」。
〔一七〕軾近以　施乙無「軾」字。
〔一八〕月石風林屏　類本「屏」前有「硯」字。
〔一九〕眼自明　類丙作「眼目明」。
〔二〇〕梅蘇　集本作「蘇梅」。
〔二一〕三人　集甲作「二人」。
〔二二〕施註皇甫湜顧況集序云云　集本爲自註，云：「皇甫湜云：穿天心，出月脅。意外驚人，語非尋常。」

類本此註文，無註者姓氏、或爲自註。類本「顧況集序」前有「作」字，餘同集本。

〔二三〕王註孟郊聞角詩云云　集本爲自註。類本此註文無註者姓氏，或爲自註。集本「聞角」作「聞雞」。施乙此註文，無「東坡云」字樣；「聞角」作「聞雞」。

〔二四〕次韻范純父涵星硯月石風林屏詩　類丙無「詩」字。集本「詩」字後有「一首」二字。

〔二五〕兩厭事　類本作「兩厭争」。

〔二六〕同到　查註、合註作「同列」。

〔二七〕漁火　類丙作「漁父」，疑誤。

〔二八〕次韻錢穆父會飲　集本「飲」字後有「一首」二字。

〔二九〕空拄頤　類甲、類乙作「容拄頤」。類丙作「公拄頤」。

〔三〇〕醇醨　集本作「淳漓」。

〔三一〕大戒　集本、施乙作「天戒」。

〔三二〕僕於棋酒二事俱不能也　集本、類本作「僕此二事皆不能」。

〔三三〕結束　類本作「束結」。

〔三四〕醉吟　集本「吟」字後有「一首」二字。

〔三五〕頳肩　章校：《鑑》作「駢肩」。

〔三六〕郊祀慶成詩　類本無「詩」字。集本「詩」後有「一首」二字。

〔三七〕禮記祭法云云　原註文雜舉《禮記・祭法》與《禮記・郊特牲》之文，而標以《禮記》，今分别註明。

〔三八〕海岳　章校：《鑑》作「海岱」。

〔三九〕欃槍　集本、類本作「攙搶」。

〔四〇〕可頌　何校：「可轉」。

〔四一〕有酌　類本作「可酌」。

〔四二〕由崇儉　集乙、類本作「因崇儉」。

〔四三〕祈年　集本、施乙作「蘄年」。施乙註文引《毛詩》作「祈年」。蓋「祈」、「蘄」通。

〔四四〕周禮曰以祈年　按，《周禮·春官》：「大祝，掌六祝之辭，以事鬼神示，祈福祥，求永貞。」其六祝，「一曰順祝，二曰年祝」。鄭註：「順祝，求豐年也。年祝，求永貞也。」無「以祈年」之句。

〔四五〕詩四首　施乙無「詩」字。

〔四六〕靄靄　集本、施乙、類本作「藹藹」。

〔四七〕玉澗手　紀校：「手」字疑「子」字之訛。

〔四八〕當呼　「當」原作「嘗」，合註亦作「當」，「嘗」疑誤刊。今從各本。

〔四九〕井之眉　類本作「井之湄」。

〔五〇〕勤民　類本作「臨民」。

〔五一〕鶯花亂　查註：「亂」一作「麗」。

〔五二〕乞立海神廟於板橋……僕不能　類本無「神」字、「於」字。集本無「於」字。集本「不能」作「不復」，類本作「復不」。
〔五三〕奇偉　集本、類本作「偉奇」。
〔五四〕頃者　集本、施乙、類本作「頃年」。
〔五五〕邂逅　集本「逅」字後有「一首」二字。
〔五六〕北闕　合註：「闕」一作「澗」。
〔五七〕余舊在錢塘同蘇伯固開西湖今方請越戲謂伯固可復來開鏡湖耶　「同蘇」、「耶」等字，據外集補。
合註謂「戲謂伯固」一本無「伯」字。
〔五八〕僕不敢不借然以此詩先之　施乙無「僕」字。類本無「然」字。
〔五九〕珠浦　集本、施乙、類本作「珠宮」。合註謂「宮」字乃「不知者妄改」，非。
〔六〇〕南部　「部」原作「郡」，今據類丙註文校改。
〔六一〕揚州　集本、施乙作「淮東」。
〔六二〕解官還　集甲、類乙、類丙無「官」字，集乙無「還」字。
〔六三〕常相逐　集乙作「還相逐」。
〔六四〕歸應速　集乙、類本作「歸更速」。
〔六五〕粔盆　集乙作「材盆」。
〔六六〕次韻蔣穎叔二首　七集續集重收此二詩，無此總題。
〔六七〕扈從景靈宮　七集續集題作「奉和穎叔萬壽觀」。

〔六八〕時穎叔新除熙河帥　七集續集無此條自註。

〔六九〕凝祥池　七集續集題作「奉和凝祥池」。

〔七〇〕鳴鸞　集本、施乙、類本、七集續集作「鳴鑾」。

〔七一〕時高麗使在都下　七集續集「時」字後有「有」字，「都下」作「京」。

〔七二〕勝境　原作「勝景」。今從集本、類本、七集續集。

〔七三〕輒圖畫　七集續集作「即圖畫」。類丙「圖畫」作「圖書」，疑誤。

〔七四〕和叔盎畫馬　集本、類本「馬」後有「次韻」二字。

〔七五〕皇叔……開國公食伯户食實封七伯户叔盎撰并書　查清同治三年重刊阮元等修之《廣東通志》卷二百九「書」後尚有「皇叔……開國公食邑三千九百户食實封五百户仲忽篆額」等字。阮元按：據《宋史》，開國公侯伯子男皆隨食邑二千户已上，此云「食伯户」，是必書丹時，「伯户」上脱落「三千九」三字。阮説是。

〔七六〕龍麟　施乙作「龍鱗」。查註謂「鱗」訛。

〔七七〕圖畫　類本作「畫圖」。

〔七八〕官粟　類本作「宮粟」。

〔七九〕僕以爲　集本、類本「僕」作「軾」。集本、施乙、類本「爲」作「謂」。

〔八〇〕四壁　集甲作「四壁」。

〔八一〕守子　類甲作「守予」。

〔八二〕捎澗谷　集本、施乙、類甲、類丙作「梢澗谷」。

〔八三〕軾欲以……二詩　施乙無「軾」字。集本、類本「二詩」作「三詩」。

〔八四〕霜葉　類本作「露葉」。合註謂作「露」訛。

〔八五〕古蹤蹬通　施乙無此條自註。

〔八六〕久幽谷　類甲、類乙作「九幽谷」。

〔八七〕見神速　集甲、施乙作「看神速」。

〔八八〕敷腴　集本、類本作「膚腴」。

〔八九〕漁舟　施乙作「魚舟」。

〔九〇〕次丹元姚先生韻二首　集本「二首」作「一首」。施乙、類本無「二首」二字。集本、施乙、類本，合爲一首。查註：「按《欒城集》，載《次韻姚道人二首》，前首止『論』字韻，後首起『方』字韻，先生詩亦應分二首。諸刻本俱訛，今改正。」

〔九一〕施註葉少藴云云　此條施註有脱文，今訂補。

〔九二〕近在　類本作「近至」。

〔九三〕肩拍　集本、類本作「肩拊」。查註謂「拊」訛。

〔九四〕上方　集本、施乙、類本作「尚方」。

〔九五〕遽餐　類本作「遽飧」。

〔九六〕聽瑩　紀校：「聽熒」。類丙註文引《莊子・齊物論》作「聽瑩」。四部叢刊初編影明刊本《莊子》作

「聽熒」。

〔九七〕麤才　查註、合註「麤」作「粗」。合註：「粗」一作「麄」。

〔九八〕慎勿　類本作「謹勿」。紀校：「謹」即「慎」字，南宋避孝宗諱耳。

〔九九〕雖作　類本作「唯作」。

〔一〇〇〕春色　類甲作「春草」，疑誤。

〔一〇一〕施註世説荀令君至人家坐處三日香　施乙「世説」作「襄陽記」，「處」作「席」，與王註所引《襄陽記》同。集成本合註，今仍其舊。

〔一〇二〕一葦杭　集本、施乙、類本作「一葦航」。施註、類註引《毛詩》：誰謂河廣，一葦航之。

〔一〇三〕上元侍飲樓上三首呈同列　七集續集重收此三詩，題作「正月十四夜扈從端門觀燈三絶」。

〔一〇四〕通明殿　集本、施乙作「通明觀」。

〔一〇五〕一盞　集本、類本作「一點」。

〔一〇六〕侍飲樓上則貴戚争以黄柑遺近臣謂之傳柑聽攜以歸蓋故事也　七集續集作「上元夜登樓，貴戚例有黄柑相遺，侍臣謂之傳柑」。「攜」原作「遺」，今從施乙。「聽攜以歸蓋故事也」，集本、類本作「蓋尚矣」。

〔一〇七〕戲答王都尉傳柑　類本作「答晉卿傳柑」。外集作「戲答晉卿傳柑」。

〔一〇八〕故事云云　類本此條註文，無註者姓氏。

〔一〇九〕三十顆　類甲、類乙、外集作「三十枚」。類丙作「三十顆」。

〔一一○〕舉輕明重維摩猶三十枚　類本無此條自註。外集「枚」作「杖」，「杖」後有「呵呵」二字。

〔一一一〕送蔣潁叔帥熙河　集本「河」字後有「詩」字

〔一一二〕施註蔣潁叔名之奇云云　合註謂此條施註上半殘缺甚多，今據施乙訂補。

〔一一三〕軾與……軾得　施乙無兩「軾」字。

〔一一四〕雖云數　類本作「誰云數」。

〔一一五〕邊鎖　集本、施乙、類本作「邊瑣」。

〔一一六〕王註次公曰先生舊有本註云云　施乙不作自註。施註云：東坡先有詩與潁叔云：須知羌虜是遊魂。故申言之而曰詩讖也。

〔一一七〕神武　集本、類甲作「神虎」。參本卷《次韻王定國……》「願掛」句下施註。

〔一一八〕觀燈　集本「燈」後有「一首」二字。

〔一一九〕侍宴　何校：「侍燕」。

〔一二○〕未受　類乙作「不受」。

〔一二一〕鬢霜　集乙作「鬢相」，疑誤。

〔一二二〕未易　集乙作「不易」。

〔一二三〕真自伐　類本作「親自伐」。

〔一二四〕不改昨　施乙、類本作「不改作」。施註引《論語》：「何必改作」。

〔一二五〕松花　原作「幽花」。集本、施乙、類本、查註作「松花」，今從。合註亦作「幽花」，未知所本。

〔一二六〕枯木歌　集本「歌」後有「一首」二字。

〔一二七〕黄師是名寔云云　合註謂「此段施註有殘缺」。今用施乙核校，以復原貌。合註所引施註「孫勰跋此詩云」以後，與施乙出入頗大，今略作校對，附誌於此：「遷擢」原作「選擢」，「方作」前有「時」字，「故云緑衣有公言」作「故有白首沉下吏緑衣有公言之句」，「句」後原有「按陸游序亦云侍妾朝雲，嘗歎黄師是仕不進，故此句之意，戲言其上僭云」二十九字。

〔一二八〕無復　查註、合註：「復」一作「憂」。

〔一二九〕送范中濟經略侍郎分韻賦詩以元戎十乘以先啓行爲韻云云　集本、類本無「以元戎十乘以先啓行爲韻」十一字。紀校：此十一字當是夾註。《法書贊》卷十七有《元祐八詩帖》，其第六詩，即東坡此詩。《元祐八詩帖》題下原註謂：序，楷書，大字，三十一行；……第六詩，十七行。序文爲：元祐八年三月二十四日，會于信安西園，餞中濟帥慶，分韻賦詩，仲至元字，中濟戎字，明叟十字，孝錫乘字，器資以字，子瞻先字，穆父啓字，彝叟行字，皆五言十韻。八詩次第：工部侍郎王仲至、前户部侍郎環慶經略安撫使范中濟子奇、兵部侍郎王明叟、刑部侍郎沈孝錫、吏部尚書彭器資、禮部尚書蘇子瞻、户部尚書錢穆父、吏部侍郎范彝叟。東坡詩題爲：軾從諸公飲，餞中濟經略侍郎，分韻賦詩，得先字。

〔一三〇〕施註……得先字　「得」上原有「軾」字，施乙無「軾」字。今據施乙删去此「軾」字。

〔一三一〕施註中濟名子奇云云　合註謂「此段施註殘缺，今以《宋史》補之」。今用施乙核校，以復原貌。註文中「繕城栅」之「繕」字，施乙脱去，「再使遼」句「使」字後，尚有一「使」字，今從合註註文，不作刪補。

〔一三二〕樂禍　類甲作「樂患」。

〔一三三〕善後　合註：「善」一作「事」。

〔一三四〕宿麥　《法書贊》作「草木」。

〔一三五〕秦川　原作「晴川」。今從集本、施乙、類本、《法書贊》。

〔一三六〕魚杯　《法書贊》作「魚盞」。

〔一三七〕議論　集本、施乙作「論議」。

〔一三八〕綽虐　集本作「虐綽」。

〔一三九〕失身　盧校：「人身」。查註作「入身」。

〔一四〇〕雪滿頭雪滿頭　類本無後「雪滿頭」三字。

〔一四一〕次韻王定國　集本、類本作「次王定國韻」。

〔一四二〕王仲至侍郎見惠稏栝種之禮曹北垣下今百餘日矣蔚然有生意喜而作詩　西樓帖有此詩，題作「王仲至侍郎見遺稏栝，種之儀曹北垣下，今百餘日矣，蔚然有生意，賦詩呈淳父內翰」，「翰」後書「軾上」二字。類甲、類丙「栝」作「秳」。

〔一四三〕常恐　合註：「恐」一作「思」。清施本作「常思」。施乙、西樓帖作「常恐」。

〔一四四〕摧我　合註：「摧」一作「催」；合註謂「催」誤。

〔一四五〕誰知　西樓帖作「那知」。

〔一四六〕錢穆父……蔣穎叔　類本無「錢」字、「蔣」字。
〔一四七〕高才　查註、合註：一作「才高」。
〔一四八〕表弟程德孺生日　集本「日」字後有「一首」二字。
〔一四九〕微聞偶語　集本、類本作「時聞小語」。
〔一五〇〕七年九月……將去……三首　集乙「九月」作「元月」，疑誤。類本「將去」作「將出」。集本無「三首」二字。
〔一五一〕一斤八餅　「八餅」二字原缺，今據集本、類本補。
〔一五二〕東南此去　類本作「南來去此」。查註、合註：一作「南來此去」。
〔一五三〕孤雲　原作「孤飛」。今從集本、施乙、類本。
〔一五四〕枕屏　集本「屏」字後有「一首」二字。
〔一五五〕誰知　集本、類本作「誰施」。
〔一五六〕韓退之詩云云　類本無註者姓氏。
〔一五七〕忘懷紫翠間相與到白首　集本、施乙、類丙皆有此二句。查註謂諸刻本中唯施刻有此二句，合註謂舊王本無此二句，皆非是。類甲無此二句。
〔一五八〕大行太皇太后高氏　集本、類本無「高氏」二字。
〔一五九〕臣……今大行太皇太后……思慕　施乙、類丙無「臣」字。類丙「太皇太后」作「宣仁聖烈后」。類本「慕」字後有「之」字。
〔一六〇〕道要　集本、施乙、類本作「要道」。

蘇軾詩集卷三十七

古今體詩四十九首

【誥案】起元祐八年癸酉九月，赴端明殿學士兼翰林侍讀學士充河北西路安撫使兼馬步軍都總管知定州軍州事任，九月出京，十月到定州任，紹聖元年甲戌閏四月，落兩職，追一官，依前左朝奉郎謫知英州軍州事，遂罷任，至汝州，五月，下汴、泗渡淮，命邁歸宜興，六月，自金陵赴當塗，累貶建昌軍司馬，惠州安置不得簽書公事，再命追歸宜興，與過赴嶺表，盡六月作。

東府雨中別子由

〔查註〕《魏鶴山集》：國初置三省，與樞密院各分班奏事，謂之二府。神宗時，立東西二府。陳繹《東府記》略云：國朝以來，尚襲唐故，大臣多不及建里第，而僦居民間。乃出聖畫，新創二府，度地於闕之西南，自熙寧三年，與作東西府，凡八位。明年八月，東府四位告成，詔知制誥臣繹爲之記。《石林詩話》：元豐初，建東西府於右掖門之前，每府相對爲四位，俗謂之八位。張侍郎文裕以詩慶，宰執元厚之和曰：黄閣勢連東鳳闕，紫樞光直右銀臺。蓋東府與東闕相近，西府正直右掖門。

庭下梧桐樹，〔王註〕杜子美《送賈閣老出汝州》詩：西掖梧桐樹，空留一院陰。三年三見汝。前年適汝陰，〔施註〕《唐・地理志》：潁州汝陰郡。見汝鳴秋雨。去年秋雨時，我自廣陵歸。〔施註〕《唐・地理志》：揚州廣陵郡。今年中山去，〔王註饒節曰〕《年譜》：先生以元祐六年知潁州，七年知揚州，八年守定州。〔查註〕《元和郡縣志》：定州，戰國時爲中山國，與六國並稱，王地方五百里。漢分趙鉅鹿，置常山、中山二郡。城中有小山，故曰中山，慕容垂建都於此。魏道武改定州。《太平寰宇記》：河北道定州博陵郡，皇朝爲定武軍節度。白首歸無期。客去莫歎息，主人亦是客。〔施註〕白樂天《杏爲梁歌》：開府之堂將軍宅，造未成時頭已白。逆旅重居逆旅中，心是主人身是客。【誥案】已上四句，斷定後事，此非詩之讖也，蓋其朝局已成必敗之勢也。對牀定悠悠，夜雨空蕭瑟。起折梧桐枝，贈汝千里行。〔施註〕《老子》：千里之行，始於足下。歸來〔一〕知健否？〔施註〕白樂天《同友人尋澗花》詩：且作來歲期，不知身健否。莫忘此時情。【誥案】紀昀曰：愈瑣屑，愈真至，愈曲折，愈爽朗，故是興到之作。但此篇大有慨慷，故語亦激昂之甚，非興到之謂也。不讀《朝辭赴定州狀》而欲論此詩，難矣。

謝運使〔二〕仲適座上送王敏仲北使

〔施註〕王敏仲，名古，文正公旦曾孫。第進士。熙寧中，爲司農主簿，行淮浙，究張若濟獄，劾轉運使王廷老、張靚失職，皆坐斥。歷使諸路，入爲郎，進太常少卿，奉使契丹，還户部侍郎，尋以集賢修撰爲江淮發運使，進寶文閣待制知廣州。墮崇寧黨籍，復朝散郎以没。先生謫惠州，敏仲適帥廣，恩意倍厚，饋問無虛月，往還書帖載集中。〔查註〕《宋史》：王古，懿敏公素從子，靖之子，第進士。歷遷户部侍郎、詳定役法，與蔡京多不合。詔徙古兵部，復遷户部尚書，攻不已。以寶文閣直學士知成都，墮黨籍，責衡州别駕。獨不載北使事。〔合註〕《宋史》本傳明載奉使契丹，即北使也。《續通鑑長編》：元祐八年二月，淮南等路發運副使謝卿材知相州。先生自大梁赴定州，必經相州，疑卿材即仲適。後閲王昶《金石粹編》載謝卿材《饒益寺題名》云：朝散大夫臨淄謝卿材仲適，元豐癸亥，被詔自歷下移守馮翊，三月二十六日，過饒益寺題。益確然可信矣。《欒城集》有《謝卿材自陝漕徙河北轉運使告辭》。

衡風振河朔，〔王註〕阮籍詩：寒風振山岡。〔查註〕《太平寰宇記》：河東道朔州馬邑郡，理鄯陽縣。秦爲雁門郡，唐武德四年，置朔州，領縣二。州境東西四百八十里，南北九十七里。飛霧失太行。〔王註次公曰〕太行山在河北。鮑照詩：霧失交河城。〔施註〕《唐・地理志》：懷州河内縣有太行山。【誥案】紀昀曰：起得精神。相逢不相識，下馬鬚眉黄。【誥案】紀昀曰：非經行者，不知黄字之妙。洗眼忽驚笑，見此玉節郎。〔王註洪龜父曰〕沈括云：古之節，如今之虎符，其用則有圭璋龍虎之别。〔施註〕《周禮・地官》：守邦國者用玉節。喜有〔三〕賢主人，共惜殘燭光〔四〕。〔施註〕杜子美《贈衛八處士》詩：今夕復何夕，共此燈燭光。聚散一夢中，人北雁南翔。〔王註〕歐陽文忠《送賈推官》詩：白雲汾水上，人北雁南飛。〔施註〕《文選》魏文帝《雜詩》：草蟲鳴何悲，孤雁獨南翔。吾生如寄耳，送老天一方。〔施註〕白樂天詩：賣却新昌宅，聊充送老資。幸子遇明主，陳經入西廂。〔王註次公曰〕言王敏仲之在經筵也。〔施註〕漢揚雄《甘泉賦》：溶方皇於西清。顔師古曰：西清，西廂清淨之處也。「廂」作「箱」。《文選》王文考《靈光殿賦》：西廂踟躕以閒宴。歸期不可緩，倚相宜在旁。〔王註〕《左傳・昭公十二年》：楚子與右尹子革語。左史倚相趨過，王曰：「良史也，子善視之，是能讀《三墳》、《五典》、《八索》、《九丘》。」

和錢穆父送別并求頓遞酒〔五〕

〔合註〕《續通鑑長編》：真宗景德三年九月，上謂輔臣曰：「明德皇后園陵，頓遞所司，頗擾於人。」詔取宮掖及諸王院一行人數付御廚。徐度《却掃編》：官制行後，凡大禮猶準唐故事，置五使。橫道頓遞使，則京尹爲之。惟頓遞司，例造酒分餉近臣，京師稱頓遞司酒爲最美。

聯鑣接武兩長身，〔合註〕庾信《辛威碑》：公侯踵武，岳牧連鑣。鵷鷺行中笑語〔六〕親。九子羨君門户壯，〔王註厚曰〕先生嘗云：錢四莫亂與他名字。然穆父是時已有九子，遂以九子母丈夫目之。八州憐我往來頻。〔王註次公曰〕先生自杭倅徙知密州，又徙徐，又徙湖。及哲宗即位，知登州，元祐四年知杭，六年知潁，七年徙揚，至此又知定州，前後凡八州也。佇聞東府開賓閣，便乞西湖洗塞塵。〔王註厚曰〕先生云：本欲乞鑑湖。就「東府」對耳。更向青齊覓消息，〔施註〕《三國志·魏·管寧傳》：嘗使經營消息。要知從事是何人。

書丹元子所示《李太白眞》〔七〕

〔查註〕僧洪覺範所著《禁臠》，謂先生此詩一韻七句方换韻。〔合註〕覺範所云確。《詩人玉屑·平頭換韻法》一條，亦引《禁臠》之言。【誥案】此詩施編本作一首，查註據《聲畫集》分作二首，并以洪覺範爲非，此其好異之錮疾，非不知此詩是一首也。合註已復其舊，今并查誤註删。紀昀曰：確是一首，洪覺範不誤，《聲畫集》誤耳。若作二首，則一首短促收不住，一首突兀無頭緒，兩不成詩矣。

天人幾何同一漚，謫仙非謫乃其遊，麾斥八極隘九州，〔王註〕《莊子·田子方篇》：伯昏无人曰：「夫至人者，上闚青天，下潛黄泉，揮斥八極，神氣不變。」曹子建《七啓》曰：似若狹六合而隘九州。化爲兩鳥鳴相酬，〔施註〕引李太白《大鵬賦序》：著《大鵬遇希有鳥賦》以自廣。〔查註〕李太白《大鵬賦》云：此二禽已登於寥廓，而斥鷃之輩，空見笑於藩籬。一鳴一止三千秋，〔王註〕韓退之詩：雙鳥海外來，飛飛到中州。一鳥落城市，一鳥巢巖幽。不得相伴鳴，爾來三千秋。還當三千秋，更起鳴相酬。〔次公曰〕退之此詩，或以爲言佛、老，或以爲言李、杜，今觀先生詩，則知其言李、杜矣。開元有道爲少留，縻之不可矧肯求。西望太白横峩岷，〔王註次公曰〕太白，鳳翔山也。峩岷，蜀山也。眼高四海空無人，〔施註〕《舊唐書·王叔文傳》：倜然自得，謂天下無人。大兒汾陽中令君，〔施註〕《唐·李白傳》：初遊并州，見郭子儀奇之。子儀嘗犯法，白爲救免。及白坐永王璘敗，當誅，子儀請解官以贖。子儀爲中書令，封汾陽王。〔合註〕中書令，舊每有稱中令者，如《續晉陽秋》「王獻之爲中令」是也。小兒天台坐忘身，〔八〕〔王註〕李太白《大鵬賦序》：予昔於江陵見天台司馬子微，謂余有仙風道骨，可與神遊八極之表。〔施註〕司馬子微《坐忘論序》云：敬尋經旨，與心事相應者，著坐忘安心之法，略成七條，以爲修道階次。〔合註〕大兒、小兒，舊註引後漢禰衡語〔九〕。平生〔一〇〕不識〔一一〕高將軍，〔合註〕《舊唐書·高力士傳》：開元初，加右監門衛將軍，天寶七載，加驃騎大將軍。手污吾足乃敢瞋〔一二〕，〔施註〕《唐·李白傳》：嘗侍帝醉，使高力士脱靴，力士素貴，恥之，摘其詩以激楊妃。帝欲官，白妃，輒沮止。【誥案】此題太白第一名句，公此詩亦頗自詡，可見其命意不凡矣。作詩一笑君應聞。

次韻曾仲錫承議食蜜漬生荔支〔一三〕

〔施註〕曾仲錫，温陵人。時爲定武倅。〔查註〕費袞《梁溪漫志》：左右正言，太學國子博士，皆爲承議郎，文散官，第七品。【誥案】自此詩起以下，皆定州作。

代北寒虀擣韭萍，奇苞零落似晨星。〔王註厚曰〕王逸《荔支賦》：離離如繁星之著天。謝玄暉詩：曉星正零落，晨光復決漭。〔施註〕《楚辭》屈原《離騷》：惟草木之零落兮。逢鹽久已成枯腊，得蜜猶疑是〔一四〕薄刑。〔王註〕蔡君謨《荔支譜》：紅鹽者，以鹽梅浸佛桑花爲紅漿，投荔支漬之，曝乾，色紅而甘酸。又，蜜煎者，剥生荔支，笮去其漿，然後蜜煎煮之。〔施註〕《禮記·月令》：斷薄刑。欲就左慈求拄杖，〔王註〕《神仙傳》：孫討逆見左慈，欲殺之，使行於馬前，欲自後刺之。慈著木履，拄一竹杖，徐徐而行，討逆著鞭策馬逐之，終不能及。便隨李白跨滄溟。〔王註〕李太白《臨江王節士歌》：安得倚天劍，跨海斬長鯨。〔合註〕此聯詩意，以荔支產閩海，故戲言欲得仙術，跨海而鮮食也。觀下文「攀條」二字，可悟。攀條與立新名字，兒女稱呼恐不經。〔公自註〕俗有十八娘荔支。〔查註〕蔡君謨《荔支譜》：十八娘，色深紅而細長，時人以少女比之。俚傳閩王氏有女第十八，好啖此品，因名。其冢在城東報國禪院，冢旁猶種此樹云。〔施註〕《史記·封禪書》：其語不經見，搢紳者不道。

再次韻曾仲錫荔支〔一五〕

柳花著水萬浮萍，荔實周天兩歲星。〔公自註〕柳至易成，飛絮〔一六〕落水中，經宿即爲浮萍。荔支至難長〔一七〕，二十四五年乃實。〔施註〕《左傳·襄公九年》：晉侯問公年，曰：「十二年矣。是謂一終，一星終也。」杜預曰：歲星十二歲而一周天。本自玉肌非鵠浴，〔施註〕《莊子·天運篇》：鵠不日浴而白，烏不日黔而黑。至今丹殼似猩刑。〔王註〕《華陽國志》：永昌郡有猩猩，其血可染朱罽。【誥案】《爾雅·釋詁》：氂，罽也。〔施註〕白樂天《薔薇》詩：猩猩疑血點，瑟瑟感金筐。〔查註〕《荔支譜》有蚶殼之名。侍郎賦詠窮三峽，〔王註次公曰〕侍郎，指白樂天也。樂天在忠州，有題郡中荔支諸詩。〔施註〕《九域志》：忠州隸夔州路，三峽山在夔州。妃子烟塵動四溟。〔王註〕《唐書》：楊貴妃嗜荔支，必欲生致之，乃置騎傳送，走數千里，味未變，已至京師。杜牧之《過華清宮》詩：一騎紅塵妃子笑，無人知是荔支來。莫遣詩人說功過，且隨香草附《騷經》。〔王註次公曰〕《離騷》載：芳草如蘭蕙、椒蘭、江蘺、薜芷、留夷、揭車之屬。〔施註〕《楚辭·離騷經序》：《離騷》之文，依詩取興，引類譬喻，故善鳥、香草以配忠貞，惡禽、臭物以比讒佞。

次韻滕大夫三首〔一八〕

〔施註〕滕大夫，名興公，海陵人。時爲定武倅。〔查註〕滕大夫，字希靖。時爲定州倅，見《姑溪集》。〔合註〕《續通鑑長編》元祐四年十二月，載齊州通判滕希靖，管勾開修徐州呂梁、百步兩洪月河石堤上下置牐事。其爲定倅，年月無考，但據《長編》，則希靖爲滕大夫之名，與施、查二註互異。【誥案】此二註譌，當以《長編》爲是。查註謂希靖與李端叔同爲定州倅，亦誤。端叔辟掌機宜文字，卽簽書判官廳公事，非倅也。今已刪。

雪浪石〔一九〕

〔查註〕本集《雪浪齋銘引》云：予於中山後圃，得黑石，白脈，如蜀孫位、孫知微所畫石間奔流，盡水之變。又得白石曲陽，爲大盆以盛之，激水其上，名其室曰雪浪齋。《名勝志》：雪浪齋故址在文廟後。李端叔有《次韻和滕希靖雪浪石》詩。〔合註〕《墨莊漫録》：後謫惠州，雪浪之名遂廢。元符中，張芸叟守中山，重安盆石，方欲作詩寄公，聞公之薨，乃作哀辭。張芸叟《畫墁集·蘇子瞻哀辭》：石與人俱貶，人亡石尚存。却憐堅重質，不減浪花痕。滿酌山中酒，重添丈八盆。公兮不歸北，萬里一招魂。即指此石也。

太行西來萬馬屯，【誥案】紀昀曰：初白謂從定州形勢説起，突兀撑空。勢與岱岳争雄尊。〔王註〕杜子美《木皮嶺》詩：始知五岳外，別有他山尊。飛狐上黨天下脊，〔施註〕《唐文粹》鄭亞《會昌一品集序》：上黨居天下之脊，當河朔之喉。《史記·張儀傳》：席卷常山之險，必折天下之脊。〔查註〕《漢書》：酈食其説漢王，曰：「杜白馬之津，塞飛狐之口」皆一方之阨也，亦謂之飛狐道。《九域志》：河東路龍德府，潞州上黨郡，昭德軍節度使。《釋名》曰：黨，所也，在山上。其所最高，故曰上黨。半掩落日先黄昏。削成山東二百郡，〔王註次公曰〕古所謂山東，乃今之河北，晋地是也。今所謂山東，乃古之齊地，青、齊是也。杜牧云：山東王不得不王，霸不得不霸，指今之河北也。謂之山東，蓋太行山之東也。山東二百郡，正謂太行以東冀州之域矣。杜子美《兵車行》詩：漢家山東二百州，千村萬落生荆杞。〔李彭曰〕杜子美《承聞河北諸道節度入朝歡喜口號絶句》詩：澶漫山東一百州，削成如按抱青丘。氣壓代北三家村。〔王註次公曰〕代北，則燕、趙以往之地也。《傳燈録》：僧問竟脱和尚，如何佛法？師曰：「三家村裏。」〔查註〕《漢書》：梅福曰：

「代谷者，恒山在其南，雁塞在其北，上谷在東，代郡在西。」《元和郡縣志》：代州雁門郡，春秋晉地，隋開皇五年置。代州北至朔州一百二十里。按，定州在代之北，故云。千峰右卷〔二〇〕矗牙帳，〔合註〕杜子美《寄董卿嘉榮十韻》詩：聞道君牙帳。崩崖鑿斷開土門。〔施註〕《唐·李光弼傳》：以朔方兵五千，出土門，東救常山。〔查註〕《太平寰宇記》：井陘口今名土門口，即太行八陘之第五陘也。《困學紀聞》：土門口，在鎮州獲鹿縣，即井陘關也。【誥案】紀昀曰：語語挺拔。揭來城下作飛石，一礮驚落天驕魂。〔施註〕《文選》潘安仁《閑居賦》：礮石雷駭。【誥案】紀昀曰：初白謂，看他出落脱卸法，便捷如轉丸。承平百年烽燧冷，〔施註〕《漢·食貨志》：師丹建言限民田，云，今累世承平。此物僵卧枯榆根。〔合註〕江淹《報袁叔明書》：僵卧深壑。畫師争摹雪浪勢，天工不見雷斧痕。〔王註〕陳藏器《本草》云：霹靂鍼伺候震處，掘地三尺得之，其形非一，亦有似斧刃者。〔施註〕《國史補》：雷州多雷，秋冬伏地中，人取得雷斧、雷墨，可以爲藥用。離堆四面繞江水，坐無蜀士誰與論。〔施註〕《漢·溝洫志》：蜀守李冰鑿離堆，避沫水之害。老翁兒戲作飛雨，〔施註〕《文選》張景陽《雜詩》：飛雨灑朝蘭。把酒坐看珠跳盆。此身自幻孰非夢，故國〔二一〕山水聊心存。〔施註〕《文選》潘安仁《寡婦賦》：心存兮目想。【誥案】紀昀曰：勢須宕開作結。

同　前〔二二〕

我頃三章乞越州，欲尋萬壑看交流。且憑造物開山骨，已見天吴出浪頭。〔公自註〕石中有似〔二三〕海獸形狀。〔王註〕《山海經》：朝陽之谷神曰天吴，是爲水伯。其爲獸也，八首人面，八手八尾。〔合註〕李洞詩：夢枕浪頭春。履道鑿池雖可致，〔施註〕《唐·白居易傳》：東都所居履道里，疏沼種樹，構石樓香山，鑿八節灘。玉川卷地若爲收。〔王註續曰〕盧仝自號玉川子，作《客謝井》詩云：我縱有神力，争敢將公歸。揚州惡百姓，疑我卷地皮。洛陽泉石今誰主？莫學癡人李與牛。〔王註次公曰〕牛僧孺嗜太湖石，有小大，其數四等，以甲乙丙丁品之，每品有上中下，各刻於石陰，曰牛氏石。又，李德裕平泉莊，在洛陽之南，周回十里，多奇花異石。人題詩曰：隴右諸侯供瑞石，日南太守送名花。〔施註〕李衛公《平泉花木記》及詩序云：後世以一花一石移於他處者，非李氏子孫。《唐·牛僧孺傳》：治第洛之歸仁里，多致嘉石美木。白樂天《牛奇章石記》云：公嗜石，以甲乙丙丁爲品第。僧孺封奇章郡公。

沉香石

〔查註〕李之儀《次韻》詩云：海南枯朽插天長，歲久峰巒帶蘚蒼。變化那知斷山骨，儀刑兀自在人腸。幾因曉日疑銷蠟，試沃清泉覺弄香。遮莫輕珉忘什襲，須防偷眼誤摧剛。

壁立孤峰倚硯長，〔王註〕《唐書》：張説論近世文章，曰：富嘉謨如孤峰絶岸，壁立萬仞。〔施註〕《晉·王衍傳》：巖巖清峙，壁立千仞。共疑沉水得頑蒼。〔施註〕《唐·本草》註：沉水香，出天竺、單于二國。樹葉似橘，經冬不凋，皮色青，木似櫸柳，重實，黑色，沉水者是。《拾遺記》云：常以水試乃知。見《香譜》。欲隨楚客紉蘭佩，誰信吴兒是木腸。山下曾逢化松石，〔王註〕陸龜蒙《二遺詩序》：東陽多名山，就中金華爲最，其間饒古松，往往化爲石，枕牀薦皆其石也。《舊唐書》：僕骨東境，其地東北一千里，有康于河，松木入水一千年，乃化爲石。其色青，謂之康于石，上有松文。〔施註〕《録異記》：婺州永康山，有枯松，因斷墮水，化爲石，枝幹及皮，與松無異。玉中還有辟邪香。〔王註繽曰〕唐肅宗賜李輔國香玉辟邪二，各高一尺五寸，奇巧殆非人工。其玉之香，可聞數百步。〔厚曰〕《杜陽雜編》：唐公主下降，乘七寶步輦，四面綴五色玉香囊，囊中貯辟邪瑞麟香，皆異國所獻也。早知百和俱灰燼，〔王註〕《古詩》：博山爐中百和香。杜子美《即事》詩：花氣渾如百和香。〔次公曰〕百和，香名，以衆香末合和爲之也。未信人言弱勝剛。〔王註〕《老子》：弱之勝彊，柔之勝剛。

石　芝〔三四〕并引

〔查註〕《抱朴子》：石芝生於海隅名山，赤者如珊瑚，白者如截肪，黑者如澤漆，青者如翠羽，黄者如紫金，皆光明洞徹如堅冰。本集《北海十二石記》云：登州下臨大海，沙門、鼊磯、車牛、大竹、小竹凡五島，上生石芝，草木皆奇麗，多不識名者。先生又《自題石芝》詩云：中山教授馬君，文登人也，嘗得石芝食之，故作此篇，同賦一篇。〔合註〕《欒城集·石芝引》：子瞻昔在黄州，夢游人家井間，石上生紫藤，枝葉如赤箭，主人言此石芝也，折而食之，味如雞蘇而甘，起賦八韻記之。元祐八年，予與子瞻皆在京師，客有至自登州者，言海上諸島，石向日者多生耳，海人謂之石芝，食之味如茶，久而益甘。海上幽人或取服之，言甚益人。客以一籃遺子瞻，遂次前韻。詩云：雞鳴東海朝日新，光蒙洲島霧雨勻。一晞石上遍生耳，幽子自食無來賓。寄書乞取久未許，箬籠蕉囊海神户。一掬誰令墮我前，無爲知我超其數。此身不願清廟瑚，但願歸去隨樵蘇。龜龍百歲豈知道，養氣千息存其胡。塵中學仙定難脱，夢裏食芝空酷烈。中山軍府安得閑，更試朝霞磨鏡鐵〔三五〕。

予嘗夢〔三六〕食石芝，作詩記之。今乃真得石芝於海上，子由和前詩見寄。予頃在京師，有鑿井得如小兒手以獻者。臂指皆具，膚理若生。予聞之隱者〔三七〕，此肉芝也。〔施註〕《神仙感遇傳》：蘭陵蕭静之，買地葺居，掘得一物。類人手，肥且潤，其色微紅。烹而食之，逾月，齒髮再生。偶遊鄴都，見一道士，指其脈曰：「子之所食者，肉芝也。」與子由烹而食之。追記其事，復次前韻。

土中一掌嬰兒新，爪指良是〔二八〕肌骨勻。見之怖走誰敢食，〔施註〕《楞嚴經》：演若達多自怖頭走。天賜我爾〔二九〕不及賓。〔王註〕《易·夬卦》：包有魚，義不及賓也。旌陽、遠遊同一許，長史、玉斧皆門户。〔王註〕《總仙傳》：許真君，名遜，汝南人。世慕道，爲旌陽縣尹。又：許邁得道蓋竹山，爲地行仙。邁字遠遊。又：許穆爲晉護軍長史，入華陽洞得道，爲左卿仙侯。穆第三子翽，小名玉斧，爲帝侍晨也。〔施註〕《洪州西山十二真君傳》：許遜字敬之。弱冠拜旌陽令。晉太康二年八月一日，拔宅上昇。東晉尚書郎邁，護軍長史穆，皆族子也。《真誥》：許邁清虚□道，遐棲世外，改名遠遊。弟謐，一名穆。外雖混俗務而内修真學。紫微王夫人云：玄光靈芝我當與山中許道士，不與人間許長史。許長翽小名玉斧，亦邁弟也。興寧中人。夢持二板，青字云：召玉斧作侍中〔三〇〕。我家韋布三百年，〔施註〕《漢·賈山傳》：布衣韋帶之士，修身於内，成名於外。祇有陰功不知數。跪陳八簋加六瑚，〔王註〕《禮記·明堂位》：有虞氏之兩敦，夏后氏之四璉，殷之六瑚，周之八簋。〔施註〕《毛詩·小雅·伐木》：陳饋八簋。化人視之真塊蘇。肉芝烹熟石芝老，笑唾熊掌嚬雕胡。〔王註次公曰〕宋玉《諷賦》：主人之女，爲臣炊雕胡之飯。〔謝幼槃曰〕《西京雜記》：太液池邊皆雕胡，乃菰之有米者，長安人謂爲雕胡。〔施註〕《西京雜記》：顧翺事母至孝，母好食雕胡飯，湖中後自生雕胡。老蠶作繭何時脱，〔王註〕《無常經》：亦如蠶作繭，吐絲以自纏。〔施註〕《傳燈録》：誌公《善惡不二頌》：聲聞執法坐禪，如蠶吐絲自縛。白樂天《赴忠州》詩：燭蛾誰救護，蠶繭自纏縈。夢想至人〔三一〕空激烈。〔施註〕《後漢·王霸傳》：光武曰：「夢想賢士，共成功業。」古來大藥不可求，〔王註〕白樂天詩：神仙但聞説，靈藥不可求。《正一天師内傳》：天師煉九華大藥。〔施註〕杜子美《贈李白》詩：苦乏大藥資，山林迹如掃。真契當如〔三二〕磁石鐵。〔王註〕《淮南子》：燧之取火，磁石之引針，蟹之敗漆，葵之向日，雖有明智，不能然也。〔施註〕《呂氏春秋》：慈石召針，或引之也。《大涅槃經》：譬如磁石，去針雖遠，以其力故，鐵則隨著。衆生佛性，亦復如是。【誥案】紀昀曰：灑落無次韻之迹。

鶴歎〔三三〕

〔施註〕眉山唐子西博士論文云：東坡居士作《病鶴》詩，嘗寫「三尺長脛瘦軀」，缺其一字，使任德翁輩下之，凡數字，東坡徐出其稿，蓋「閣」字也。此字既出，儼然如見病鶴矣。

園中有鶴馴可呼，【誥案】紀昀曰：純是自托，末以一語點睛，筆墨特爲奇恣。我欲呼之立坐隅。〔王註〕賈誼《鵩賦》：鵩入於舍，止於坐隅。鶴有難色側睨予，豈欲臆對如鵩乎？〔王註〕賈誼《鵩賦》：鵩乃歎息，舉首奮翼。口不能言，請對以臆。我生如寄良畸孤，三尺長脛〔三四〕閣瘦軀。〔查註〕《唐子西語録》云：東坡作《病鶴》詩。今題中無病字，疑有脱落也。【誥案】題曰「鶴歎」，已無不該之矣。俯啄少許便有餘，〔王註〕陶淵明詩：傾身營一飽，少許便有餘。何至以身爲子娛。〔王註次公曰〕此暗使《世説》：支遁好鶴。有遺以雙鶴者，遁曰：「既有凌雲之姿，何肯爲人耳目玩乎？」遂放之。驅之上堂立斯須〔三五〕，〔施註〕杜子美《哀王孫》詩：且爲王孫立斯須。投以餅餌視若無。戛〔三六〕然長鳴乃下趨，難進易退我不如。〔王註〕《禮記·表記》云：事君難進而易退。〔施註〕《禮記·儒行》：其難進而易退也，粥粥若無能也。【誥案】紀昀曰：竟住，妙。再贅衍，便入香山門户。

劉醜廝詩〔三七〕

劉生望都民，〔施註〕《唐·地理志》：定州望都縣。〔查註〕《水經注》：博水，出望都縣，東南流逕其縣故城。《帝王世紀》：堯母慶都，出，觀三河赤龍，與合而生堯。有望都山。《太平寰宇記》：都山，一名豆山，堯母望之，故有望都之號。病羸寄空窑。〔合註〕《廣韻》：窯，燒瓦窯也，同窑。有子曰醜厮，十二行操瓢。〔施註〕《莊子·盜跖篇》：無異於磔犬流豕，操瓢而乞者，皆離名輕死，不念本養壽命者也。墦間得餘粒，〔王註〕《孟子註》云：墦間，郭外冢間也。雪中拾墮樵。〔王註〕王介甫詩云：老妻隴上收遺秉，稚子林間拾墮樵。飢飽共生死，水火同焚漂。病翁恃一褐，度此積雪宵。哀哉二暴客，〔王註〕《易·繫辭下》：重門擊柝，以待暴客。掣去如飢鴞。翁既死於寒，客亦易此齠〔三八〕。崎嶇走亭長，〔施註〕《漢·高祖紀》：及壯試吏，爲泗上亭長。不憚雪徑遥。「我仇祝與苑〔三九〕，物色同遮邀。〔王註次公曰〕祝與宛，兩賊之姓也。「物色」，察其人之謂，如韓退之《桃源行》「物色相猜更問語」也。〔施註〕《後漢·嚴光傳》：帝思其賢，乃令以物色訪之。揚子雲《校獵賦》：前後邀遮。行路爲出涕，〔施註〕《後漢·范滂傳》：行路聞之，莫不流涕。二客〔四〇〕竟就梟。」〔王註〕《遯齋閒覽》云：百勞，一名梟，能捕燕雀小禽食之，又能禁蛇。以其食母不孝，故古人賜梟羹。又標其首於木，故後人標賊首以示衆者，謂之梟首。〔施註〕《漢·高祖紀》：梟故塞王欣頭櫟陽市。註云：梟，縣首於木上。譊譊訴我庭，慷慨驚吾僚。曰：「此可名寄，追配郴之蕘。恨我非柳子，擊節爲爾謡。」〔施註〕白樂天《續古》詩：擊節獨長歌。官賜二萬錢，無家可歸嬌。〔施註〕《宋·樂志》古詞《白頭吟》：兩樵相推與，無親誰爲嬌。爲媾他日婦，婉然初垂髫。〔合註〕《魏志·毛玠傳》：臣垂髫執簡。洗沐作小吏〔四一〕，〔王註〕《漢書》：翟方進少孤，給事太守府，爲小吏。裹頭束其腰。〔施註〕柳子厚《童區寄傳》：童寄者，郴州蕘牧兒。年十一歲，二豪賊劫持反接，布囊其口，去虛所賣之。寄僞兒啼，恐慄爲兒恒狀，賊易之，對飲酒。一人去市，一人卧，植刃道上。童以縛背刃，力下上得絶，因取刃殺之。逃未及遠，市者還。將殺童。遽曰：「爲兩郎僮孰若爲一郎僮耶？」市者善之。持童愈束縛，牢甚。夜半，童以縛即爐火燒絶之，復取刃殺市者。因大號，一虚皆驚。吏白州，州白大府，刺史顏證奇之，留爲小吏，不肯，與之衣裳，護還之鄉。筆硯耕學苑，〔王註〕張著《翰林盛事》：王勃能文，請者甚衆，金帛盈積，人謂心織而衣，筆耕而食。〔施註〕《世説》：王戎云：「以洪筆爲鉏耒，紙札爲良田。」弓矛〔四二〕戰天驕。壯大隨爾好〔四三〕，忠孝福可徼。〔施註〕《左傳·僖公四年》：楚屈完對齊侯曰：「君惠徼福於敝邑之社稷。」相國有折脇，〔王註〕《史記》：范雎事須賈，賈使齊，雎從。齊王賜雎金及牛酒，雎不敢受。賈以雎持魏國陰事告齊，故得此饋。歸告魏齊，大怒，使舍人笞擊雎，折脅摺齒，雎佯死，得出。後亡入秦，拜爲相。封侯或吹簫。〔王註〕《漢·周勃傳》：常以吹簫給喪事。後從高祖，封絳侯。人事豈易料，勿輕此〔四四〕僬僥。〔王註〕《國語》：僬僥氏，長三尺，短之至也。〔施註〕《列子·湯問篇》：從中州以東四十萬里，得僬僥國，人長一尺五寸。

題毛女眞

〔王註〕《列仙傳》：毛女，字玉姜。在華陰山中，山客獵師，世世見之。形體生毛。自言始皇宮人，秦亡入山，食松葉，遂不飢寒。〔查註〕《抱朴子》：漢成帝時，有獵者於終南山中，見一人無衣服，身生黑毛，踰坑越谷，有如飛騰。密伺其所在，乃是婦人。言：「本是秦之宮人，入山飢無所食，有一老翁，教我食松葉、松實，遂不飢不渴，冬不寒，夏不熱。」計此女是子嬰宮人，至成帝之世，三百許歲。

霧鬢風鬟木葉衣，〔王註〕《異聞集》載：唐儀鳳中，有柳毅客於涇陽，見婦人牧羊於野，風鬟雨鬢，自言妾洞庭龍女也。〔合註〕《晉書·董景道傳》：隱於商洛，山衣木葉。山川良是昔人非。〔施註〕《神仙傳》：蘇仙公化白鶴，來桂陽郡。以爪攫樓板，以漆書云：城郭是，人民非，三百甲子一來歸。祇應閑過商顏老，〔王註次公曰〕四皓，避秦之老人，而毛女，避秦之宮人，皆同時用之，爲當體矣。〔施註〕《漢·張良傳》：顧上有所不能致者四人，四人年老矣，皆以上嫚娒士，故逃匿山中。註云：商山四皓也。〔查註〕《高士傳》：南山曰商山，亦稱楚山。漢四皓，河内軹人，避秦於商山。故老傳云：漢武帝時，臨晉民引洛水至商顏下，岸善崩，往往爲井相通行水，水頹以絶商顏矣。獨自吹簫月下歸。

次韻子由清汶老龍珠丹

〔查註〕《欒城集》中無原作。

天公不解防癡龍，〔施註〕劉慶忌《幽明録》：洛下一洞穴，深不可測，有人墮穴中。入一都，郛郭臺榭，悉以金塊爲飾，人皆長三丈。因告飢餒，長人指中庭柏樹下一羊，令跪捋羊鬚。初得一珠，長人取之，次捋一珠，亦取之。後得一珠，令取啖之，甚得療飢。還問張華。華曰：「是崑崙下地仙九館，羊名爲癡龍。初一珠，食之與天地等壽，第二珠，食之可以延年，第三珠充飢而已。」玉函寶方出龍宮。〔王註〕《酉陽雜俎》：孫思邈隱終南山。時大旱，西域僧請於昆明池結壇祈雨，凡七日，縮水數尺。忽有老人至思邈石室求救。孫謂曰：「我知昆明龍宮，有仙方三十首，爾傳與予，予將救汝。」老人曰：「此方上帝不許妄傳，今急矣，固無所吝。」有頃，捧方而至。自是池水忽漲，胡僧羞恚而死。〔查註〕《隋書·經籍志》：《玉函寶方》五卷，葛洪撰。《續仙傳》：孫思邈取《龍宮藥方》三十首，歷試神效，著《千金方》三十卷，散龍宮方在其内。雷霆下索無處避，〔施註〕韓退之詩：仙官敕六丁，雷電下取將。逃入先生衣袂中。〔王註〕《僧史》：僧聞禪師住邵武山中，一日，有老人來謁聞，曰：「我龍也，以行雨不職，上天有罰當死，賴道力可脱。」俄失所在。聞視坐榻傍有小蛇尺許，延緣入袖中，屈蟠。暮夜，風雷挾坐榻，電碎雨射，山岳爲摇，而聞危坐不傾。達旦，晴霽，垂袖，蛇墮地而去。先生不作金椎袖，玩世徜徉隱屠酒。〔施註〕《漢·淮南厲王傳》：辟陽侯出見之，即自袖金椎椎之。《史記·魏信陵君傳》：公子無忌從車騎，虚左，自迎夷門侯生。侯生謂公子曰：「臣有客在市屠中。」公子引車入市，下見其客朱亥。侯生曰：「臣所過屠者朱亥，此子賢者，世莫能知，故隱屠間耳。」〔施註〕《漢·東方朔傳·贊》曰：「依隱玩世，詭時不逢。」《楚辭·惜誓章》：記回風兮徜徉。夜光明月空自投，一鍛何勞緯蕭手。〔王註〕《莊子·列禦寇篇》：河上有家貧恃緯蕭而食者，其子没於淵，得千金之珠。其父謂曰：取石來鍛之。夫千金之珠，必在九重之淵驪龍頷下，子能得之者，必遭其睡也。黄門寡好心易足，〔施註〕《唐·百官志》：門下侍郎。龍朔二年，改黄門侍郎。按，子由時爲門下侍郎。荆棘不生梨棗熟。玄珠白璧兩無求，〔王註〕《莊子·天地篇》：黄帝遊乎赤水之北，遺其玄珠。無脛〔四五〕金丹來入腹。〔王註〕《靈樞經》扁鵲註曰：化靈爲姹女之胞，十月分胎，狀如紫金，上赤下黑，左青右白，其中央黄，號曰紫金丹。區區分别笑樂天，〔施註〕《文選》李少卿《答蘇武書》：區區之心，竊慕此耳。那知空門不是仙。〔王註〕白樂天詩：我學空門非學仙，恐君此説是虚傳。海山不是吾歸處，歸則須歸兜率天。

次韻子由書清汶老所傳《秦湘二女圖》

〔王註次公曰〕韓退之詩：秦地吹簫女，湘波鼓瑟妃。所謂二女，豈畫此者乎？【誥案】王註非是。考詩意，别有本事，乃託爲秦湘二女者。故詩中并秦湘二字不道，今則更不可考矣。

春風消冰失瑶玉，我本無身安有觸。〔査註〕《楞嚴經》：即觸非身，即身非觸，身觸二相，原無處所。羊生得婦如得風，握手一笑未爲辱。〔王註次公曰〕羊生，晉羊權也。《真誥》：女仙萼緑華詩云，羊生標美秀。又《真誥》：九華真妃降，笑而言。攜手雙臺，娛歎良會。又取權手執之，曰：「妾豈以慾累浮華少時之滯，而虧辱於當真之定質，耶〔四六〕？」先生室中無天遊，珮環〔四七〕何處鳴風甌〔四八〕。〔施註〕《趙飛燕外傳》：帝於太液池，作千人之舟，后歌《歸風送遠》之曲，帝以文犀簪擊玉甌，倚后歌。隨魔未必皆魔女，但與分燈遺歸去。〔查註〕《維摩經》：天女聞言已，禮維摩詰足，隨魔還宮。胡爲寫真傳世人，更要維摩一轉語。〔王註〕《傳燈録》：洞山云：遮裏合下得一轉語，且道下得什麽語？有一上座下語九十六轉，不愜師意。丹元茅茨祇三間，〔王註厚曰〕白樂天《別草堂》詩：三間茅屋向山開，一帶山泉繞舍回。太極老人時往還。〔施註〕裴硎《傳奇》：元和中，元徹、柳實艤舟合浦岸，漂入大海，俄抵孤島，見玉虚尊師與南詁夫人會約。二子拜謁，求返人世。尊師曰：「子有道，歸不難，子宿分自有師。」夫人命侍女送二子取百花橋而歸。二子問使者：「吾師是誰？」云：「是南嶽太極先生。」二子共尋雲水，曾無影響。一日，因雪中見老叟負樵擔上，有刻太極字，遂禮爲師。隨詣祝融不復出。檢點〔四九〕凡心早除拂〔五〇〕，方平神鞭〔五一〕常使物。〔王註次公曰〕物，鬼物也。「使物」字，見《費長房傳》。〔施註〕《神仙傳》：麻姑鳥爪，蔡經見之，心念背癢時得此爪爬。王方平牽經鞭之，但見鞭著經背，亦不見有人持鞭。方平曰：「吾鞭亦不可妄得也。」又按《史記·封禪書》：李少君能使物却老。

紫團參寄王定國〔五二〕

〔查註〕《瑞應録》：唐明皇潛潞邸，重九，登壺關山，東北有紫雲見，光彩照日，因名紫雲山，即紫團山也。《太平寰宇記》：河東道上黨郡有紫團山。《地理志》云：出人參草。

谽谺土門口，〔查註〕土門口，即井陘關。突兀太行頂。〔王註〕《本草》註：人參生於潞州太行山上，謂之紫團參。

豈惟圜紫雲，實自俯倒景。剛風被草木，〔王註次公曰〕道書載：近天之風曰剛風，所以持天於空中也。〔合註〕《抱朴子》云：凡乘蹻上昇四十里，名爲太清，太清之中，其氣甚罡，剛能勝人也。鳶飛轉高，則但直舒兩翅子，不復扇摇之而自進者，漸乘剛炁故也。龍初昇，階雲其上，行四十里，則自行矣。真氣入茗穎。〔施註〕杜子美《送重表姪王殊評事使南海》詩：真氣驚户牖。〔王註〕劉禹錫詩：蒼蒼一雨後，茗穎如雲發。【誥案】紀昀曰：十字警。舊聞人銜芝，〔王註〕《本草》：人參一名人銜。生此羊腸嶺。〔王註〕《前漢·地理志》：上黨壺關縣，有羊腸阪。言山屈曲如羊腸之盤也。〔查註〕《太平寰宇記》：河東道羊腸山，在交城縣東南萬根谷山，即羊腸坂也。石磴縈委若羊腸。纖攕虎豹鬣，蹙縮龍蛇癭。〔合註〕杜牧之詩：纖攕整鬟遲。元微之詩：蹙縮又縱横。蠶頭試小嚼，〔王註厚曰〕俗稱人參如蠶頭者最良。龜息變方騁。〔施註〕《定命録》：李嶠詣袁天剛同寢，嶠息自耳中起，曰：「是龜息也，貴壽而不富耳。」矧予明真子，〔合註〕《拾遺記》：燕昭王賜甘需羽衣一襲，表其墟爲明真里。已造浮玉境。清宵月掛户，半夜珠落井。〔王註厚曰〕珠落井，以言咽納也。《黄庭外景經》：抱玉懷珠和子室。註云：珠玉謂津液，室謂身也。令人煉津液，以理一身也。灰心寧復然，汗喘久已静。〔施註〕《圖經本草》：人參，大治喘，相傳欲試人參者，使二人同走。一與人參含之，一不與。度走三五里許，其不含人參者必大喘，含者氣息自如。東坡猶故目〔五三〕，北藥致遺秉。〔王註次公曰〕借用《詩·小雅·大田》「彼有遺秉，此有滯穗」之語。欲持〔五四〕三椏根〔五五〕，〔施註〕《本草》註：高麗人作《人參贊》曰：三椏五葉，背陽向陰，欲來求我，椵樹相尋。往侑〔五六〕九轉鼎。〔施註〕《神仙傳》：仙方有九品，其七名九轉霜雪之丹。爲予置齒頰，豈不賢酒茗。

寄餾合刷瓶與子由

〔施註〕此詩真迹，臨川黄掞嘗刻於婺倅聽事。公自題其尾云：元祐八年十二月二十五日，醉睡中作。〔合註〕《爾雅》：饙、餾，稔也。《玉篇》：餾，飯氣蒸也。餾合，當卽飯甑之類。刷瓶未詳。

老人心事日摧頹，宿火通紅手自焙〔五七〕。〔施註〕鄭棨《贈老僧》詩：宿火焰爐灰。小甑短瓶良具足，〔合註〕《洛陽伽藍記》：光相具足。穉兒嬌女共燔煨。寄君東閣閑烝栗，〔施註〕杜子美《復至東屯》詩：山家烝栗暖。知我空堂坐畫灰。〔王註續曰〕《詩話》中載孫魴《夜坐》詩云：畫多灰漸冷，坐久席成痕。約束家僮好收拾，〔施註〕《史記·漢高祖紀》：待諸侯至而定約束耳。〔施註〕《後漢·光武紀》：吏人死亡，不能收拾者，爲尋求之。故山梨棗待歸來〔五八〕。

次韻劉燾撫勾蜜漬荔支〔五九〕

〔施註〕劉燾，字無言，長興人。諸父宜翁、行父，皆從先生游。無言在太學，有俊聲，善筆札，黄魯直稱之，謂他日江南復有羊欣、薄紹之矣。時在中山。終秘閣修撰。〔查註〕《吳興掌故集》：劉燾，元祐三年東坡知貢舉，稱其文章典麗，遂中甲科。由善書，仕至秘閣修撰。所著有《見南山集》五十卷。《職官分紀》：安撫使屬有管勾官，以知州及閤門祇候上充。

時新滿座聞名字，〔查註〕薛能《荔支》詩：歲杪監州曾見樹，時新入座久聞名。《荔支譜》有陳家紫、江家緑、游家紫、藍家紅、何家紅、緑核圓丁香、虎皮、牛心、蚶殼、龍牙、中元紅、玳瑁紅、十八娘、火山等名，共三十二種。別久何人記色香。〔施註〕《舊唐書・白居易傳》：居易在南賓郡，爲《木蓮荔支圖》，寄朝中親友，各記其狀。曰：荔支生巴峽間，若離本枝，一日而色變，二日而香變，三日而味變，四五日外，色香味盡去矣。葉似楊梅蒸霧雨，花如盧橘傲風霜。〔王註〕白樂天《荔支圖記》云：葉如桂，冬青；花如橘，春榮。〔查註〕《荔支譜》：其花春生，蔌蔌然白色。春雨之際，旁出新葉，色紅白。六七月，色變緑。此明年開花者也。每憐蓴菜下鹽豉，肯與葡萄壓酒漿。回首驚塵卷飛雪，詩情真合與君嘗。〔施註〕《北夢瑣言》：薛能以文章自負，累出戎鎮，嘗鬱鬱歎惜，因有詩《謝淮南寄茶》云：麤官乞與真抛却，賴有詩情合得嘗。

送曾仲錫通判如京師

邊城歲暮多風雪，强壓春醪〔六〇〕與君別。〔施註〕陶淵明《停雲》詩：靜寄東軒，春醪獨撫。〔合註〕《邵氏聞見後録》：蘇仲虎言：有以澄心紙求東坡書者，令仲虎取京師印本《東坡集》，誦其中詩，即書之。至「邊城歲暮多風雪，强壓香醪與君別」，東坡閣筆，怒目仲虎云：汝便道「香醪」！仲虎驚懼久之，方覺印本誤以「春醪」爲「香醪」也。玉帳夜談霜月苦，〔王註次公曰〕玉帳，將軍帳也。古有《玉帳經》。杜子美《送嚴公》詩：空留玉帳術。李太白《司馬將軍歌》云：退居玉帳臨河魁。〔查註〕袁卓《遁甲專征賦》：或傍直使之游宮，或居貴神之玉帳。張淏《雲谷雜記》：玉帳，乃兵家厭勝之方位，主將於其方置軍帳，則堅不可犯，如玉帳然。其法以月建前三位取之。如正月建寅，則巳兵爲玉帳，主將宜居之。〔合註〕《抱朴子》：兵在太乙玉帳之中，不可攻也。〔施註〕李華《弔古戰場文》：月色苦兮霜白。杜子美《軍城早秋》詩：玉帳分弓射虜營。鐵騎曉出冰河裂。〔施註〕白樂天《琵琶行》：鐵騎突出刀鎗鳴。斷蓬飛葉捲黃沙，〔合註〕李義山詩：遠逐斷蓬飄。祇有千林鬖髿花。〔王註厚曰〕曾子固云：齊地寒甚，夜氣如霧，凝於木上。旦起，視之如雪，日出飄滿庭階，尤爲可愛，齊人謂之霧淞。鬖髿花，疑即此者也。〔合註〕《墨莊漫録》載曾子固《霧淞》詩及此詩云：霧淞，音夢送，鬖髿同音。應爲王孫朝上國，珠幢玉節與排衙。左援公孝右孟博，我居其間嘯且諾。

僕夫爲我催歸來，要與北海春水争先回。

立春日小集戲李端叔〔六二〕

〔施註〕李端叔，名之儀，其先景城人，後居當塗。舉進士，力學，善屬文，爲東坡所知。元祐八年九月，坡出帥中山，辟掌機宜文字。蜀人孫敏行子發，亦辟在幕府，而滕興公、曾仲錫爲倅。明年閏四月，先生遂謫嶺南。端叔於時歷樞密院編修官，通判原州。元符中，監内香藥庫，御史論爲東坡客，不可任京官，詔停廢。徽宗初，提舉河東常平。范忠宣公將薨，以意授端叔作遺表。未幾，蔡京當國，謂忠宣之子正平與端叔矯撰，皆逮入御史府，由是得罪貶廢。終朝請大夫，有《姑溪前後集》七十卷。孫子發，仕止奉直大夫。〔合註〕《續通鑑長編》：紹聖四年九月，刑部言：原州勘官通判朝請郎李之儀，根勘折可適擅遣追賊失人事鹵莽，詔特差替。至御史論爲東坡客事，《長編》載於元符二年六月。御史乃石豫也。【誥案】元符末，李之儀起爲許州幕而不詳。公與書，有「兒姪在治下」語。非久，子由歸許，與之儀並勸同居，而之儀即除輦運以去。公報書云：某決計歸許，如所教，而長者遽舍去，深以爲恨。具報除輦運，似亦不惡。則此後端叔必已信眉已乎？此乃建中靖國初事，與施註合，亦見《宋史》，特不詳官許州耳。張邦基載公罷定州，乃閏四月事，施註誤作五月，已爲改正。〔查註〕張耒《宛丘集・送李端叔序》云：元祐八年，蘇先生守定武，士願從者半朝廷，然皆不敢有請。先生一日言於朝，言請以端叔佐幕府。先生之位未能進退天下士，故用子如此，然其意可知也。挾端叔之學問文章而從先生，如決大川而放之海，余無以贊子矣。李端叔《姑溪集・題跋》云：東坡爲定州安撫使，之儀以門生從辟，而蜀人孫子發，實相與俱。於是海陵滕興公、温陵曾仲錫爲定倅。五人者，每辨色會於公廳，領所事竟，窮日力盡歡而罷，或夜以曉角動爲期。謫去，賓客皆分散。【誥案】查註既引李端叔題跋，又謂滕希靖與李端叔同爲定州倅，見《姑溪集》。當卽由此條誤記，端叔無此夢夢語也。又案，自此以下爲元祐九年甲戌作，至四月，改紹聖元年。

白髮已十載，青春無一堪。不驚新歲換，聊與故人談。牛健民聲喜，鴉嬌雪意酣。〔王註厚曰〕杜牧之詩：鳧浴漲汪汪，雅嬌村羃羃。又：碧池新漲浴嬌鴉。霏微不到地，和暖要宜蠶。歲月斜川似，〔王註〕《陶集》有《斜川詩自序》云：辛丑歲正月五日，天氣澄和，風物閑美，與二三鄰曲，同游斜川。風流曲水慚。〔施註〕酈道元《水經注》：宋元嘉十一年，以舊樂遊苑地爲曲水。武帝引流傳觴，會者賦詩。行吟老燕代，坐睡夢江潭。〔合註〕詩言夢想故鄉之意。丞掾頗哀援，〔查註〕《苕溪漁隱》云：東坡《立春》詩「丞掾頗哀亮」，定武有此碑，東坡自大字寫之，作「亮」字。《後漢・馬援傳》：諸曹時白外事，援輒曰：「此丞掾之任，何足相煩，頗哀老子，使得遨遊。」則「亮」字當作援也，別本作「亮」者譌。歌呼誰怕參。衰懷久灰槁，習氣尚饞貪。白啖本河朔，紅消真劍南。〔王註次公曰〕白啖，或云荔支名也，未詳。紅消，梨名也。〔堯祖曰〕紅消禽，川人能造，以彘肉爲之。一本作「熊白來河北，豬紅削劍南」，則知趙註非也。〔邵註〕荔支不應言河朔。〔合註〕先生前《答任師中》詩，有「高樹紅消梨」之句。「白啖」未詳。【誥案】白啖，疑不托之類，麥所爲者，近是。辛盤得青韭，〔王註次公曰〕故事，立春日作五辛盤。〔合註〕五辛盤，元日故事；七種菜，人日故事；春盤，立春故事。今先生詩以立春日作，當作春盤。臘酒是黄柑〔六一〕。〔王註次公曰〕黄柑以釀酒，乃洞庭春色也。歸卧燈殘帳，醒聞葉打庵。須煩李居士，重説後三三。〔王註〕《宗門統要》：無著和尚游五臺，到山下，遇一老僧，問曰：「此間佛法如何？」住持僧曰：「凡聖同居，龍蛇混雜。」無著曰：「多少衆？」老僧曰：「前三三，後三三。」無著和尚罔測。〔施註〕顧禧云：此時方敘燕遊，而遽用後三三，讀者往往不知所謂。蓋端叔在定武幕中，特悦營妓董九者，故用九數以爲戲爾。聞其説於强行父云。

次韻曾仲錫元日見寄〔六二〕

蕭索東風兩鬢華，〔施註〕《樂府》魏武《苦寒行》：樹木何蕭索，北風聲正悲。年年幡勝剪宫花。〔施註〕白樂天《禁中憶元九》詩：宫花滿把獨相思。愁聞塞曲吹蘆管，〔王註厚曰〕後漢蔡琰云：胡人捲蘆葉吹之以作樂，故謂之胡笳。〔施註〕引《白氏六帖》，同。喜見春盤得蓼芽。〔王註〕杜子美《立春》詩：春日春盤細生菜。〔查註〕《摭遺》：東晉李鄂，立春日，命以蘆菔芹芽爲菜盤。吾國舊供雲澤米，〔公自註〕定武〔六四〕齋酒用蘇州米。〔合註〕《説苑》：荆文王畋於雲澤。君家新致雪坑茶。〔公自註〕近得曾坑茶。〔查註〕《蔡忠惠集》引宋子安《東溪試茶録》云：馬鞍山東爲林園，最高處爲曾坑。燕南異事真堪紀〔六五〕，三寸黄柑擘永嘉。〔王註〕杜子美《阻雨不得歸瀼西柑林》詩：三寸如黄金。〔施註〕温州永嘉郡，歲貢黄柑。〔查註〕韓彦直《橘録》：橘出永嘉郡，柑乃其别種，而乳柑爲第一，故温州謂乳柑爲真柑。温四邑皆種柑者，而出泥山者，又推第一。大者可七寸圍，顆皆圓正，膚理如澤蠟，擘之，香霧噀人。

子由生日，以檀香觀音像及新合印香銀篆盤爲壽〔六六〕

〔查註〕案子由己卯二月二十日生，見本集《十八羅漢頌跋》。

旃檀婆律海外芬，〔王註程縯曰〕婆律，出波斯國，膏香，在木心中。〔厚曰〕《酉陽雜俎》：一木五香。根旃檀，節沉香，花雞舌，葉藿，膠薰陸。又云：龍腦香樹〔六七〕，出婆利國，樹高八九丈，瘦者出龍腦香，肥者出婆律膏。〔施註〕《南史·西南夷傳》：狼牙修國，在南海中，多棧、沈、婆律香等。〔查註〕《本草拾遺》：婆律香，出婆律國，樹與龍腦同香，乃樹之清脂也。西山老臍柏所薰。〔王註〕《唐·本草》：麝生中臺川谷。陶隱居云，形似麞，常食柏葉，故嵇康《養生論》云「麝食柏而香」也。〔施註〕《唐·本草》：麝生益州，形似麞，常食柏葉。水麝臍，其香尤美。香螺脫黶來相羣，〔王註援曰〕香螺脫黶，甲香也，能聚衆香。〔施註〕《本草》：甲香，海螺之掩也，可聚香使不散，雜衆香燒之，使益芳，獨燒則臭。《香譜》：蠡頭生雲南者，取黶燒灰，合香多用，謂能發香，復來香烟。〔查註〕《唐·本草》：香螺蠡頭生雲南者，如人掌，青黃色。按韻書，蠡亦作螺。韓鄂《四時纂要》有修甲香方，收大甲，酒煮蜜熬，入諸香用。所云甲者，即螺黶也。能結縹緲風中雲。【誥案】句有像在，讀者勿爲上註所晦。一燈如螢起微焚，何時度盡〔六八〕繆篆紋。〔王註〕《前漢·藝文志》：漢興，太史試學童以六體，古文、奇字、篆書、隸書、繆篆、蟲書。《音義》云：繆篆，謂其文屈曲纏繞，所以摹印章也。〔施註〕《晉·衛恒傳》：繆篆，所以摹印也。《香譜》：香篆，鏤木爲篆文，範以香塵。繚繞無窮合復分，綿綿浮空散氤氳〔六九〕。〔施註〕杜子美《小司寇》詩：維南將獻壽，佳氣日氤氳。【誥案】紀昀曰：如時文中之搭題，虧他連成片段，不得復以捏合爲嫌。東坡持是壽卯君，〔王註次公曰〕卯君，子由也。君少與我師皇墳。〔施註〕韓退之《贈張祕書》詩：高辭媲皇墳。旁資老聃釋迦文，〔合註〕《金剛經》云：汝於來世，當得作佛，號釋迦牟尼。共厄中年點蠅蚊。〔王註〕韓退之《雜詩》：朝蠅不須驅，暮蚊不須拍。蠅蚊滿八區，可盡與相格。《後漢書》：楊震卒。詔策曰：震正直是與，俾匡時政，而青蠅點素，同茲在藩。晚遇斯須何足云，〔王註〕白樂天《曲江感秋》詩：晚遇何足言，白髮映朱紱。〔施註〕白樂天《初著緋》詩：晚遇緣才拙。《莊子·田子方篇》：彼直以徇斯須也。君方論道承華勛。〔施註〕《尚書·周官》：三公論道經邦，燮理陰陽。韓退之《贈張祕書》詩：方今向太平，元凱承華勛。我亦旗鼓嚴中軍，〔王註次公曰〕先生自言帥定州也。〔施註〕《左傳·僖公二十七年》：晉作三軍，謀元帥，乃使郤縠將中軍。國恩未報〔一〇〕敢不勤。但願不爲世所醺，【誥案】鈎勒得好，結意從此句跌出。爾來白髮不可耘。問君何時返鄉枌，〔王註〕謝靈運詩：揮手告鄉曲，三載期歸旋。且爲樹枌檟，無令孤願言。〔次公曰〕《西京雜記》：漢高祖少時，常祭枌榆之社，及移新豐，亦立焉。故後人用「枌榆」字爲鄉曲也。〔施註〕《文選》張平子《西京賦》：豈伊不懷歸於枌榆。收拾散亡理放紛。〔合註〕《左傳·昭公十六年》：獄之放紛。此心實與香俱焄，聞思大士應已聞。【誥案】紀昀曰：掉尾收轉，方不游騎無歸，尤妙在自然拍合。

次韻李端叔送保倅翟安常赴闕，兼寄子由

〔合註〕《姑溪集》屢有《與翟給事公遜手簡》，豈即其人而官保倅耶？

中山保塞兩窮邊，〔查註〕《文獻通考》：保州，本唐莫州清苑縣地，宋初置保塞軍，太平興國中，升爲州。《九域志》：河北西路保塞軍，西至定州一百六十里。羅子蒼《識遺》：五代失險，周世宗於深、冀間浚河爲限。宋守塘濼，而雄、霸二州間，塘水不接，遂置保定軍爲窮邊，以無水，多植榆槐爲蔽云。卧治雍容已百年。顧我迂愚分竹使，與君

談笑用蒲鞭。【詰案】此句以法論，專指保倅，但連上句讀之，已兼管到李方叔。此種手法，讀者不可不知。松荒三徑思元亮，〔施註〕《晉・陶潛傳》：字元亮。《南史》：字淵明。草合平池憶惠連。〔王註〕《南史・謝惠連傳》：族兄靈運云：「每有篇章，對惠連輒得佳語。嘗於永嘉西堂，思詩，竟日不就，忽夢見惠連，即得『池塘生春草』，大以爲工。」〔合註〕杜子美《宿昔》詩：龍喜出平池。白髮歸心憑説與，古來誰似兩疏賢。

中山松醪寄雄州守〔七一〕王引進

〔查註〕中山松醪，本集有賦。《九域志》：河北東路雄州防禦，治歸義、容成二縣。《太平寰宇記》：雄州本涿州歸義縣之瓦子濟橋，舊置瓦橋關，周顯德六年，建爲雄州。子由使契丹，有《贈知雄州王崇拯》七言律詩二首。《詩話總龜》：王崇拯，字拯之。〔合註〕《續通鑑長編》：元祐元年三月，東上閤門使王崇拯知雄州。四年三月再任。至七年三月，再任已滿，是否留任，《長編》雖不載，而先生知定州時，崇拯尚在雄州，其八年九月以後，崇拯因何還朝，《長編》已缺，不可考矣。〔查註〕按《宋史・職官志》：引進使，從五品，掌臣僚蕃國進奉禮物之事。《職官分紀》：引進有正使、副使。

鬱鬱蒼髯千歲姿，肯來杯酒作兒嬉。流芳不待龜巢葉，〔公自註〕唐人以荷葉爲酒杯，謂之碧筩酒〔七二〕。【詰案】紀昀曰：事出《酉陽雜俎》，雖唐人書，乃魏人事。〔合註〕曹子建《洛神賦》：步蘅薄而流芳。掃白聊煩鶴踏枝。〔王註次公曰〕鶴踏枝，言松也。古詩云：虬枝鶴踏消。醉裏便成敧雪舞，醒時與作嘯風辭。〔合註〕此二句，兼用松雪、松風意。馬軍走送非無意，〔王註〕杜子美《謝嚴中丞送乳酒》詩云：鳴鞭走送憐漁父，洗琖開嘗對馬軍。玉帳人閑合有詩。

次韻李端叔謝送牛戩《鴛鴦竹石圖》〔七三〕

〔王註〕《圖畫見聞志》：道士牛戩，河內人。工畫翎毛，多寫斑鳩、野鵲，但枳棘不甚精高。

鬭君談西戎，廢食忘早晚。王師本不陳〔七四〕，〔施註〕《穀梁傳·莊公八年》：善師者不陳，善陳者不戰。賊壘何足剗。守邊在得士，〔施註〕《史記·滑稽傳》：得士者強，失士者亡。此語要而簡。〔施註〕《晉·裴楷傳》：吏部郎缺，文帝問其人於鍾會。會曰：「裴楷清通，王戎簡要，皆其選也。」知君論將口，〔王註〕《前漢·贊》：馮唐之論將。似予〔七五〕識畫眼。笑指塵壁間，此是老牛戩。〔施註〕劉道醇《聖宋名畫評》：道士牛戩，字受禧，河內人。善畫花竹翎毛，尤長破毛之禽泊寒雉野鵲。每飲酒肆間，或至一斗，然後畫一番紙以質之，至醒必購之，遂毀畫而去。平生師衛玠，非意嘗理遣〔七六〕。愬君〔七七〕定何人，未用市朝〔七八〕顯。置之勿復道，〔王註〕《古詩》：棄捐勿復道。世俗固多舛。〔合註〕王融《淨行頌》：遵途每多舛。歸去亦何須，單車度殽澠〔七九〕。〔王註〕劉向《新序》：洛陽西有殽、澠。陸士衡《弔魏武文》：詠歸途以反旆，登殽澠而朅來。〔合註〕《廣韻》：澠，彌兖切，音緬。《史記·信陵君傳》：今單車來代之。如蟲得羽化，〔施註〕《唐·柳公權傳》：銀杯羽化爾。已脱安用繭。家書空萬軸，涼暴〔八〇〕困舒卷。〔王註〕崔寔〔八一〕《四時月令》：五月濕熱，蠹蟲生。書經夏不舒展者，必生蟲。五月以後，七月以前內，須三度舒而卷之。法，要須天晴時，於大屋下風涼處，不見日曝，令乾。乘熱氣卷，生蟲彌速。念當掃長物，閉息默自煖。此畫聊付君，幽處得小展。新詩勿縱筆，羣吠驚邑犬。〔王

註〕《楚辭·九章》：邑犬羣吠兮吠所怪。〔施註〕柳子厚《答韋中立書》：辱書云，欲相師。屈子賦曰：邑犬羣吠。吠所怪也。僕往聞庸蜀之南，恒雨，少出日，日出則犬吠。僕來南二年，冬幸大雪，數州之犬，皆蒼黃吠噬。今韓愈既自以爲蜀之日，吾子又欲使吾爲越之雪，不以病乎？度今天下不吠者幾人，而誰敢衒怪於羣目，以召鬧取怒乎？時來未可知，〔施註〕《後漢·劉玄傳》：成敗未可知。妙斲待輪扁。〔王註〕《莊子·天道篇》：輪扁曰：「斲輪，徐則甘而不固，疾則苦而不入。不疾不徐，得之手而應之心，口不能言，有數存焉於其間。臣不能喻臣之子，臣之子不能受之於臣。」【誥案】紀昀曰：借題論事，亦殊娓娓。

次韻聰上人見寄〔八二〕

〔查註〕本集《思聰名說》云：法惠圓師小童彭九，年十一，善琴，應對明了如成人。自言未有法名，而同師皆聯思字，遂與名思聰，庶幾他日因聲以得法。《周益公跋》云：元祐六年，公既作《聞復字序》。後三年春，在定武，復和其見寄詩，有「前生本同社」之語。又後七年，當靖國辛巳，蓋公夢奠之歲也。其《贈道通》詩，猶云「雄豪而妙苦而腴，祇有琴聰與蜜殊」，其愛重之如此。

前身〔八三〕本同社，〔施註〕韓退之詩：願爲同社人。宿業獨臨邊。〔合註〕梁元帝《玄覽賦》：罷臨邊之瑞節。一悟鏡空老，〔王註〕《高僧傳》：洛陽香山寺鏡空游錢塘，至孤山寺西，餒甚，因臨流出涕。俄有梵僧顧空笑曰：「頗憶講《法華》於同德寺乎？」空莫測其由。僧曰：「子爲飢火所燒。」乃探囊出一棗，大如拳許，曰：「吾國所産，食之者，知過去未來事。」空因啖棗，掬泉飲之，枕石而寢。頃刻乃悟憶講經於同德寺，如昨日也。始知圓澤賢。〔施註〕袁郊《甘澤謡》：李源與圓澤，爲忘形之友。同至三峽，見一孕婦。圓澤曰：「此某託身之所。後十二年，杭州相見。」是夕果卒，而婦生一子。源如期至杭訪之，至天竺寺，忽聞葛洪川畔，牧童歌《竹枝》，隔溪呼源，乃圓澤也。歌曰：三生石上舊精魂，賞月吟風不要論。慚愧情人遠相訪，此身雖異性常存。【誥案】施註當引本集《圓澤傳》。既引《甘澤謠》，即當作圓觀，應駁正。至公之改觀爲澤，究未知何所本也。歸心忘犢佩，生術寄羊鞭。不似歐陽子，空留六一泉。〔王註次公曰〕歐陽永叔雖不到杭州，而惠勤師思之，因所居有甘泉湧出，遂名之曰六一泉。六一者，歐陽公自號六一居士也。惠勤之説，以謂居士精神，無所不至，故雖不至杭州，而可以其號名泉矣。其説見先生《六一泉銘序》。

次韻王雄州還朝留別

老李威名八十年，〔王註次公曰〕老李，指言李允則也。景德二年正月，真宗以契丹初和，易置守將，選知雄州。自景德二年至元祐八年，則八十九年也。〔查註〕《東都事畧》：李允則，字垂範，太原人。太平興國初，置靜戎軍榷場，以允則領之。自是屢奉使諸路，雄嘗再涖焉。周世宗始以瓦橋關置州，民居惟結茅，允則易爲瓦甓。又合外舊甕城與大城爲一，始創關城，濬濠，起月隄，徙浮圖於北原上，所望踰三十里，契丹動息皆知之。當時邊臣無及者。《欒城集・洛陽李氏園池記》云：李氏世家名將，大父於太祖爲布衣之舊，用兵河東，百戰百勝。烈考事章聖，守雄州十有四年，繕守備，撫士卒，精於用間，功烈尤雄。壁間精悍見遺顔。〔施註〕《唐・李紳傳》：爲人短小精悍。〔合註〕玩詩句，李允則有遺像留雄州。《宋史》本傳：其方畧設施，雖寓於遊觀亭傳間，後人亦莫敢隳。【誥案】紀昀曰：起得親切，語無泛設。自聞出守風流似，〔施註〕《文選》顔延年《五君詠》：一麾乃出守。稍覺承平氣象還。但遣詩人歌《杕杜》，不妨侍女唱《陽關》。【誥案】紀昀曰：五六深厚。內朝接武知何日，〔王註次公曰〕天子之朝有三，曰治朝、曰外朝、曰燕朝。皇帝多御燕朝，即內朝者也。〔查註〕《春明退朝録》：本朝文德殿曰外朝，凡不釐務朝臣，日赴是，謂常朝。垂拱殿曰内朝，宰臣以下並武班，日赴是，謂常起居。白髮羞歸供奉班。【詰案】紀昀曰：收亦滿足。

三月二十日多葉杏盛開〔八四〕

〔查註〕元《方輿勝覽》：大興府海雲寺，有多葉杏三株，名芙蓉杏。張叔夏見之，爲《三姝媚辭》。

零露泫月蕊，〔王註〕謝靈運詩：巖下雲方合，花上露猶泫。〔施註〕《毛詩·鄭風·野有蔓草》：零露瀼瀼。温風散晴葩。春工〔八五〕了不睡，連夜開此花。芳心誰剪刻，天質自清華。〔施註〕《晉·嵇康傳》：龍章鳳姿，天質自然。惱客香有無〔八六〕，〔施註〕杜子美《絶句》：江上被花惱不徹。弄粧影横斜。中山古戰國，〔王註次公曰〕中山本晉地，叢臺易水，皆是其地。〔合註〕《戰國策》註：《左傳·昭公十二年》，晉荀吴假道於鮮虞。杜預云：白狄别種，在中山新市縣。《定公四年》，晉荀寅曰：「諸侯方貳，中山不服。」《太平寰宇記》：定州，戰國時爲中山國，後爲魏所併，亦屬晉，卒爲趙所并，俄而復立，趙武靈王襲而滅之。殺氣浮高牙。〔王註〕岑參《北庭》詩：日暮上北樓，殺氣凝不開。〔施註〕《文選》潘安仁《關中》詩：桓桓梁征，高牙乃建。叢臺餘袨服，〔王註〕《漢·鄒陽傳·書註》云：袨服，盛服也。〔施註〕《鄒陽傳》：全趙之時，武力鼎士，袨服叢臺之下者，一旦成市，而不能止幽王之湛患。顔師古註曰：叢臺，趙王之臺也，在邯鄲。易水雄悲笳〔八七〕。〔王註〕《史記·荆軻傳》：燕太子丹及賓客送之易水之上。高漸離擊筑，荆軻和而歌，士皆垂淚涕泣。又前而歌曰：風蕭蕭兮易水寒，壯士一去兮不復還。【詰案】紀昀曰：有此排宕，氣脈乃闊。自從此花開，玉肌〔八八〕洗塵沙。坐令游俠窟，〔王註厚曰〕《文選》郭景純詩：京華游俠窟，山林隱遁棲。〔施註〕杜子美《七月三日》詩：惆悵白頭吟，蕭條游俠窟。劉禹錫《和董仲庶》詩：借名游俠窟，結客幽并兒。化作温柔家。〔王註次公曰〕游俠則勇暴，温柔則和粹，中庸言寬裕温柔，足以有容。又，《傳》曰：其爲人也温柔。〔合註〕此用温柔鄉事。我老念江海，不飲空咨嗟。〔施註〕韓退之《晚菊》詩：今來不復飲，每見常咨嗟。劉郎歸何日，紅桃爍殘霞〔八九〕。【誥案】此二句，施編缺，查註據王註補。明年花開時，舉酒望三巴。〔公自註〕蓋欲請梓州而歸也〔九〇〕。〔施註〕《三巴記》：閬水東南流，曲折三曲，如巴字。《華陽國志》：武王克商，封其子宗姬於巴。至漢益州牧劉璋，以墊口以上爲巴郡，以朐陵爲巴東，永寧爲巴西，是爲三巴。

三月二十日開園三首

其一

雪髯霜鬢語傖獰〔九一〕，〔施註〕劉禹錫《竹枝詞引》：傖獰不可分。淡蕩〔九二〕園林取次行。〔施註〕顧況詩：蕩漾乘春取次行。要識將軍不凡意〔九三〕，〔合註〕定州兼安撫使馬步軍都總管，故詩中得自稱將軍。從來衹啜小人羹。〔公自註〕是日散父老酒食。

其二

西園牡籥夜沉沉，〔王註〕《漢・五行志》：成帝元延元年正月，長安章城門，門籥自亡。〔施註〕《漢・五行志註》晉灼曰：牡是出籥者。師古曰：牡所以下閉者也，亦以鐵爲之。〔合註〕鮑照詩：冬夜沉沉夜坐吟。尚有游人卧柳陰。鶴睡覺時〔九四〕風露下，落花飛絮滿衣襟。

其三

鬱鬱蒼髯真道友，絲絲紅萼是鄉人。〔公自註〕蒼髯，松也。紅萼，海棠也〔九三〕。何時翠竹江村路，送我柴門月色新。〔王註〕杜子美《南鄰》詩：白沙翠竹江村暮，相對柴門月色新。

次韻王雄州送侍其涇州

〔查註〕侍其，複姓也，名失考。《宋史》有侍其曙、侍其淵。《九域志》：秦鳳路涇州安定郡，治保安縣。《太平寰宇記》：涇州屬關西道，漢分北地郡，置安定郡，即六郡之一焉。魏神䴥三年於此置涇州，因水爲名，皇朝爲彰化軍節度。水土雜於河西，人烟接於北地。

威聲又數中興年，〔王註〕杜子美《喜達行在所》詩：今朝漢社稷，新數中興年。二虜行當一矢聯。〔王註〕《周易・旅》：射雉，一矢亡。又杜子美《哀江頭》詩：一箭正墜雙飛翼。曹子建詩云：左挽因右發，一縱兩禽連。〔合註〕《左傳・成公十六年》：楚王召養由基，與之兩矢，使射呂錡，中項伏弢，以一矢復命。【誥案】二虜指遼、夏，蓋兼雄、涇而言也。合註謂指夏國主乾順及其國母梁氏，全非詩旨，即二虜之稱亦不妥。聞道名城得真將，〔王註〕皮日休《七愛詩序》：定大亂者，必有真將。以李太尉爲真將。〔施註〕《漢・周亞夫傳》：文帝曰：「此真將軍矣。」〔合註〕《史記・表》：墮壞名城。故應驚羽落空弦。〔施註〕《文選》鮑明遠《東門行》：傷禽惡弦驚。追鋒歸去雄三衞，〔王註厚曰〕傳車曰追鋒，車遽則乘之。〔次公曰〕三衞，在唐制，有司戈、司階、執干、執戟，謂之四色官。而在前，本朝神宗時官制，有左右金吾衞，有左右衞，有諸衞，是三也。於左右金吾衞，則有上將軍，於左右衞，亦有上將軍，於諸衞，則有大將軍、上將軍、右將軍，此之謂衞官也。〔施註〕《晉・宣帝紀》：魏帝詔帝乘追鋒車，晝夜兼行四百餘里，一宿而至。《晉・義陽城王望傳》：以望外官，特給追鋒車。授鉞重來定十連。〔王註〕《禮記・王制》：十國以爲連，連有帥。〔施註〕《文選・東京賦》：授鉞四七。《淮南子》：凡命將，主親操鉞，持頭授將軍。其柄曰：從此上至天者，將軍制之。別酒回頭便陳迹，號呶端合發初筵。〔施註〕《毛詩·小雅·賓之初筵》：賓之初筵，温温其恭。賓既醉止，載號載呶。

臨城道中作〔九六〕并引

〔查註〕《太平寰宇記》：臨城屬趙州，在定州西南一百里，漢於此置房子縣，天寶元年改臨城。《宋史·哲宗本紀》：紹聖元年壬子，蘇軾坐前掌制命，語涉譏訕，落職知英州。【誥案】公以三月十一日朝命謫知英州，閏四月初三日告下，遂罷任。由真定過臨城、内丘，經相、滑一路，以十八日抵陳留，復自陳留繞道臨汝，與子由別，仍由陳留取道雍丘，則舟行矣。自此首起以下，皆南遷作。

予初赴中山〔九七〕，連日風埃，未嘗了了見太行也。今將適嶺表，頗以是爲恨〔九八〕。過臨城、内丘〔九九〕，〔查註〕《太平寰宇記》：漢中丘縣，隋改内丘，屬趙州，大業二年改屬邢州，在州北五十八里。天氣忽清徹。西望太行，草木可數，岡巒北走，崖谷秀傑〔一〇〇〕。忽悟歎曰〔一〇一〕：吾南遷〔一〇二〕其速返乎〔一〇三〕？退之《衡山》之祥也。書以付邁，使志之〔一〇四〕。【誥案】公赴中山，惟迨、過侍行，邁以罷河間令至中山也。

逐客何人著眼看，太行千里送征鞍。〔查註〕《述征記》：太行山，首始於河内，北至幽州，凡百嶺，遠亘十三州之界，有八陘。未應愚谷能留柳，〔施註〕柳子厚《愚溪詩序》：余以愚觸罪，謫瀟水上，愛是溪，家焉。古有愚公谷，故更之爲愚溪。可獨衡山解識韓。

過湯陰市，得豌豆大麥粥，示三兒子〔一〇五〕

〔查註〕《元和郡縣志》：相州湯陰縣有蕩水，因以爲名。《太平寰宇記》：蕩水在縣治北，縣在相州南四十里。豌豆，《爾雅》謂之戎菽，《遼·志》謂之回鶻豆。《本草》：其苗柔弱，宛宛然，故得名。嫩時色緑，老則斑麻。

朔野方赤地，〔王註〕《吳興雜録》載諺云：春雨甲子，地赤千里。河堧〔一〇六〕但黃塵。〔施註〕《漢·晁錯傳》：居太上廟堧中。註云：堧者，内垣之外遊地也。杜子美《東屯北崦》詩：戰地有黃塵。秋霖暗豆莢〔一〇七〕，夏旱臞麥人。〔王註〕《本草》：蕎麥，取人作飯，食之下氣。蓋麥之心曰人。〔施註〕《本草》：小麥人作麪，第三磨者涼，爲近麩也〔一〇八〕。逆旅唱晨粥，〔施註〕《左傳·僖公二年》：虢爲不道，保於逆旅。行庖得時珍。〔合註〕《魏都賦》：行庖皤皤。青斑〔一〇九〕照匕箸，〔施註〕《蜀先主傳》：方食，失匕箸。脆響鳴牙齦。玉食謝故吏，〔施註〕《漢·陳咸傳》云：所居，調發屬縣，所出食物，以自奉養，奢侈玉食。風餐〔一一〇〕便逐臣。〔王註〕杜子美《舟中》詩：風餐兼露宿。漂零竟何適，〔施註〕杜子美《客亭》詩：漂零似轉蓬。浩蕩寄此身。〔施註〕杜子美《奉贈韋左丞丈》詩：白鷗没浩蕩。【誥案】此當引李太白《沙丘城下寄杜甫》「浩蕩寄南征」句，然此類句，作者不必定有出也。爭勸加餐食〔一一一〕，實無負吏民。何當萬里客，歸及三年新。〔王註〕《左傳·成公十年》：晉侯有疾，巫曰：「不食新矣。」杜預註：言公不得食新麥。〔施註〕杜子美《鴈》詩：東來萬里客，亂定幾年歸。【誥案】紀昀曰：和平。

黃　河〔二二〕

〔馮註〕《輿地志》：其水從地湧出百餘泓，方七八十里，東北滙爲大澤。又東流爲赤賓河，合忽蘭諸河，始名黃河。又東北至蘭州，入中國。【誥案】此詩施編不載，查註從邵本補入卷二嘉祐五年庚子詩中，以爲公之初作。但彼時公自荆門，歷襄、鄧、唐、許至京，此卽查註之説，並未渡河，卽不應有此詩。今據地改編，而前後詩之氣脈通矣。

活活何人見混茫，〔合註〕《春秋繁露》：水則源泉，混混茫茫。崑崙氣脈本來黃。〔馮註〕《史記・大宛列傳》：漢使窮河源，河源出于窴。其山多玉石，采來，天子按古圖書，名河所出山曰崑崙云。〔查註〕《爾雅・釋水》：河出崑崙墟，色白，所渠并千七百一川，色黃。釋宗泐《全室外集》云：河源出抹必力巴赤山，番人呼黃河爲抹處鷺牛河，爲必力處巴赤者，分界也。其山西南所出之水，是謂河源。東抵崑崙七八百里。今所涉處，尚三百餘里，下與崑崙之水合流。濁流若解污清濟，〔馮註〕《史記・蘇秦傳》：天時不與，雖有清濟濁河，惡足以爲固。〔合註〕唐人有《清濟貫濁河賦》。驚浪應須動太行。〔馮註〕《一統志》：太行山在平陽府絳縣。〔合註〕《文選・海賦》：驚浪雷奔。【誥案】此句確爲自中山渡河作，必非渡河赴中山作也。帝假一源神禹迹，世流〔二三〕三患梗堯鄉。〔馮註〕《漢書・志》：平陽。應劭註：堯都也。〔查註〕《莊子・天地篇》：華封人謂堯曰：「天下有道，則與物皆昌，無道則修德就閑。千歲厭世，去而上仙，乘彼白雲，至於帝鄉，三患莫至，身常無殃，何辱之有？」靈槎果有〔二四〕仙家事，試問青天路短長。〔合註〕何焯曰：次聯以喻黨人排窄。此必初貶英州時詩，落句排雲叫閽之思。然何説亦無確據。【誥案】合註所引何焯語，惟此條極有補助，而獨失之，何也？此詩與少作全不類，今已改編，凡讀者一路讀下，其義自見，不必更爲之説也。

子由新修汝州龍興寺吳畫壁

〔王註〕《韻語陽秋》：汝州龍興寺，吳道子畫兩壁。一壁作維摩示疾，文殊來問天女散花。一壁作太子遊四門，釋迦降魔。筆法奇絶。子由曾施百縑。〔查註〕《宋史·哲宗本紀》：紹聖元年二月，以鄧潤甫爲尚書右丞，三月，蘇轍罷知汝州。

丹青久衰工不藝，〔施註〕杜子美《武侯廟》詩：遺廟丹青落。《論語·子罕》：吾不試，故藝。人物尤難到今世。每摹市井作公卿，畫手懸知是徒隸。吳生已與不傳死，那復典刑留近歲。人間幾處變西方，盡作〔二五〕波濤翻海勢。〔王註次公曰〕言畫西方變相也。〔合註〕按先生《王維·吳道子畫》詩「浩如海波翻」，與此詩同意。細觀手面分轉側，妙算毫釐得天契〔二六〕。始知真放本精微，〔合註〕皮日休《七愛詩序》：負逸氣者，必有真放。不比狂花生客慧。〔王註次公曰〕狂花，在史所載，花不以時開，如桃李冬花者，謂之狂花。又，金石上生花，亦謂之狂花。〔施註〕白樂天《早冬》詩：寒櫻枝白是狂花。〔合註〕《畫繼》云：東坡詩非前身顧、陸，安能道此等語耶？【誥案】紀昀曰：至言可佩，於此知詩家好喜作迷離惝怳語，及喜作豪横語者，皆狂花客慧耳。似聞遺墨留汝海，〔施註〕汝州爲陸海軍。〔查註〕《十三州志》：梁縣，周南鄙邑，秦滅東周，遷其君於此，謂之陽人聚。《元和郡縣志》云：河南道汝州臨汝郡，漢河南郡之梁縣地。隋開皇四年，移伊州理於此，大業二年改汝州。古壁蝸涎可垂涕。力捐金帛扶棟宇，錯落浮雲卷新霽。使君坐嘯清夢餘，幾疊衣紋數衿袂。他年弔古知有人，姓名聊記東坡弟。

過杞贈馬夢得〔二七〕

【誥案】此詩，施編在遺詩中，查註補編臨城道中。題前，合註已有「當由臨城至湯陰再至杞」之駁。今考公自汝州還，始由陳留至杞，合註亦未確考，因改編於此。但此題之上，舊有「初貶英州」四字，似當日公與馬正卿本有之，而向未入集也。今其詩已歸正集而改編，愈後自應删去，餘詳總案中。〔案〕總案紹聖元年閏四月有「過雍丘贈馬夢得詩」條。條下誥案謂：馬正卿，本杞人，素與米元章厚善。自後惠、儋無復馬之踪跡。似其時辭公歸老，往依元章，因贈此詩也。

萬古仇池穴，歸心負雪堂。【誥案】馬正卿從公游，至是已三十四年，其黄州東坡雪堂，皆馬佐公爲之，此其事實也，故於其別也及之。殷勤竹裏夢〔二八〕，猶自數山王〔二九〕。【誥案】山、王謂山濤、王戎，竹林之游也。紀昀曰：語含兩意，詩人之筆。

過高郵寄孫君孚〔三〇〕

〔施註〕孫君孚，名升，高郵人。哲宗立，爲監察御史，朝廷更法度，逐姦邪，君孚多所建明。擢中書舍人直學士院，以集賢院學士知應天府。紹聖初，削職，守房、歸二州，貶汀州，卒。〔查註〕《太平寰宇記》：淮南道高郵，本揚州縣，開寶四年建爲軍，仍以縣隸。劉延世《孫公談圃序》云：紹聖改元，凡仕於元祐而貴顯者，例皆竄貶湖南嶺表，獨孫公一人，遷於臨汀。其謫官也，自南都爲歸州，遂以散秩謫臨汀，在汀三年，以疾終。按東坡南行過高郵，正君孚謫歸州時也。

過淮風氣清，一洗塵埃容。水木漸幽茂，〔合註〕《水經注》：林木幽茂。菰蒲雜游龍。〔王註〕《詩註》云：游龍，紅草也。以其放縱枝葉，故謂之游龍。可憐夜合花，青枝散紅茸。〔王註〕《本草》云：合歡，夜合也，葉似皁莢及槐，人家多植於庭除間，極細而繁密。〔施註〕白樂天《春盡》詩：櫻桃落砌顆，夜合隔簾花。〔查註〕崔豹《古今注》：欲蠲人之忿，則贈以青裳夜合，其葉至暮即合，故名合昏，又云夜合。《本草》：此樹葉似皁莢及槐，五月花，紅白色，上有絲茸。〔合註〕李嶠詩：紅茸何暮參差出。美人游不歸，一笑誰當〔一二一〕供。故園在何處，〔施註〕柳子厚詩：滿眼故園春草綠。已偃手種松。我行忽失路〔一二二〕，〔王註次公曰〕自傷其行止蹭蹬，如失路也。歸夢山千重〔一二三〕。〔施註〕柳子厚詩：憑寄還鄉夢，殷勤入故園。聞君有負郭，二頃收橫從〔一二四〕。〔王註次公曰〕《禮記·坊記》引《詩》：橫從其畝。從，讀如蹤。卷野畢秋穫，〔施註〕《尚書·金縢》：秋，大熟未穫。殷牀聞夜舂。〔王註〕杜子美《大雲寺贊公房》詩：梵放時出寺，鐘殘猶殷牀。樂哉何所憂，社酒〔一二五〕粥面醲。宦游豈不好，毋令到千鍾。

僕所至，未嘗出游。過長蘆，聞復禪師病甚，不可不一問。既見，則有問矣。明日，阻風，復留，見之。作三絶句，呈聞復，並請轉呈〔一二六〕參寥子，各賦數首

〔施註〕聞復名思聰。先生嘗有敍，送其歸孤山，曰：錢塘僧思聰，七歲善彈琴，十二捨琴而學書。書既工，十五捨書而學詩。詩有奇語，老師宿儒皆敬愛之。秦少游取《楞嚴》文殊語，字之曰聞

復。【誥案】王明清《揮麈餘話》云：章獻明肅，初自蜀江而下，舟過真州之長蘆。有閩僧法燈者，築茅菴岸傍。燈一見，許以必貴；倒囊津置入京。及位長樂后，捐奩中百萬緡，命淮南、兩浙、江南三路轉運使，創建大剎，俾燈住持，賜予不絕。邵博《聞見録》云：仁宗卽位，太皇太后垂簾聽政，玉泉長老者，已居長蘆矣。后屢召不至，遣使問所須，則曰：「道人無所須也。玉泉寺無僧堂，長蘆寺無三門，后其念之。」后以本閤服用物下兩寺。獨長蘆寺臨江門起水中，既成，輒爲蛟所壞，后必欲起之，用生鐵數萬斤疊其下乃成，蓋蛟畏鐵也。

其一

亦知壺子不死，〔施註〕《莊子·應帝王篇》：鄭有神巫曰季咸。列子與之見壺子。出而謂列子曰：「嘻，子之先生死矣，弗活矣。」列子入，泣涕沾襟，以告壺子。壺子曰：「鄉吾示之以地文，是殆見吾杜德機也。」明日，又與之見壺子。出而謂列子曰：「幸矣，子之先生遇我也，有瘳矣，全然有生矣。」壺子曰：「鄉吾示之以天壤，是殆見吾善者機也。」敢問老聃所游。〔王註〕《莊子·田子方篇》：孔子見老聃，老聃新沐，曰：「吾游心於物之初。」〔施註〕《莊子·寓言篇》：陽子居南之沛，老聃西游於秦。瑟瑟〔三七〕寒松露骨，〔王註〕《文選》劉公幹《贈從弟》詩：亭亭山上松，瑟瑟谷中風。白樂天《琵琶行》：楓葉荻花秋瑟瑟。眈眈病虎〔三八〕垂頭。〔王註〕《湘山野録》載蘇子美詩云：垂頭孤坐若癡虎。

其二

莫言西蜀萬里，且到南華一游。〔王註次公曰〕南華寺，在韶州，乃曹溪道場也。〔查註〕《始興志》：南華山，在縣南六十里，峰巒環抱，狀如蓮花，其東南，曹溪之水出焉。梁時，天竺僧智藥至溪口，聞水香，掬而飲之，曰：「此水上流有勝地。」遂謁士人曹叔良。叔良者，魏武之裔孫也，因捨宅爲寺。唐儀鳳間，盧惠能傳黄梅衣鉢，居之，是爲六祖。扶病江邊送客，〔王註〕杜子美《贈韋贊善别》詩：扶病送君發。杖挐浦口回頭。〔王註〕《莊子·漁父篇》：方將杖挐而引其船。〔施註〕《莊子·漁父篇》：漁父杖挐逆立，而夫子曲要磬折，再拜而應。〔合註〕《一統志》：江浦縣有浦子口渡。

其三

老去此生一訣，興來明日重游。卧聞三老白事，〔王註次公曰〕三老，引船之人也。〔施註〕《古詩話》：川峽呼稍工篙手爲三老。故杜子美《撥悶》詩云：長年三老應憐汝。《史記·滑稽傳》：東郭先生拜謁，曰：「願白事。」半夜南風打頭。〔王註次公曰〕昔黄魯直《與王觀復書》謂：儋耳道人《長蘆三偈》，不愧古之作者，此所以困窮流落者歟？其言三偈，蓋謂此也。〔查註〕《猗覺寮雜記》：風之逆者，舟人謂之打頭風。元微之詩：江喧過雲雨，船泊打頭風。

六月七日泊金陵，阻風，得鍾山泉公書，寄詩爲謝〔二九〕

〔查註〕《傳燈録》：蔣山佛慧禪師，名法泉，生隨州時氏。出家，博極羣書，過目成誦，號雅泉萬卷。熙寧中，住鍾山。

今日江頭天色惡，礮車雲起風欲作〔三〇〕。〔王註〕《國史補》：暴風之候，有礮車雲。〔查註〕《王直方詩話》：舟人占雲，若礮車起，急避之。【誥案】紀昀曰：起勢離奇。獨望鍾山唤寶公〔三一〕，林間〔三二〕白塔如孤鶴。〔施註〕《南史·隱逸傳》：釋寶誌於宋太始中，出入鍾山，往來都邑，預言未兆，識他心智。一日中分身易所，遠近驚赴。〔查

註〕《僧史》：寶公大士，諱寶誌。手足鷹爪。初，建康朱氏婦聞兒啼鷹巢中，梯樹得之，養以爲子。七歲，依鍾山僧儉出家。梁天監初，卓錫於鍾山，十三年入滅。葬定林寺前獨龍岡，建塔五層，塔前建開善寺，勅王筠撰碑文。寶公骨冷喚不聞，〔施註〕韓退之詩：骨冷魂清無夢寐。却有老泉來喚人。【誥案】紀昀曰：電轉飆回，筆力横絶。電眸虎齒霹靂舌，〔施註〕《穆天子傳》郭璞註：西王母如人，虎齒蓬髮，戴勝善嘯〔一三三〕。韓退之《遣瘧鬼》詩：詛師毒口牙，舌作霹靂飛。爲余〔一三四〕吹散千峰雲〔一三五〕。南行萬里亦何事，一酌曹溪知水味。他年若畫蔣山圖，〔施註〕《藝文類聚》引徐爰《釋門畧》曰：建康北十餘里有鍾山，舊名金山。漢末秣陵尉蔣子文，討賊戰亡，靈發於山，因立蔣侯祠，故世號曰蔣山。爲作〔一三六〕泉公喚居士。

贈清涼寺和長老

〔查註〕《金陵梵刹志》：石頭山清涼寺，在府城西清涼門内古清涼山。吴順義中，徐温建爲興教寺，南唐改爲石頭清涼大道場。宋太平興國五年，改清涼廣惠禪寺，南渡後重修，陸游有記。

代北初辭没馬塵，〔王註次公曰〕代北，河北也，先生言其自定州來也。〔合註〕《古樂府·木蘭歌》：胡沙没馬足。江南來見卧雲人。問禪不契前三語，〔施註〕延一《廣清涼傳》：大曆中，釋無著至五臺山，見一寺，問僧：「此處衆有幾何？」答曰：「前三三，後三三。」無著無對。僧曰：「既不解，速須引去。」回首，寺卽隱。無著愴然有偈云：言下不知開佛印，回頭只見舊山巖。施佛空留丈六身。〔王註〕袁宏《後漢紀》：西域天竺國，有佛道焉，長丈六尺，黄金色，頂中佩日月光，變化無方，無所不入，而大濟羣生。〔查註〕本集《阿彌陀佛贊敍》云：蘇軾之妻王氏，卒於京師，遺言捨所受用，使其子適、迨、過爲畫阿彌陀佛像。紹聖元年六月九日，像成，奉安於金陵清涼寺。老去山林徒夢想，〔施註〕《唐文粹》高適《封丘》詩：夢想舊山安在哉。雨餘鐘鼓更清新。會須一洗黄茅瘴，〔王註〕《舊五代史》：成汭鎮荆門，與宰相徐彦若不平，銜之。及彦若出鎮南海，路過江陵，汭思嶺外有黄茅瘴，患者髮落，乃謂彦若曰：「黄茅瘴望相公保重。」彦若應聲答曰：「南海黄茅瘴，不死成和尚。」蓋譏汭曾爲僧也。汭甚愧之〔一三七〕。〔施註〕房千里《投荒記》：南方六七月，芒茅黄枯，時瘴大發，土人呼爲黄茅瘴。未用深藏白氎巾。

予前後守、倅餘杭，凡五年。夏秋之間，蒸熱不可過。獨中和堂東南頰，下瞰海門，洞視萬里，三伏常蕭然也。紹聖元年六月，舟行赴嶺外，熱甚。忽憶此處，而作是詩

〔查註〕《西湖游覽志》：中和堂在鳳凰山下，暑月最快。〔合註〕劉季孫有《陪東坡中和堂賞月》詩：中和堂上月，盛夏似高秋。可以互證。

忠孝王家千柱宫，〔施註〕吴越王錢俶，以太平興國三年舉族歸朝，卒，謚曰忠懿。事具《國史》。〔合註〕梁元帝《玄覽賦》：日殿月宫，金池珠叢，七重迢遞，千柱玲瓏。東坡作吏五年中。〔施註〕《晉·嵇康傳》：一行作吏。中和堂上東南頰，〔王註次公曰〕「頰」字，内地常語宫室之房曰頰，猶人之頤頰也。獨有人間〔一三八〕萬里風。〔施註〕《文選》成公子安《嘯賦》：集長風乎萬里。杜子美《夏夜歎》：安得萬里風，飄飄吹我裳。

慈湖夾〔一三九〕阻風五首

〔查註〕《元和郡縣志》：慈湖在當塗北六十五里。陳克《東南防守利便》云：慈湖夾在太平州界，至建康七十五里，石季龍寇歷陽，趙嗣屯慈湖。又，蘇峻敗司馬流於慈湖。即此。

其　一

捍索桅竿立嘯空，〔王註次公曰〕桅竿兩邊索，謂之捍索，此江湖間常語也。篙師酣寢浪花中。〔施註〕杜子美《水會渡》詩：篙師暗理楫，歌笑輕波瀾。【誥案】七字寫盡守風之狀。故應菅蒯知心腹，弱纜能爭萬里風。

其　二

此生歸路愈茫然〔一四〇〕，無數青山水拍天。猶有小船來賣餅，〔合註〕《西京雜記》：屠販少年，沽酒賣餅。喜聞墟落在山前。〔施註〕《說文》：虛，大丘也。古者九夫爲井，四井爲邑，四邑爲丘，丘謂之虛。或從土。【誥案】紀昀曰：當前之寥落可知。然此二句，乃遇風泊船，初不辨頭路人語，惟老於江湖者知之，非道眼前之寥落也。

其　三

我行都是退之詩，真有人家水半扉。〔施註〕韓退之《宿曾江口》詩：雲昏水奔流，天水漭相圍。三江滅無口，其誰識涯圻。暮宿投民村，高處水半扉。千頃桑麻在船底，空餘石髮掛魚衣。〔王註〕《爾雅·釋草篇》：薄，石衣。註：水苔也，一名石髮，江東食之。〔查註〕《酉陽雜俎》：南中水底有草，如石髮，每月三四日始生，至八九以後可采食，及月盡悉爛，似隨月盛衰者。

其四

日輪亭午汗珠融，〔王註厚曰〕《太平御覽》：日初出曰旭，曰昕，曰晞，曰温，曰煦，在午曰亭午，在未曰昳，曰晚，曰旰，日將落曰薄暮。誰識南訛長養功。〔王註〕《書·堯典》：申命羲叔，宅南郊，平秩南訛。註云：訛，化也，掌夏之官，平序南方化育之事。〔查註〕《困學紀聞》：《史記索隱》云：春言東作，夏言南爲，皆是耕作營爲勸農之事。孔安國强讀爲訛字，雖訓化，解釋紆回。今《史記》作南譌。暴雨過雲聊一快，〔施註〕杜子美《萬丈潭》詩：何當炎天過，快意風雨會。未妨明月却當空。〔王註〕梅聖俞詩：須臾斷滅不復見，唯有明月常當空。

其五

卧看落月横千丈，起唤清風得半帆。〔王註次公曰〕唤清風，是江湖間舟子之常事，彼中舟子善相風，舟行則呼風以飽帆也。【誥案】此句非無風也，謂風轉而未順也，觀下句自知。且並水村敧側過，〔王註〕杜子美《閬水歌》詩：巴童蕩槳敧側過，水雞銜魚來去飛。人間何處不巉巖。〔施註〕班固《西都賦》：蹷巉巖，距石隤。註云：巉巖，高峻之貌。

卷三十七校勘記

〔一〕歸來　集本、類本作「重來」。

〔二〕謝運使　集本、類本無「運使」二字。

〔三〕喜有　類本作「吾有」。合註：「喜」一作「我」。

〔四〕共惜殘燭光　集本、類本作「共此燈燭光」。施乙原校：「惜」一作「此」。

〔五〕和錢穆父送別并求頓遞酒　類本「和」前有「次韻」二字。集本題下自註：「次韻」。

〔六〕笑語　集本、施乙、類本作「語笑」。

〔七〕書丹元子所示李太白真　查註「真」下有「二首」二字。何校：《聲畫集》作二首，當從之。查註第二首自「西望太白橫峨岷」起。

〔八〕坐忘身　集本作「坐忘真」。類本作「賀季真」。何校：賀季真與天台無涉。

〔九〕合註大兒小兒云云　「合註」二字原脱，今校補。

〔一〇〕平生　集本作「生年」。類本作「生平」。

〔一一〕不識　集本作「不知」。

〔一二〕敢瞋　類本作「敢嗔」。

〔一三〕生荔支　集本「支」後有「一首」二字。

〔一四〕疑是　集本、施乙作「應是」。施乙原校：「應」一作「疑」。

〔一五〕再次韻曾仲錫荔支　集本、類本「次韻」作「和」。集本「支」後有「一首」二字。

〔一六〕飛絮　類本作「絮飛」。
〔一七〕至難長　施乙無「至」字。
〔一八〕次韻滕大夫三首　合註：「夫」一作「文」。
〔一九〕雪浪石　類丙作「雲浪石」。
〔二〇〕右卷　類本作「石卷」。
〔二一〕故國　集本、類本作「故園」。
〔二二〕同前　集本、施乙有此題，今補。刪去此詩「莫學」句下誥案「此一詩，施註原編前列『同前』二字爲題，非公之舊，故別本無之，今刪」一條。
〔二三〕有似　集本、施乙作「似有」。
〔二四〕石芝　集本「芝」後有「詩」字。
〔二五〕合註欒城集石芝引云云　「合註」二字原缺，今校補。
〔二六〕嘗夢　集本、類本作「昔夢」。
〔二七〕隱者　集本、類本「者」字後有「曰」字。
〔二八〕良是　類丙作「良具」。
〔二九〕我爾　合註：一作「爾我」。
〔三〇〕施註洪州西山十二真君傳云云　合註引此條施註，缺三字。集成於合註間有刪略，致文意有難明處。今用施乙校補。合註所本者乃施甲，其與施乙異處：合註無「清虛□道遐棲世外，改名遠游」十二字；合註「山中」作「仙宫」；合註無「亦邁弟也與寧中人夢」九字，有「楊權夢見一人手」七字，合註「二板」之「二」前，加「○」，缺一字。

〔三一〕至人　合註：「至」一作「今」。

〔三二〕當如　合註：「當」一作「常」。

〔三三〕鶴歎　集本「歎」後有「一首」二字。

〔三四〕長脛　章校：《鑑》「脛」作「頸」。

〔三五〕斯須　類本作「須臾」。

〔三六〕戛　集本作「嘎」。

〔三七〕劉醜廝詩　施乙無「詩」字。繆荃孫覆刊明成化《東坡七集·後集》卷四至卷六，傅增湘、章鈺用集丁校過。傅氏所見之集丁本此三卷，爲完帙。傅氏個別校文與鉤動，與今所見之集丁本有異。

〔三八〕鼦　類本作「貂」。合註：「五註本、舊王本皆作『貂』。趙次公註曰：貂者，貂鼠也，其皮可爲褐。前曰『一褐』，又曰『此貂，蓋一毛裘也』。云云。此等註真大謬。」

〔三九〕祝與苑　類本、集丁作「祝與宛」。

〔四〇〕二客　類本作「二賊」。

〔四一〕小吏　施乙作「小史」。

〔四二〕弓矛　集甲、集丁、類本作「戈矛」。

〔四三〕隨爾好　七集作「隨所好」。集甲、集丁作「隨爾好」。

〔四四〕勿輕此　類本作「無輕比」。

〔四五〕無脛　施乙作「無踁」。查註作「無數」。

〔四六〕真誥九華真妃降笑而言云云　原註刪節不當，致文意難明。今參酌類丙、合註註文，酌爲訂、補。

〔四七〕珮環　類本作「環珮」。

〔四八〕風甌　類本作「風鷗」。

〔四九〕檢點　集甲、集丁、類本作「點檢」。

〔五〇〕拂　集甲作「弗」。集丁作「拂」。

〔五一〕神鞭　類本作「袖鞭」。

〔五二〕紫團參寄王定國　集甲「國」字後有「一首」二字，集丁無。

〔五三〕故目　類丁作「故日」。

〔五四〕欲持　類丙作「欲待」。

〔五五〕三椏根　七集作「一椏根」。

〔五六〕往侑　七集作「往有」。

〔五七〕手自焙　集甲、集丁、施乙、類本作「手自培」。

〔五八〕歸來　集甲、集丁、類本作「翁來」。

〔五九〕次韻劉燾撫勾蜜漬荔支　集甲「支」後有「一首」二字，集丁無。集甲、集丁「荔支」作「荔枝」。

〔六〇〕春醪　類本作「香醪」。

〔六一〕戲李端叔　集甲、集丁作「呈李端叔」。查註謂作「呈」訛。按，「呈」亦可通。

〔六二〕白啖本河朔紅消真劍南辛盤得青韭臘酒是黄柑　此四句，七集續集重收，在卷二律詩内，題爲「元祐九年立春」。外集收入卷九，題同七集續集。此四句，七集續集、外集作：「熊白來山北，猪紅削劍南，春盤得青韭，臈酒寄黄柑。」查註收「熊白來山北」云云入補編詩，合註已删。又：集丁「青韭」作「青虀」，傅校、章校均謂「虀」疑爲「韭」字之誤。又按，此四句，宋蒲積中《古今歲時雜詠》以《立春日》爲題，收入卷四，文字與七集續集、外集同。

〔六三〕次韻曾仲錫元日見寄　類丁題下原註：「定州作」。

〔六四〕定武　類本作「定州」。

〔六五〕真堪紀　集甲、集丁、類本作「真當記」。

〔六六〕子由生日以檀香觀音像及新合印香銀篆盤爲壽　西樓帖有此詩。集甲、西樓帖「壽」字後有「一首」二字，集丁無。

〔六七〕龍腦香樹　「樹」字原脱，今據四部叢刊初編本《酉陽雜俎》校補。

〔六八〕度盡　西樓帖作「渡盡」。

〔六九〕繚繞無窮合復分綿綿浮空散氤氳　查註謂諸刻本脱去第二句，今從施氏原本補入。按，集甲、集丁、西樓帖均有此二句，查註非是。類本無第二句。集甲、集丁「綿綿」作「緜緜」。

〔七〇〕未報　集甲、集丁、類本、西樓帖作「當報」。

〔七一〕雄州守　集甲、集丁、施乙無「州」字。

〔七二〕唐人以荷葉爲酒杯謂之碧筩酒　施乙無此條自註。集甲、集丁、類本有。傅校：集丁「之」作「元」。

按，今所見之集丁仍作「之」。

〔七三〕竹石圖　集甲「圖」後有「一首」二字，集丁無。

〔七四〕陳　集甲、集丁、類本作「陣」。

〔七五〕似予　集甲、集丁、類本作「似我」。

〔七六〕嘗理遣　集甲、集丁、類本作「常理遣」。

〔七七〕愬君　集甲、集丁、類本作「訴君」。

〔七八〕市朝　類本作「朝市」。

〔七九〕度殽澠　集甲、集丁、類本作「渡殽澠」。

〔八〇〕涼暴　集甲、施乙、類本作「涼曝」。查註、合註：「暴」一作「晒」。

〔八一〕崔寔　原作「李實」，誤。今據類丙註文校改。

〔八二〕次韻聰上人見寄　七集續集重收此詩，題作「次韻聞復上人」。

〔八三〕前身　查註：周益公題跋作「前生」。

〔八四〕盛開　類本無「盛」字。

〔八五〕春工　施乙原校：「春」一作「天」。類本作「天公」。

〔八六〕有無　類本作「無有」。

〔八七〕雄悲笳　合註：「雄」一作「雜」。

〔八八〕玉肌　施乙作「玉肥」，疑誤。

〔八九〕劉郎歸何日紅桃爍殘霞　集甲無此二句。

〔九〇〕蓋欲請梓州而歸也　施乙無「蓋」字、「也」字。

〔九一〕傖獰　七集作「猲獰」。傅校：集丁「猲」作「傖」。按，集丁本卷自《次韻李端叔謝送牛戩……》「脫安用繭」至《臨城道中作》「使志之」，缺葉，章校同。傅校不缺，參本卷「劉醜厮詩」條校記。

〔九二〕淡蕩　集甲、施乙作「澹蕩」。類丙作「澹蕩」。

〔九三〕不凡意　類本作「不凡處」。

〔九四〕覺時　合註：「時」一作「來」。

〔九五〕海棠也　集甲、類乙、類丙無「也」字。

〔九六〕臨城道中作　七集續集重收此詩，題作「過太行」。七集續集題下原註：自過太行，至聞潮陽吳子野出家，共十九篇。

〔九七〕予初赴中山　七集續集作「始余赴中山」。

〔九八〕今將適嶺表頗以是爲恨　七集續集作「意頗以爲恨今將適嶺表」。

〔九九〕內丘　七集續集作「道中」。

〔一〇〇〕忽清徹西望太行草木可數岡巒北走崖谷秀傑　七集續集作「肅然西山草木皆可數」。

〔一〇一〕歎曰　七集續集作「笑曰」。

〔一〇二〕吾南遷　七集續集作「余南遷」。

〔一〇三〕速返乎　七集續集作「必返乎此」。

〔一〇四〕書以付邁使志之　七集續集作「乃作小詩」。

〔一〇五〕示三兒子　集甲「子」字後有「一首」二字，集丁無。

〔一〇六〕堧　原作「壖」。施註註文作「堧」，今從。陳漢章《蘇詩註補》謂「『壖』乃『堧』之誤字，諸註並未及更正」。

〔一〇七〕豆莢　集甲、集丁、施乙、類本作「豆漆」。

〔一〇八〕施註本草小麥人作麫第三磨者涼爲近麩也　「涼」原作「良」，合註亦作「良」，疑誤。今據施乙註文校改。又：李時珍《本草綱目》亦作「涼」。

〔一〇九〕青斑　集甲、集丁作「青班」。

〔一一〇〕風餐　集甲、集丁、類甲、類丙作「風飧」。

〔一一一〕餐食　集甲、集丁、施乙、類本作「飲食」。

〔一一二〕黃河　外集無「黃」字。

〔一一三〕世流　外集作「世留」。

〔一一四〕果有　外集作「應有」。

〔一一五〕盡作　查註、合註：「盡」一作「畫」。何校：「畫作」。

〔一一六〕天契　類丙作「无契」。

〔一一七〕過杞贈馬夢得　施乙、七集「過」前有「初貶英州」四字。類本、外集題作「初貶英州贈馬夢得」。

〔一一八〕竹裏夢　施乙、七集作「竹林詠」。類甲、類丙、外集作「竹林夢」。類乙作「竹有夢」。
〔一一九〕猶自數山王　施乙、七集作「猶得比山王」。外集作「猶得數山王」。
〔一二〇〕過高郵寄孫君孚　集甲「孚」後有「一首」二字，集丁無。
〔一二一〕誰當　集甲、集丁、施乙、類本作「當誰」。
〔一二二〕忽失路　類甲、類乙作「或失路」。
〔一二三〕山千重　施乙、類甲、類乙作「千山重」。
〔一二四〕横從　原作「横縱」。今從集甲、集丁、施乙、類本。
〔一二五〕社酒　類本作「杜酒」。
〔一二六〕聞復禪師……轉呈　集甲、集丁、施乙、類本「復」作「夫」，施乙「呈」後有「於」字。
〔一二七〕瑟瑟　類甲作「琴瑟」，疑誤。
〔一二八〕病虎　類本作「老虎」。
〔一二九〕六月七日泊金陵阻風得鍾山泉公書寄詩爲謝　七集續集重收此詩，題作：「赴嶺表，過金陵蔣山，泉老召食，阻雨不及往」。類丙「得鍾山」作「待鍾山」，疑誤。
〔一三〇〕風欲作　七集續集作「風雨作」。七集續集原校：「雨」一作「欲」。
〔一三一〕喚寶公　施乙、七集續集作「叫寶公」。
〔一三二〕林間　七集續集作「雲間」。
〔一三三〕施註穆天子傳郭璞註西王母如人云云　「郭璞註」三字原缺，據平津館本《穆天子傳》校補。四部叢刊初編影天一閣本《穆天子傳》及平津館本《穆天子傳》正文中，均無「西王母如人」云云。

〔一三四〕爲余　七集作「爲子」。

〔一三五〕千峰雲　查註作「千峰雪」。合註：「『雲』一作『雪』。

〔一三六〕爲作　施乙作「仍作」。施乙原校：「『仍』一作『爲』。

〔一三七〕王註舊五代史云云　集成引此註時，係節録，今據類丙補全。

〔一三八〕人間　類丙作「人開」。

〔一三九〕慈湖夾　類丙「夾」作「峽」，查註謂「峽」訛。

〔一四〇〕愈茫然　集甲、集丁、施乙、類本作「愈茫然」，今從。「愈」原作「轉」。

蘇軾詩集卷三十八

古今體詩三十九首

【誥案】起紹聖元年甲戌，七月赴湖口，八月再貶寧遠軍節度副使惠州安置不得簽書公事，九月度大庾嶺，十月到惠州貶所，至十二月作。

壺中九華詩〔一〕并引

〔王註〕《九華山録》云：青陽縣坤隅一舍，有山奇秀，其數有九，古號九子山。李白更其號曰九華山。〔李註〕《一統志》：李白以山九峰，如蓮花，乃更今名。〔查註〕顧野王《輿地志》云：山上有九峰，千仭壁立，周圍二百里，高一千丈。李白《望九華山贈韋青陽仲堪》詩：天河掛緑水，秀出九芙蓉。

湖口人李正臣蓄異石九峰，〔查註〕《九江志》：漢鄡陽鎮屬彭澤縣，劉宋時湖口戍也。南唐保大中，以彭澤二鄉置縣，扼彭蠡湖口。《西湖游覽志餘》引宋人詩話云：李正臣有刻石碑本。九峰排列如雁齒，不甚巉崪，石腰有白脈，若束以絲帶，此石之病。不知東坡先生何以酷愛之如此？玲瓏宛轉，若窗欞然。予欲以百金買之，與仇池石爲偶，方南遷未暇也。名之曰壺中九華，且以詩紀之〔二〕。〔合註〕《斜川集》有七言古詩一首，題云：湖口人李正臣，蓄異石，廣袤尺餘，而九峰玲瓏，老人名之曰壺中九華，且以詩紀之，命過繼作。《晁无咎題跋》云：石高五尺。恐不如叔黨所言之確也。

清溪電轉失雲峰〔三〕，〔王註〕謝靈運詩：滅迹入雲峰。夢裏猶驚翠掃空。五嶺莫愁千嶂外，〔王註〕裴氏《廣州記》：大庾、始安、臨賀、桂陽、揭陽，是謂五嶺。〔查註〕《文獻通考》：五嶺之説，皆指山名，今考之，乃入嶺之途五耳，非必山也。自福建入廣東之循、梅，一也；自江西之南安入南雄，二也；自湖廣之郴入連，三也；自道州入廣西之賀縣，四也；自全入静江，五也。九華今在一壺中。〔王註〕劉禹錫《九華山歌引》：九華山在池州青陽縣西南，九峰競秀，神采奇異。〔次公曰〕劉禹錫有詩，以九華爲造化一尤物，今先生以石有九峰，遂以名之。其「在一壺中」，則神仙壺公之「壺」也，中別有天地山川，故云爾。天池水落層層見〔四〕，〔王註〕《青城山記》：天池在中峰頂上，積旱不竭，久雨不加，人穢之立涸，燒香告謝，尋復舊。《廬山記》：天池院，池在頂上，大旱不爲之竭。《同安志》：皖山有天池峰，其上有一池，一方一圓，旱暵不涸。玉女窗虚〔五〕處處通。〔王註〕王文考《魯靈光殿賦》：神仙岳岳於棟間，玉女闚窗而下視。念我仇池太孤絶，百金歸買碧玲瓏〔六〕。

過廬山下〔七〕并引

予過廬山下，雲物騰湧，默有禱焉。未午，衆峰凛然，故作是詩。

亂雲欲霾山，勢與飄風南。〔王註〕《詩·卷阿》：飄風自南。羣隮相應和，勇往争駿驔。〔施註〕杜子美《醉爲馬所墜諸公攜酒相看》詩：朱汗駿驔猶噴玉。《毛詩·魯頌·駉》：有驔有魚。鄭氏云：豪骭曰驔。可憐蒼蔚中，時出紫翠嵐。〔王註次公曰〕杜牧詩：紫嵐峰伍伍。【誥案】紀昀曰：從薈蔚之章化出，語意雖顯而不露，用比故也。雁没失東嶺，龍騰見西龕。〔合註〕陶淵明詩：素月出東嶺。張祜詩：鑿石西龕小。一時供坐笑，百態變立談。〔施註〕《漢·揚雄傳》：或立談間而封侯。暴雨破坱圠，〔王註〕賈誼《鵩賦》：大鈞播物，坱圠無垠。註：坱，塵也；圠，山曲也。清飆掃渾酣。廓然歸何處，〔合註〕揚雄《長楊賦》：廓然已昭矣。陋矣安足戡。亭亭紫霄峰，窈窈白石菴。〔合註〕《廣雅》：窈窈，深也。五老數松雪，〔施註〕《文選》顏延年詩：庭昏見野陰，山明望松雪。雙溪落天潭。〔王註〕《廬山記》：太虚簡寂觀，宋陸先生隱居也。其間一峰秀卓者，曰紫霄峰。過白氏草堂，半山有二泉，出石間，名曰雙玉澗。萬壽院南三里，至下白石，又三里，至上白石。詠真洞天、五老峰，正在其後。〔施註〕《廬山記》：山南楞伽院，舊名下白石。證道院，舊名上白石。雖云默禱應，〔王註〕退之《謁衡岳廟》詩：潛心默禱祈有應。顧有移文慚。

望湖亭〔八〕

【誥案】原題南康望湖亭。〔查註〕《江西志》：南昌吳城驛，有吳城山，山有望湖亭。周煇《清波雜志》：紹興辛酉，煇隨侍之鄱陽，至南康揚瀾左蠡失舟，老幼僅以身免。小泊沙際候易舟，信步至山椒一寺，軒名重湖，梁間一木牌，乃蘇内翰留題，登榻觀之，即「八月渡重湖」云云。【誥案】吳城山，今屬南昌，與查註所引《志》合，則此題不得謂之南康望湖亭矣。今考别本，無南康二字，仍删。此詩施編不載，查註據邵本改編。

八月渡長湖〔九〕，【誥案】公謂從南康軍出陸者，指虔州也。查註誤讀《年譜》，引載於此，已刪。公以八月二十一日過虔州，計其過彭蠡，當在八月初。蕭條萬象疏〔一〇〕。秋風〔一一〕片帆急，暮靄〔一二〕一山孤〔一三〕。許國心猶在，康時術已虛〔一四〕。〔合註〕顏延之表：七曆運變，無非康時。岷峨家萬里〔一五〕，〔馮註〕《成都府志》：岷山在茂州，卽隴山之南首，直上六十里，可望成都，岷江之源出此。山經茂、威二州，至新津界。《峨眉山記》：在眉州城南，來自岷山，連岡疊嶂，延袤三百餘里，至此突起三峰，其二峰對峙，宛若峨眉。投老得歸無。

江西一首〔一六〕

〔查註〕《名勝志》：晉元康中，分荆揚十郡，立江州，治豫章郡。唐初隸江南道，開元分江南西道，江西之名始此。【誥案】公以此水爲《禹貢》南江，已見齊安《和王鞏》詩內，又於記中及之，故誥以爲《書傳》成於海南，而《三江考》則定於齊安也。

江西山水真吾邦，白沙翠竹石底江。〔王註〕柳宗元《小丘西小石潭記》云：下見小潭，水尤清冽，全石以爲底，近岸，卷石底以爲出。舟行十里磨九瀧，〔王註次公曰〕南方謂奔水曰瀧，蓋卽灘也。篙聲犖确相舂撞。〔李註〕韓退之詩：船石相舂撞。醉卧欲醒聞淙淙，〔合註〕陶淵明《祭從弟文》：淙淙懸溜。直欲〔一七〕一口吸老龐〔一八〕。〔王註〕《傳燈録》：龐居士蘊，參馬祖云：「不與萬法爲侶者，是什麽人？」祖云：「待汝一口吸盡西江水，卽向汝道。」何人得雋窺魚矼，〔王註次公曰〕聚石渡水曰矼，今言魚矼，蓋聚石抵魚處也。「得雋」字出《左傳·莊公十一年》「得雋曰克」。言用兵相殺，得其雋傑者，今以比漁人之有獲也。故韓退之《叉魚》詩亦用云：竟多心轉細，得雋語時囂。〔李

註〕《爾雅》：石杠謂之徛。〔合註〕《爾雅註》：聚石水中，以爲步渡彴也。《正義》：顔師古云：権者，步渡橋，《爾雅》謂之石矼，今之畧彴也。《字典》：矼通作杠。舉叉絶叫尺鯉雙。〔王註〕《晉・袁耽傳》云：投馬絶叫。

秧馬歌〔一九〕并引

過廬陵，見宣德郎致仕曾君安止〔二〇〕。〔查註〕曾安止，字移忠。見《周益公題跋》。出所作〔二一〕《禾譜》。〔查註〕《經籍志》農家類中，有曾安止《禾譜》五卷。文既温雅，事亦詳實，惜其有所缺，不譜農器也。予昔遊武昌，見農夫皆騎秧馬。以榆棗爲腹欲其滑，以楸桐爲背欲其輕，腹如小舟，昂其首尾，背如覆瓦，以便兩髀，雀躍於泥中，繫束藁其首以縳秧。日行千畦，較之傴僂而作者，勞佚相絶矣。《史記》：禹乘四載，泥行乘橇。解者曰：橇形如箕，擿行泥上，豈秧馬之類乎？作《秧馬歌》一首，附於《禾譜》之末云。〔查註〕《周益公題跋》云：東坡年五十九，南遷，過太和縣，作《秧馬歌》贈曾移忠。心聲心畫，惟意所適，殆是得意之作。既到嶺南，往往録示邑宰。近歲，移忠姪孫名之瑾者，已譜農器，成公素志，余嘗爲之序，其與《禾譜》並傳無疑。

春雲濛濛雨淒淒〔二二〕，〔王註〕《説文》：濛，微雨也。又云：淒，雲雨起也。春秧欲老翠剡齊。〔王註〕杜子美《稻畦》詩：芊芊炯翠羽，剡剡向銀漢。嗟我婦子行水泥，〔王註〕《詩・豳風・七月》：嗟我婦子，曰爲改歲。朝分一壠暮千畦。腰如箜篌首啄雞，〔王註次公曰〕箜篌，樂器名，似箏而腰曲。筋煩骨殆聲酸嘶。〔王註〕曹子建賦：車殆馬煩。〔合註〕王筠《哀策文》：驥蹀足以酸嘶。我有桐馬手自提，頭尻軒昂腹脇低。〔合註〕柳子厚文：舟航軒昂兮，下上飄鼓。背如覆瓦去角圭，〔王註次公曰〕角圭，尖棱也。韓退之詩云：磨淬出角圭。以我兩足爲四蹄。聳踊滑汰〔三三〕如鳧鷖，〔王註次公曰〕汰，音撻，《韻書》云：過也，蓋滑而過去也。鳧鷖，水禽也。《詩》有《鳧鷖》之篇。〔查註〕施青臣《繼古叢編》：東坡《秧馬》詩，滑汰，「汰」字入聲，讀與撻同。〔合註〕隋煬帝《設齋願疏》：遐邇聳踊。纖纖束藁亦可齎。〔王註〕《晉・謝鯤傳》：坐家僮取官藁，除名。《晉書・載記》：童謡曰：一束藁，兩頭然。〔李註〕《古樂府解題》有《兩頭纖纖》詩。何用繁纓與月題，〔王註〕《周禮・春官》：王之五路錫樊纓。註云：樊讀如鞶，謂今馬大帶也，纓謂當胸。〔查註〕《毛詩・采芑》「鉤膺」疏：其馬婁頷，有鉤在膺，有樊纓之飾。又，樊讀如鞶帶之鞶，謂今馬大帶纓，今馬鞅金路，其樊及纓，以五采罽飾之而九成。《周禮》、《左傳》皆作繁纓。却從〔三四〕畦東走畦西。山城欲閉聞鼓鼙，〔王註〕杜子美《泛溪》詩：濁醪自初熟，東城多鼓鼙。忽作的盧躍檀溪。〔王註〕《水經注》云：檀溪水出柳子山，下兩分，北逕檀溪水。劉備乘的盧，墜於斯溪。一水東南出，即襄水。歸來挂壁從高棲，了無芻秣飢不啼。少壯騎汝逮老黧，何曾蹶軼〔三五〕防顛隮〔三六〕。〔李註〕《尚書・微子》：今爾無指，告予顛隮。錦韉公子朝金閨，〔王註〕江文通《別賦》：金閨之諸彦。註云：金閨，金馬門也。〔合註〕岑參《赤驃馬歌》：玉鞍錦韉黄金勒。笑我一生蹋牛〔三七〕犂，不知自有木駃騠。〔王註〕《前漢・匈奴傳註》云：駃騠，俊馬也。〔李註〕《漢・匈奴傳註》：駃騠生七日而超其母。【誥案】紀昀曰：奇器以奇語寫之，筆筆欲活。

八月七日，初入贛，過惶恐灘

〔查註〕《陳書・高祖紀》：南康贛石，舊有二十四灘。高祖之發也，水暴起數丈，三百里灘，巨石皆没。《萬安縣志》：贛州二百里，至岑縣，又一百里至萬安。其間灘有十八，舊皆屬虔州。宋熙寧中，割地立縣。自贛城下二十里，曰儲、曰鼈、曰横弦、曰天柱、曰小湖、曰銅盆、曰陰、曰陽、曰會神，以上九灘，屬贛。自青洲下至梁口，乃萬安縣地。其灘曰金、曰崑崙、曰曉、曰武朔、曰小蓼、曰大蓼、曰綿、曰漂神、曰黄公，灘水湍急，惟黄公爲甚。趙清獻守虔州，嘗疏鑿十八灘以殺水勢，蓋十八灘爲尤險也。

七千里外二毛人，十八灘頭一葉身。〔李註〕《一統志》：贛州府城北，章貢二水，合而爲一，故名。北流至萬安縣，其間爲灘十八，怪石多險。山憶喜歡勞遠夢，〔公自註〕蜀道有錯喜歡鋪，在大散關上。地名惶恐泣孤臣。〔查註〕《坦齋通紀》云：《廬陵志》：二十四灘，自下而上。第一灘在萬安縣，前名黄公灘，坡乃改爲惶恐，以對喜歡。按文信國亦有「惶恐灘頭説惶恐」之句。〔合註〕山水村落之名，原無定稱，安見惶恐之必曰黄公乎，當日必先有惶恐句，因以喜歡爲上句。《名勝志》引文相國七律，有「遥知嶺外相思處，不見灘頭惶恐聲」句。長風送客添帆腹，積雨浮舟〔三八〕減石鱗。〔王註次公曰〕帆以其受風，故云腹。水在石上流，其波如魚鱗，故曰石鱗。便合與官充水手，此生何止畧知津。【誥案】紀昀曰：真而不俚，怨而不怒。

鬱孤臺

〔公自註〕以下四首皆虔州〔三九〕。〔合註〕《斜川集》有《題鬱孤臺》詩，與此同韻。

八境見圖畫，鬱孤如舊游。〔王註次公曰〕八境者，虔州有之，人畫爲圖，先生嘗賦詩，鬱孤乃其一也。山爲翠浪湧，水作玉虹流。〔合註〕《搜神記》：孔子修《春秋》，製《孝經》，既成，白虹自上而下，化爲黄玉。〔王註次公曰〕此聯乃退之「江作青羅帶，山爲碧玉簪」之勢。日麗崆峒曉，〔王註次公曰〕崆峒，在虔州西之極處。〔李註〕《一統志》：崆峒山，在贛州郡城南，後凡言崆峒者指此，非隴州之崆峒也。〔查註〕《十道志》：崆峒在虔州城南六十里，一名空山，自南康宛延而來，章貢二水夾以北馳，一郡之望也。山巔有湖，湖有鯿鰽底，人或動之，風雨立至。風酣章貢秋。〔王註〕《水經注》：劉澄之曰：「贛縣東南有章水，西有貢水，縣治二水之間，因以名縣焉。」〔查註〕趙清獻《登章貢臺》詩云：章貢東西派，并流作贛川。丹青未變葉，鱗甲欲生洲。【誥案】紀昀曰：奇而穩。嵐氣昏城樹〔三〇〕，灘聲入市樓。烟雲侵嶺路，草木半炎州。〔王註次公曰〕南方謂之炎州，以南方屬火故也。杜甫用之多矣，如《得廣州張判官書》詩「忽得炎州信」也。〔李註〕《楚辭·遠遊》：嘉南州之炎德。韓退之詩：南逾横嶺入炎州。【誥案】謂嶺南草木，至虔而止，皆虔以下所未見也。故國千峰外，高臺十日留。他年三宿處，準擬繫歸舟。【誥案】紀昀曰：不失古格，而時出新意，故佳。

廉泉

〔查註〕《方輿勝覽》：廉泉在虔州治東南隅。報恩寺本張氏居，宋元嘉中，一夕霹靂，忽涌地爲泉，時郡守以廉名，故曰廉泉。〔合註〕《名勝志》：贛縣廉泉，在治東南隅之光孝寺。

水性故自清，不清或撓之。君看此廉泉，五色爛摩尼。廉者爲我廉〔三一〕，何以〔三二〕此名爲。有廉則有貪，有慧則有癡。誰爲柳宗元，孰是吳隱之？【誥案】二「之」字韻，義別，公前用二「耳」字韻，自註義別，故得重押。而註家已引詩話，謂不必註，經誥删去。此無自註，而合註又謂韻複，紀昀亦曰複一韻，與前所論不符，何也？漁父足豈潔，〔王註〕《楚辭·漁父歌》：滄浪之水清兮，可以濯我纓；滄浪之水濁兮，可以濯我足。許由耳何淄〔三三〕？紛然立名字，此水了不知。毀譽有時盡，不知無盡時。朅來廉泉上，捋鬚看鬢眉〔三四〕。好在水中人，到處相娛嬉。〔王註次公曰〕先生《泛潁》詩云：此豈水薄相，與我相娛嬉。

塵外亭

〔查註〕塵外亭，見《虔州八境》詩註。

楚山〔三五〕澹無姿〔三六〕，〔合註〕鄭羽重修施註本云：杜子美《雨》詩，青山淡無姿，白露誰能數。叔黨親録本，姿作塵。【誥案】姿字確，鄭説不足信。贛水清可厲。〔王註〕《爾雅》：以衣涉水爲厲。《詩·邶風·匏有苦葉》曰：深則厲。註云：由帶以上也。散策塵外遊，〔合註〕杜子美《鄭典設自施州歸》詩：羸老書散策。麾手〔三七〕謝此世。〔王註〕李白《冀中一割之別半道病還留別金陵崔侍御》詩：因之出寥廓，麾手謝公卿。山高惜人力，十步輒一憩。却立浮雲端，俯視萬井麗。幽人宴坐處，龍虎爲斬薙。〔王註次公曰〕以下八句，皆是馬祖事。馬駒獨何疑，〔王註厚曰〕《傳燈録》：六祖謂南岳曰：「只此不污染，諸佛之所護，念般若多羅讖，汝足下出一馬駒，踏殺天下人。」厥後江西遂傳法，廣布於天下，時號馬祖。豈墮山鬼計。夜垣非助我，謬敬欲其逝。〔王註次公曰〕馬祖始居此山，山鬼爲築垣，自謂修行不至，爲鬼所識，乃舍去。今先生詩語，高馬祖一著也。戲留一轉語，〔王註〕《傳燈録》：洞山云：真道本來無一物，猶未消得他衣鉢，這裏合下得一轉語。千載起攘袂。〔王註次公曰〕《漢書·鄒陽傳》：攘袂而正議。註云：猶今人云捋臂耳。【誥案】紀昀曰：無可著語之題，只好筆端簸弄，若泛寫山光樹色，則一首詩題，遍天下名勝矣。盛談王、孟高韻者，往往成馬首之絡，偶見之似可喜，數見之便有多少不滿人意處。

天竺寺并引

予年十二，先君自虔州歸，爲予言：「近城山中天竺寺，有樂天親書詩云：一山門作兩山門，兩寺原從一寺分。東澗水流西澗水，南山雲起北山雲。前臺花發後臺見，上界鐘清〔三八〕下界聞。遥想吾師行道處，天香桂子落紛紛。筆勢奇逸，墨迹如新。」今四十七年矣〔三九〕。予來訪之，則詩已亡，有石刻〔四〇〕存耳。感涕不已，而作是詩。

香山居士留遺迹，〔王註次公曰〕白居易以刑部尚書致仕，與香山僧如滿結香火社，自稱香山居士。天竺禪師有故家。〔查註〕《方輿勝覽》：虔州有天竺寺，在水東三里。《名勝志》：天竺山，在贑州，出城四里。貢水東，舊有修吉寺。唐元和間，僧韜光自錢塘天竺，拄錫於此。空詠連珠吟疊璧〔四一〕，〔王註次公曰〕宣宗《弔樂天》詩：綴玉連珠六十年，誰教冥路作詩仙。〔李註〕白樂天此詩，乃連珠體也。〔合註〕馬融《尚書註》：日月如疊璧。已亡飛鳥失驚蛇。林深野桂寒無子，雨浥山薑病有花。〔王註〕《嶺表録異》：山薑花，莖葉即薑也，根不堪食，而於葉間吐花穗如麥粒。〔次公曰〕山薑，朮也。按《本草》：朮，一名山薑也。四十七年真一夢，天涯流落涙横斜〔四二〕。

過大庾嶺〔四三〕

〔查註〕《南康記》：大庾嶺，漢名臺嶺，嶺有石，平如臺，形如廪庾。又曰：漢有庾勝者，梅鋗之將，隸番君，使分兵守臺嶺，築城嶺上，因名庾嶺。張无垢《橫浦集》云：初，嶺東廢路，人苦峻極。開元四載冬，俾使臣左拾遺内供奉張九齡，緣磴道，披灌叢，相其山谷之宜，革其坂險之故。宋嘉祐問，蔡挺提刑江西，其弟抗漕廣東，乃商度工用陶土爲甓，各甃其境。北路廣八尺，長一百九丈，南路廣一丈二尺，長三百十五丈，復夾道種松，以休行旅，遂成車馬之途。【誥案】此詩題於龍泉鐘上。

一念失垢污，身心洞清淨。浩然天地間，惟我獨也正。〔李註〕《莊子·德充符篇》：受命於地，惟松柏獨也，在，冬夏青青；受命於天，惟舜獨也，正。今日嶺上〔四四〕行，身世永相忘。〔王註〕白樂天詩：可憐身與世，從此兩相忘。仙人拊我頂，結髮受長生〔四五〕。〔合註〕叶師莊切，見前《西齋》詩註。〔王註次公曰〕此一聯，乃李太白流夜郎《贈韋太守》詩全語，先生用此，蓋有所感也。〔查註〕趙汸《東山集》跋此詩墨迹云：公晚節播遷嶺海，遂欲學陰長生〔四六〕超然遐舉，蓋已信死生禍福，非人所爲矣。以垂老之年，當轉徙流離之際，而浩然無毫髮顧慮，非此事數定於中，殆未易能也。

宿建封寺，曉登盡善亭，望韶石三首

〔王註〕《郡國志》：韶州有韶石者，舜登此，奏韶樂焉。〔李註〕《圖經》：傳聞有二仙人，衣冠相對，踞坐二石上，云：「昔帝舜嘗奏樂於此。」言訖，不見。《一統志》：韶石山，在府城東北，山之石怪奇。〔合註〕《一統志》：盡善亭，在韶州府城東一百里。【誥案】公度嶺作此三詩，與赴瓊儋二古一轍，其運意皆在繩墨之外，未易測識之也。

其一

雙闕浮光〔四七〕照短亭，〔李註〕《水經》：韶石對峙，似雙闕，又有鳳閣、毬門之名。〔查註〕《水經注》：東江又西，與利水合，出曲江縣之韶石北山，其石高百仞，廣圓五里，兩石對峙，相去一里，大小略均。《名勝志》：韶州斜斗勞水間，有韶石二，狀如雙闕對峙，今呼左闕、右闕。宋韶州守方信儒銘曰：衡山之陽，有舜迹只。雙闕岧嶤，鎮南國只。山川草木，麗今昔只。韶之有聖，猶彷彿只。至今猿鳥嘯青熒。〔王註〕劉夢得《九華山歌》云：軒皇封禪登雲亭，大禹會計臨東溟。乘樏不來廣樂絶，獨與猿鳥愁青熒。君王自此西巡狩，〔王註〕《尚書·舜典》：八月西巡狩，至於西岳。〔次公曰〕西巡狩之意，以地理考之，韶州在南海之東，而岳州洞庭在韶州之西也。再使〔四八〕魚龍舞洞庭。〔王註次公曰〕蓋言黃帝張咸池之樂於洞庭之野，而魚龍舞焉。於此奏韶，則再使魚龍舞矣。〔合註〕今考次公註「魚龍舞焉」句，乃隱括《莊子·至樂篇》「鳥聞之而飛，獸聞之而走，魚聞之而下入」意，故不標書名。〔王註崔肅之曰〕按《山海經》云：洞庭地穴在長沙巴陵。湖水廣圓五百里，日月若出沒其中。〔合註〕《山海經》：湘水入洞庭下。郭註曰：洞庭，地穴也，在長沙巴陵。

其二

蜀人文賦楚人辭，堯在崇山舜九疑。〔王註〕漢司馬相如《大人賦》：歷唐堯於崇山兮，過虞舜於九疑。註云：崇山，狄山也。《海外經》曰：狄山，帝堯葬於其陽。九疑山，在零陵營道縣，舜所葬也。〔合註〕楚人辭，指《離騷》也。屈原《九歌》：九嶷繽兮並迎。聖主若非真得道，南來萬里亦何爲。〔王註次公曰〕崇山、九疑，皆在南方。詩意言堯舜本不死，以得道遠來也。

其三

嶺海東南月窟西，〔王註〕漢揚雄《長楊賦》：西厭月𡶶，東震日域。〔查註〕《長楊賦》服虔註：𡶶，音窟，月所生也。昭明太子《大法頌》：西踰月窟，東漸扶桑。功成天已錫玄圭。〔王註〕《書·禹貢》：禹錫玄圭，告厥成功。此方定是神仙宅，〔王註〕孫綽《天臺山賦》云：玄聖之所游化，靈仙之所窟宅。禹亦東來隱會稽。〔王註次公曰〕會稽，越州也，禹所葬。先生以終前篇堯舜事，皆言其本不死耳。〔李註〕《帝王世紀》：禹崩於會稽，葬會稽山陰縣之南，今山上有禹冢。〔查註〕漢揚雄《羽獵賦》：入洞穴，出蒼梧。註云：人從禹穴入，從蒼梧出也。〔合註〕何焯曰：此用《吴都賦》意。

月華寺〔四九〕

〔公自註〕寺鄰岑水場，施者皆坑户也。百年間，蓋三焚矣。〔翁方綱註〕寺去曹溪三十里，在韶郡南百里，正岑水場之地。〔查註〕張端義《貴耳録》：韶州岑水場，以滷水浸銅之地，會百萬斤鐵，浸鍊二十萬銅，兩廣三十八部皆有所輸，或供鉛錫，或供銀錢，歲計四五萬緡。《名勝志》：翁源縣有岑水，一名銅水，可浸鐵爲銅。其水極腥惡，石色皆赭，不生魚鼈禾稼之屬，即曲江膽礬水，同源異流也。

天公胡爲不自憐，結土融石爲銅山。〔王註次公曰〕「結」、「融」字，借使「結而爲山，融而爲川」也。〔李註〕《漢書》：吴有章郡銅山。〔查註〕《管子》：出銅之山四百六十七。張揖《廣雅》云：天下名山，五千二百七十。出銅之山，四百六十有七。出鐵之山，三千六百有九。萬人採斲〔五〇〕富媪泣，〔李註〕《漢書·禮樂志·郊祀歌》：后土富媪，昭明三光。〔張晏註曰〕媪，老母稱也。坤爲母，故稱媪。祇有金帛資豪姦。脱身獻佛意可料，一瓦坐待千金還。月華三火〔五一〕豈天意，至今茇舍〔五二〕依榛菅〔五三〕。〔王註〕《周禮·夏官·大司馬》：仲夏，教茇舍。鄭氏註：茇舍，草止之也。僧言此地本龍、象，〔王註次公曰〕《達摩録》：此僧中之龍、象。劉禹錫《雙檜》詩：龍、象界中成寶蓋。〔李註〕《智度論》：水行中龍，陸行中象。故荷大法力，比之龍、象。按，月華寺，智藥三藏真身在焉，故有龍、象之語。興廢〔五四〕反掌曾何艱。高巖夜吐金碧氣，〔王註〕杜子美《木皮嶺》詩：潤聚金碧氣，清無砂土痕。〔李註〕《史記·天官書》：金寶之上皆有氣。曉得異石青斕斑。坑流窟發錢湧地，暮施百鎰朝千鍰〔五五〕。〔王註〕《孟子註》云：古者以一鎰爲一金，二十兩爲鎰也。又《書·呂刑》：其罰千鍰。〔李註〕《漢書》：周立九府圜法，黄金方寸而重一斤，秦幣黄金，以鎰爲名。此山出寶以自賊，〔合註〕《易林》：思過罰惡，自賊其家。地脈已斷天應慳。〔王註〕《史記》：蒙恬曰：「恬罪固當死矣。起臨洮屬之遼東，城塹萬餘里，此其中不能無絶地脈哉？」我願銅山化南畝，爛漫〔五六〕黍麥蘇惸鰥。道人修道要底物，破鐺煮飯茅三間。〔王註〕《傳燈録》：杭州廣嚴院咸澤禪師，僧問：「如何是廣嚴家風？」師曰：「一隖白雲，三間茅屋。」【誥案】紀昀曰：莊語不腐，此由筆意不同。

南華寺〔五七〕

〔李註〕《曹溪通志》：南華山南華寺，爲六祖慧能道場。〔查註〕《傳法正宗記》：六祖慧能，俗姓盧，新興人。少孤，及長，採薪供母。一日聞客讀經，至「應無所住而生其心」，問曰：「此法得於何人？」客曰：「此名《金剛經》，得於黄梅忍大師。」師遽告其母，即趨五祖，抵韶州處寶林寺舊基。既得法後，返曹溪。唐景龍元年，詔改寶林爲中興寺，又賜額曰法泉，今南華寺是也。《高僧傳》：六祖捨新興舊宅爲國恩寺，神龍三年賜額法泉，宋太平興國三年重建塔，改名南華寺。【誥案】南華寺前，公手書寶林二大字爲額，今猶存。

云何見祖師？要識本來面。〔王註〕《傳燈録》：道明禪師聞五祖密付衣法與盧行者，即躡迹追逐。至大庾嶺，曰：「我來求法，願行者開示於我。」祖曰：「不思善，不思惡，正恁麽時，那箇是明上座本來面目。」師當下大悟。亭亭塔中人，〔王註續曰〕祖師，指六祖也。塔中人，指六祖塔也。問我何所見。【誥案】紀昀曰：觸境寄感，不同泛作禪語。可憐明上座，萬法了一電。飲水既自知，指月無復眩。〔王註〕《楞嚴經》：如人以手指月示人，彼人因指當應看月，若復觀指以月爲體，此人豈惟亡失月輪，亦亡其指。我本修行人，三世積精鍊〔五八〕。中間一念失，受此百年譴。摳衣禮真相，〔王註〕《禮記·曲禮上》：摳衣趨隅，必慎唯諾。〔查註〕《傳法正宗記》：六祖於睿宗先天二年示寂，塔真身於曹溪。柳子厚《碑記》：憲宗元和十年，賜六祖謚曰大鑑，塔曰靈照。感動淚雨霰。〔李註〕鮑照詩：淚下如流霰。借師錫端泉〔五九〕，〔王註〕《傳燈録》：六祖初住曹溪，卓錫泉湧，清涼甘滑，贍足大衆。〔李註〕《曹溪志》：卓錫泉，一名明通泉，凡泉脈枯，僧持祖衣往叩，即通流。洗我綺語硯。【誥案】紀昀曰：此方是東坡游南華寺，不可移掇他人。方是此時東坡游寺詩，不可移掇平日。此爲詩中有人。

碧落洞〔六〇〕

〔公自註〕在英州下十五里〔六一〕。【誥案】下十五里，謂江口也。自此沿小溪盤繞二十里，至碧落洞。其源自山後來，滙爲一澗，折入後洞，而達於前，下注爲溪，碧落之義，似即因此名也。公當日或棹小舟至洞，今不可通矣。嘉慶辛未冬中，誥奉大府檄巡緝北江，嘗從韶鎮搜山至此。〔查註〕《始興志》：龍頭水源出翁山，至英州城南，與瀧水合。岸旁有碧落洞，石室深邃，懸石如麾旌，有道人修鍊於此，後尸解蜕骨，因名蜕仙臺。唐周夔《到難篇》：臣羽皇客於南裔，得湞陽之石室。兩崖卷束，勢合如屋，孱顔百間，開待朝旭。加以上戴霄峰，中流晴溪，崆峒見月於半夜，翠竇生雲於朝日，乳枝凝露而碧落，松籟疎風而瑟續。程正輔《次韻》詩云：粤從渡嶺來，日見亂山横。觸目皆荒涼，寧復樂事并。誰謂亂山間，仙境通玉京。奇怪如雁蕩，清虚勝赤城。嵌高幽且深，層曲無攲傾。巨室萬仞高，天造妙難明。懸崖攢滴乳，澗水清濯纓。我來洞門開，山意如相迎。熟視石壁字，神清喜忽驚。回思紫陽山，追隨許宣平。程正輔唱和詩，世多不傳，此首從《廣東舊志》采出，附録於此。

槎牙亂峰合，晃蕩絶壁横。遥知紫翠間，古來仙釋并。陽崖射朝日，〔王註次公曰〕謝靈運詩：朝旦發陽崖，景落憩陰峰。高處連玉京。〔王註〕《靈樞金景内經》曰：下離塵境，上界玉京。註云：玉京無爲之天也，蓋三十二帝之都。玉京之下，乃崑崙北都羅酆，北帝三十六洞之所居處。陰谷叩白月，〔王註〕顔延年詩：陽陸團精氣，陰谷曳寒烟。夢中遊化城。〔王註〕《法華經》：有一導師，以方便力化作一城，於是衆人前入化城，生已度想，生安穩想。果然〔六二〕石門〔六三〕開，〔查註〕《茅山志》：茅山石洞，《真誥》所云華陽洞天便門也。自左元放仙去，閉閟千年，至是復開。中有銀河傾。幽龕〔六四〕入窈窕，别户穿虚明。〔李註〕《一統志》：洞多懸石，如霓旌羽蓋狀，傍有小洞，號雲華，深不可測。按詩所云「幽龕」、「别户」，即指其處也。泉流〔六五〕下珠琲，乳蓋〔六六〕交縵纓。〔合註〕《陳書・武帝紀》：胡服縵纓。我行畏人知，恐爲仙者迎。【詰案】紀昀曰：隱寄名盛招尤之慨，其詞却渾然不露。小語輒響答，空山白雲〔六七〕驚。〔查註〕《詩眼》云：東坡「小語輒響答，空山白雲驚」，此二語全類太白。今印本譌作「自雷驚」，不但無意味，兼與上句重疊。策杖歸去來，治具煩方平。〔王註〕《神仙傳》：王方平降蔡經家，須臾麻姑繼至，再拜。方平行廚具食，皆金盤玉杯，多諸花果，芬香異常，擘脯食之，云是麟脯。〔六八〕〔李註〕《史記・魏其武安侯傳》：魏其夫妻治具，自旦至今，未敢嘗食。

峽山寺〔六九〕

〔公自註〕傳奇所記孫恪袁氏事，即此寺。至今有人見白猿者。〔查註〕《廣東舊志》載《峽山寺記》云：二禺穹窿對峙，如劈太華，束隘江流。《茅君傳》稱爲第十九福地。梁普通元年，峽有二神，化爲居士，夜叩舒州延祥寺真俊禪師寢室，曰：「峽據清遠上流，吾欲建一道場，師居之乎？」真唯諾。中夜風雨大作，遲明啓户，寺已移置峽山。郡邑上其事，賜額曰至德，宋時改飛來寺。

天開清遠峽，〔王註〕郭璞《江賦》：豁若天開。李白《自梁園至敬亭山見會公談陵陽山水》詩：天開白龍潭。〔李註〕《地志》：清遠峽，一名中宿峽，崇山峻立，中貫江流。寺一名飛來寺。〔查註〕《元和郡縣志》：觀亭山，一曰觀峽，一名中宿峽。《太平寰宇記》：觀亭山，一名觀峽山。吴萊《南海古迹記》：中宿峽，一曰峽山，在清遠縣東山，對峙江中。地轉凝碧灣。〔查註〕《名勝志》：清遠峽前有凝碧灣，其水紺碧。我行無遲速，攝衣步孱顔。〔合註〕《史記・高祖紀》：沛公起，攝衣謝之。《漢・司馬相如傳・大人賦》：驤以孱顔。註：不齊貌。山僧本幽獨，乞食況未還。雲碓水自春，〔王註〕白樂天詩：藥爐有火丹應伏，雲碓無人水自春。註云：廬山多雲母，故以水碓擣練，俗呼爲雲碓。李白《送内尋廬山女道士李騰空》詩：水春雲母碓。松門風爲關。〔王註〕王羲之《遊四郡記》：永寧縣界海中有松門四。岸及嶼上，皆生松，故名松門。〔李註〕釋惠標詩：松門夾細草。杜子美《反照》詩：松門似畫圖。石泉解娛客，琴筑鳴空山。佳人〔七〇〕劍翁孫，〔王註〕《吳越春秋》：越王請問劍術於處女，處女將見王，道逢袁公。問女：「聞子善劍。」女曰：「惟公所試。」公卽挽林内之竹，操其本而刺處女〔七一〕。處女舉杖擊袁公，公卽飛上樹，化爲白猿。游戲暫人間。忽憶嘯雲侶，賦詩留玉環。〔王註〕《傳奇》：廣德中，有孫恪者，遊洛中一大第，有袁氏女，遂納爲室。後十餘年，挈至峽山寺。袁氏欣然，改服理髩，詣老僧，乃持一碧玉環獻僧，曰：「此是院中舊物。」僧初不曉，及齋罷，有野猿數十，悲嘯捫蘿而躍，袁氏惻然。俄，命筆題詩云：剛被恩情役此心，無端變化幾湮沉。不如逐伴歸山去，長嘯一聲煙霧深。乃擲筆於地，遂裂衣化爲老猿，追嘯者躍樹而去。老僧方悟，曰：「乃貧道爲沙彌時所養者。」碧玉環，本胡人所施，當時亦隨猿頸而往。林深〔七二〕不可見，霧雨霾髻鬟〔七三〕。

舟行至清遠縣，見顧秀才，極談惠州風物之美〔七四〕

〔查註〕《漢書·地理志》：南海郡有中宿縣。《元和郡縣志》：縣東有中宿峽，梁武帝於此置清遠郡，中宿縣屬之，隋廢郡，置縣。《九域志》：清遠縣，在廣州西北二百四十里。

到處聚觀香案吏，〔王註〕《唐書·百官志》：若仗在紫宸内閤，則起居舍人夾香案分立殿下。此邦宜著玉堂仙。〔王註次公曰〕李肇《翰林志》：時居翰林苑，皆爲陵玉清，溯紫霄，豈止於登瀛洲哉，亦曰登玉署、玉堂焉。江雲漠漠桂花濕，〔王註〕王元之《小畜集》載《江豚歌》：江雲漠漠江雨來。海雨〔七五〕翛翛荔子然。〔合註〕謝脁詩：翛脩蔭窗竹。聞道黃柑常抵鵲，不容朱橘更論錢。〔王註〕杜子美《峽隘》詩：朱橘不論錢。恰從神武來弘景，便向羅浮覓稚川〔七六〕。〔查註〕《晉書》：葛洪字稚川，句容人。以年老欲煉丹，以祈遐壽。聞交阯出丹，求爲勾漏令，將子姪俱行。至廣州，刺史鄧嶽，留不聽去。洪乃止羅浮煉丹。在山積年，後忽與嶽疏云：當遠行尋師，剋期便發。嶽得疏往別，而洪坐至日中，兀然若睡而卒，時年八十一，世以爲尸解得仙云。

廣州蒲澗寺〔七七〕

〔公自註〕地產菖蒲，十二節。相傳安期生之故居，始皇訪之於此〔七八〕。〔查註〕《元和郡縣志》：秦南海郡，漢屬交趾刺史，孫晧時，置廣州。《太平寰宇記》：嶺南道，廣州清海軍節度，治南海縣。東北至韶州五百二十里。顧微《廣州記》：熙安縣東北，有菖蒲澗。《太平寰宇記》引裴氏《廣州記》云：蒲澗水，從盤石上過，甘冷異於常流。《廣州舊志》：番禺縣有玉虹洞，南曰聚龍崗，有蒲澗寺，在白雲山麓，淳化元年建。〔李註〕《太平寰宇記》：菖蒲澗，一名甘溪。《南越志》云：交州刺史陸胤所開。

不用山僧導我前，自尋雲外出山泉。千章古木臨無地，〔王註〕《貨殖傳》云：山居千章之楸。註：大材曰章。王簡栖《頭陀寺碑》云：飛閣逶邐，下臨無地。〔李註〕杜子美《陪鄭廣文遊何將軍山林》詩：千章夏木清。百尺飛濤瀉漏天。〔王註〕白樂天《多雨春空過》詩：浸淫天似漏，沮洳地成瘡。〔李註〕《寰宇記》：戎州南溪縣，有大黎、小黎二山，四時霑霖，俗謂之大漏天、小漏天。唐詩：地道漏天終歲雨。杜子美《陪章留後侍御宴南樓》詩：鼓角漏天東。〔查註〕《太平寰宇記》：越巂縣漏天，夏秋常雨。昔日〔七九〕菖蒲方士宅，〔查註〕嵇含《南方草木狀》：番禺東有澗，澗中生菖蒲，皆一寸九節，安期生采服仙去，但留玉舄焉。《南越志》：宋咸平中，姚成甫於蒲澗側，遇一丈夫，曰：「此菖蒲，安期生所餌，可以忘老。」今俗以七月二十五日安期生上昇，相率爲蒲澗之游，履綦駢錯。後來薝蔔祖師禪。〔王註〕《香譜》曰：梔子香，出大食國，卽佛書所謂薝蔔也。《傳燈録》：仰山謂香嵓禪師曰：「汝只得如來禪，未得祖師禪。」而今只有花含笑，笑道秦皇欲學仙。〔公自註〕山中〔一〇〕多含笑花。〔王註〕《遯齋閒覽》云：南方花木，北地所無者，大含笑、小含笑，其花常若菡萏之未敷者，故有含笑之名。《歸田録》：丁晉公晚年，詩筆尤精，在南海，如「草解忘憂憂底事，花名含笑笑何人」之句，尤爲人所傳誦。〔合註〕《捫蝨新語》：小含笑，香尤酷烈，又有紫含笑，茉莉含笑，皆以日西人稍陰則花開。

贈蒲澗信長老〔一一〕

優鉢曇花豈有花，〔王註〕《法華經》：佛告舍利佛，如是妙法，諸佛如來時乃説之，如優曇鉢花，時一現耳。〔次公曰〕佛言：優曇鉢五百年而開花，其花極香，且有花而無實。〔查註〕《翻譯名義集》：優曇鉢羅，此云瑞應。閻浮提内有尊樹王，名優曇鉢，有實無華，優曇鉢有金華者，世乃有佛。問師此曲唱誰家。〔王註〕《傳燈録》：風穴延昭禪師，有盧陂長老問曰：「師唱誰家曲？宗風嗣阿誰？」延昭禪師曰：「超然迥出威音外，翹足徒勞贊底沙。」已從子美得桃竹，〔公自註〕此山有桃竹，可作杖，而土人不識。予始録子美詩〔一二〕遺之。〔王註〕《志林》：桃竹，葉如椶，身如竹，密節而實中，蓋天成拄杖也。嶺南人多種此，而不知其爲桃竹。〔李註〕杜子美《桃竹杖引》：江心蟠石生桃竹，蒼波噴浸尺度足。斬根削皮如紫玉，江妃水仙惜不得。不向安期覓棗瓜。燕坐林間時有虎，〔合註〕《法苑珠林》：晉釋法安，樹下坐禪，虎負人而至。安爲説法受戒，虎踞地不動，有頃而去。高眠粥後不聞鴉。〔合註〕《傳燈録》：益州無住禪師，專務宴寂。杜鴻漸致禮訖，於是庭樹鴉鳴。公問：「師聞否？」師曰：「聞鴉去。」又問：「師聞否？」師曰：「聞。」公曰：「鴉去無聲，云何言聞？」師曰：「聞無生滅，聞無去來。」勝游自古兼支許，〔王註〕《晉書》：會稽有佳山水，名士多居之。孫綽、李充、許詢、支遁等，皆以文義冠世，並築室東土，與羲之同好，宴集於會稽山陰之蘭亭。爲采松肪寄一車。〔王註〕《本草》：松脂久服，輕身不老，一名松膏，一名松肪。

發廣州〔三〕

朝市日已遠，此身良自如。〔合註〕《漢書·李廣傳》：意氣自如。三杯軟飽後，〔公自註〕浙人〔四〕謂飲酒爲軟飽。一枕黑甜餘。〔公自註〕俗謂睡爲黑甜。蒲澗疎鐘外，黃灣落木初。〔王註〕韓退之《南海神廟碑》云：在廣州治之東南，海道八十里，扶胥之口，黃木之灣。天涯未覺遠，處處各樵漁。

浴日亭〔五〕

〔公自註〕在南海廟前〔六〕。〔查註〕《山海經》：暘谷上有扶桑木，十日所浴。《廣州志》：浴日亭，在扶胥鎮海神廟之右，小山屹立，亭冠其上，前瞰大海。夜半，日漸自東海出，故名。後改名拱日。去廣州東南八十里。《名勝志》：城南江中有海珠石，是曰珠江。東過蜆江，匯於南海廟前海隅，日出水中見之，是謂波羅江。《廣州志》：南海廟創自隋時，唐天寶間，封海神爲廣利王。元和十一年，韓愈撰碑文，廣州刺史孔戣立。按，海神姓祝名赤，劉克莊有《追和浴日亭韻》詩。

劍氣峥嶸夜插天，〔王註〕《晉書·張華傳》：初，吴之未滅也，斗牛之間，常有紫氣。華聞雷煥妙達緯象要宿，華曰：

「是何祥也?」焕曰:「寶劍之精,上徹於天耳。」【誥案】日欲出時,當空先有紅氣一道,浮而不動者良久,其色不見,則東方漸白。此由日未出時,其光漏出海上,又自海激射於天也。此句正形容其狀,王註乃道其字面而已。瑞光明滅到黄灣。〔王註次公曰〕黄灣,海口也。坐看暘谷〔八七〕浮金暈,【誥案】以上三句,乃日出時一定次敍,誥於浴日亭,候之屢矣。遥想錢塘涌雪山。〔王註〕盧肇《海潮賦》:激水而潮,坐湧雪山。已覺蒼涼〔八八〕蘇病骨,〔王註〕《列子·湯問篇》:孔子東游,見兩小兒辯鬭。其一曰:「日初出,蒼蒼涼涼,及其日中,如探湯。」更煩沆瀣洗衰顔。〔王註厚曰〕《列仙傳》:陵陽子言,春食朝霞,夏食沆瀣。沆瀣者,夜中之氣也。司馬相如《大人賦》云:呼吸沆瀣兮餐朝霞。忽驚鳥〔八九〕動行人起,【誥案】此句日始出。飛上千峰紫翠間。

游羅浮山一首示兒子過〔九〇〕

〔李註〕鄒師正《羅浮指掌圖》:山高三千六百丈,袤直五百里,峰巒四百三十二,嶺十五,石室七十二,瀑布九百八十。有大小石樓,相去五里,皆高出雲表,重簷四柱,如樓,登之可望滄海,夜半見日初出。《茅君内傳》:大天之内,有地中之洞天三十六所。羅浮山之洞,周迴五百里,名曰朱明耀真之天。謝靈運《羅浮山賦》:朱明之陽宫,耀真之陰室。〔查註〕《太平寰宇記》:羅浮山在博羅縣。《南越志》云:增城縣東有羅浮山,浮水出焉,是爲浮山,與羅山並體,故曰羅浮。嶮尖之峰四百三十有二,上則三峰争竦,各五六千仭,北通句曲之山,即《茅君内傳》云第七洞,名朱明耀真之天。璿房瑶室,七十有二,泉源之府,九百八十有三。徐道覆《羅浮山記》:山在增城、博羅二縣之界,有七十二長溪。

人間有此白玉京，〔王註次公曰〕《史記》云：天上白玉京，五城十二樓〔九一〕。〔李註〕李太白《贈江夏韋太守》詩：天上白玉京，十二樓五城。〔合註〕《史記》：黄帝時爲五城十二樓，以候神人於執期。無「天上白玉京」句。羅浮見日雞一鳴。【誥案】紀昀曰：筆筆警拔，大題目自不敢草草。南樓未必齊日觀，鬱儀自欲朝朱明。〔公自註〕劉夢得有詩，記羅浮夜半見日事。山不甚高，而夜見日，甚可異也〔九二〕。山有二石樓。今延祥寺在南樓下，朱明洞在沖虛觀後，云是蓬萊第七洞天。〔王註〕劉夢得詩云：陰陽迭用事，乃俾夜作晨。咿喔天雞鳴，扶桑色昕昕。赤波千萬里，湧出黄金輪。《黄庭内景經》：高奔日月吾上道，鬱儀結鄰善相保。註云：鬱儀，奔日之仙也。〔查註〕鄒師正《羅浮指掌圖記》：飛雲峰，夜半見日出，上有見日菴。《雲笈七籤》有《鬱儀結璘奔日月圖》，又有《鬱儀奔日赤景玉文》。《羅浮指掌圖》：石樓前，石門，方廣可容几席。裴淵《廣州記》：羅浮二山隱天，惟石樓一路可登。《羅浮山志》：朱明洞，在沖虛觀後，周迴五里，夜半見日。沖虛觀，即葛仙翁所居，東坡書葛洪仙竈四字。【誥案】舊迹已不存，今此四字，乃吾鄉吳鴻所書，吳嘗督學粤中。東坡之師抱朴老，真契久已〔九三〕交前生。玉堂金馬久流落，寸田尺宅今誰耕〔九四〕。道華亦嘗啖一棗，〔公自註〕唐永樂道士侯道華，竊食鄧天師藥，仙去。永樂有無核棗，人不可得，道華獨得之〔九五〕。予在岐下，亦嘗得食一枚。〔合註〕《宣室志》云：蒲中多大棗，天下人傳，歲中不過一二無核者，道華比三年，輒得啗之。〔查註〕《續仙傳》：侯道華自言峨眉山來，泊於河中永樂觀，殿梁上或有神光。相傳開元中，有鄧天師嘗煉丹，成，人不敢服，藏之於殿梁。道華登梁，復見神光於梁上。陷中，鑿木，得一合，三重内有小金合子，有丹，遂吞之。擲下其合後，揮手謝，道華隱隱凌雲而去。契虛正欲仇三彭。〔公自註〕唐僧契虛，遇人導遊稚川仙府。真人問曰：「汝絶三彭之仇乎？」契虛不能答〔九六〕。鐵橋石柱連空〔九七〕横，〔公自註〕山有鐵橋石柱，人罕至者。〔九八〕〔查註〕《羅浮指掌圖》：鐵橋峰，在羅浮二山相接處，是爲泉源福地。杖藜欲趁飛猱輕。雲溪夜逢瘖虎伏，〔公自註〕山有啞虎巡山。〔查註〕《山志》：啞虎洞，在朱明洞側。有黃野人者，得葛洪遺丹，服之成仙，啞虎爲之守門。斗壇晝出銅龍獰〔九九〕。〔公自註〕沖虛觀後，有朱真人朝斗壇。近於壇上，獲銅龍六、銅魚一。【誥案】銅龍今猶存。〔查註〕《指掌圖》：朱明洞口有朝斗壇。《羅浮山志》：羅山，青精先生朱靈芝所治，漢大宛人。事太素真人，受青精飯之方，餌之，爲太極仙卿，治此洞〔一〇〇〕。小兒少年有奇志，中宵起坐存黃庭。〔王註〕《黃庭内景經》云：脾神常在守魂停，晝夜存之可長生。註云：魂停，即黃庭也。近者戲作凌雲賦，筆勢彷彿《離騷經》。負書從我盍歸去，羣仙正草《新宫銘》。〔查註〕《新宫銘》曰：良常西麓，源澤東泄。新宫宏宏，崇軒巘巘。雕珉盤礎，鏤檀竦棨。碧瓦鱗差，瑤堦肪截。閣凝瑞霧，樓橫祥霓。騶虞巡徼，昌明捧闑。珠樹規連，玉泉矩泄。靈飆遐集，聖日俯晰。太上游儲，無極便闕。百神守護，諸真班列。仙翁鵠立，道師冰潔。飲玉成漿，饌瓊爲屑。桂旂不動，蘭幄互設。妙樂競奏，流鈴間發。天籟虛徐，風簫泠徹。鳳歌諧律，鶴舞會節。三變玄雲，九成絳雪。易遷徒語，童初詎說。如毁乾坤，自有日月。清寧二百三十一年四月十二日建。右《新宫銘》，載《容齋隨筆》。汝應奴隸蔡少霞，我亦季孟山玄卿。〔公自註〕唐有夢書《新宫銘》者云，紫陽真人山玄卿撰。又有蔡少霞者，夢人遣書碑，其末題云，五雲書閣吏蔡少霞書〔一〇一〕。還須畧報老同叔，贏糧萬里尋初平。〔公自註〕子由一字同叔〔一〇二〕。【誥案】詩内惟此條及前鐵橋、啞虎二條，皆公自註，餘皆後人割取本集雜記以實之者。記無「畧曰公昔乘魚車今履瑞雲躡空仰塗綺輅輪囷」十九字。查註謂公謫陳幼霞爲蔡少霞者，誤。合註謂鄭羽重修本引《宣室志》、《羅浮山記》不作公自註，亦非。餘詳總案中。〔案〕總案引本集《書羅浮半夜見日事》。誥案謂：公所書此記，不皆羅浮事。蓋公時欲作羅浮詩，乃隨意集此各事作詩材耳，儲材既備，詩輒隨手而成，故詩中所使事，不出此也。（按，誥案所云之「記」，即指《書羅浮半夜見日事》一文。亦即「贏糧」句下誥案所云之「雜記」。該文見《東坡先生全集》卷七十一，題作《書劉夢得詩記羅浮半夜見日事》。）

十月二日初到惠州〔一〇三〕

〔查註〕《元和郡縣志》：秦南海郡，隋分立循州。《輿地廣記》：五代時，南漢改曰禎州，而別立循州於北境。《太平寰宇記》：禎州本循州舊理，僞漢劉龑移循州於雷鄉縣，於歸善縣置禎州。按，天禧中避仁宗諱，改惠州。西至廣州四百餘里。《宋史·哲宗本紀》：紹聖元年六月，來之邵等疏，蘇軾詆斥先朝，詔謫惠州。唐庚有《聞東坡先生貶惠州》詩。【誥案】自此詩起以下，皆惠州作。

仿佛曾遊豈夢中，欣然雞犬識新豐。〔王註〕《西京雜記》：高祖既作新豐，并移舊社。衢巷棟宇，物色惟舊。士女老幼，相攜路首，各知其室。放犬羊雞鴨於通途，亦競識其家。吏民驚怪坐何事，父老相攜迎此翁。蘇武豈知〔一〇四〕還漠北，管寧自欲老遼東。〔王註〕《三國志》：管寧，北海朱虛人。天下大亂，聞公孫度令行於海外，遂與邴原、王烈等至於遼東。既往見度，乃廬於山谷，示無遷志。嶺南萬户皆春色，〔公自註〕嶺南萬户酒。會有幽人客寓公。〔王註次公曰〕《禮記·郊特牲》：諸侯不臣寓公。蓋言公爵而寄寓者也。

寓居合江樓〔一〇五〕

〔查註〕《名勝志》：東江，源自江西贛州，經龍川縣，來遶白鶴峰之陰，至惠州城東，亦謂之龍川江。西江，自九龍山西流一百二十里，亦至城東，與龍江合流。至石灣西南，經虎頭門入海。其匯流處，有合江樓，卽府城之東門樓也。危太朴《東坡書院記》：公初至惠州，寓居合江樓，數日遷嘉祐寺。【誥案】當日合江樓在三司行衙中，城樓乃後世事。

海山〔一〇六〕葱曨〔一〇七〕氣佳哉，二江合處朱樓開。蓬萊方丈應不遠，〔王註〕《史記·秦始皇本紀》：齊人徐市等上書，言海中有三神山，名蓬萊、方丈、瀛洲，仙人居之。請得齋戒，與童男女求之。肯爲蘇子浮江來。【誥案】紀昀曰：起勢超忽，以下亦皆音節諧雅，雖無深意而自佳。江風初涼睡正美，樓上啼鴉呼我起。我今身世兩相違，西流白日東流水。【誥案】接得陡健。樓中老人日清新，天上豈有癡仙人。〔王註〕《續仙傳》：侯道華好子、史，手不釋卷，衆或問之：「要此何爲？」答曰：「天上無愚懵仙人。」三山咫尺不歸去，〔翁方綱註〕詩意指蓬萊方丈，猶之杜詩《遊子》「蓬萊如可到，衰白問羣仙」，亦巴蜀愁居之作也。《斜川集·海南祝公生日》詩：要與三山咫尺望。一杯付與〔一〇八〕羅浮春。〔公自註〕予家釀酒，名羅浮春。

試　筆〔一〇九〕

【誥案】此題原作：自笑一首。合註謂七集本有作「試筆」者，鄭羽本亦云：一作「試筆」。今據詩意，自應以「試筆」爲正。

子石〔一一〇〕如琢玉，〔王註厚曰〕歐陽永叔《硯譜》：端石以子石爲上，子石者，在大石中生，蓋精石也。遠烟真削黳〔一一一〕。〔王註〕《本草》：松柏千年爲茯苓，又千年爲琥珀，又千年爲瑿，燒之作松氣，爲用與琥珀同，狀似玄玉而甚輕，出西戎。〔李註〕《釋名》云：瑿是衆柏之長，亦曰黳，其色黳黑，故名。入我病風手，〔公自註〕古語云：磨墨如病風手〔一一二〕。玄雲渰萋萋〔一一三〕。是中有何好，而我喜欲迷。既似蠟屐阮，又如鍛柳嵇。〔王註〕《晉書》：嵇康性絶巧而好鍛，宅中有一柳樹，甚茂，乃激水圜之，每夏月，居其下以鍛。醉筆得天全，宛宛天投蜺〔一二四〕。〔王註〕《後漢·五行志》：靈帝光和元年六月，有黑氣墮北宮温明殿東庭中，黑如車蓋，騰起奮迅，長十餘丈，形貌似龍。上問蔡邕，對曰：「所謂天投蜺者也。」〔合註〕《漢書·司馬相如傳》：宛宛黄龍。多謝中書君，伴我此幽棲。〔王註〕白樂天《松》詩：棟梁君莫採，留著伴幽棲。

無　題

〔查註〕先生南遷時，年五十九，故此詩首句云：六秩行當啓。【誥案】此詩施編不載，查註從邵本補編。

六秩行當啓，〔馮註〕白樂天詩：年開第七秩，屈指幾多人。區中緣更疎。〔合註〕薛稷詩：睿覽出區中。不貪爲我寶，安步當君車。〔馮註〕《戰國策》：晚食以當肉，安步以當車，無罪以當貴。故國多喬木，先人有敝廬。〔馮註〕《檀弓》：君之臣免於罪，則有先人之敝廬在，君無所辱命。誓將閑送老〔一二五〕，不著一行書。〔合註〕何遜詩：欲寄一行書。

朝雲詩〔一二六〕并引

世謂樂天有鬻〔一二七〕駱馬放楊柳枝詞，嘉其主老病，不忍去也。然夢得有詩云：春盡絮飛留不住〔一二八〕，隨風好去落誰家。樂天亦云：病與樂天相伴住，春隨樊子一時歸。則是樊素竟去也。予家有數妾，四五年相繼辭去，獨朝雲者，隨予南遷。因讀樂天集，戲作此詩。朝雲姓王氏，錢唐人。嘗有子曰幹兒，未期而夭云。不似〔二九〕楊枝別樂天，【誥案】公道過都昌縣，有「東風吹老碧桃花」詩，今石刻猶存，此句似因前詩發也。餘詳總案中。〔案〕總案所録「東風吹老碧桃花」詩，已録入卷四十八。茲不録。恰如通德伴伶玄。阿奴〔三〇〕絡秀不同老，〔李註〕按阿奴句，似指幹兒之夭也。天女〔三一〕維摩總解禪。〔王註〕《維摩經》：天女居維摩室，與舍利佛發明禪理。維摩曰：「此天女已能游戲，菩薩之神通也。」經卷藥爐新活計，〔李註〕《白樂天集》有《閑居貧活計》詩。舞衫歌扇舊因緣。〔查註〕《容齋三筆》：唐人好以歌扇、舞衣爲對。劉希夷云：池月憐歌扇，山雲愛舞衣。老杜《數陪章梓州泛江有女樂在舫戲爲艷曲》亦云：江清歌扇底，野曠舞衣前。儲光羲云：竹吹留歌扇，蓮香入舞衣。丹成逐我三山去，不作巫陽雲雨仙。〔王註〕白樂天《和劉夢得游春》詩：縹緲雲雨仙。〔查註〕《藝苑雌黄》云：東坡嘗令朝雲乞詞於少游。少游作《南歌子》贈之云：靄靄迷春態，溶溶媚曉光，不應容易下巫陽。《苕溪漁隱叢話》云：東坡《朝雲》詩，畧去洞房之氣味，翻爲道人之家風，非若樂天所云「櫻桃樊素口，楊柳小蠻腰」，但自詫其佳麗也。

寄虎兒〔三二〕

〔李註〕按虎兒，猶子遠也。【誥案】虎兒乃黄師是壻，時與其婦從謫筠州。

獨倚桄榔樹，〔王註〕《廣志》：桄榔樹，大四五圍，長五六丈，突直，傍無條幹，枝可作杖，其巔生葉，不過數十。〔李註〕《廣志》：桄榔樹似栟櫚。〔查註〕《南方草木狀》：桄榔似栟櫚，實皮中有屑如麪，多者至數斛，木性如竹，紫黑色，有紋理。《北户録》：桄榔與椰子、檳榔小異，木如莎樹。閑挑蓽撥根。〔王註〕《本草圖經》：蓽撥生波斯國，今嶺南有之，多生竹林内，正月發苗作叢，高三四尺。〔查註〕《南方草木狀》：蒟醬，蓽茇也。生於番國者，大而紫，謂之蓽茇。生於番禺者，小而青，謂之蒟。多種蔓生。 謀生看拙否，送老此蠻村。

十一月二十六日，松風亭下，梅花盛開〔二三〕

〔合註〕《一統志》：松風亭，在歸善縣東，四面有松三十餘株。【誥案】本集《松風亭記》：亭在山上，與嘉祐寺相近。公時寓寺中，故屢至亭下也。山在縣西沿江一面，今亭址已不可考。《一統志》謂在縣東者，誤。

春風嶺上淮南村，〔查註〕張文潛《明道雜志》：自新息縣東門渡淮後，遂入光州境，皆大山峻嶺，其著者，曰驢笑、門限、春風、鮑家，皆嶺名也。《方輿勝覽》：春風嶺，在麻城縣治東嶺上，多梅，故名。 昔年梅花曾斷魂。〔公自註〕予昔赴黃州，春風嶺上見梅花，有兩絶句。明年正月，往岐亭道上〔二四〕，賦詩云：去年今日關山路，細雨梅花正斷魂。 豈知流落復相見，蠻風蜑雨愁黃昏。〔王註次公曰〕惠州有蜑子，獠類也。 長條半落荔支浦，〔李註〕《一統志》：廣州府城東，有荔支洲，周回五十里，南海劉氏，嘗創昌華苑於其上。 卧樹獨秀桄榔園。〔合註〕庾信詩：卧樹擁槎來。 豈惟幽光留夜色，直恐冷豔排冬温。 松風亭下荆棘裏，兩株玉蕊明朝暾。〔王註〕李太白《鵬賦》：晞扶桑之朝暾。〔查註〕《雍録》：玉蕊，名鄭花。唐昌觀玉蕊花，長安惟有一株，黃山谷名之曰山礬。先生詩借此二字，以形容梅花之白耳。 海南仙雲嬌墮砌，〔王註厚曰〕《詩話》：徐鍇《秋聲》詩：井梧紛墮砌，寒雁遠横空。〔次公曰〕杜牧詩：雲嬌惹粉囊。又云：嬌雲光占袖。 月下縞衣來扣門。〔王註〕《詩·鄭風·出其東門》：縞衣綦巾。〔李註〕

按縞衣以下，卽詠趙師雄事。【誥案】紀昀曰：天人姿澤，非此筆不稱此花。酒醒夢覺起繞樹，妙意有在終無言。先生獨飲勿歎息，幸有落月窺清樽。【誥案】紀昀曰：朱晦菴極惡東坡，獨此詩屢和不已，晉人所謂我見猶憐也。其說過當。晦菴不敢惡劉元城，敢極惡東坡乎？當時朝政是朝政，公議是公議，雖敬夫、晦菴、華父、西山諸人，有不能槩爲之左右袒者，但據一論一，善於用巧而已。紀說乃朱所謂《書傳》、《論語說》之一端，而非其全，亦未可盡誣之也，特表出之。

再用前韻〔二五〕

【誥案】紀昀曰：語亦奇麗，二詩皆極意煅煉之作。

羅浮山下梅花村，〔查註〕《名勝志》：飛來峯在羅浮山東南，有梅花村，隋趙師雄過此，見美人淡粧素服，遂與共飲醉，及醒，乃在梅花樹下。玉雪爲骨冰爲魂。〔王註〕《唐摭言》：僧栖白《弔劉得仁》詩：忍苦爲詩身到此，冰魂雪魄已難招。紛紛初疑月挂樹，〔王註〕杜子美《陪鄭廣文遊何將軍山林》詩：涼月白紛紛。耿耿獨與參横昏。〔李註〕杜子美《送嚴侍郎到綿州同登杜使君江樓宴》詩：天横醉後參。〔查註〕《容齋隨筆》云：柳子厚《龍城録》所載趙師雄事，或以爲劉無言作。其語云：東方已白，月落參横。且以冬半視之，黄昏時，參已見，至丁夜則西没矣，安得將旦而横乎？少游詩「月落參横畫角哀」，承此謬也。惟坡云「耿耿獨與參横昏」，乃爲精當。〔合註〕何焯曰：《龍城録》出於王性之，不可引以註蘇詩。記《北户録》註中已引之，乃真出唐人也。先生索居江海上，〔王註〕《禮記·檀弓上》：子夏曰：「吾離羣而索居，亦已久矣。」悄如病鶴棲荒園。天香國艷肯相顧，知我酒熟詩清温。蓬萊宫中花鳥使，〔王註援曰〕唐明皇天寶末，遣使採民間美女，納之宫中，號花鳥使。〔合註〕《唐書·吕向傳》：開元十年，召入翰林，時帝歲遣使采擇天下姝好，内之後宫，號花鳥使，向因奏《美人賦》以諷。【詰案】紀昀曰：忽作幻語，善於擺脱。此則曉嵐所見高於註家遠矣，餘詳下句註。緑衣倒挂扶桑暾。〔公自註〕嶺南珍禽，有倒挂子，緑毛，紅喙，如鸚鵡而小，自東海來，非塵埃中物也〔一二六〕。【詰案】自註甚明，今嶺南有此倒挂子，其大也畧如拳。李註所引「桐花鳳」及李之儀「好集美人釵上」之説，皆混誤。且上句道所聞，下句道所見，詩但借作抑揚耳。强以花鳥使、倒挂子牽連爲一。今皆刪。再，此句以緑衣脱翠羽，下卽以麻姑脱美人，仍暗用趙師雄事作結。抱叢窺我方醉卧，故遣啄木先敲門。〔王註〕韓退之詩：洛陽窮秋厭窮獨，丁丁啄門疑啄木。〔李註〕《異物志》：啄木大如鵲，青黑色，人呼爲山啄木，穿木食蠹。左思詩：南山有鳥，自名啄木。麻姑過君急掃灑〔一二七〕，鳥能歌舞花能言。酒醒人散山寂寂，惟有落蕊黏空樽。

【詰案】此句亦是「月落參横」脱來，然落筆皆入化境，非復跡象之可尋矣。

新釀桂酒〔一二八〕

〔王註〕先生有《桂酒頌》，其敍曰：《楚辭》曰「奠桂酒兮椒漿」，是桂可以爲酒也。有隱居者，以桂酒方教吾，釀成，而玉色香味超然非世間物也。〔翁方綱註〕本集《與陸子厚牘》云：桂酒，乃仙方也。釀桂而成，盎然玉色，非人間物也。

擣香篩辣入瓶盆，〔查註〕《法華經》：求好藥草，色香美味皆悉具足，擣篩和合，與子令服。辣，同辢。盎盎春溪帶雨渾。收拾小山藏社甕，招呼明月到芳樽。〔王註次公曰〕淮南王門下八公，又有大山、小山之徒，當時作《招隱士》一篇云：桂樹叢生兮山之幽。又云：攀桂枝兮聊淹留。〔查註〕小山、明月，暗用淮南叢桂及天竺月中桂子事，非泛設也。羅隱詩：會待與君開社甕，滿船載月鏡中行。〔合註〕《晉書》阮籍等傳論：劉、畢芳樽之友。酒材已遣門生致，〔王註厚曰〕《周禮·天官·酒正篇》：以式法授酒材。菜把仍叨地主恩。〔王註〕杜子美《園官送菜》詩：清晨蒙菜把，常荷地主恩。爛煮葵羹斟桂醑，〔合註〕王維詩：蒟醬露葵羹。沈約賦：堂流桂醑。風流可惜在蠻村。

惠守詹君見和，復次韻〔一二九〕

〔查註〕《惠州志》：詹範，字器之，建安人。紹聖間知惠州，時兵荒之後，野多暴骨，範取而掩之，爲叢冢焉。〔合註〕先生《答徐得之書》云：詹使君，仁厚君子也，極蒙他照管，仍不輟攜具來相就。

已破誰能惜甑盆，頹然醉裏得全渾。欲求公瑾一囷〔一三〇〕米，〔王註〕《三國·吴·魯肅傳》：周瑜故過候肅，并求資糧。肅家有兩囷米，各三千斛，肅乃指一囷與周瑜。【誥案】公屢託循守周文之代致米石，文之亦常以此爲饋。據此句，是時文之已來納交，故下句爲得米多釀之詞，蓋特以公瑾爲喻也，結句始答詹範。試滿莊生五石樽。三杯卯困忘家事，〔李註〕白樂天有《卯飲》詩。萬户春濃感國恩。刺史不須要半道〔一三一〕，籃輿未暇走山村。

花落復次前韻〔一三二〕

【誥案】紀昀曰：亦自擺脱，不入蹊徑。

玉妃謫墮烟雨村，〔王註次公曰〕玉妃，指言太真妃也。【誥案】凡梅花詩，用玉奴、玉妃，皆不得坐實其人。如此句，太真並無謫墮烟雨村事，作者務求超脱，而註者務使之拖泥帶水，何也？其下用奔月事，自爲玉妃註解，而形容花落已畢。凡此，皆不可以迹象求之也。先生作詩與招魂。人間草木非我對，奔月偶桂〔一三三〕成幽昏。〔王註〕王充《論衡》：羿得不死之藥於西王母，羿妻嫦娥，竊之以奔月中。〔查註〕偶桂，謂與桂爲配也。闇香入户尋短夢，青子綴枝留小園。披衣連夜喚客飲，雪膚滿地聊相温。松明照坐愁不睡，井華〔一三四〕入腹清而暾。〔王註〕《本草》：井花水，令人好顔色，與諸水有異，井中平旦第一汲者。〔查註〕《詩人玉屑》云：東坡「暾」字，三首皆擺落陳言，古今人未嘗經道者。三首並妙，第二首尤奇。先生來年〔一三五〕六十化，道眼已入不二門〔一三六〕。多情好事餘習氣〔一三七〕，惜花未忍都無言〔一三八〕。留連一物吾過矣，〔王註〕《北史·王晞傳》：盧思道謂晞曰：「昨被召已朱顔，得無以魚鳥致怪？」晞緩笑曰：「卿輩亦是留連之一物，豈直在魚鳥而已。」《禮記·檀弓》：子夏曰：「吾過矣。」笑領百罰空罍樽。〔王註〕杜子美《樂遊園歌》詩：數莖白髮那抛得，百罰深杯亦不辭。

白水山佛迹巖〔一三九〕

〔公自註〕羅浮之東麓也，在惠州東北二十里。〔李註〕顧微《廣州記》：南海增城縣白水山，有瀑布懸注百許丈，西有佛迹巖，其東湯泉出焉。〔查註〕《廣東舊志》：石鼓嶺在博羅縣北，又二十里，爲象山，其相連者爲白水山。傍有巨人迹，謂之佛迹巖。其西佛迹院。唐子西記云：巨人迹長三肘量，闊稱之，散印於巖石之上，深者二寸許。

何人守蓬萊，〔查註〕《太平寰宇記》：浮山本名蓬萊山，一峰在海中，與羅山合。夜半失左股〔一四〇〕。〔王註次公曰〕惠州浮山，據《地理志》云：自會稽來，今浮山上，猶有東方草木。又云：本一羅山，有山自蓬萊之峰浮來而合焉。《易·

明夷》云：夷於左股。浮山若鵬蹲，〔王註厚曰〕陳文惠公《羅浮山圖讚序》：按本記，山高三千六百丈，周回三百二十七里，然羅山一也。浮山，即蓬萊之別島也，堯時洪水浮至，依羅而止〔一四二〕，故有羅浮之號焉。忽展垂天羽。【誥案】紀昀曰：奇氣坌涌，無一語不警拔。根株互連絡，崖嶠爭吞吐。神工自爐鞲，〔合註〕《玉篇》：鞲，結也。融液〔一四三〕相綴補。【誥案】以上八句，開拓羅浮數百里境界，其意以爲山靈如是作用，將於此結成白水山也。猶之陣雨未至，而雲興雷動，滿天佈勢，皆題前之文。是爲第一節。至今餘隙罅，流出千斛乳。方其欲合時，天匠麾月斧。【誥案】紀昀曰：此一層，寫得更滿足，善於佈勢，工於設色。帝觴分餘瀝，〔王註〕《晉書·陸納傳》：謂桓溫曰："明公近云飲酒三升，納止可二升，今有一斗，以備杯酌餘瀝。"〔查註〕劉峻《廣絕交論》：霑玉斝之餘瀝。山骨醉后土〔一四三〕。峰巒尚開闔，澗谷猶呼舞。【誥案】以上八句，點明白水山，然不肯直敘，却又回繞上文而下，反覆勾勒，以見造化結此奇境不易。此乃白水山正面，是爲第二節。海風吹未凝，古佛來布武。〔王註〕《禮記·曲禮上》：堂下布武。【誥案】紀昀曰：入得天然，純於化境。查初白謂字字刻畫，句句變化，雲烟離合，不可端倪。當時汪罔氏，〔王註〕《家語》：孔子曰："汪罔氏〔一四四〕之君，守封嵎之山者，爲漆姓。在虞、夏、商爲汪芒氏，於周爲長翟氏。"〔次公曰〕汪罔氏，即防風氏也。投足不蓋拇。〔合註〕張華《鷦鷯賦》：投足而安易。疏：拇，足大指也。青蓮雖不見，千古落花雨。〔王註〕《楞嚴經》：即時天雨百寶蓮花，青黃赤白，間雜紛揉。雙溪匯九折，〔王註〕《禹貢》：東匯澤爲彭蠡。註：匯，回也。萬馬〔一四五〕騰一鼓。奔雷濺玉雪，〔李註〕柳子厚《山水記》：泉大類轂，雷鳴西奔。潭洞開水府。〔合註〕先生《答陳季常書》云：游白水佛迹山，山上布水三十仞，雷輥電散，未易名狀，大略如項羽破章邯時也。潛鱗有飢蛟，掉尾取渴虎。〔查註〕《唐子西語錄》：東坡詩，敘事言簡而意盡。惠州有潭，潭有潛蛟，人未之信也，虎飲水其上，蛟尾而食之。俄而，浮骨水上，人方知之。東坡以十字説盡，云：潛鱗有飢蛟，掉尾取渴虎。虎著「渴」字，便知虎以飲水而召災。言「飢」，則知蛟食其肉矣。【詰案】佛迹乃巖上之一物，不可與白水分馳，若亦作一節，其格卽走，或突然增出，亦屬凡筆，故於上二節，用「神工」、「天匠」、「帝觴」、「后土」等字，作爲前導，於此引出佛迹，仍找足白水山也。此十二句爲第三節，其下「我來」、「戲侮」二句，乃末節之提筆，「飢蛟」、「渴虎」，是敍白水之住處，界限甚明，但以「戲侮」二字作過脈，打成一片也。如謂「潛鱗」、「我來」四句當連作一截，則前之格局皆亂，而後文亦脱，散漫不可收拾，讀者愼勿爲作者所欺。我來方醉後，濯足聊戲侮。〔合註〕韓退之《越裳操》：敢戲以侮。回風卷飛雹，掠面過强弩。【詰案】紀昀曰：上半如此奇恣，下半如何收束，非此兀傲之氣，撑拄不起。山靈莫惡劇，〔合註〕何焯曰：此亦以比黨人也。微命安足賭。【詰案】此二句，全篇歇氣，公凡長篇氣脈太緊者，皆寓此法，但其餘力又能管顧蛟虎，所以爲奇，若以「潛鱗」句至此句作一段論，卽誤。此山吾欲老，愼勿厭求取。〔合註〕《左傳·僖公七年》：申侯有寵於楚文王。文王曰：「女專利而不厭，予取予求，不女疵瑕也。」溪流變春酒，與我相賓主。當連青竹竿，〔合註〕《寰宇記》：羅浮山第三十一嶺，半是巨竹，皆七尺圍，節長二丈，謂之龍鍾竹。《名勝志》：羅陽溪傍，產龍蓯竹，一名龍公，徑七尺，圍節長一丈二尺。下灌黄精圃。〔王註〕杜子美《泉眼》詩：何當宅下流，餘潤通藥圃。三春濕黄精，一食生毛羽。〔查註〕《抱朴子·仙藥篇》：黄精名兔竹，一名垂珠，服其華，勝其實，服其實，勝其根。〔合註〕末二句用杜子美《春水》詩「連筒灌小園」意。【詰案】以上十二句，自「我來」起，自敍游事，仍用白水作結，以完章法，是爲第四節。此乃本意，將佛迹搭入，隨路帶過，不作一節之確據。但此四節，特用意處處連絡，光芒四射，不露四節之痕，使人讀下，在處不可歇氣，必讀至終篇而止。此則白水之本狀，而詩亦如之也。其中段落，本是難看，詰自親至其地而後有得。

詠湯泉〔一四六〕

〔公自註〕在白水山〔一四七〕。〔查註〕唐子西《湯泉記》：佛迹院中，湧出二泉，其東湯泉，其西雪如泉。二泉相去步武，而東泉熱甚，不堪觸指，以西泉解之，纔適沐浴，此物理之不可解者。〔合註〕《斜川集》有《白水巖湯泉七言古詩》。【誥案】湯泉爲沙礫所淤，今僅有數寸之水，寬約數抱，其雪如泉，久塞不可考矣。

積水〔一四八〕焚大槐，〔王註〕《莊子·雜篇》：水中有火，乃焚大槐。蓄油災武庫。〔王註〕《博物志》：積油滿萬石，則自然生火。武帝泰始中，武庫火，積油所致。驚然丞相井，〔王註〕《異苑》：臨邛縣有火井，漢室之隆，則炎赫彌熾，桓、靈之際，火勢漸微。諸葛亮一瞰而更盛。至景曜元年，人以燭投之即滅。其年，蜀并於魏。〔李註〕《博物志》：臨邛火井，諸葛丞相往視之後，火轉盛熱。疑浣將軍布。〔合註〕《三國·魏志註》引《傅子》曰：漢桓帝時，大將軍梁冀，以火浣布爲單衣。常大會賓客，冀陽争酒，失杯而污之，僞怒，解衣曰：「燒之。」布得火，赫然如燒，凡布垢盡，火滅，粲然潔白。〔李註〕《後漢·梁冀傳》：帝曰：「此跋扈將軍也。」《列子·湯問篇》：周穆王大征西戎，獻火浣之布，浣之，必投於火，布則火色，垢則布色。《十洲記》：炎洲在南海中，有火林山，山中有獸，大如鼠，毛長三四寸，取其毛，績以爲布，名曰火澣布。自憐耳目隘，未測陰陽故。鬱攸火山烈〔一四九〕，〔王註〕《左傳·哀公三年》：司鐸火，子服景伯命濟濡帷幕，鬱攸從之。《山海經注》：火山國，其山雖霖雨，火常然。〔李註〕《魏書》：崑崙之墟，有炎火之山。觱沸湯泉注。〔王註〕《詩·小雅·采菽》：觱沸檻泉。豈惟渴獸駭，坐使癡兒怖。安能長魚鼈，僅可燖狐兔〔一五〇〕。山中惟木客，〔合註〕《吴越春秋》：越王使木工千餘人入山伐木，作士思歸，皆有怨望之心，而歌《木客之吟》。户外時芒屩。

雖無傾城浴，幸免亡國汚。〔王註次公曰〕驪山華清宮，有温泉，即貴妃沐浴之處。亡國，則言唐明皇也。

江　郊〔一五二〕并引

惠州歸善縣治之北〔查註〕《元和郡縣志》：歸善，漢博羅縣地，宋於此置歸善縣，梁屬梁化郡，隋開皇十年廢郡，以屬循州。數百步〔一五三〕，抵江，少西有盤石〔一五三〕小潭，可以垂釣，作《江郊》詩云〔一五四〕。〔王註〕《白鶴故居圖》：江郊亭臨江負山。

江郊葱曨，雲水蒨絢。碕岸斗入，〔王註次公曰〕碕，音奇，又音去倚切，曲岸也。〔合註〕左思《吳都賦》：碕岸爲之不枯。洄潭輪轉。〔王註李厚曰〕洄，泝流也。柳子厚《鈷鉧潭記》流沫成輪。〔合註〕柳子厚詩：洄潭或動容。先生悦之，布席閒燕〔一五五〕。初日下照，潛鱗俯見。意釣忘魚，樂此竿綫。〔王註〕《唐·張志和傳》：每垂釣不設餌，志不在魚也。韓退之詩：舉竿引線忽有得。優哉悠哉〔一五六〕，玩物之變。〔查註〕《易·繫辭》：居則觀其象而玩其辭，動則觀其變而玩其占。

詹守攜酒見過，用前韻作詩，聊復和之〔一五七〕

箕踞狂歌老瓦盆，〔王註〕《莊子·至樂篇》：莊子妻死，惠子弔之，莊子方箕踞，鼓盆而歌。杜子美《少年行》云：莫笑田家老瓦盆。燎毛燔肉似羌渾。〔王註次公曰〕羌渾，西方之戎，如《唐書》載「吐蕃、羌渾犯塞」，即此也。燎毛燔肉，蓋其俗然也。〔李註〕杜子美《三絶句》詩：縱暴略與羌渾同。註謂：吐谷渾，西羌種也。傳呼草市來攜客，〔合

註〕顧況詩：村邊草市橋。灑掃漁磯共置樽。〔合註〕韓退之詩：或採於蒲漁於磯。山下黄童爭看舞，〔合註〕韓退之《元和聖德》詩：黄童白叟。江干白骨已銜恩。〔公自註〕時脅方議葬暴骨。〔合註〕《古出處北門行》：白骨不覆。孤雲落日西南望，長羨歸鴉自識村。

卷三十八校勘記

〔一〕壺中九華詩　七集續集重收此詩，題同。

〔二〕紀之　集甲、集丁、施乙作「記之」。七集續集作「識之」。

〔三〕清溪電轉失雲峰　七集續集作「我家岷蜀最高峯」；原校：一作「清溪電轉失雲峯」。《永樂大典》卷八百二十一引袁文《甕牖閑評》：「蘇東坡《壺中九華詩》，板本首句云：我家岷蜀最高峯。然余家收得東坡親書此詩石本，首句乃云：清溪電轉失雲峯。此首句似（按，原作「以」，當作「似」）不若板本之奇，疑後來經改也。」紀校：「我家」句不貫下文。

〔四〕天池水落層層見　七集續集謂一作「石泉影落涓涓滴」。

〔五〕窗虛　集甲、集丁、施乙、類本、七集續集作「窗明」。

〔六〕碧玲瓏　七集續集作「小玲瓏」；原校：「小」一作「碧」。

〔七〕過廬山下　集甲、集丁「下」後有「一首」二字。

〔八〕望湖亭　七集、外集題作「南康望湖亭」。七集原校：「一本云：過洞庭」。查註謂「過洞庭」訛。

〔九〕長湖　外集作「重湖」。
〔一〇〕蕭條萬象疏　七集原校：一本云「瀟湘景物疎」。類本「萬象」作「景物」。
〔一一〕秋風　類本、外集作「西風」。
〔一二〕暮靄　七集原校：「靄」一作「雨」。
〔一三〕山孤　七集作「孤山」，誤。
〔一四〕術已虛　類本作「業本虛」。外集作「業已虛」。七集原校：「術」一作「業」。
〔一五〕家萬里　查註：《清波雜志》「家」作「千」。
〔一六〕江西一首　集丁、施乙無「一首」二字。
〔一七〕直欲　集甲、集丁、施乙、類本作「真欲」。
〔一八〕吸老龐　類本作「汲老龐」。
〔一九〕秧馬歌　集甲、集丁「歌」後有「一首」二字。
〔二〇〕曾君安止　類丙「止」下原註：「吉水人。」
〔二一〕出所作　施乙無「出」字。
〔二二〕淒淒　查註、合註：一作「萋萋」。
〔二三〕滑汰　集甲、集丁、施乙原註：「汰」，入聲。類甲原註：「汰」，音脱。類丙原註：「汰」，音撻。
〔二四〕却從　集甲、集丁、類丙「却」作「揭」。施乙作「揭來」。
〔二五〕蹶軼　施乙作「蹶跌」。

〔二六〕顛隮　集甲、集丁、施乙、類甲作「顛擠」。

〔二七〕牛　合註：一作「羊」。

〔二八〕浮舟　集甲、施乙作「扶舟」。集丁作「浮舟」。

〔二九〕以下四首皆虔州　傅鈎「皆虔州」三字於「以下四首」四字前。按，今所見之集丁本作「以下四首皆虔州」。參上卷「劉醜厮詩」條校記。

〔三〇〕昏城樹　類本作「昏晨樹」。何校：「昏晨樹」。

〔三一〕爲我廉　集甲、集丁、施乙、類本、查註作「謂我廉」。

〔三二〕何以　集甲、集丁、施乙、類丙作「我以」。類甲、類乙作「乃以」。

〔三三〕耳何淄　施乙作「耳何緇」。紀校：「緇」、「淄」俱不妥。

〔三四〕鬢眉　類甲、類乙作「鬚眉」。

〔三五〕楚山　原作「楚水」。今從集甲、集丁、施乙、類本。

〔三六〕無姿　集甲、集丁、類丙作「無塵」。

〔三七〕麾手　合註作「揮手」。

〔三八〕鏜清　施乙作「鏜聲」。

〔三九〕四十七年矣　類本無「矣」字。

〔四〇〕石刻　集甲、施乙、類本作「刻石」。

〔四一〕疊璧　傅校、章校：集丁「璧」作「壁」。按，今所見集丁本缺葉。

〔四二〕淚橫斜　集甲、施乙作「涕橫斜」。
〔四三〕過大庾嶺　集甲「嶺」後有「一首」二字。傅校、章校：集丁無「一首」二字。按，今所見集丁本缺葉。
〔四四〕嶺上　施乙作「嶺外」。
〔四五〕受長生　集甲、施乙、類甲作「授長生」。
〔四六〕遂欲學陰長生　「學陰」原作「陰學」，合註亦作「陰學」，誤。今據查註校訂。
〔四七〕浮光　集甲、施乙作「浮空」。
〔四八〕再使　盧校：「再欲」。
〔四九〕月華寺　集甲、集丁「華」後有「一首」二字。
〔五〇〕採斲　集甲、集丁、施乙、類本作「採斲」，今從。原作「探斲」。
〔五一〕三火　七集作「二火」。
〔五二〕茇舍　施乙作「拔舍」。施註引《左傳》：「僖公十五年，晉大夫反首拔舍。」杜預注：拔草舍止，壞形毀服。
〔五三〕依榛菅　施乙作「友榛菅」。集丁「菅」作「管」，訛。
〔五四〕興廢　類本作「廢興」。
〔五五〕千鐶　類本作「千鐶」。
〔五六〕爛漫　集丁作「爛熳」。

〔五七〕南華寺　集甲「寺」後有「一首」二字，集丁無。

〔五八〕精鍊　集甲、施乙、類甲作「精練」。集丁作「精煉」。

〔五九〕錫端泉　類甲、類乙作「卓錫泉」。

〔六〇〕碧落洞　集甲「洞」後有「一首」二字，集丁無。

〔六一〕在英州下十五里　傅鈎「十五里」三字於「在英州下」四字前。今所見之集丁本作「在英州下十五里」。參卷三十七「劉醜厮詩」條校記。又，施乙此註文，無「東坡云」字樣。

〔六二〕果然　紀校：「果」字疑誤。

〔六三〕石門　合註：「門」一作「洞」。

〔六四〕幽龕　何校：「幽洞」。

〔六五〕泉流　集甲、集丁、施乙作「泉旒」。

〔六六〕乳蓋　原作「乳湔」。今從集甲、集丁、施乙、類丙。何校：不入崖洞中，不知「蓋」字爲工。類甲、類乙作「乳節」。

〔六七〕白雲　集甲、集丁、施乙、類丙作「自雷」。類甲、類乙作「雷自」。

〔六八〕神仙傳王方平降蔡經家云云　原註文文字有難通處。類丙註文較順暢，今從。

〔六九〕峽山寺　集甲、集丁「寺」後有「一首」二字。

〔七〇〕佳人　施乙作「幽人」。施註引《周易》：履道坦坦，幽人貞吉。

〔七一〕王註吳越春秋……公卽挽林内之竹操其本而刺處女　「林内之竹」原作「竹林」。今據《藝文類聚》卷九十五引文改。

〔七二〕林深　七集作「林空」。

〔七三〕霾髻鬟　類本作「埋髻鬟」。

〔七四〕風物之美　集甲「美」後有「一首」二字，集丁無。

〔七五〕海雨　原作「梅雨」，今從集甲、集丁、施乙。施註引鄭熊《番禺雜編》：荔枝樹似嫩槐而枝葉繁鬱，嶺外東西旁海，皆産此果。

〔七六〕見稚川　集甲、集丁、施乙、類本作「見稚川」。

〔七七〕廣州蒲澗寺　集甲「寺」後有「一首」二字，集丁無。

〔七八〕地産云云　施乙無此條自註。

〔七九〕昔日　集甲、集丁、施乙作「舊日」。

〔八〇〕山中　施乙作「寺中」。

〔八一〕信長老　類本無「信」字。集甲「老」後有「一首」二字，集丁無。

〔八二〕子美詩　集丁作「子美評」。

〔八三〕發廣州　集甲「州」後有「一首」二字，集丁無。

〔八四〕浙人　集丁「浙」字墨釘。

〔八五〕浴日亭　集甲「亭」後有「一首」二字，集丁無。清同治三年重刊《廣東通志》卷二百九《金石略十一》有此詩，註云：「行書，存。」詩後，有南宋嘉定間留筠跋，跋謂此詩「乃紹聖初元東坡先生謫惠州過浴日亭所作也」。此詩石刻，乃留筠據真迹刻。

〔八六〕在南海廟前　施乙此註文，無「東坡云」字樣。

〔八七〕暘谷　施乙作「湯谷」。

〔八八〕蒼涼　集甲、集丁、施乙、類本作「滄涼」。盧校：「蒼涼」。沈欽韓《蘇詩查註補正》卷四：「已覺滄涼蘇病骨。『滄』作『滄』者非。《列子·湯問》：日初出，滄滄涼涼。《周書·周祝解》（按，《周書》乃《逸周書》）：天地之間有滄熱。孔晁註：『滄』，寒。今諸本皆訛作『滄』（按，《四部叢刊》影印抱經堂本《逸周書》作『滄』）。惟《漢書·枚乘傳》：一人炊之，百人滄之。字乃從仌不誤。」按，《說文》：「滄」，寒也，從仌，倉聲。

〔八九〕鳥　合註：宋嘉定間石刻作「馬」。按，參「浴日亭」校記。

〔九〇〕游羅浮山一首示兒子過　施乙無「一首」二字。

〔九一〕王註次公曰史記云天上白玉京云云　集成刪去此條，致「人間」句下合註「無『天上白玉京』句」無所指。今據類丙補。

〔九二〕山不甚高而夜見日甚可異也　據集甲、集丁、施乙、類本補。集甲、集丁「甚」作「此」。

〔九三〕久已　集甲、施乙、集丁作「蚤已」。

〔九四〕誰耕　集甲、集丁、施乙作「歸耕」。何校：「歸耕」。

〔九五〕唐永樂道士……道華獨得之　施乙此註文引《高道傳》，無「東坡云」字樣。「道華獨得之」，施註作「獨道華得之」。

〔九六〕唐僧契虛云云　施乙此註文引《宣室志》，無「東坡云」字樣。施註云：「僧契虛道人導游稚川仙府。真人問曰：『爾絶三彭之仇乎？』不能對。真人曰：『愼不可留此。』契虛固問。同行棒子對曰：『彭者，三尸之姓，學仙者當先絶三尸，則神仙可得。』」

〔九七〕連空　類丙作「空連」。

〔九八〕山有鐵橋石柱人罕至者　施乙此註文，引郭之美《羅浮山記》，無「東坡云」字樣。施註云：「羅、浮二山相接之間，有石跨之，可五十餘步，望之如橋梁。耆舊相傳，名曰鐵橋，兩際有石曰鐵柱，人罕到其處。有至者，當須天色清明，始得見之。」

〔九九〕獰　查註：別本作「吟」，訛。合註：七集本作「猵」，子由次韻詩亦作「猵」。按，集甲、集丁、施乙、類本均作「猵」或「獰」。

〔一〇〇〕羅浮山志……受青精飯之方云云三十九字　此段查註，原在「鬱儀」句下，集成係節録。「飯」原脱，據查註補。

〔一〇一〕唐有夢書云云　施乙此註文，引《神仙傳》，無「東坡云」字樣。施註云：「蔡少霞夢人託書《新宮銘》云，紫陽真人山玄卿撰。其末題云，五雲書閣吏蔡少霞書。」集甲、集丁、類本於「唐人夢書《新宮銘》者云」後，有「其略曰良常西麓原澤東泄新宮宏宏崇軒巘巘」十九字（集丁「新宮」作「新官」，疑誤；「崇軒」作「崇車」）；於「又有蔡少霞者夢人遣書碑」下，有「略曰公昔乘魚車今履瑞雲蹋空仰塗綺輅輪囷」十八字。

〔一〇二〕子由一字同叔　施乙此註文，無「東坡云」字樣。

〔一〇三〕十月二日初到惠州　集甲「州」後有「一首」二字，集丁無。
〔一〇四〕豈知　施乙、類甲、類乙作「定知」。
〔一〇五〕寓居合江樓　集甲「樓」後有「一首」二字，集丁無。
〔一〇六〕海山　查註、合註：「山」一作「上」。
〔一〇七〕葱曨　施乙作「葱朧」。
〔一〇八〕付與　類甲作「笑與」。
〔一〇九〕試筆　集甲、類本作「自笑一首」。集丁、施乙作「自笑」；施乙原校：一作「試筆」。七集續集重收此詩，題作「試筆」。
〔一一〇〕子石　七集作「予石」。
〔一一一〕削黳　施乙作「削磬」。施註引《漢·郊祀志》：隕石二，黑如磬。
〔一一二〕古語云摩壘如病風手　施乙「云」作「謂」。集甲、集丁、施乙、類本「摩」作「磨」。七集續集無此條自註。查註「摩」作「磨」。
〔一一三〕萋萋　集甲、集丁、類本作「凄凄」。
〔一一四〕蜆　集甲、集丁作「覓」。
〔一一五〕閑送老　原作「閑散好」，今從外集。
〔一一六〕朝雲詩　施乙無「詩」字。
〔一一七〕鬻　原作「粥」。集甲、集丁、施乙作「鬻」，今從。段玉裁《説文解字注》：「鬻」作「粥」者，俗字也。

〔一一八〕留不住　集甲、集丁、施乙、類本作「留不得」。

〔一一九〕不似　施乙作「不學」。

〔一二〇〕阿奴　施乙作「伯仁」。施註引《晉·列女周顗母李氏傳》：「字絡秀。顗父浚求爲妾，遂生顗及嵩、謨。後因冬至置酒，絡秀舉觴賜三子曰：『爾等並貴，列吾目前，吾復何憂。』嵩曰：『恐不如尊旨。伯仁好乘人之弊，此非自全之道；嵩性抗直，亦不容於世；惟阿奴碌碌，當在阿母目下耳。』後果如其言。顗字伯仁，謨小字阿奴。」

〔一二一〕天女　集丁「天」作「笑」。

〔一二二〕寄虎兒　集甲「兒」後有「一首」二字，集丁無。

〔一二三〕梅花盛開　集甲「開」後有「一首」二字，集丁無。

〔一二四〕道上　集甲、集丁、施乙作「道中」。

〔一二五〕再用前韻　集甲「韻」後有「一首」二字，集丁無。

〔一二六〕嶺南珍禽有倒挂子緑毛紅喙如鸚鵡而小自東海來非塵埃中物也　類本爲程縯註文，類丙缺「自東海來非塵埃中物也」十字。集甲、集丁、施乙、類甲、類乙「東海」作「海東」，「塵埃中」作「塵埃間」。「喙」原作「啄」，今從集甲、集丁、施乙。

〔一二七〕掃灑　集甲、集丁作「灑掃」。

〔一二八〕新釀桂酒　集甲「酒」字後有「一首」二字，集丁無。

〔一二九〕惠守詹君見和復次韻　集甲「韻」後有「一首」二字，集丁無。

〔一三〇〕一囷　類本作「一倉」。

〔一三一〕要半道　集甲、集丁、類丙作「邀半道」。

〔一三二〕花落復次前韻　集甲「韻」後有「一首」二字，集丁無。類本無「前」字。

〔一三三〕偶桂　清施本作「偶挂」。合註：「桂」一作「挂」。施乙作「偶桂」。查註：別本作「挂」者訛。

〔一三四〕井華　集甲、集丁、施乙、類本作「井花」。

〔一三五〕來年　集甲、集丁、施乙、類甲作「年來」。

〔一三六〕不二門　集丁「二」作「三」。

〔一三七〕餘習氣　集甲、集丁、施乙作「真習氣」。

〔一三八〕都無言　集甲、集丁、施乙作「終無言」。

〔一三九〕白水山佛迹巖　集甲、集丁、類本「巖」後有「一首」二字。

〔一四〇〕左股　集丁「股」作「服」。

〔一四一〕依羅而止　「止」原作「至」，合註亦作「至」，誤。今據類丙註文校改。

〔一四二〕融液　施乙作「融冰」。

〔一四三〕后土　類本作「後土」。

〔一四四〕汪罔氏　「罔」原作「芒」，合註亦作「芒」，今據類丙註文校改。

〔一四五〕萬馬　集甲、集丁「馬」作「里」。

〔一四六〕詠湯泉　集甲「泉」後有「一首」二字，集丁無。施乙作「白水山湯泉」。
〔一四七〕在白水山　施乙無此條自註。
〔一四八〕積水　七集作「積火」。
〔一四九〕火山烈　集甲、集丁、施乙作「火山裂」。
〔一五〇〕焬狐兔　七集作「尋狐兔」。
〔一五一〕江郊　集本「郊」字後有「一首」二字，集丁無。
〔一五二〕數百步　類本無「百」字。
〔一五三〕盤石　集甲、集丁、施乙作「磐石」。
〔一五四〕詩云　施乙無「云」字。
〔一五五〕閒燕　集本、集丁、施乙、類本作「間燕」。參看卷四十五「閒燕」條校記。
〔一五六〕悠哉　施乙作「游哉」。
〔一五七〕和之　集本「之」後有「一首」二字。集丁無。